Polly Harper

LOVELY HEARTS

Nur ein Lächeln von dir

Roman

PENGUIN VERLAG

Sollte diese Publikation Links auf Webseiten Dritter enthalten,
so übernehmen wir für deren Inhalte keine Haftung,
da wir uns diese nicht zu eigen machen, sondern lediglich auf
deren Stand zum Zeitpunkt der Erstveröffentlichung verweisen.

Penguin Random House Verlagsgruppe FSC® N001967

1. Auflage 2022
Copyright © 2021 by Penguin Verlag, München,
in der Penguin Random House Verlagsgruppe GmbH,
Neumarkter Straße 28, 81673 München
Umschlag: www.buerosued.de
Satz: Uhl + Massopust, Aalen
Druck und Bindung: CPI books GmbH, Leck
Printed in the Czech Republic
ISBN 978-3-328-10695-1
www.penguin-verlag.de

Für Mika

Kapitel 1

May

In Goodville, Colorado, gab es genau einen Supermarkt, eine Bar, eine Schule, eine Arztpraxis und eine Anwaltskanzlei.

May hätte diese Liste wohl noch ewig fortführen können. Aber sie hatte ihr Ziel erreicht. Zumindest laut der Navigations-App auf ihrem Smartphone.

Der klapprige Chief Cherokee hatte zu einer Zeit das Produktionsband verlassen, als derlei Spielereien noch nicht zur Standardausstattung gehörten, aber immerhin hatte er Charakter und war May selbst in den dunkelsten Stunden eine Zuflucht gewesen. Nur heute half nicht einmal der Duft des durchgesessenen Leders, um ihre Nerven zu beruhigen.

Angespannt befeuchtete May die Lippen und musterte die hübsch aneinandergereihten Backsteinhäuser mit den verschiedenfarbigen Markisen. In diesem Straßenabschnitt befanden sich ein Café, ein Souvenirladen mit Poststelle, eine Bäckerei, eine Boutique für Damenbekleidung und ein Bürogebäude.

Für einen Freitag um zehn Uhr morgens war recht wenig los auf der Straße. Ein paar Touristen flanierten über den Bürgersteig und begutachteten die Auslagen in den Geschäften. May wunderte sich, warum sie sich überhaupt hierher verirrt hatten. Schließlich gab es in unmittelbarer Nähe keinerlei Attraktionen.

Etwas weiter hinten steuerte ein älterer Herr einen Laden für Heimwerkerbedarf an. Zwei Frauen unterhielten sich angeregt, während sie ihre Kinderwagen über den Gehweg manövrierten. Vermutlich waren sie unterwegs zum einzigen Spielplatz der Stadt.

May war in ihrem Leben schon viel herumgekommen. Aber noch nie war sie in einem solch verschlafenen Örtchen gelandet. Sie betrachtete das Haus, vor dem sie parkte. Im Erdgeschoss lag ein Versicherungsbüro und direkt darüber die Kanzlei. Das dezente Metallschild, auf dem in filigranen Lettern *Sophia Parker* geschrieben stand, glänzte in der Frühlingssonne.

Miss Parker war die einzige Anwältin im Ort. Natürlich. Alles andere rentierte sich vermutlich nicht in einer Kleinstadt, die im Umkreis von dreißig Meilen nicht mehr zu bieten hatte als felsige Gebirge im Norden, einen dicht bewaldeten Nationalpark im Süden und einen kleinen Flusslauf im Osten. Außerdem gab es ein Stück weiter westlich noch ein paar Farmen.

Auf der Fahrt hierher hatte May jedes Mal, wenn sie einen Wegweiser sah, gegen den Drang ankämpfen müssen, die nächste Abfahrt zu nehmen und umzukehren. Auch jetzt umklammerte sie den Schaltknüppel, bereit, in den Rückwärtsgang zu wechseln, das Gaspedal durchzutreten und wieder abzuhauen.

Denn dann wäre es vielleicht weniger real.

May könnte sich einfach einreden, dass sich nichts geändert hatte. Ihre Schwester Rose war nach wie vor mit Julian verheiratet. Die beiden zogen gemeinsam zwei bezaubernde Töchter groß. Cataleya war sieben Jahre alt und Lillian vier. Die Familie lebte am Stadtrand in einem hübschen Haus mit weißen Fensterläden und einer bunt bepflanzten Veranda. Ein süßer

Golden Retriever tobte im Vorgarten herum und jagte Schmetterlinge. Julians Baufirma lief großartig. Rose kümmerte sich hingebungsvoll um die Mädchen, wenn sie nicht gerade irgendeiner ehrenamtlichen Tätigkeit nachging.

Alles wäre wieder perfekt.

May sah die Bilder so klar vor sich, als hätte sie eine dieser Szenen wirklich erlebt. Aber so war es nicht. Und so würde es auch niemals sein. Dieser Ort und die Menschen, die hier lebten, waren ihr fremd. Und May war eine Fremde für sie.

Spätestens jetzt hätte May wohl Reue empfinden müssen. Doch alles, was sie spürte, war ein dumpfer Schmerz. Sie fühlte sich wie betäubt. Vielleicht weil sie den Schock noch immer nicht überwunden hatte. Schließlich lag der Anruf von Sophia Parker keine vierundzwanzig Stunden zurück.

»Miss Cambell, ich muss Ihnen leider mitteilen, dass Ihre Schwester Rose June Avens und ihr Ehemann Julian vor zwei Wochen bei einem tragischen Autounfall ums Leben gekommen sind.«

Die Anwältin hatte wie eine Nachrichtensprecherin geklungen. Nüchtern. Sachlich. Als ginge sie das alles im Grunde überhaupt nichts an, sondern als bestünde ihre Aufgabe lediglich darin, den Nachlass zu regeln, was sie erst tun konnte, wenn May persönlich in Goodville erschien.

Während der knapp achtzehnstündigen Fahrt hierher hatte May den Satz in Endlosschleife in ihrem Kopf abgespult. So richtig begriffen hatte sie es trotzdem nicht.

Ihre große Schwester. Tot.

Julian. Tot.

Zwei Leben. Ausgelöscht. Für immer.

Mays Kehle schnürte sich zu. Die Mädchen mussten krank

vor Kummer sein. Aber May war wohl der letzte Mensch auf Erden, der die beiden trösten könnte. Sie hatte Cataleya zuletzt gesehen, als sie ein halbes Jahr alt gewesen war, und kannte Lillian lediglich von Fotos.

Vielleicht war es besser, schnell die Formalitäten mit der Anwältin zu klären und sofort wieder zu verschwinden. Die Kinder waren bei Julians Vater Chester sicher in guten Händen. Soweit May wusste, war er vor ein paar Jahren ebenfalls nach Goodville gezogen, um seinen Sohn in der Baufirma zu unterstützen, und bewohnte inzwischen einen Bungalow auf demselben Grundstück. Es wäre vermutlich das Beste für die Mädchen, sie nicht noch mehr aufzuwühlen, wenn eine Fremde in ihr Leben platzte.

Erschöpft rieb May sich über das Gesicht. Sie sollte reingehen und es hinter sich bringen. Es nutzte ja doch nichts, wenn sie die Sache länger hinauszögerte.

Sie atmete tief durch, schnappte sich die bunte Umhängetasche von der Rückbank und stieß die schwere Wagentür auf. Ihre Fußsohlen kribbelten in den blauen Chucks, was wohl nicht weiter verwunderlich war, da sie stundenlang im Auto gesessen hatte. Sie widerstand dem Impuls, ihre steifen Glieder zu dehnen, und hielt stattdessen direkt auf das Bürogebäude zu. Vor dem Eingang blieb sie kurz stehen und wischte sich die schweißnassen Hände an den abgeschnittenen Jeansshorts ab.

Ein paar Leute im Erdgeschoss warfen ihr durch die Fensterscheiben neugierige Blicke zu. Aber May ignorierte sie und drückte die Klingel der Kanzlei. Sogleich summte der Türöffner. Entschlossen setzte May ihren Weg fort.

Rein. Unterschreiben. Raus.

Sie schaffte das.

Obwohl draußen die Sonne schien, war es recht düster in dem schmalen Treppenhaus. Die Holzstufen knarzten unter Mays Füßen. Der Geruch von Reinigungsmitteln hing in der Luft und trieb ihr Tränen in die Augen. Ihr Kinn begann zu zittern.

Liebe Güte! Womit putzten die hier?

May rieb sich über das Gesicht. Sie hatte den oberen Treppenabsatz gerade erreicht, da ging die Tür auf und eine junge Frau erschien. Sie war höchstens Anfang dreißig und trug ein teuer aussehendes graues Kostüm. Die dunkelblonden Haare fielen ihr glatt auf die Schultern. Sie musterte May aus intelligenten braunen Augen, die von einer modischen Hornbrille umrahmt wurden. Sie wirkte ziemlich ungeduldig. Es hätte eigentlich nur noch gefehlt, dass sie mit dem Fuß trommelte. »Miss Violet May Cambell?«

May nickte. »Und Sie sind Sophia Parker?«

»Genau.« Sie lächelte freundlich, aber May wurde das Gefühl nicht los, dass ihr Blick eher verurteilend über sie glitt. Sie winkte May heran und führte sie vorbei am Empfangstresen, hinter dem eine ältere Frau saß. Das musste wohl ihre Assistentin sein, und dem missbilligenden Blick nach zu urteilen, wusste sie ganz genau, wen sie da vor sich hatte.

Mays Gesicht wurde heiß. Sie senkte den Kopf und folgte Miss Parker durch einen schmalen Gang zu ihrem Büro. Mit den rustikalen Möbeln wirkte die Einrichtung eher konservativ, sodass May sich noch unbehaglicher als ohnehin schon fühlte.

»Nehmen Sie doch Platz.«

Gehorsam ließ May sich auf einen der beiden Besucherstühle sinken, die vor dem monströsen Eichentisch standen. Unzählige Akten stapelten sich dort, daneben lag ein zugeklapptes Notebook.

Die Anwältin umrundete den Schreibtisch, nahm in dem Bürosessel Platz und zog ihr Handy hervor. Dann tippte sie geschwind eine Nachricht, ehe sie den Apparat kommentarlos beiseitelegte.

May zwang ihre Mundwinkel in die Höhe. Mit zittrigen Fingern strich sie ihre geblümte Bluse glatt, die von der langen Fahrt ganz zerknittert war.

Die nervöse Geste entging der Anwältin natürlich nicht. »Wie geht es Ihnen, Miss Cambell?«

Entgeistert sah May sie an. Was sollte sie darauf antworten? Sie wusste es ja selbst nicht. »Ich bin im Moment ziemlich überfordert, ehrlich gesagt.«

Miss Parker nickte. »Natürlich. Das ist sicher alles recht viel für Sie. Ich hätte Sie ja früher über das Unglück informiert, aber ich konnte Sie nirgends erreichen.«

Diesmal war der Vorwurf in ihrer Stimme unüberhörbar. Das konnte May gut nachvollziehen. Immerhin war ihre *Schwester* gestorben. Sie waren zusammen aufgewachsen und hatten gemeinsam unzählige Höhen und Tiefen durchgestanden, bevor ihre Beziehung zerbrach. Aber trotz der Distanz hätte May doch etwas spüren müssen, als Rose diese Welt für immer verließ. Einen Stich im Herzen oder wenigstens ein ungutes Gefühl. Irgendwas. Doch sie hatte keine Ahnung gehabt.

»Ich habe eine Freundin in San Francisco besucht.«

»Wohnen Sie jetzt dort?« Miss Parker schlug eine grüne Mappe auf und überflog einige Zeilen. »In meinen Unterlagen ist Portland als Ihr letzter gemeldeter Wohnsitz angegeben.«

May schluckte. »In Portland wohnt mein Ex-Freund. Wir haben uns vor ein paar Wochen getrennt.«

Mays Stimme klang neutral, obwohl eine Welle der Empörung über sie hinwegspülte. Andrew hatte sie nach Strich und

Faden betrogen, war aber nicht bereit gewesen, die Trennung zu akzeptieren. Er hatte May so lange mit Anrufen und Nachrichten bombardiert, bis sie sich nicht mehr anders zu helfen gewusst hatte, als ihre Telefonnummer zu wechseln, sich ein neues Mail-Postfach einzurichten und sämtliche Accounts in den sozialen Medien zu löschen.

Es war nicht das erste Mal gewesen, dass May sang- und klanglos von der Bildfläche verschwand. Sie liebte ihre Freiheit, und die Vorstellung, ständig erreichbar zu sein, löste stets ein Gefühl von Beklemmung bei ihr aus. Nun aber zerfraß Bedauern ihr Herz. Denn sie hätte erreichbar sein *müssen*.

Die Anwältin zog eine Braue in die Höhe. »Dann sind Sie im Moment heimatlos?«

»Mehr oder weniger«, räumte May widerwillig ein. Ihr gesamtes Hab und Gut befand sich derzeit im Kofferraum ihres Wagens sowie in drei Kartons, die noch immer in Olivias Gästezimmer standen. Alles andere hatte sie bei ihrem Ex zurückgelassen. Sie hatte nichts davon behalten wollen.

»Und haben Sie im Moment eine feste Arbeit?«, fragte Miss Parker weiter.

May nickte, obwohl sie nicht verstand, inwieweit diese Frage relevant war. »Ich arbeite in dem Restaurant meiner Freundin.«

»Verstehe.« Ungerührt zog die Anwältin ein Blatt Papier hervor. »Miss Cambell. Ich habe Sie hergebeten, weil das Testament der Eheleute Avens klare Regelungen vorsieht, die auch Sie betreffen.«

May runzelte die Stirn. »Rose hat mich in ihrem Testament bedacht? Wieso? Das gehört doch alles den Mädchen.«

Sichtlich erstaunt sah Miss Parker sie an. »Hat Ihre Schwester nie mit Ihnen darüber gesprochen?«

»Es hat sich nie die Gelegenheit dazu ergeben.«

Jetzt konnte sich die Anwältin ein ungläubiges Lachen nicht verkneifen. »Es wäre schon von Vorteil gewesen, wenn Sie Bescheid gewusst hätten. Immerhin sind Sie als Vormund für Cataleya und Lillian Avens vorgesehen.«

May spürte, wie ihr jegliche Farbe aus dem Gesicht wich. »Könnten … könnten Sie das bitte noch einmal wiederholen?«

»Laut Testament sollen Sie das alleinige Sorgerecht für die Mädchen erhalten.«

»Nein!« May schoss von ihrem Stuhl hoch, als hätte ihr Hintern Feuer gefangen. »Das kann nicht sein. Da muss ein Irrtum vorliegen. Ich kenne meine Nichten kaum.«

Miss Parker schürzte die Lippen. »Nun, das ist äußerst bedauerlich. Für die Mädchen.«

Vor lauter Scham brannten Mays Wangen, aber sie war zu erschüttert, um sich um die Meinung der Anwältin zu scheren. Ausgerechnet *sie* sollte die Vormundschaft für die Töchter ihrer Schwester übernehmen? Unmöglich.

»Was ist mit Chester Avens?«, platzte May heraus. »Der Großvater der beiden wäre sicher besser geeignet, um …«

Sie verstummte, als sie die fassungslose Miene der Anwältin registrierte.

Guter Gott! Chester war doch nicht etwa ebenfalls gestorben, oder?

»Chester Avens ist nicht mehr so belastbar, als dass er sich dauerhaft um zwei so kleine Mädchen kümmern könnte.«

May lachte schrill. »Chester ist gerade mal Mitte fünfzig. Er kann sicher mühelos mit den beiden mithalten.«

»Nicht seit er vom Dach der Dawsons gestürzt ist und mit einer schlimmen Beinverletzung zu kämpfen hat. Er muss hochdosierte Schmerzmittel einnehmen, und seine Mobilität ist stark eingeschränkt.«

Na bitte! Wenn das nicht der ultimative Beweis dafür war, dass May eine totale Fehlbesetzung als Vormund war. Sie hatte überhaupt keine Ahnung vom Leben ihrer Nichten.

»Sie sind die einzige andere noch lebende Verwandte der Kinder«, fuhr die Anwältin fort. »Zudem ist es der ausdrückliche Wunsch der Eheleute Avens gewesen, dass *Sie* sich künftig um die Mädchen kümmern.«

Mays Knie gaben nach, und sie plumpste zurück auf den Stuhl. Fassungslos starrte sie Miss Parker an, die ihre wahren Gedanken hinter einer reglosen Maske verbarg. »Rose und Julian haben gut vorgesorgt«, teilte sie May mit. »Durch die Lebensversicherung sind die Kosten für das Haus und die Beisetzung vollständig gedeckt.«

May zuckte zusammen. »Die Beerdigung hat bereits stattgefunden?«

Die Anwältin lächelte schmal. »In dieser Stadt kümmern wir uns umeinander, Miss Cambell. Auch nach dem Tod.«

»Also ist bereits alles geregelt?«, fragte May mit dünner Stimme.

»In finanzieller Hinsicht ist bestens für die Mädchen gesorgt. Julians Baufirma läuft außerordentlich gut. Sein Partner Cole Baxter wurde als Treuhänder für die Kinder eingesetzt, bis sie volljährig sind. Für ihren Lebensunterhalt werden sie einen festen monatlichen Betrag bekommen.«

Eigentlich hatte May die Beisetzung gemeint. Aber es tröstete sie, dass sie sich wenigstens um das Finanzielle keine Sorgen machen musste.

»Es steht Ihnen natürlich frei, das Testament abzulehnen«,

sagte Miss Parker und bedachte sie erneut mit einem dünnen Lächeln.

Übelkeit bündelte sich in Mays Magen. Und was passierte dann mit den Mädchen? Höchstwahrscheinlich würden sie in eine Pflegefamilie kommen, bis sich jemand fand, der sie dauerhaft in ihre Obhut nahm. Sie würden ihr Zuhause verlieren und vielleicht sogar einander.

Die Anwältin lehnte sich ein Stück vor. »Darf ich ganz offen sprechen, Miss Cambell?«

»Natürlich.«

»Cole Baxter war nicht nur Julians Geschäftspartner. Er war auch sein bester Freund. Die Mädchen kennen und lieben ihn. Ich weiß zufällig, dass er sich gern um die beiden kümmern würde. Möglicherweise wäre er die bessere Option.«

Wieder sprach Miss Parker ihre Gedanken so nüchtern aus, als ob sie von einem Auto sprach. Aber Cataleya und Lillian waren keine seelenlosen Gegenstände, die man einfach so herumreichte.

Ganz ehrlich? May liebte Kinder, aber sie wusste nichts über Kindererziehung. Außerdem hatten die Mädchen gerade erst ihre Eltern verloren. Wie ging man überhaupt mit so einem Schicksalsschlag um? Es mochte ja sein, dass Cole ihren Nichten vertrauter war. Zahlreiche Fotos, die May in den letzten Jahren von Rose erhalten hatte, belegten das sogar. Aber nichtsdestotrotz waren die Mädchen alles, was May von ihrer Familie noch geblieben war.

Plötzlich sträubte sich alles in ihr, dieses Kaff wieder zu verlassen, ohne die beiden wenigstens kennengelernt zu haben. Davon abgesehen konnte May sie unmöglich einem Mann überlassen, dem sie noch nie zuvor persönlich begegnet war.

»Was meinen Sie?«, fragte die Anwältin, da May nichts sagte.

May zögerte. Sie hatte seit jeher zu impulsiven Entscheidungen geneigt, aber diesmal hatte sie keinen blassen Schimmer, was sie tun sollte. »Ich muss erst darüber nachdenken.«

Das schien Miss Parker nicht zu gefallen. »Also gut. Dann verbringen Sie am Wochenende etwas Zeit mit den Kindern und kommen am Montag wieder vorbei, um die Formalitäten zu klären.«

Beinahe wäre May in hysterisches Gelächter ausgebrochen. Als würden zwei Tage ausreichen, um mal eben eine solch lebensverändernde Entscheidung zu treffen.

»Haben Sie sonst noch Fragen?«

Das sollte wohl ein Witz sein. May hatte unzählige Fragen. Aber Miss Parker schien weder geduldig noch besonders redselig zu sein. Deshalb schüttelte May den Kopf und erhob sich. »Nein, ich denke, alles Weitere können wir Anfang nächster Woche besprechen.«

Noch immer wacklig auf den Beinen rang May sich zu einem Lächeln durch, das jedoch unerwidert blieb.

»Wissen Sie«, meinte die Anwältin ernst, »es wäre keine Schande, jemandem diese Aufgabe zu übertragen, der etwas … geeigneter wäre.« Sie deutete zur Tür. »Ich begleite Sie noch hinaus.«

Mit hängenden Schultern folgte May ihr. Sie schüttelten sich die Hand.

»Wir sehen uns am Montag, Miss Cambell.«

»Okay«, erwiderte May heiser, ging an ihr vorbei ins Treppenhaus – und erstarrte.

Ein Mann saß auf den Stufen zum zweiten Stock. Er hatte die Ellenbogen lässig auf die Knie gestützt, aber seine Finger waren so fest verschränkt, dass seine Knöchel weiß hervortraten. Er war schlank und vermutlich ziemlich groß. Seine langen Beine steckten in Jeans, darüber trug er ein kariertes Hemd, dessen Ärmel ein Stück hochgekrempelt waren. Das braune Haar stand ihm in alle Richtungen vom Kopf ab, als wäre er mit den Händen unzählige Male durch die wirren Strähnen gefahren. Er hatte markante Gesichtszüge, und obwohl sein Kiefer von unzähligen Stoppeln bedeckt war, bemerkte May, dass er die Lippen zu einem dünnen Strich zusammengepresst hatte. Dunkle Schatten lagen unter seinen grünen Augen. Sie verbargen weder seinen Schmerz noch die Skepsis, die er ihr entgegenbrachte. Er sah anders aus als auf den Fotos, und doch erkannte May ihn sofort wieder. Dieser Mann war Cole Baxter – und er war ihr keineswegs freundlich gesinnt.

Kapitel 2

Cole

Ungläubig musterte Cole die halbe Portion, die soeben an Sophia vorbei ins Treppenhaus getreten war. Sie war blass, ihre Kleidung billig und verknittert. Sie glich Rose kein bisschen. Die Frau seines besten Freundes war groß, schlank und blond gewesen – Violet May Cambell war winzig, besaß eine weibliche Figur und hatte dunkelbraunes Haar mit blauen Strähnchen, das ihr in dichten Wellen über den Rücken fiel. Einzig die riesigen babyblauen Augen, die vor Schreck geweitet waren, erinnerten ihn an Cathy und Lilly.

Rose hatte sich immer lustig darüber gemacht, dass gerade Lilly ihrer Tante mehr ähnelte als ihrer eigenen Mutter.

Cole hatte sie nie für voll genommen. Bis jetzt.

Ein Stich fuhr ihm in die Brust, als das fröhliche Lachen von Julians Frau in seinen Ohren widerhallte.

Gott! Er vermisste sie.

Beklommen verdrängte Cole den Schmerz, der seit Tagen ununterbrochen in ihm wütete. Stattdessen konzentrierte er sich wieder auf Roses Schwester. »Hallo, Violet«, sagte er förmlich und erhob sich.

Blinzelnd legte sie den Kopf in den Nacken, weil er sie nun ein ganzes Stück überragte. »May.«

»Was?«, fragte er irritiert.

»Eigentlich möchte ich lieber *May* genannt werden.«

Großartig. Das schrie ja förmlich nach einer Existenzkrise. Andererseits kam ihm das vielleicht zugute. »Ich bin Cole.«

Ihre Mundwinkel hoben sich zaghaft. »Das dachte ich mir schon.«

»Sollen wir vielleicht ein paar Dinge besprechen?«

»Sicher.« Sie wandte sich ab und stürmte die Treppe hinunter. Sie schien es kaum erwarten zu können, der Enge des Treppenhauses zu entfliehen.

»Danke, dass du gleich Bescheid gesagt hast«, sagte Cole, sobald May verschwunden war.

»Gern geschehen.« Sophia, die noch immer in der Tür stand, nickte. »Rufst du mich nachher an?«

»Klar.«

»Wir können später auch etwas essen gehen, wenn du möchtest.« Sophia legte ihm sanft die Hand auf den Oberarm. »Ich bin für dich da.«

»Das weiß ich zu schätzen«, erwiderte Cole freundlich, auch wenn ihm ihr Angebot in diesem Moment nicht gleichgültiger hätte sein können. Sophia war eine schöne, intelligente Frau. Sie verdiente etwas Besseres als ein Wrack wie ihn. Davon abgesehen hatte er gerade wirklich andere Sorgen. »Ich melde mich.«

Enttäuschung flackerte in Sophias Blick auf, doch sie lächelte tapfer. »Wann immer du willst.«

Cole verabschiedete sich knapp, ehe er May nach draußen folgte.

Roses Schwester stand mitten auf dem Gehweg. Mit verschränkten Armen betrachtete sie die Umgebung, schien aber nicht wirklich etwas wahrzunehmen. Andernfalls hätte sie sicher bemerkt, dass ihr mehrere Leute neugierige Blicke zuwarfen.

Jeder hier wusste, wer sie war. Und das lag nicht an ihrer merkwürdigen Frisur, sondern weil sich Gerüchte in dieser Stadt wie ein Lauffeuer verbreiteten. Miss Potter lugte sogar aus ihrer Boutique und rümpfte solidarisch die Nase, ehe sie Cole zuwinkte.

Er grüßte zurück. Dann schaute er May an und deutete auf das Eiscafé an der Straßenecke. »Kaffee?«

May biss sich auf die Unterlippe, bevor sie zögernd zustimmte. Sie legten die wenigen Meter in angespanntem Schweigen zurück.

Normalerweise flanierte Cole gern durch die Innenstadt. Gerade im späten Frühling, wenn aus jedem Blumentopf bunte Blüten quollen und die Apfelbäume zu sprießen begannen, besaß dieses Städtchen seinen ganz eigenen Charme. Die Luft war erfüllt von einer schweren Süße. Vogelgezwitscher, lachende Menschen und summende Insekten vermischten sich zu einer Geräuschkulisse. Hin und wieder hupte ein Wagen, weil jemand im Vorbeifahren grüßte.

Aber in diesem Jahr war nichts normal. Obgleich sich an der Szenerie nichts geändert hatte, quälten Cole Trauer, Schmerz und Wut. Er konnte sich nicht an seiner Umgebung erfreuen – und Mays Anwesenheit machte es nur noch schlimmer.

Das Lorenzo's war wie alle Läden im Ort nicht besonders groß, aber trotzdem zählte das Café zu den beliebtesten Treffpunkten. Unmittelbar hinter dem Eingang befand sich der Tresen, der mehr als zwanzig Eissorten feilbot. An der anderen Wand stand eine lange, mit türkisfarbenem Leder überzogene Bank, dazu passend verteilten sich Metalltische und Stühle im Raum.

Cole war froh, dass sich abgesehen von dem Inhaber niemand

im Café befand. Stattdessen genossen die wenigen Gäste Kaffee und Crêpes an den Tischen vor dem Gebäude.

»Hey, Bob«, sagte Cole und ging zu einem Tisch in der hinteren Ecke.

Für das, was er mit May zu besprechen hatte, brauchte er gewiss keine Zeugen. Er machte sich nicht die Mühe, seiner Begleiterin einen Stuhl zurechtzurücken. Schließlich sollte sie gar nicht erst auf den Gedanken kommen, sich hier heimelig zu fühlen. Geschmeidig rutschte er auf die Bank.

May nahm ihm gegenüber Platz. Sie war immer noch käseweiß im Gesicht und hob sich fast schon gespenstisch von der mintfarbenen Wand ab.

Abwägend betrachtete Cole die Frau, die nun offiziell das Recht hatte, ihm die Mädchen wegzunehmen. Allein die Vorstellung erfüllte Cole mit blankem Entsetzen. Sie könnte einfach ihren Kram zusammenpacken und ans andere Ende des Landes ziehen. Niemand würde sie aufhalten.

»Was kann ich euch bringen?«, rief Bob vom Tresen aus.

»Einen Kaffee, bitte«, antwortete May mit heiserer Stimme, ohne sich umzudrehen.

Cole warf Bob einen Blick zu. »Mach zwei draus.«

Der Cafébesitzer nickte, und Cole konzentrierte sich wieder auf die Fremde vor ihm. »Ich nehme an, Sophia hat dich über den letzten Willen von Julian und deiner Schwester informiert«, kam er ohne Umschweife zum Thema.

May zuckte zusammen. »Ja.«

»Und beabsichtigst du, die Vormundschaft für die Mädchen zu übernehmen?«, fragte Cole gepresst.

Halt suchend umklammerte May den Riemen ihrer bunten Hippietasche. »Ich bin mir nicht sicher.«

Vor Erleichterung hätte Cole beinahe aufgestöhnt. Wenn sie jetzt schon zweifelte, könnte er sie bestimmt davon überzeugen, auf die Vormundschaft zu verzichten.

»Cataleya und Lillian sind meine Familie. Vielleicht... vielleicht kann ich helfen. Irgendwie.«

Sofort verpuffte Coles Optimismus und wurde durch Entrüstung ersetzt. Sie wollte helfen? Ernsthaft?

Er ballte die Hände auf seinem Schoß. Nicht einmal ihre Lehrer und Erzieher nannten die Mädchen bei ihrem richtigen Vornamen. Für alle im Ort waren sie Cathy und Lilly, was May wüsste, hätte sie sich wenigstens ein Mal in den letzten Jahren die Mühe gemacht, ihren Hintern nach Goodville zu schwingen. Aber nein! Sie war ja lieber in der Weltgeschichte herumgetingelt. Ohne ein konkretes Ziel.

Rose hatte ihm mehr als einmal ihr Herz ausgeschüttet. Aber selbst wenn sie ihre Sorgen für sich behalten hätte, eine kleine Schwester, die durch chronische Abwesenheit glänzte, konnte man schlecht ignorieren.

May war einfach *nie* da gewesen. Stattdessen hatte sie Rose jedes Mal irgendeine andere schwachsinnige Ausrede aufgetischt, um sich vor einem Besuch zu drücken.

Als Julian, Rose und er den Abschluss an der University of Colorado Springs gefeiert hatten, war sie Animateurin für ein Hotel auf Hawaii gewesen und hatte keinen Urlaub gekriegt. Die Hochzeit ihrer Schwester ein halbes Jahr später hatte May verpasst, weil sie sich spontan einem Hilfskonvoi in Bolivien angeschlossen hatte. Zu Cathys Geburt war sie an der Uni in New York eingeschrieben und büffelte für ihre Zwischenprüfungen. Beim Umzug nach Goodville brauchte eine Freundin in Kanada ihre Hilfe dringender. In den Wochen nach Lillys Geburt jobbte May auf einem Kreuzfahrtschiff. Und als ihre Mutter vor ein paar Jahren gestorben war, hielt sie sich in Europa auf und kehrte erst zurück, als die Avens bereits abgereist waren.

Cole wusste, dass May ihre älteste Nichte bisher nur einmal gesehen hatte. Damals hatten sie alle noch in Colorado Springs gelebt. Er und Julian waren eine Woche lang bei einer Baumesse in Salt Lake City gewesen. May war ohne jede Vorankündigung aufgetaucht und noch vor ihrer Rückkehr wieder verschwunden, weil ihr damaliger Lover sie mit einem Caravan-Trip auf der Route 66 überrascht hatte. Und das war natürlich wichtiger gewesen.

Bitterkeit peitschte durch Coles Adern. Diese Frau mochte mit Rose verwandt sein, aber sie hatte keine Ahnung von ihrem Leben. Sie war nicht da gewesen, als ihre Nichten zur Welt gekommen waren, und hatte auch nicht miterlebt, wie diese süßen pummeligen Babys zu bezaubernden Mädchen herangewachsen waren, die lieber zu den Foo Fighters anstatt zur *Eiskönigin* abrockten.

Nicht May, sondern er hatte Cathys ersten Worten gelauscht. Er war dabei gewesen, als sie laufen, schwimmen und Fahrrad fahren gelernt und ihre Leidenschaft für Softball entdeckt hatte. Er hatte zur Schuleinführung im letzten Sommer ihre Schultüte getragen.

Nicht May, sondern er hatte Lilly nächtelang durch die Gegend geschleppt, als Cathy ihre Eltern mit Windpocken angesteckt hatte und sie alle drei flachlagen. Er hatte Lilly früher immer zum Lachen gebracht und dann miterlebt, wie das einst so fröhliche Mädchen vor Kummer über den Tod ihrer Eltern aufhörte zu sprechen. Es hatte ihm das Herz gebrochen.

May hatte verdammt noch mal kein Recht auf diese beiden Kinder, die Cole mehr als alles auf der Welt vergötterte.

Genau das hätte er ihr gern ins Gesicht gebrüllt. Aber May machte eh schon den Eindruck, als würde sie jeden Augenblick aus den Latschen kippen. Sie hatte die Arme um ihren Oberkörper geschlungen und schwankte geistesabwesend vor und zurück. Sie sah aus, als gehörte sie in eine Klapsmühle.

Prima! Irre war sie also auch noch.

Am liebsten hätte Cole seinem besten Freund eine verpasst. Wieso um alles in der Welt war Julian damit einverstanden gewesen, dieser wildfremden Person seine Töchter anzuvertrauen? Was zur Hölle hatte er sich nur dabei gedacht?

Vermutlich gar nichts.

Wer rechnete schon damit, dass er mit Ende zwanzig auf dem Heimweg von einer langweiligen Dinnerparty an einen Baum krachte und seine Kinder zu Vollwaisen machte?

Verflucht noch mal.

Bevor ihn die Trauer erneut mit voller Wucht übermannen konnte, kam Bob mit dem Kaffee. Er stellte die zwei dampfenden Tassen mittig auf den Tisch und klopfte Cole aufmunternd auf die Schulter. May warf er einen neugierigen Blick zu, bevor er wieder zum Tresen zurückging.

Ein Ruck fuhr durch Mays Körper, und sie legte die Hände um die warme Kaffeetasse. Aufmerksam sah sie Cole an.

Es war ihm unmöglich einzuschätzen, was gerade in ihrem Kopf vorging. Ihre Miene war weder abweisend noch freundlich. Aber offensichtlich wartete sie darauf, dass er etwas sagte.

Entschlossen straffte er die Schultern. »Ich will das Sorgerecht für die Mädchen.«

Sie atmete zitternd aus. »Du redest nicht gern um den heißen Brei herum, was?«

»Warum sollte ich?« Langsam lehnte Cole sich vor. »Julian

und Rose waren meine engsten Freunde. Ich liebe ihre Kinder, als wären es meine eigenen. Deshalb will ich mich um sie kümmern.«

Eine kleine Falte erschien auf Mays Stirn. »Es tut mir sehr leid, dass du sie verloren hast.«

»Danke.« Cole konnte sich gerade noch einen zynischen Kommentar verkneifen. Dass May den Tod der beiden nicht als Verlust empfand, sprach Bände. Er würde auf keinen Fall zulassen, dass er auch noch die Mädchen verlor. »Hör zu! Ich weiß, es ist merkwürdig für dich, Cathy und Lilly meiner Obhut zu überlassen. Immerhin kennen wir uns nicht. Aber ich kenne die beiden. Sie wollen bei mir bleiben.« Er lächelte arglos und ließ seine Stimme besonders weich klingen. »Du kannst einfach zurück zu Sophia gehen, die Papiere unterschreiben und wieder abreisen. Den Rest regle ich.«

Zum ersten Mal flackerte Trotz in ihren Augen auf. »Ich gehe auf keinen Fall, ohne meine Nichten wenigstens gesehen zu haben.«

»Wozu? Wenn du sie sowieso wieder verlassen wirst, machst du ihnen nur unnötig das Leben schwer. Sie sind auch so schon verstört genug.«

»Ich *werde* sie treffen.«

Die plötzliche Schärfe in ihrer Stimme jagte Cole einen Schauer über den Rücken. Allmählich dämmerte es ihm, dass er zu schnell vorangepreschte war. Er hatte ihre Apathie für eine Schwäche gehalten, die er sich zunutze machen wollte. Aber allem Anschein nach hatte er exakt das Gegenteil bewirkt und sie aus ihrem Schockzustand gerissen.

Panik erfasste ihn, die er hinter einem schiefen Grinsen verbarg. »Natürlich willst du die beiden sehen. Das war dämlich.

Entschuldige. Ich will die Mädchen bloß beschützen. Das ist alles.«

Mays Brauen schossen in die Höhe. »Vor mir.«

Eine Feststellung, keine Frage.

Cole bewegte sich auf dünnem Eis, das war ihm klar. Allerdings hatte er keinen Zweifel, dass sie seine Lügen durchschaut hätte. Deshalb blieb er bei der Wahrheit. »Seien wir ehrlich, May. Die Mädchen kennen dich nur aus den fantastischen Geschichten, die ihnen ihre Mutter häufig über ihre Tante Violet vor dem Zubettgehen erzählt hat. Und du kennst sie nur von Mails und Fotos, die Rose dir alle paar Monate geschickt hat. Ihr seid praktisch Fremde füreinander.«

»Glaubst du, das ist mir nicht bewusst?«, erwiderte May tonlos.

Immerhin ein Punkt, in dem sie sich einig waren. Das ließ ja hoffen. Cole meinte sogar, einen Anflug von Scham in ihrer Miene auszumachen, bevor sie den Blick auf die Tasse senkte.

»Die Mädchen sind verwirrt und verängstigt«, fuhr er fort und lehnte sich noch ein Stück weiter nach vorn. »Was, glaubst du, wie das für sie ist, wenn du in ihr Zuhause spazierst und verkündest, dass die verschollene Tante Violet von ihren Reisen zurückgekehrt ist? Was wirst du ihnen sagen, wenn sie wissen wollen, ob du dich in Zukunft um sie kümmerst? Und wie willst du ihnen erklären, dass du nicht bleiben wirst, wenn du erst mal erkannt hast, dass das Leben hier nichts für dich ist?« Cole lächelte sie verständnisvoll an, obwohl es innerlich in ihm brodelte. Es fiel ihm schwer, seine Stimme weiterhin sanft klingen zu lassen. »Rose hat mir erzählt, dass du es an keinem Ort je länger als ein paar Monate ausgehalten hast. Du bist eine Weltenbummlerin, immer auf der Suche nach dem nächsten Abenteuer. Und das ist vollkommen okay. Manche Menschen brauchen einfach ihre Freiheit. Aber das ist nicht das, was Cathy und Lilly brauchen. Sie brauchen feste Konstanten in ihrem Leben.«

Cole legte eine Kunstpause ein, um seinen letzten Satz zu unterstreichen. Er sann sogar kurz darüber nach, ihr die Hand auf den Unterarm zu legen, aber damit hätte er den Bogen wohl überspannt. »Zwing sie bitte nicht, dich auch wieder zu verlieren.«

Wie vom Donner gerührt starrte May ihn an, während er ein Stoßgebet zum Himmel schickte, dass sie sich einsichtig zeigte. Als er ihr Schweigen nicht länger aushielt, versuchte er es erneut mit einem Lächeln. »Und? Was meinst du?«

»Das …« May schluckte. »Das war ein ziemlich beeindruckender Vortrag.«

Gut möglich. Aber reichte das auch aus?

Cole kroch beinahe über den Tisch vor Anspannung. Es machte ihn kirre, dass er Mays Miene nicht deuten konnte. Lag das am Schock, oder war sie grundsätzlich so verschlossen?

»Du hast recht«, sagte sie schließlich.

Gut, dass Cole saß. Sonst wären ihm womöglich vor Erleichterung die Knie eingeknickt. »Dann sind wir uns einig?«

May sah ihn ausdruckslos an. »Nein.«

Cole spürte, wie sein Gesicht heiß wurde. »Was?«

»Ich werde das Wochenende mit den Mädchen verbringen und sie kennenlernen.« Mit einer fahrigen Geste zog May einen zerknitterten Fünfdollarschein aus ihrer Hosentasche und legte ihn neben die halb volle Kaffeetasse. Anschließend stand sie auf und schaute Cole an. »Erst danach werde ich mich entscheiden.« Damit machte sie auf dem Absatz kehrt und marschierte aus dem Café.

Shit! So hätte das nicht laufen sollen.

Cole raufte sich die Haare, bevor er aufsprang und ihr hinterherhetzte. Auf der Straße war nicht viel los. Aber Cole konnte May nirgends entdecken. Sie schien wie vom Erdboden verschluckt.

Fluchend stemmte er die Hände in die Hüften, schloss die Augen und reckte sein Gesicht der Sonne entgegen. Licht und Wärme streichelten seine Haut. Hinter seinen Lidern setzte ein Brennen ein, als ihn Angst und Frustration überwältigten.

Er hatte diese Warterei so satt. Er brauchte endlich Gewissheit. Denn er war sich nicht sicher, ob er es ertragen könnte, wenn er Cathy und Lilly auch noch verlor. Er wusste nur eins: Er würde alles daransetzen, damit das nicht passierte.

Kapitel 3

May

Mays Atem ging stoßweise, während sie Cole Baxter durch das Schaufenster des Souvenirladens beobachtete. Wie sie befürchtet hatte, war er ihr sofort hinterhergelaufen, weshalb sie in das benachbarte Geschäft geflohen und hinter einem Postkartenständer in Deckung gegangen war.

Nachdenklich betrachtete sie den Mann, der unbedingt die Vormundschaft für ihre Nichten übernehmen wollte. Er wirkte so angespannt, dass May eine Gänsehaut bekam. Sie wusste nicht so recht, was sie von Cole halten sollte.

Klar war, dass er Cataleya und Lillian liebte und dass er wie ein Löwe um sie kämpfen würde. Aber genau dieser Umstand machte May stutzig.

Sie wusste fast nichts über ihn, abgesehen davon, dass er ursprünglich aus diesem Kaff stammte, Rose und Julian während des Studiums in Colorado Springs kennengelernt hatte und er ein Mitbegründer der Baufirma Avens & Baxter war. Objektiv betrachtet war Cole ein attraktiver Mann im besten heiratsfähigen Alter und Geschäftsführer eines lukrativen Unternehmens. Also warum wollte er keine eigene Familie gründen? War er überhaupt liiert? Falls nicht, mussten die Frauen ihm scharenweise hinterherrennen. Es sei denn natürlich, er wäre schwul.

May runzelte die Stirn. Sie konnte sich nicht entsinnen, dass Rose je etwas in diese Richtung erwähnt hätte. Aber das musste ja nichts heißen.

»Kann ich Ihnen helfen?«

Erschrocken wirbelte May herum und prallte fast gegen die Ladenbesitzerin, die unmittelbar hinter ihr stand. Die junge Frau trug ein schlichtes blaues Kleid, war zierlich wie eine Elfe und kaum älter als May. Das hellbraune Haar hatte sie zu einem lockeren Knoten zusammengesteckt. Sie musterte May neugierig, aber nicht verurteilend.

May lächelte. »Nein, vielen Dank. Ich sehe mich bloß um.«

»Ich bin Nova.« Die Ladenbesitzerin deutete auf ein riesiges Kopiergerät in der hinteren Ladenecke, auf dem ein Stapel Papiere lag. »Wenn Sie irgendetwas brauchen, rufen Sie einfach.«

»Danke. Das ist sehr freundlich.«

Nova nickte und ließ May allein. Unterdessen warf May einen Blick über ihre Schulter und stellte erleichtert fest, dass Cole inzwischen verschwunden war.

Da der Weg nun frei war, hätte May eigentlich sofort zu den Mädchen fahren sollen. Allerdings fühlten sich ihre Füße bleischwer an.

Erneut brach ihr der Schweiß aus. Was sollte sie bloß zu ihren Nichten sagen?

Panik drohte May zu überwältigen, doch sie schob entschieden jedes Angstgefühl beiseite. Hier ging es nicht um sie, sondern ausschließlich um die Mädchen.

Entschlossen setzte May sich in Bewegung. Sie wollte sich gerade zur Tür wenden, als ihr auffiel, dass sie nicht einmal eine Kleinigkeit für die beiden hatte, mit der sie ihnen vielleicht eine

Freude machen könnte. Sie schaute sich um und entdeckte ein kleines Regal mit Spielzeug.

Nach reiflicher Überlegung entschied sie sich für eine handgearbeitete Stoffpuppe für Cataleya. Für Lillian suchte sie einen Teddybären mit Knopfaugen aus. Sie ging zur Kasse, und Nova tippte lächelnd die Preise ein. Spontan beschloss May, noch zwei Schokoriegel mitzunehmen.

Diesmal zögerte Nova.

»Was ist?«, fragte May irritiert.

»Nichts, ich ...« Nova biss sich auf die Lippe. »Es geht mich ja nichts an, aber Lilly hat eine Nussallergie.«

May keuchte erschrocken auf, woraufhin pures Mitgefühl in Novas Miene erschien.

»Verzeihung. Ich wollte nicht unhöflich sein.«

»Schon gut. Ich bin für jeden Hinweis dankbar.« Angespannt rieb May sich über die Stirn. »Sie wissen also, wer ich bin?«

»Ihre Ankunft hat sich ziemlich schnell herumgesprochen«, erwiderte Nova mit einem entschuldigenden Lächeln.

»Na, großartig.« Missmutig zeigte May auf die bunten Zuckerstangen auf dem Tresen. »Wie steht es damit?«

Nova nickte zustimmend. »Die Mädchen sind ganz verrückt danach.«

»Dann nehme ich zwei.«

»In Ordnung.« Geschickt wickelte Nova die Süßigkeiten in Papier ein und packte sie zu den Spielsachen in eine Plastiktüte. »Das macht siebenunddreißig Dollar.«

May reichte Nova ihre Kreditkarte, während sie den Betrag im Geiste von ihrem Kontoguthaben abzog. Anschließend nahm sie von Nova die Tüte entgegen, bedankte sich und verließ das Geschäft.

Auf der anderen Straßenseite steckten zwei Frauen sogleich die Köpfe zusammen. Sie machten sich gar nicht erst die Mühe, ihr Getuschel zu verbergen, während ihr Blick mit unverhohlener Missbilligung über Mays Erscheinung glitt.

Unsicher sah May sich um und bemerkte in der Nähe ein älteres Pärchen, das sie ebenfalls voller Abneigung taxierte.

Wo lag eigentlich das Problem dieser Leute?

Sie hatte doch bloß ein paar blaue Strähnchen im Haar. In San Francisco hatte es keine Menschenseele interessiert, wie sie herumlief. Hier schien es sich beinahe um ein Kapitalverbrechen zu handeln, wenn man etwas Farbe in sein Leben brachte.

Nicht zu fassen!

May biss die Zähne zusammen und stapfte zu ihrem Wagen. Als sie einsteigen wollte, bemerkte sie einen Zettel unter dem Scheibenwischer. Sie zog ihn heraus und stieg ein, bevor sie das Blatt Papier auseinanderfaltete und versuchte, die krakelige Handschrift zu entziffern.

Ruf mich jederzeit an, falls die Mädchen etwas brauchen oder du Fragen hast. Egal wann.
Cole Baxter

Darunter hatte er nicht nur seine Mobilfunknummer, sondern auch die Durchwahl seines Büros und seinen privaten Festnetzanschluss notiert. Als wollte er sicherstellen, dass May ihn auch ja erreichte, sobald der erste Notfall eintrat.

Kurz war sie versucht, den Zettel einfach wegzuwerfen. Aber sie würde wohl Coles Hilfe in Anspruch nehmen müssen. Immerhin war sie noch keine Stunde in der Stadt und hätte womöglich ihre jüngste Nichte mit einem Schokoriegel vergiftet.

Seufzend speicherte May die Nummern in ihrem Smartphone ab, bevor sie die Adresse der Avens in die Navigations-App eintippte. Leider vermochte auch die monotone Stimme der Ansage nicht, ihre angespannten Nerven ein wenig zu beruhigen.

Die breite Hauptverkehrsstraße schien der Dreh- und Angelpunkt von Goodville zu sein. Die Gebäude, überwiegend aus dem letzten Jahrhundert, waren allesamt gut in Schuss. Helle Pastelltöne wechselten sich mit schneeweißen Fassaden ab. Nirgends fiel ein Bauwerk optisch aus der Reihe.

Gleiches galt für die Einfamilienhäuser, die auf die Ladenzeile folgten. Jeder Vorgarten glänzte mit einem englischen Rasen, akkurat geschnittenen Hecken und lackierten Zäunen. Je weiter May sich vom Stadtzentrum entfernte, umso größer wirkten die Grundstücke.

Als sie fünf Minuten später vor dem Haus ihrer Schwester hielt, hämmerte ihr Herz gegen ihren Brustkorb, und sie war kurz davor, sich zu übergeben. Ängstlich musterte sie das Anwesen.

Rose hatte ihr vor Jahren Fotos geschickt, als sie und Julian gerade erst mit Cataleya hergezogen waren. Seither schien sich kaum etwas verändert zu haben.

Die Holzfassade des typisch amerikanischen Landhauses war in einem zarten Grau gestrichen, wodurch die weißen Fensterläden und die Verandaumzäunung hervorragend zur Geltung kamen. Links neben der breiten, gepflasterten Einfahrt, in der ein blauer Kleinwagen parkte, führte ein Steinweg zum Hauseingang. Er war gesäumt von kleinen, in einem prächtigen Rosa blühenden Fliederbüschen. Auf dem sorgsam gestutzten Rasen standen zwei Apfelbäume, die allmählich austrieben.

Passend zum Haupthaus befand sich rechts neben der Einfahrt ein kleiner Bungalow. Chesters Heim.

May hatte Julians Vater zuletzt gesehen, als Rose und Julian die Highschool beendet hatten. Schon damals war Chesters aufmerksamen Augen nichts entgangen. Deshalb graute May davor, ihn wiederzusehen. Allerdings lag ihre letzte Begegnung inzwischen mehr als zehn Jahre zurück, und Chester hatte im Moment sicher weitaus größere Sorgen, als sich mit der Vergangenheit zu befassen.

Nervös befeuchtete May ihre trockenen Lippen. Dann nahm sie all ihren Mut zusammen, krallte sich die Tüte mit den Spielsachen vom Beifahrersitz und verließ den Schutz des Chief Cherokee.

Ihre Beine fühlten sich wie Wackelpudding an, als sie die Einfahrt hinauflief und links auf den Steinweg abbog. Sie erklomm die Stufen zu der überdachten Veranda und hob die Hand, um zu klopfen. Da wurde die Tür bereits schwungvoll aufgerissen.

Erschrocken fuhr May zusammen. Sie hatte keine Ahnung, wer die ältere Frau war, die vor ihr stand und abfällig die rot bemalten Lippen schürzte. May schätzte sie auf Mitte fünfzig. Kleine Fältchen zierten ihren Mund und die Augenwinkel. Sie hatte ihr Haar zu einem modischen weißblonden Bob frisiert. Unter einer karierten Schürze lugte eine gelbe Bluse hervor. In der Hand hielt sie ein Geschirrtuch. Wie bei Cole war auch ihr Blick reserviert, skeptisch und erfüllt von tiefer Trauer.

»Guten Tag«, brachte May mit zittriger Stimme hervor. »Mein Name ist May Cambell. Ich bin die Tante von Cathy und Lilly.«

Es schien May ratsam zu sein, die Mädchen bei ihren Spitznamen zu nennen, obgleich sie sich wie eine Heuchlerin fühlte.

»Hallo, Miss Cambell«, begrüßte die Fremde sie kühl und wischte sich die Hände an dem Geschirrtuch ab. »Ich bin Helen Baxter.«

May riss die Augen auf. »Sie sind Coles Mutter?«

Irritiert runzelte Helen die Stirn. »Hat mein Sohn Ihnen nicht gesagt, dass ich bis zu Ihrem Eintreffen im Haushalt aushelfe?«

»Nein, hat er nicht.« Zu seiner Verteidigung musste May jedoch einräumen, dass sie auch nicht danach gefragt hatte. Sie war einfach davon ausgegangen, dass Chester sich trotz seines Handicaps um alles kümmerte. Sie holte tief Luft und streckte der Frau ihre Hand entgegen. »Bitte sagen Sie May zu mir, Ma'am.«

Helen zögerte einen Moment. Dann ergriff sie Mays Hand und schüttelte sie fest. »Komm herein.«

Sowie May einen Schritt über die Türschwelle gesetzt hatte, fuhr ihr ein scharfer Schmerz in die Brust. Wie oft hatte Rose gebettelt, May möge sie doch endlich einmal in Goodville besuchen, damit sie ihr neues Leben und die Kinder kennenlernen konnte. Aber May hatte es nicht ein einziges Mal über sich gebracht. Nun war sie hier – doch Rose würde es niemals erleben.

»Am besten gehen wir in die Küche.«

Langsam folgte May der älteren Frau durch einen breiten Flur. Rechts führte eine weiße Holztreppe hinauf ins Obergeschoss. An den hellblauen Wänden hingen zahlreiche Bilder. Hastig wandte May den Blick ab.

Die großzügige Küche schien der Mittelpunkt des Hauses zu sein. An der linken Wand waren Einbauschränke mit weißen Holzfronten montiert. Unter dem Fenster befand sich die Spüle und in der Mitte eine Kücheninsel mit einem riesigen Herd, die zugleich als Raumteiler diente. Auf der Arbeitsfläche standen eine große, prall gefüllte Obstschale, ein Tonkrug voller Küchenutensilien und eine extravagante Kaffeemaschine.

Helen bezog im Zentrum der Küche Stellung. »Setz dich«, wies sie May an und deutete auf einen der drei Barhocker.

May gehorchte, während Helen zu dem gigantischen Kühlschrank mit Doppeltüren ging, an dessen Fronten bunte, selbst gemalte Kinderbilder und zahlreiche Listen hafteten. Sie holte eine Packung Orangensaft heraus und schenkte ein Glas ein, das sie May reichte.

»Danke.«

Helen nickte. Sie holte einen Topf aus dem Kühlschrank und stellte ihn auf den Herd. Routiniert schaltete sie die Kochplatte ein, angelte einen Holzlöffel aus dem Tonkrug und hob den Deckel. Der würzige Duft des Eintopfes breitete sich in der Küche aus, als Helen umrührte.

Angespannt trank May etwas Saft, obwohl sie überhaupt keinen Durst verspürte. Sie war dermaßen überfordert mit der Situation, dass sie am liebsten schreiend davongerannt wäre. Dabei hatte sie ihre Nichten noch nicht einmal getroffen.

»Wo sind die Mädchen?«, fragte sie, als sie Helens Schweigen nicht länger aushielt.

»Seit dem Unglück sind die beiden täglich im Gemeindezentrum, wo sich ein Psychologe um die Trauerarbeit kümmert. Mein Mann müsste bald mit ihnen zurück sein.« Helen sah May kritisch an. »Was hat mein Sohn dir überhaupt erzählt?«

»Nicht besonders viel.« Betreten schaute May auf das Glas in ihrer Hand. »Genau genommen hat Cole mir sogar davon abgeraten herzukommen, weil er die Vormundschaft für Cathy und Lilly selbst übernehmen will.«

Wieder hüllte Helen sich in Schweigen. Unter dem forschenden Blick von Coles Mutter schrumpfte May innerlich zusammen.

»Ich war nie für die beiden da«, sprudelte es plötzlich aus ihr heraus. »Ich kenne sie nicht, und sie kennen mich nicht. Aber glauben Sie mir, ich wünsche mir nur das Beste für meine Nichten. Ihr Sohn ist bestimmt ein toller Mann, und ich habe gemerkt, wie viel die beiden ihm bedeuten, aber ich ... ich kenne *ihn* genauso wenig. Ich kann nicht einschätzen, ob die Kinder bei ihm wirklich besser aufgehoben sind. Abgesehen davon kann ich doch nicht einfach den letzten Willen meiner Schwester ignorieren. Das wäre falsch, oder nicht?« Hilfe suchend starrte May die ältere Frau an, die jedoch noch immer kein Wort sagte. May seufzte frustriert. »Die drei haben schon genug durchgemacht. Ich will niemandem noch mehr wehtun. Aber Rose und Julian ...« Sie schluckte. »Sie wollten es so. Sie wollten *mich*. Dabei bin ich dieser Verantwortung im Grunde überhaupt nicht gewachsen.«

Helen musterte sie einen Moment lang. Dann stieß sie einen leidgeprüften Seufzer aus. »Ab Montag geht Cathy wieder in die Schule, und Lilly besucht den Kindergarten. Der Psychologe ist der Ansicht, dass es das Beste für die beiden wäre, ihren Alltag so schnell wie möglich wieder aufzunehmen, da ihnen das vertraute Umfeld außerhalb ihres Zuhauses etwas Stabilität bietet. Jeden Dienstag und Donnerstag sollen die beiden weiterhin zur Therapie kommen.«

Überrascht guckte May sie an. Sie hatte nun wahrlich nicht erwartet, ausgerechnet von Coles Mutter ein wenig Unterstützung zu kriegen. Aber irgendwie schien sie mit ihrer wirren Rede einen Nerv bei Helen getroffen zu haben.

»Du solltest jeden Morgen spätestens um halb sieben aufstehen«, fuhr Helen fort, während sie den Eintopf umrührte. »Dann hast du genug Zeit, dich fertig zu machen und das Frühstück vorzubereiten. Lilly isst am liebsten getoastete Waffeln. Cathy will für gewöhnlich Schinkensandwiches, auch für ihre Lunchbox. Wahrscheinlich wird Cathy dir erzählen, dass sie alt genug ist und sich selbst etwas kaufen kann. Aber ich rate dir davon ab, dich auf Geschäfte mit der kleinen Halsabschneiderin einzulassen.« Kurz erschien ein sanftes Lächeln auf Helens Gesicht, bevor sie wieder den Faden aufnahm. »Die Kindersitze findest du in der Garage. Am besten bringst du zuerst Cathy in die Schule. Es reicht, wenn ihr um halb acht das Haus verlasst. Lillys Kindergarten befindet sich eine Straße weiter. Für den Anfang solltest du die beiden nach dem Mittagessen abholen und etwas Zeit mit ihnen verbringen, bevor du sie zu ihren Nachmittagsterminen fährst. Cathy hat jeden Mittwoch um drei Uhr Softballtraining. Lilly macht in der Tanzgruppe des Gemeindezentrums mit. Der Kurs ist freiwillig und findet jeden Montag zwischen vier und fünf Uhr statt. Im Moment wissen wir allerdings noch nicht, ob Lilly weiter tanzen will, da sie ja nicht mehr spricht.«

Entsetzt schnappte May nach Luft. »Sie spricht nicht mehr?«

Ein Ausdruck tiefer Trauer huschte über Helens Gesicht. »Lilly war schon immer sehr sensibel. Der Verlust von Rose und Julian ...« Sie schüttelte den Kopf, und Tränen glitzerten in ihren Augen. »Das war zu viel für unsere Kleine. Sie hat sich komplett in sich selbst zurückgezogen. Nicht einmal Cathy kommt noch an sie heran.«

Du lieber Gott!

Mays Kehle schnürte sich zu. »Und wie geht Cathy mit allem um?«

»Sie ist in erster Linie wütend und stößt jeden von sich. Du wirst dir ein hartes Fell zulegen müssen, um ihr über die Trauer hinwegzuhelfen.«

»Ich werde es versuchen«, erwiderte May leise.

Zu ihrer Überraschung verzogen sich Helens Lippen zu einem Lächeln. »Das glaube ich auch.«

May wurde warm ums Herz. Plötzlich erschien es ihr gar nicht mehr so unmöglich, die Verantwortung für die Kinder zu übernehmen. Es würde anstrengend und chaotisch werden. Aber vielleicht könnte sie es ja doch schaffen ...

»Normalerweise essen die beiden um halb sieben Abendbrot und liegen spätestens um halb acht im Bett«, führte Helen weiter aus. »Zum Einschlafen dürfen sie sich eine Folge *Grüffelo und seine Freunde* anhören. Nur eine, nicht zwei oder drei – auch wenn Cathy versuchen wird, dir etwas anderes weiszumachen.«

Diesmal konnte May sich ein Lächeln nicht verkneifen. Es erlosch jedoch sofort wieder, als sie hörte, wie die Haustür geöffnet wurde.

Schritte polterten durchs Haus, und Mays Herz schlug schneller.

Dann stürmte Cathy in die Küche. Als sie May sah, blieb sie wie angewurzelt stehen.

Mays Magen verknotete sich. Cathy war ein Abbild von Rose. Für ihr Alter war sie groß und wirkte sehr sportlich. Sie trug Jeans, einen blauen Pullover und Turnschuhe. Sie hatte zarte Gesichtszüge und eine Stupsnase. Nur die langen Haare, die am Ende ihres Pferdeschwanzes mehr ins Goldene übergingen, erinnerten an Julians Wuschelkopf. Cathy pustete sich ein paar Strähnen ihres Ponys aus dem Gesicht und sah May mit eisigem Blick an.

»Wer bist du?«, fragte sie, obwohl das Flackern in ihren Augen verriet, dass sie genau wusste, wen sie vor sich hatte.

May beschloss, nicht auf diese Provokation einzugehen. »Ich bin May. Deine Tante.«

»Ich habe keine Tante.«

»Cataleya!«, tadelte Helen das Mädchen, doch May hob die Hand.

»Schon okay.« Sie rutschte vom Barhocker und ging zögernd auf Cathy zu.

Mittlerweile waren auch Lilly und Helens Mann in die Küche gekommen. Im Gegensatz zu ihrer großen Schwester trug Lilly ein hübsches rosafarbenes Kleid mit einem zarten Blumenmuster. Ihre langen Haare hielt sie mit zwei pinken Spangen aus dem Gesicht. Sie drückte einen zerschlissenen Stoffhund an ihre Brust. In ihrem Blick lag keine Wut, sondern Angst. Stumm lehnte sie sich gegen ihre Schwester, die sogleich schützend vor sie trat.

Genau wie Rose früher.

Wieder fuhr May ein Stich in die Brust. Sie ging vor den beiden in die Knie, um ihnen auf Augenhöhe zu begegnen. »Ich bin May«, wiederholte sie und war nicht fähig, das Zittern aus ihrer Stimme herauszuhalten. »Und ich bin euretwegen hier.«

Blanker Hass schlug May entgegen, während Cathy sie anstarrte. Es war offensichtlich, dass das Mädchen sie nicht hier haben wollte.

»Essen ist fertig«, mischte Helen sich ein, die das stumme Duell anscheinend nicht länger mit ansehen konnte.

Trotzig hob Cathy das Kinn und wandte sich von May ab. »Ich habe keinen Hunger.«

Helen schaute betrübt auf sie hinab. »Aber wenn du nichts isst, wird Lilly auch nichts essen.«

Dieses Argument schien Cathy zum Umdenken zu bewegen. Sie ergriff die Hand ihrer kleinen Schwester und führte sie an den großen Esstisch, der sich vor der breiten Fensterfront befand und Platz für sechs Personen bot.

Helen zwinkerte May zu und öffnete den Küchenschrank.

May erhob sich, um Coles Vater zu begrüßen. Aber als sie feststellte, dass seine Miene genauso hart wie die seines Sohnes war, zögerte sie, ihm die Hand zu reichen, sondern beschränkte sich auf ein scheues Winken. »Hallo, ich bin May.«

Coles Vater, von ähnlich beeindruckender Statur wie sein Sohn, straffte die Schultern. »Ich bin Sheriff Mortimer Baxter.«

»Es freut mich, Sie kennenzulernen, Sir.«

Er presste die Lippen aufeinander und musterte sie. Dann wandte er sich ohne eine Erwiderung ab. »Wir sollten uns jetzt auf den Weg machen, Liebes.«

Helen hielt kurz inne, ehe sie nickte und die Teller, die sie gerade aus dem Schrank genommen hatte, auf der Arbeitsplatte abstellte.

»Ach, bitte! Bleiben Sie doch noch zum Essen«, bat May angespannt.

Doch der Sheriff schüttelte entschieden den Kopf. »Sollten Sie nicht allein zurechtkommen, rufen Sie meinen Sohn an. Er erwartet Ihren Anruf.«

May wurde übel, als sie die volle Bedeutung seiner Worte erfasste. Er stieß sie ins kalte Wasser, weil er wollte, dass sie scheiterte und einsah, dass Cole die bessere Wahl für die Kinder war.

Trotz regte sich in May. »Ich denke, das wird nicht nötig sein, aber vielen Dank für das Angebot.«

Entrüstung blitzte in den Augen des Sheriffs auf, bevor er davonstapfte, um sich von den Mädchen zu verabschieden. Leise sprach er auf die beiden ein. Allerdings fiel Cathys Reaktion viel zu heftig aus, um überhört zu werden.

»Ich will aber nicht, dass diese Kuh allein mit uns hierbleibt«, schimpfte das Mädchen. »Sie hat *blaue* Haare, Morti. Sie sieht aus wie ein Schlumpf.«

Wie nett.

Wieder senkte Coles Vater die Stimme und flüsterte ihnen etwas zu, um sie zu beruhigen. Unterdessen kam Helen aus der Küche. Im Vorbeigehen drückte sie kurz Mays Oberarm. Wahrscheinlich war die Geste ermutigend gemeint, doch das milderte Mays Beklommenheit nicht im Geringsten. Nur ihr Stolz hielt sie davon ab, Coles Eltern schließlich doch noch anzuflehen.

Mortimer nahm eine kleine gepackte Reisetasche und ging ohne ein weiteres Wort hinaus. Seine Frau küsste die Mädchen zum Abschied auf die Stirn und bedachte May mit einem knappen Lächeln, bevor sie ebenfalls das Haus verließ. Die Tür glitt leise hinter ihr ins Schloss.

May war allein mit den beiden Kindern, für die sie nun die Verantwortung übernehmen sollte. Sie saßen noch immer am Esstisch, Cathy schmollend, Lilly unsicher.

Ein Knoten bildete sich in Mays Magen. Was jetzt?

Essen!

Essen war immer eine gute Idee, und außerdem hatte Helen ihnen ja bereits ein Mittagessen zubereitet. Rasch lief May in die Küche, zögerte jedoch in der fremden Umgebung.

Ganz ruhig, May. Du schaffst das. Stell dir einfach vor, du arbeitest beim Catering. Das hast du doch schon tausendmal gemacht. Also, kein Grund durchzudrehen.

Im Stillen sprach May sich selbst Mut zu, bevor sie die Suppenkelle aus dem Tonkrug fischte und etwas von dem Eintopf auf die Teller schöpfte. Als sie die Schubladen nach Löffeln durchsuchte, kam sie sich vor wie ein Eindringling. Doch sie schob dieses Gefühl beiseite und konzentrierte sich auf ihre Aufgabe.

Sie brachte zwei gefüllte Teller an den Tisch und holte Besteck, Gläser und Saft. Erwartungsvoll sah sie die Kinder an. Weder Cathy noch Lilly reagierten. Stattdessen starrten die Mädchen unglücklich auf die Teller.

»Lasst es euch schmecken«, sagte May und überlegte, ob sie sich zu ihnen setzen sollte. Vielleicht war das keine gute Idee. Andererseits fühlte es sich auch falsch an, die Kinder einfach sich selbst zu überlassen. Also setzte sie sich auf den Stuhl, der gegenüber von Cathy stand.

Zorn flackerte in ihrer Miene auf. »Das ist Moms Stuhl.«

May schoss nach oben, als hätte ihr Hintern Feuer gefangen. »Tut mir leid. Das wusste ich nicht.«

Cathy schnaubte, und May tippte unsicher auf den Stuhl neben ihr. »Und dieser hier? Ist das der Stuhl von eurem Dad?«

Tränen traten in Cathys Augen, doch sie kämpfte verbissen dagegen an und senkte den Blick.

Mehr Bestätigung brauchte May nicht. In der Hoffnung, sich keinen weiteren Fauxpas zu leisten, ließ sie sich auf den Stuhl am Tischende sinken. Diesmal blieb Cathy stumm, griff aber immer noch nicht nach dem Löffel.

»Bitte esst etwas«, sagte May und deutete auf die Teller. »Die Suppe schmeckt bestimmt köstlich. Helen hat sich sehr viel Mühe gegeben.«

Lilly schaute unentschlossen zu Cathy, die den Löffel nahm und schweigend zu essen begann. Also tat Lilly es ihr nach.

»Ihr habt sicher eine Menge Fragen«, wagte May sich vor. »Und ich auch. Ich würde mich freuen, wenn wir uns ein bisschen besser kennenlernen.«

»Wozu?«, zischte Cathy, ohne sie anzusehen. »Du wirst ja doch wieder verschwinden.«

May versteifte sich. Sie konnte einfach nicht glauben, wie abgeklärt ihre siebenjährige Nichte war. Es lag ihr auf der Zunge, den Kindern zu versichern, dass sie nirgendwohin gehen würde. Aber würde sie dieses Versprechen tatsächlich halten?

Sie wusste es nicht. Cole hatte anscheinend doch recht gehabt, und irgendwie ärgerte May sich darüber.

Lilly warf ihr einen schüchternen Blick zu. In ihren riesigen blauen Augen lag ein neugieriger Ausdruck. Aber sobald May sie direkt ansah, schaute sie schnell wieder auf ihren Teller und löffelte weiter ihre Suppe.

Um die beiden nicht noch einmal aufzuregen und dadurch vom Essen abzuhalten, hielt May den Mund und wartete.

»Möchtet ihr noch mehr?«, fragte sie, sobald die Teller leer waren.

»Nein«, murrte Cathy, woraufhin Lilly ebenfalls mit dem Kopf schüttelte.

Fieberhaft überlegte May, wie sie das Eis zwischen ihnen brechen könnte. Da fiel ihr die Tüte ein.

»Ich habe euch etwas mitgebracht.« Eilig nahm sie die Tüte vom Barhocker, holte den Teddy für Lilly heraus und streckte ihn ihr entgegen.

Für den Bruchteil einer Sekunde leuchteten die Augen der Kleinen auf. Dann schaute sie weg.

»Lilly mag Hunde«, stellte Cathy klar und bedachte May mit einem Gesichtsausdruck, der ihr deutlich zu verstehen gab, was sie von dem Teddy hielt.

Enttäuscht ließ May das Stofftier sinken. »Ich kann ihn auch umtauschen.« Sie setzte den Teddy auf den Tisch. »Aber eventuell werdet ihr ja doch noch Freunde, Lilly. Was meinst du? Gibst du ihm eine Chance?«

Die Kleine schwieg, worauf May mit einem ungutem Gefühl die Puppe aus der Tüte nahm.

»Ist das dein Ernst?«, rief Cathy entgeistert aus. »Ich hasse Puppen! Nur Babys spielen damit.«

Du liebe Güte! Was für ein Debakel.

»Was magst du denn?«, fragte May leise, erhielt jedoch keine Antwort.

Frustriert legte sie die Puppe neben den Teddy und kramte die Zuckerstangen heraus. Bestimmt würde Cathy auch diesen Annäherungsversuch abschmettern. Also legte sie die Süßigkeiten neben die Spielsachen und räumte den Tisch ab.

»Komm, Lil, wir gehen spielen«, entschied Cathy und stand auf.

Lilly rutschte von ihrem Stuhl, aber nicht, ohne einen sehnsüchtigen Blick auf die Geschenke zu riskieren. Sie umklammerte den Stoffhund und ergriff Cathys Hand.

»Wollen wir ein bisschen an die frische Luft gehen?«, fragte May. Durch die Fenster sah sie in den großzügigen Garten hinter dem Haus. Die Veranda war zum Teil überdacht und vollgestellt mit bunt bepflanzten Blumentöpfen. Auf der rechten Seite standen zwei Liegestühle. Farbenfrohe Blütenbüsche und Obstbäume zierten den Rasen. Eine dichte Hecke säumte die Grundstücksgrenze. Etwas weiter hinten stand eine riesige Weide, an der eine Reifenschaukel hing. Ein Trampolin stand ein Stück weit daneben. Außerdem lagen ein paar Bälle im Gras. Vielleicht könnten sie zusammen etwas spielen.

»Wir gehen lieber nach oben«, schmetterte Cathy Mays Vorschlag ab. »Allein.«

Ihre Worte duldeten keinen Widerspruch. May sah ein, dass es sinnlos war, mit einer traumatisierten Siebenjährigen zu diskutieren. Also rang sie sich zu einem verständnisvollen Lächeln durch. »In Ordnung. Falls ihr etwas braucht, ich bin hier unten.«

Ohne eine Erwiderung gingen die Mädchen hinauf. May rieb sich seufzend über die Stirn.

Na, das war ja großartig gelaufen.

Andererseits konnte sie wohl auch nicht erwarten, dass ihre Nichten sie mit offenen Armen empfingen. Sie musste geduldig sein und ...

Die Haustür flog auf und krachte gegen die Wand.

»Helen!«, keifte eine kratzige Männerstimme. »Wo bleibt mein verdammtes Mittagessen?«

Erschrocken wirbelte May herum.

Chester Avens war früher einmal ein stattlicher Mann gewesen, der Vitalität und Lebensfreude ausstrahlte. Doch die zahlreichen Schicksalsschläge, die er in seinem Leben hatte ertragen müssen, hatten ihn unübersehbar gezeichnet. Seine Kleidung, bestehend aus einer Cordhose und einem Leinenhemd, schlackerte an seinem ausgemergelten Körper. Tiefe Falten hatten sich in sein Gesicht gegraben, und ein verkniffener Zug lag um seinen Mund. Die rechte Hand auf einen Gehstock gestützt, schlurfte er zum Essbereich. Als er May entdeckte, runzelte er die Stirn. Dann grinste er spöttisch. »Na, so was. Wenn das mal nicht die verschollene Tante Violet ist.«

Obwohl sich Mays Brust vor Mitgefühl zusammenzog, bemühte sie sich darum, sich nichts anmerken zu lassen, denn sie ahnte, dass Chester es nicht ausstehen konnte, wenn man ihn bemitleidete. »Hallo, Chester.«

»Hast ja doch noch den Weg hierhergefunden«, stichelte er und schnitt eine höhnische Grimasse. »Dumm nur, dass dafür erst mein Sohn und deine Schwester draufgehen mussten.«

May war klar, dass lediglich der Schmerz aus dem Alten sprach. Trotzdem hätte sie ihm am liebsten eine schallende Ohrfeige verpasst. Damit sie nicht die Beherrschung verlor, nahm sie die schmutzigen Teller und ging an ihm vorbei in die Küche.

Während Chester sie unverhohlen musterte, räumte May mit vorgetäuschter Ruhe den Geschirrspüler ein. Als sie fertig war, ergriff sie einen Lappen und wischte den Tisch ab.

»Ich habe Hunger«, informierte Chester sie und klang dabei wie ein verwöhntes Kleinkind.

Beinahe hätte May gelacht. Mittlerweile lagen ihre Nerven blank. Erst Cole, dann ihre abweisenden Nichten, jetzt dieser verbitterte alte Mann.

Ihr war das alles zu viel.

Chester stieß ein ungeduldiges Knurren aus. »Ich will etwas essen. Sofort.«

Okay, das reichte jetzt.

May ließ den Lappen fallen, drehte sich um und sah Chester mit einem zuckersüßen Lächeln an. »Helen hat Eintopf gekocht, den du selbstverständlich gern essen kannst. Greif ruhig zu.«

Chester wurde puterrot im Gesicht. »Ich kann nicht richtig gehen, falls du das noch nicht gemerkt hast.«

Das stimmte wohl. Aber er war auch nicht völlig aufgeschmissen. Immerhin schaffte er es noch, seine freie Hand zur Faust zu ballen. Da konnte er ebenso gut einen Teller tragen.

»Also schön«, erwiderte May und stemmte die Hände in die Hüften. »Ich werde dir helfen, wenn du, erstens, wirklich Hilfe brauchst, mich, zweitens, freundlich darum bittest und, drittens, nie wieder derart respektlos von Rose und Julian sprichst.«

Scham flackerte in Chesters Miene auf. Doch dann nickte er

zu Mays Erstaunen. »Von mir aus.« Missmutig deutete er hinter sich. »Tür ist offen.«

Als er sich abwendete, räusperte May sich. »Ich fürchte, wir haben uns falsch verstanden, Chester. Ich werde dich *nicht* bedienen.«

Schockiert riss er die Augen auf. »Aber Rose hat mir immer meine Mahlzeiten gebracht.«

Ja, das sah Rose ähnlich. Sie hatte sich stets um alle gekümmert. Normalerweise hätte May ihr sofort nachgeeifert. Aber es war Chester anzumerken, dass ihm die Einsamkeit nicht guttat. Er brauchte wieder einen Sinn im Leben, und seine Enkeltöchter brauchten ihn.

Also beschloss May, den Kopf hinzuhalten. »Ich bin aber nicht Rose. Je eher du das begreifst, umso besser.«

Kapitel 4

Cole

Die Sonne war gerade erst aufgegangen, als Cole durch die leeren Straßen von Goodville joggte. Schweiß rann seine Schläfen hinab. Seine Atemzüge dröhnten viel zu laut in seinen Ohren, und weil er sich nicht richtig aufs Luftholen konzentrierte, hatte er jetzt Seitenstechen.

Früher hatte ihm das Laufen geholfen, den Kopf freizukriegen. Aber heute funktionierte nicht einmal das. Er war fast verrückt vor Sorge um die Mädchen.

In den ersten Tagen nach dem schrecklichen Unfall war Cole ihnen nicht von der Seite gewichen. Er hatte sein Möglichstes getan, um sie aufzufangen. Aber nach einer Weile hatte seine Mutter das Ruder übernommen, da er schlichtweg an seine Grenzen gestoßen war.

»Auch du brauchst Zeit, deine besten Freunde zu betrauern«, hatte sie gesagt und war vorübergehend im Hause Avens eingezogen.

Und so hatte seine Mutter über Cathy und Lilly gewacht, was Cole einigermaßen beruhigt hatte. Aber jetzt war eine Fremde bei ihnen. Eine Frau, die kaum in der Lage zu sein schien, für sich selbst zu sorgen, geschweige denn für zwei hilflose Kinder.

Was, wenn sie Lilly etwas zu essen gab, das Nüsse enthielt?

Oder wenn Cathy wieder einen Wutanfall bekam? Was, wenn sich Lilly wegen May noch mehr in sich selbst zurückzog? Oder vielleicht träumte Cathy wieder schlecht und brauchte jemanden, der sie tröstete? Es gab so wahnsinnig viele Möglichkeiten ...

Coles Vater war der Ansicht, dass May wohl am schnellsten zur Einsicht gelangte, wenn man sie direkt mit ihrer Unfähigkeit konfrontierte. Aber Cole hatte einfach ein mieses Gefühl dabei. Vor allem weil sie sich nicht ein einziges Mal gemeldet hatte, seit seine Eltern sie gestern Mittag allein gelassen hatten.

Am liebsten hätte Cole sie angerufen und sich nach dem Rechten erkundigt. Allerdings befürchtete er, dass er ihren Trotz noch weiter befeuern würde, wenn er sein Misstrauen offenbarte. Also war er die halbe Nacht lang wie ein Geistesgestörter durchs Haus getigert, und als er es nicht mehr ausgehalten hatte, hatte er beschlossen, eine Runde laufen zu gehen.

Die Stadtgrenze von Goodville kam in Sicht, woraufhin Cole sein Tempo verlangsamte und schließlich stehen blieb. Keuchend starrte er vor sich hin. Wenn er jetzt noch eine halbe Meile in diese Richtung lief, wäre er innerhalb weniger Minuten bei ihnen.

Inzwischen war es kurz vor sieben. Die Mädchen waren also sicher schon wach. Ob sie bereits am Frühstückstisch saßen? Oder trauten sie sich nicht aus ihren Zimmern heraus und hungerten?

Der Gedanke reichte aus, um Cole zu einer Kehrtwende zu bewegen. Sollte May ihn doch für einen Skeptiker halten. Er würde auf keinen Fall zulassen, dass seine Mädchen noch mehr litten.

Cole lief zur Bäckerei und besorgte ofenwarme Brötchen und nussfreies Gebäck. Er versuchte, sein Tempo zu drosseln, um wenigstens zu einer halbwegs annehmbaren Zeit hereinzuplatzen. Aber je näher Cole seinem Ziel kam, umso klarer wurde ihm, dass es im Grunde keine Rolle spielte, ob May ihn für einen verrückten Spanner hielt oder nicht.

Mit langen Schritten ging er die Einfahrt hinauf und klingelte. Kurz darauf öffnete May die Tür. Sie riss erstaunt die Augen auf. »Cole!«

»Guten Morgen«, sagte er, während er sie aufmerksam musterte. Sie war immer noch blass, und unter ihren Augen lagen Schatten, die seinen eigenen alle Ehre machten. Doch sie wirkte nicht mal ansatzweise so abgekämpft, wie er es sich insgeheim erhofft hatte. Die Haare mit den blauen Strähnen hatte sie sich mit einer Klammer nach oben gesteckt. Auf ihrer Wange klebte Mehl. Sie trug wieder diese lässigen Jeansshorts und darüber ein locker sitzendes Fan-Shirt der Rolling Stones. Beides zeigte sehr viel ihrer leicht gebräunten Haut.

»Was machst du hier?«, fragte sie und riss ihn aus seinen Gedanken.

Unbeholfen hielt Cole die Tüte der Bäckerei in die Höhe. »Ich dachte, ihr habt vielleicht Lust auf Frühstück.«

Sie zog die Augenbrauen in die Höhe, woraufhin Cole sich ziemlich blöd vorkam.

Das war neu. Normalerweise reagierten die Leute mit einem Lächeln und gaben ihm nicht das Gefühl, ein unwillkommener Bittsteller zu sein.

»Cole!« Cathy schoss an May vorbei, sprang an ihm hoch und schlang die Arme um seinen Nacken. Sie drückte ihn so fest an sich, dass es ihn innerlich fast zerriss.

»Hey, Kitty-Cat.« Liebevoll strich er ihr über den Hinterkopf, blieb jedoch in einem Knäuel aus Haaren hängen, das reichlich wirr von einem Zopfgummi zusammengehalten wurde.

»Aua!«

»Sorry.« Cole setzte Cathy ab und betrachtete das Vogelnest auf ihrem Kopf. »Schicke Frisur.«

Cathy verzog das Gesicht. »Dieses blöde Gummi ist immer wieder rausgerutscht. Kannst du das machen?«

»Klar.« Nur mühsam verbiss Cole sich ein triumphierendes Grinsen. Cathy hasste es, mit offenen Haaren herumzulaufen, aber offensichtlich hatte sie sich nicht von May helfen lassen wollen. »Ich kümmere mich gleich darum, aber lass uns erst mal etwas essen.«

»O ja!« Ihre Augen leuchteten auf. Sie ergriff seine Hand und zerrte ihn mit sich in die Küche.

Dort saß Lilly am Esstisch, ihren Stoffhund fest an sich gedrückt. Sie lächelte scheu, als sie Cole sah.

Er war erleichtert.

Dem Himmel sei Dank, es ging ihr gut.

Lilly schaute wieder auf ihren Teller. Darauf lag ein Pancake – und er hatte ein Gesicht. Augen aus Weintrauben, ein Stück Banane als Nase und eine Spur aus Himbeeren als grinsenden Mund.

Auf Cathys Teller lag ein Omelett. Auch dieses hatte ein Gesicht, allerdings aus Schinkenstückchen und Tomaten.

Das hatte er nicht erwartet, es war irgendwie ... süß.

Fassungslos musterte Cole den sorgsam gedeckten Tisch, auf dem ein Teller mit Wurst und Käse und außerdem Schalen mit Müsli, Joghurt, Milch standen. May musste eine Ewigkeit dafür gebraucht haben, um all die liebevollen Details zu arrangieren. An der Stirnseite lagen zwei unbenutzte Gedecke.

Cole fragte sich gerade, ob May hellseherische Fähigkeiten besaß, als Chester hinter ihm in die Küche schlurfte. »Morgen«, brummte er und inspizierte mit grimmiger Miene den Frühstückstisch, ehe er sich neben Lilly setzte und seinen Teller volllud, als wäre es das Normalste der Welt.

Cole fiel die Kinnlade runter. Er konnte gar nicht zählen, wie oft Rose und Julian versucht hatten, den mürrischen Alten nach seinem Unfall an ihren Tisch zu locken. Aber er hatte jedes Mal abgelehnt und es vorgezogen, allein in seinen vier Wänden zu essen. Und nun – keine vierundzwanzig Stunden, nachdem May angekommen war – frühstückte er in ihrem Haus.

»Guten Morgen, Chester«, flötete May, während Cathy den Stuhl vor dem letzten freien Gedeck auffordernd zurechtrückte.

Flehend sah sie Cole an. »Setz dich neben mich, ja?«

May versteifte sich, weshalb sich prompt sein schlechtes Gewissen regte. Es fühlte sich ganz und gar nicht richtig an, dass er sich einfach auf ihren Platz setzte.

»Schon in Ordnung«, sagte May, der sein Zögern nicht entgangen war. »Ich will ohnehin gern duschen.« Sie lächelte gequält und huschte aus dem Zimmer.

Stirnrunzelnd schaute Cole ihr nach. Dieser betrübte Ausdruck in ihren Augen gefiel ihm nicht, und das verwirrte ihn. Warum sollte es für ihn eine Rolle spielen, was May wollte oder wie sie sich fühlte? Ihm ging es ausschließlich um die Kinder.

»Jetzt komm schon«, rief Cathy und klopfte auf die Sitzfläche.

Cole folgte ihrer Anweisung, und sie rutschte zufrieden auf ihren Stuhl. Dann schob sie den Teller mit dem Omelett beiseite und ergriff die Tüte, die Cole auf den Tisch gelegt hatte. Sie holte einen mit Käse überbackenen Bagel heraus und strahlte Cole an. »Danke.«

Sie klang so euphorisch, als hätte Cole eine Heldentat vollbracht. Einerseits war er froh, dem Mädchen eine Freude machen zu können. Andererseits hatte May sich mit dem Omelett mächtig ins Zeug gelegt. Er deutete auf den Teller. »Willst du das nicht essen?«

Cathy schnitt eine Grimasse. »Nee.«

»Sieht doch lecker aus.«

Gleichmütig zuckte Cathy mit den Schultern. »Ich will das nicht. Ich will *sie* nicht.«

Sosehr Cole sich auch darüber freute, empfand er doch von Neuem so etwas wie Mitleid mit May. Cathy konnte echt gnadenlos sein, wenn sie ihre Mauern hochgefahren hatte. Sicher lagen harte Stunden hinter May. »Dann hast du nichts dagegen, wenn ich es esse?«

Mit vollem Mund schüttelte Cathy den Kopf.

Eigentlich hatte Cole gar keine Lust auf ein Omelett. Aber er bemerkte Lillys unentschlossenen Blick. Lilly liebte Pancakes, schien aber zu befürchten, ihrer großen Schwester in den Rücken zu fallen, wenn sie ein Gericht aß, das May zubereitet hatte.

Kurzerhand zog Cole den Teller zu sich, langte nach einer Gabel und aß etwas von dem Omelett. Überrascht riss er die Augen auf. »Wow! Das schmeckt wirklich gut.«

Das war noch nicht mal gelogen. Das Ei war fluffig, perfekt gesalzen und der Schinkenspeck knusprig. Nicht mal seine eigene Mutter kriegte das so gut hin. Cole fragte sich, wo May gelernt hatte, so zu kochen. Soweit er von Rose wusste, hatte sie früher äußerst ungern am Herd gestanden.

Cathy schnaubte nur, während sich ihr Großvater zu einem zustimmenden Brummen herabließ.

Cole zwinkerte Lilly zu, die daraufhin ihre Zurückhaltung aufgab und sich über den Pancake hermachte.

»Also, wie läuft es hier?«, fragte Cole, bevor er sich einen weiteren Bissen in den Mund schob.

Wieder stieß Cathy ein abfälliges Schnaufen aus. »Sie kümmert sich kein bisschen um uns, Cole.«

Cole blieb beinahe das Ei im Hals stecken. »Was?«

»Gestern habe ich allein mit Lilly gespielt, ihr ein Sandwich zum Abendessen gemacht, sie gebadet, ihr die Zähne geputzt und sie ins Bett gebracht. Ich allein!«

»Und wo war May?«, fragte Cole betont ruhig, weil er fürchtete, jeden Moment aus der Haut zu fahren.

»Keine Ahnung.« Cathy schob sich ein weiteres Stück Bagel in den Mund. »Ist mir auch egal. Ich komme prima ohne sie klar.«

»Du bist ein Kind, Kitty-Cat«, erwiderte Cole sanft und streichelte ihr über das zerzauste Haar. »Du solltest nicht allein klarkommen müssen.«

»Aber so ist es eben.« Vor Wut und Kummer färbten sich ihre Wangen rot. »Unsere Eltern sind ja nicht mehr da, um sich um uns zu kümmern.«

Fluchend ließ Chester das Besteck fallen, drückte sich mithilfe seines Gehstocks auf die Beine und schlurfte ohne ein weiteres Wort hinaus.

Cathy reckte trotzig das Kinn, während sich Lillys Augen mit Tränen füllten. Sie schob den Teller mit dem halben Pancake beiseite, als wäre ihr der Appetit vergangen. Das konnte Cole gut nachvollziehen. Das luftige Omelett lag ihm plötzlich bleischwer im Magen.

»Ihr seid nicht allein«, sagte er mit belegter Stimme. »Ihr habt immer noch mich.«

»Aber du bist nicht hier«, entgegnete Cathy leise. Jeglicher

Kampfgeist schien aus ihr gewichen zu sein. Stattdessen wirkte sie vollkommen verloren. »Hier sind nur May und Grandpa, und keiner von beiden will uns haben.«

Cole hätte Cathy nur zu gern widersprochen. Aber Tatsache war, dass Chester sich viel zu sehr in seinem eigenen Schmerz verfangen hatte. Er bekam gar nicht mit, was um ihn herum passierte. Und May hatte sich noch nie für die Kinder interessiert. Was leider nicht hieß, dass sie das Sorgerecht für sie letztlich auch abtreten würde.

»Ihr werdet mir immer wichtig sein«, sagte Cole und sah den beiden Mädchen fest in die Augen, damit sie keinen Zweifel daran hegten, wie ernst es ihm war.

Ein hoffnungsvoller Ausdruck huschte über Cathys Gesicht. »Dann holst du uns wirklich zu dir?«

Cole nickte. »Zumindest werde ich alles dafür tun.«

»Versprich es!«

»Ich verspreche es dir, Kitty-Cat.« Cole wandte sich an ihre kleine Schwester. »Und dir auch, Lilly-Pop.«

Für den Bruchteil einer Sekunde zeigte sich echte Erleichterung in Lillys ernsten blauen Augen, bevor das Mädchen den Blick senkte. Doch das genügte.

Cole holte tief Luft und wechselte das Thema, damit er nicht vollends die Kontrolle über seine Gefühle verlor. »Seid ihr etwa schon satt?«

»Jepp.« Schnell stopfte Cathy sich den Rest ihres Bagels in den Mund, sprang auf und holte eine Haarbürste, die sie ihm auffordernd entgegenstreckte.

Cole hatte die beiden schon so oft frisiert, dass er im Handumdrehen die Knoten auf Cathys Kopf entwirrt und ihre Haare zu einem ordentlichen Pferdeschwanz zusammengebunden hatte. Sie stieß einen zufriedenen Seufzer aus und machte Lilly Platz, deren Haare er mit der gleichen Vorsicht kämmte.

Als er fertig war, fühlte er sich einmal mehr bestätigt in seinem Entschluss. Er lächelte die Mädchen an. »Geht ein bisschen raus in den Garten. Die frische Luft wird euch guttun.«

Die beiden nickten und rannten los, um ihre Schuhe zu holen.

»Zieht euch auch eine Jacke über«, rief Cole ihnen hinterher, als er sich erhob, um den Tisch abzuräumen. »Es ist noch ziemlich kühl draußen.«

»Jawohl, Coach«, brüllte Cathy zurück, und Cole musste grinsen.

Wenig später war der Tisch abgeräumt, das Essen wieder im Kühlschrank verstaut und das schmutzige Geschirr in der Spülmaschine einsortiert. Während Cole an seinem Kaffee nippte, beobachtete er die Mädchen durch das Küchenfenster.

Lilly saß in der Reifenschaukel und ließ sich von Cathy anschubsen. Früher hatten sich die beiden Mädchen oft um die Schaukel gestritten, aber seit dem Unfall tat Cathy alles, um ihre kleine Schwester aufzumuntern.

Das Problem war nur, dass auch Cathy trauerte. Man übersah es leicht, da sie sich ständig von ihrer zähen Seite zeigte. Aber tief in ihrem Inneren war sie genauso verletzt wie Lilly, egal, wie sehr sie gegen ihren Kummer anzukämpfen versuchte. Es war verdammt noch mal nicht ihre Aufgabe, stark für Lilly zu sein und sich obendrein allein um ihre kleine Schwester zu kümmern. Wie hatte May die beiden einfach sich selbst überlassen können? Warum hatte sie ihnen nicht wenigstens Abendessen gemacht oder ihnen vor dem Zubettgehen geholfen?

Je länger Cole darüber nachdachte, wie Cathy sich ganz allein den alltäglichen Herausforderungen stellte, umso wütender wurde er. Es grenzte an ein Wunder, dass er May nicht sofort anschrie, als sie in die Küche zurückkehrte.

Ihr Haar war noch feucht von der Dusche, und der süße Duft des Shampoos, der sie umhüllte, breitete sich im ganzen Raum aus. Er kitzelte angenehm in Coles Nase.

Sofort verzog er das Gesicht. Er war nun wirklich nicht scharf darauf, sein Gehirn mit positiven Sinneseindrücken von May zu füttern. Deshalb trank er noch einen Schluck von seinem Kaffee.

Schweigend holte sie sich eine große Tasse aus dem Schrank und schenkte sich Kaffee ein.

Einen kurzen Moment lang war Cole abgelenkt, als er bemerkte, dass May sich ausgerechnet für Roses Lieblingstasse entschieden hatte. Cathy und er hatten sie vor Jahren zusammen auf dem Wochenmarkt ausgesucht und Rose zum Geburtstag geschenkt. Noch heute konnte Cole sich an ihr Strahlen erinnern, als sie verzückt die handgemalten Blüten betrachtete.

»Du bist noch hier«, stellte May fest und trat neben ihn. Sie schaute ihn nicht an, sondern sah ebenfalls in den Garten hinaus.

Cole musste ihr zugutehalten, dass sie nicht unfreundlich geklungen hatte. Dennoch kehrte sein Zorn mit aller Macht zurück. »Ich brauche keinen Grund, um bei den Mädchen zu sein.«

»Stimmt«, erwiderte May ruhig. »Allerdings ist es schwer, an sie heranzukommen, wenn du da bist.«

»Jetzt tu bloß nicht so, als würde dir etwas daran liegen, mit ihnen eine Beziehung aufzubauen.«

»Wie bitte?«

Er knirschte mit den Zähnen. »Cathy hat mir alles erzählt. Du hast dich kein Stück um die beiden gekümmert, seit du hier bist.«

Mays Wangen röteten sich, darüber hinaus blieb ihre Miene völlig verschlossen. »Nun, dann hat sie geschwindelt.«

»Cathy würde mich niemals anlügen«, knurrte er, stellte die Tasse ab und trat vom Fenster weg, um etwas Abstand zwischen sie zu bringen. »Wenn sie sagt, dass du sie und Lilly sich selbst überlassen hast, dann glaube ich ihr.«

»Ich bin für die beiden da, wenn sie mich brauchen.« May drehte sich um und lehnte sich lässig gegen die Anrichte. »Aber ich dränge mich ihnen nicht auf.«

»Das sind Kinder, May!« Wütend zeigte Cole zum Garten. »Es ist absolut verantwortungslos, sie unbeaufsichtigt zu lassen, wenn sie in der Küche mit Messern herumhantieren oder in der Badewanne sitzen.«

Mays Wangen wurden noch dunkler, doch sie sagte kein Wort. Sie versuchte nicht einmal, sich zu rechtfertigen! Sein Puls schoss in die Höhe.

»Überlass die beiden mir«, beschwor er sie, obwohl es ihm schwerfiel, die Aggression aus seiner Stimme herauszuhalten. »Ich werde für sie sorgen und vor jeder Gefahr beschützen.«

Mays Augen wurden schmal. Sie wandte den Blick ab und schaute wieder zum Fenster hinaus. »Ich hatte dich darum gebeten, mir dieses Wochenende Zeit zu lassen, damit ich in Ruhe über alles nachdenken kann.«

»Wozu?«, rief Cole aus. »Das mit euch dreien wird niemals funktionieren. Das wissen wir alle.«

Einen Moment lang starrte May ausdruckslos in den Garten. Dann seufzte sie leise. »Na schön. Dann bringen wir es eben gleich hinter uns.«

Coles Herzschlag beschleunigte sich. »Also ziehst du dich zurück?«

May drehte den Kopf und sah ihn an. »Ich werde dem Wunsch von Rose und Julian entsprechen und mich in Zukunft um ihre Töchter kümmern.«

»Nein«, stieß Cole hervor und kämpfte gegen den Schmerz an, der sich in seiner Brust ausbreitete. Er öffnete den Mund und wollte widersprechen, doch May kam ihm zuvor und schüttelte den Kopf. »Vergiss es, Cole. Du wirst mich nicht umstimmen.«

»Aber du wirst euch alle drei nur unglücklich machen.«

»Vielleicht«, stimmte May ihm zu und besaß die Frechheit, ihn anzulächeln. »Vielleicht aber auch nicht. Das wird die Zeit zeigen. Bis dahin gib uns bitte etwas Freiraum.«

Freiraum? Ein Tritt in die Eier wäre nicht wirkungsvoller gewesen als dieses Wort. Wenn Cole sich jetzt zurückzog, würden die beiden Mädchen denken, er hätte sie im Stich gelassen, und dann würde er sie ebenfalls verlieren.

Verzweiflung packte ihn. »Fünfzig Riesen.«

Verständnislos runzelte May die Stirn. »Was?«

»Ich zahle dir fünfzigtausend Dollar, wenn du die Vormundschaft an mich abtrittst.«

Mays Augen weiteten sich. Zum ersten Mal bröckelte ihre stoische Fassade. Blanke Wut erschien in ihrem Gesicht. »Raus!«

Ihr schneidender Tonfall sorgte dafür, dass Cole beinahe zusammenzuckte. Unter anderen Umständen wäre er vor Scham im Erdboden versunken, aber seine Angst hatte ihn fest im Griff. »Denk darüber nach, May. Mit dem Geld wärst du all deine Sorgen auf einen Schlag los. Du könntest durch die Welt reisen und...«

»Du sollst verschwinden!«, schrie sie.

Cole biss die Zähne zusammen. Ohne ein weiteres Wort ging

er an ihr vorbei und verließ das Haus. Er hatte die Einfahrt noch nicht erreicht, da hielt er bereits sein Handy in der Hand und wählte Sophias Nummer.

Die junge Anwältin war zum Glück schon wach. »Cole? Was ist los?«

»Wie kann ich das Testament von Rose und Julian anfechten?«, presste er hervor.

Am anderen Ende der Leitung schnappte Sophia nach Luft. »Sie will es wirklich durchziehen?«

»Sieht ganz so aus.« Wütend trat Cole gegen einen Stein, der in einem hohen Bogen über den Asphalt flog. »Was kann ich dagegen tun?«

»Ich fürchte gar nichts, Cole. Ich habe schon sämtliche Möglichkeiten überprüft. Es liegt weder ein Formfehler noch ein Irrtum vor. Rose und Julian waren bei voller geistiger Gesundheit, als sie diese Entscheidung trafen. Die beiden wussten genau, was sie taten.«

Cole fluchte. »Könnte das Dokument nicht einfach als Fälschung ausgelegt werden?«

»Du hast das Schriftstück doch gesehen. Es wurde sogar notariell beglaubigt.«

Aufgewühlt fuhr Cole sich durch die Haare. »Es muss doch irgendein Schlupfloch geben.«

»Nicht, was das Testament betrifft.« Sophia zögerte einen Moment. »Allerdings besteht eventuell die Möglichkeit, Einspruch gegen die Vormundschaft an sich zu erheben.«

»Wie?«

»Wir müssten nachweisen, dass Miss Cambell dieser Aufgabe nicht gewachsen ist. In dem Fall würde sie wahrscheinlich die Vormundschaft für die Mädchen verlieren. Aber selbst dann ist es nicht hundertprozentig sicher, dass das Sorgerecht an dich fällt, weil du nicht mit den Mädchen verwandt bist.«

Cole blieb stehen und warf einen Blick zurück zum Haus. »Wie hoch schätzt du meine Chancen ein?«

»Genau kann ich dir das nicht sagen. Es spielen zu viele unterschiedliche Faktoren eine Rolle. Kindeswohl ist oft auch eine subjektive Entscheidung des zuständigen Gerichts. Allerdings können wir uns zunutze machen, dass Rose und Julian dich als Vermögensverwalter eingesetzt haben, was bedeutet, dass du ebenfalls ihr Vertrauen genossen hast. Ihr kanntet euch lange und hattet eine geschäftliche Partnerschaft. Deshalb hast du meiner Meinung nach sehr gute Chancen, die Kinder in ein paar Jahren zu adoptieren.« Sophia holte tief Luft. »Allerdings müssten wir uns im ersten Schritt gegen Miss Cambell durchsetzen.«

»Und wie stellen wir das an?«

»Um eine Vormundschaft erfolgreich anzufechten, müssen triftige Gründe vorliegen«, erklärte Sophia. »Wir können nicht einfach behaupten, dass wir Miss Cambell für unfähig halten, sondern bräuchten Beweise, dass sie körperlich oder seelisch nicht in der Verfassung ist, für das Wohlergehen der Kinder zu sorgen. Wenn wir das durchziehen, wühlen wir im Dreck. Das muss dir klar sein, Cole.«

Einen Augenblick lang bekam er Skrupel bei der Vorstellung, dass sie in Mays Leben herumstocherten und sie der Unfähigkeit überführten. Es gefiel ihm keineswegs, diesen Pfad einzuschlagen. Andererseits ging man für die Liebe nun mal über Leichen, und Cole liebte die Kinder mehr als alles andere.

May war verschlossen, fast schon gefühlskalt. Sie schien die Vormundschaft hauptsächlich als spontane Pflicht anzusehen, als notwendiges Übel, weil sie dem Wunsch ihrer toten Schwester entsprechen wollte. Dabei hatte Rose sich zeit ihres Lebens darüber beklagt, wie wankelmütig May war. Diese Frau würde sich niemals so liebevoll um die Mädchen kümmern, wie sie es verdienten.

»Einverstanden«, sagte Cole.

Sophia atmete tief durch. »Bist du dir absolut sicher?«

Seine Kehle schnürte sich zu. Er fühlte sich, als hätte er soeben einen Pakt mit dem Teufel geschlossen. Dennoch wiederholte er seine Worte mit mehr Nachdruck, um jeden Zweifel Sophia und auch sich selbst gegenüber auszuräumen. »Tu alles, was nötig ist, um die Kinder von May wegzuholen.«

Kapitel 5

May

Obwohl Cole bereits vor ein paar Minuten gegangen war, stand May noch immer in der Küche und zitterte vor Wut am ganzen Körper. Sie konnte einfach nicht fassen, dass er ihr diese gewaltige Summe Geld angeboten hatte. Was bildete dieser Idiot sich eigentlich ein?

May verstand durchaus, warum Cole sich für geeigneter hielt, die Mädchen großzuziehen. Aber das gab ihm nicht das Recht, sie zu verurteilen oder gar zu bestechen.

Im Gegensatz zu Cathys Aussage hatte May die beiden nämlich keine Sekunde lang allein gelassen. Stattdessen hatte sie stundenlang Nägel kauend vor Lillys Zimmertür ausgeharrt oder war um die Mädchen herumgeschlichen, sobald sie sich herausgewagt hatten.

Zum Abendessen hatte May Hotdogs gemacht. Aber die Kinder hatten das Essen nicht angerührt, sondern in trotzigem Schweigen ein paar Käsesandwiches verschlungen, die Cathy mit Ketchup beschmiert hatte. Danach verschanzten sie sich im Badezimmer, wo Cathy zum Glück jede Bewegung kommentierte, sodass May zumindest darüber im Bild war, was sich hinter der Tür abspielte.

Wenig später waren die beiden mit tropfnassen Haaren und

nur in Handtücher eingewickelt an May vorbei in Lillys Zimmer marschiert und hatten ihr ein weiteres Mal die Tür vor der Nase zugeknallt.

Kraftlos war May auf den Boden gesunken. Eine Weile hörte sie noch leises Gemurmel, dann wurde es still. Als May schließlich in das Zimmer spähte, schliefen die Kinder. Cathy hatte beschützend die Arme um ihre kleine Schwester gelegt, die dicht neben ihr lag.

Lange Zeit hatte May einfach nur dagestanden und ihre Nichten betrachtet. Die beiden erinnerten sie so sehr an ihre eigene Kindheit, dass ein tiefer Schmerz zum ersten Mal bis in ihr Herz vorgedrungen war. Allerdings verdrängte May ihn sogleich wieder und lenkte sich ab, indem sie das Chaos im Badezimmer beseitigte und den Rest des Hauses erkundete.

Gegenüber von den beiden Kinderzimmern befand sich das Schlafzimmer von Rose und Julian. Das Bett war frisch bezogen. Sicher hatte Coles Mutter hier in den letzten Tagen übernachtet. Aber May brachte es nicht über sich, dort zu schlafen, sondern hatte sich in Julians Arbeitszimmer im Erdgeschoss provisorisch eingerichtet.

Allerdings war an Schlaf überhaupt nicht zu denken gewesen. Zu drastisch war diese Wendung in ihrem Leben. Außerdem schreckte sie bei jedem noch so kleinen Geräusch auf und rannte nach oben, nur um festzustellen, dass Cathy lebhaft träumte.

Besorgt musterte May ihre älteste Nichte, die im Garten unermüdlich um Lilly herumwuselte und versuchte, sie zum Lächeln zu bringen. Eigentlich müsste Cathy vollkommen erschöpft sein. Aber sie schien sich schlichtweg zu weigern, klein beizugeben.

May musste einräumen, dass sie tief beeindruckt von der Entschlossenheit der Siebenjährigen war. Damit glich Cathy ihrer Mutter auf eine Weise, die May schier den Atem raubte.

Rose hatte sich ihr halbes Leben lang aufopferungsvoll um ihre kleine Schwester gekümmert – und wie hatte sie es ihr gedankt? Indem sie Rose verraten und im Stich gelassen hatte.

Genau wie ihr Vater.

Mays Augen begannen zu brennen. Eine Welle der Scham überrollte sie, weil es noch immer einen nicht unwesentlichen Teil in ihr gab, der in den Chief steigen und flüchten wollte. Aber zum ersten Mal in ihrem Leben würde sie diesem Impuls nicht nachgeben. Es war allein ihre Schuld, dass sie in den letzten Jahren keinen Anteil am Leben ihrer Schwester genommen hatte. Daran konnte sie nichts mehr ändern. Aber sie konnte wenigstens dafür sorgen, dass sie im Leben ihrer Nichten eine Rolle spielte.

Die Angst, etwas falsch zu machen, hatte May zögern lassen. Doch inzwischen sah sie ihren Weg klar vor sich.

Sie atmete tief durch und ging nach draußen. Die Hände in die hinteren Taschen ihrer Jeansshorts vergraben, schlenderte sie barfuß zur Schaukel am anderen Ende des Gartens. Sie setzte sich im Schneidersitz ins Gras.

Sogleich warf Cathy ihr einen feindseligen Blick zu, schubste aber weiter Lilly an.

Beide Mädchen schwiegen. Lilly aus Kummer. Cathy aus Trotz.

May hatte keine Ahnung, wie sie den beiden möglichst schonend beibringen sollte, was sie zu sagen hatte. Also sagte sie ebenfalls nichts, sondern wartete geduldig, bis Cathy die Stille durchbrach und fragte: »Wo ist Cole?«

»Er musste gehen.« Als May den enttäuschten Gesichtsausdruck der Mädchen bemerkte, sprach sie eilig weiter. »Ich soll euch von ihm Auf Wiedersehen sagen. Er musste weg. Deshalb konnte er sich nicht mehr verabschieden.«

Cathy senkte den Blick. »Wann dürfen wir zu ihm?«

»Ihr dürft zu ihm, sooft ihr möchtet«, versprach May widerstrebend. Ihr Puls begann zu rasen. »Aber leben werdet ihr hier. Bei mir.«

»Nein!«, rief Cathy entsetzt aus und ballte die Hände zu Fäusten. »Wir wollen zu Cole.«

May rang sich zu einem mitfühlenden Lächeln durch. »Das verstehe ich«, erwiderte sie sanft. »Eure Eltern haben jedoch entschieden, dass *ich* für euch sorgen soll, falls ihnen etwas zustößt.«

Lillys Augen füllten sich mit Tränen, und sie verbarg das Gesicht in ihrem Ellenbogen.

»Mom und Dad sind tot«, fauchte Cathy und schaute May so vorwurfsvoll an, als hätte *sie* die schmerzhafte Wahrheit ausgesprochen. »Sie werden es bestimmt nicht erfahren.«

»Aber sie haben es gewollt«, widersprach May und zupfte einen Grashalm ab, um ihre zitternden Hände zu beschäftigen. »Ich kann ihren Wunsch nicht übergehen.«

Cathys Augen wurden schmal. »Und was wir wollen, ist egal?«

»Natürlich nicht. Sagt mir, was ihr möchtet, und wir finden gemeinsam eine Lösung.«

»Wir wollen zu Cole«, entgegnete Cathy prompt.

Innerlich seufzte May. Dieses Mädchen war wirklich wahnsinnig stur.

»Ich mache euch einen Vorschlag«, sagte May nach einem kurzen Moment. »Wir verbringen den heutigen Tag zusammen, und morgen Nachmittag könnt ihr etwas mit Cole unternehmen.«

Lilly lugte unter ihrem Arm hervor, und Cathy lief puterrot an. Sie stampfte mit dem Fuß auf. »Das ist total unfair.«

Ja, das war es. Aber May war sich nicht zu fein, auf ein paar Tricks zurückzugreifen, damit die Mädchen sich nicht weiter abschotteten.

»Haben wir einen Deal?«, fragte sie und versuchte, ihre Hilflosigkeit mit einem Pokerface zu kaschieren.

Zu ihrer Überraschung nickte Lilly, noch bevor Cathy erneut protestieren konnte. Letztlich war es wohl nur dem Zugeständnis ihrer kleinen Schwester zu verdanken, dass Cathy nicht weiterdiskutierte, sondern ebenfalls nachgab. Sie brummelte etwas Unverständliches vor sich hin und schubste erneut Lilly in der Reifenschaukel an.

»Was haltet ihr von einem Ausflug?«, schlug May vor. »Wir könnten zum Nationalpark fahren und picknicken.« Sie zupfte einen weiteren Grashalm ab. »Oder wir gehen in den Silver Mountains wandern.«

Genervt verdrehte Cathy die Augen, wohingegen Lilly interessiert den Kopf hob.

May schien also zur Abwechslung einmal richtigzuliegen. »Na, kommt schon. Ihr könntet mir die Gegend und eure Lieblingsplätze zeigen.«

Lilly warf ihrer Schwester einen flehenden Blick zu, die daraufhin ein Seufzen ausstieß.

»Willow Creek.«

Wieder verständigten sich die Mädchen ohne Worte, und May nickte eifrig. Da sie fürchtete, die beiden könnten ihre Meinung ändern, stand sie schnell auf. »Einverstanden. Spielt noch ein wenig. Ich packe in der Zwischenzeit ein paar Sachen zusammen.«

Sie lief zurück zum Haus und stellte im Geiste eine Liste zusammen. Sie war so vertieft, dass sie erschrak, als sie Chester in der Küche entdeckte.

Der Alte zuckte ertappt zusammen. Er stand vor der Spüle und hielt den Teller in der Hand, auf dem sich bis vor ein paar Minuten noch Lillys restlicher Pancake befunden hatte.

May machte sich gar nicht erst die Mühe, ihre Belustigung zu verbergen. »Es sind noch welche da, wenn du möchtest.«

»Nein«, knurrte er und stellte den Teller ab.

»Wie du meinst.« May öffnete den Kühlschrank, um Snacks für ein Picknick zusammenzustellen. »Wir wollen gleich zum Willow Creek«, informierte sie Chester beiläufig. »Willst du nicht mitkommen?«

Chester schnaubte. »Es sind fast zwei Meilen bis dorthin. So weit kann ich nicht laufen.«

»Dann nehmen wir meinen Wagen«, erwiderte May gelassen und breitete die Zutaten für Sandwiches auf der Anrichte aus. »Die Mädchen würden sich sicher freuen.«

»Würden sie nicht.«

»Weil du ein gemeiner Griesgram bist«, schoss May zurück und riss die Brotpackung auf. »Du tätest gut daran, endlich wieder ihr Großvater zu sein. Sie brauchen dich.«

Chester stieß einen empörten Laut aus. »Du hast vielleicht Nerven, hier nach Jahren aufzuschlagen und mich zu belehren.«

Da hatte der alte Mann wohl recht. Aber es tat so gut, bei ihm kein Blatt vor den Mund nehmen zu müssen, dass May einfach nicht widerstehen konnte. Sie grinste. »Schätze, wir sind beide nicht perfekt, was?«

An Chesters Kieferpartie trat eine Ader hervor. Er machte den

Mund auf und wieder zu. Dann langte er nach seinem Gehstock und schlurfte hinaus.

»Abfahrt ist in einer halben Stunde«, rief May ihm hinterher, hörte als Antwort jedoch nur das Klacken des Türschlosses. So schnell würde Chester wohl nicht über seinen Schatten springen.

Während May das Picknick vorbereitete, überlegte sie fieberhaft, wie sie in Bezug auf Cole vorgehen sollte. Nach ihrer letzten Auseinandersetzung hatte sie keine Lust, ihn anzurufen und herzubitten. Andererseits hatte sie den Mädchen ein Versprechen gegeben, und das konnte sie nicht brechen, wenn sie ihr Vertrauen gewinnen wollte.

Erneut brodelte Wut durch Mays Adern.

Ja, er war traurig und verletzt. Dafür hatte May durchaus Verständnis. Aber er hatte ja nicht einmal versucht, mit ihr gemeinsam nach einer Lösung zu suchen. Stattdessen hatte er sie bestochen. Als wäre sie so leicht zu kaufen. Widerlich!

Die Mädchen stürmten herein und verschwanden auf der Toilette. Deshalb verschob May das Thema Cole auf später und schulterte den vollgepackten Rucksack.

Da Chester sie nicht begleitete, gingen sie zu Fuß. Die Mädchen wehrten sich nicht dagegen. Stattdessen schienen sie sogar froh zu sein, dass sie sich endlich frei bewegen konnten.

Sobald sie die Hauptstraße hinter sich gelassen hatten, rannte Cathy los. Sie flitzte über Kieswege und Wiesen, kickte hier einen Stein durch die Gegend, schleuderte dort einen Stock in die Böschung. Sie bewegte sich absolut sicher in dem Gelände. Deshalb hielt May sie nicht auf, auch wenn sie jedes Mal fast einen Herzinfarkt kriegte, wenn Cathy aus ihrer Sicht verschwand.

Zu Mays Erstaunen blieb Lilly immer in ihrer Nähe, hielt aber häufiger inne, bewunderte einen Käfer oder hob einen Stein auf und steckte ihn in ihre Tasche.

Letzten Endes brauchten sie mehr als eine Stunde zum Willow Creek, bei dem es sich genau genommen um eine Flusskurve handelte. Das Ufer lag im Schatten üppiger Trauerweiden. Ein schmaler Holzsteg führte ins Wasser.

May hatte auf ihren Reisen schon viele wundervolle Orte gesehen. Aber selten war ihr ein Flecken Erde so idyllisch erschienen wie dieser. Ein Lächeln stahl sich auf ihre Lippen, als Cathy zum Ufer hüpfte und Steine ins Wasser warf. Lilly hockte sich auf die kleine Wiese am Fuße der Bäume.

May ging zu ihr, holte eine Decke aus dem Rucksack und breitete sie neben ihr aus. Dann setzte sie sich ganz an den Rand und hielt den Atem an.

Lilly zögerte einen Moment. Dann rutschte sie auf die Decke und schaute zum Wasser. Zwischen ihnen war immer noch mehr als einen Meter Abstand. Trotzdem triumphierte May innerlich, weil Lilly bei ihr blieb.

Auch Cathy entging dies nicht. Sie presste die Lippen aufeinander und schleuderte weiter Steine ins Wasser.

»Es ist wunderschön hier«, sagte May. »Ich kann verstehen, warum es euch so gut gefällt.«

Lilly reagierte nicht. Aber das hatte May auch nicht erwartet. Deshalb redete sie einfach weiter. »Vor ein paar Jahren war ich mal auf Hawaii. Dort gab es eine kleine Bucht. Das Wasser war so klar, dass man bis auf den Meeresgrund schauen konnte. Bisher war das mein Lieblingsort, aber ich glaube, hier gefällt es mir sogar noch besser.« Sie warf Lilly einen Seitenblick zu, die sich keinen Zentimeter gerührt hatte. »Möchtest du wissen, wo ich noch überall gewesen bin?«

Mit angehaltenem Atem wartete sie auf Lillys Reaktion.

Als das Mädchen kaum merklich nickte, flatterte Mays Herz. So detailliert wie möglich berichtete sie Lilly von den Ländern, die sie bereist hatte. Erst jetzt wurde ihr klar, wie viel sie herumgekommen war. Manchmal war May nur ein paar Tage geblieben, an anderen Orten hatte sie mehrere Monate zugebracht, bevor sie wieder rastlos geworden war. Die Welt war so groß, und es gab so viel zu entdecken. May wollte nichts verpassen.

Sie redete, bis ihr Mund trocken wurde, während Lilly still neben ihr saß, die dünnen Arme um die angezogenen Beine geschlungen. Sie hörte aufmerksam zu, und auch Cathys Körperhaltung verriet, dass sie die Ohren gespitzt hatte, obwohl sie vorgab, sich nicht für Mays Geschichten zu interessieren.

Hin und wieder streute May eine Ja-Nein-Frage ein, auf die das Mädchen sogar mit einer scheuen Geste reagierte. So erfuhr May, dass Lilly das Meer mochte, Fische aber nicht und dass sie gern in den Kindergarten ging und ihre Freunde vermisste. Wenn ihr die Fragen zu viel wurden, senkte die Kleine den Kopf, und May quasselte weiter.

Gelegentlich gab Cathy einen forschen Kommentar von sich, blieb aber die ganze Zeit über auf Abstand, den Blick auf den Fluss gerichtet.

Gegen Mittag breitete May das Essen auf der Decke aus. Neben Sandwiches hatte sie auch Gemüsesticks, geschnittenes Obst und Cracker eingepackt. Außerdem gab es mit Marmelade bestrichene Pancake-Röllchen. Es freute May, dass Lilly von allem ein bisschen aß, wohingegen Cathy stur blieb und sich weigerte.

»Trink wenigstens etwas«, bat May sie und hielt ihr eine Flasche Apfelsaft hin.

Anstelle einer Antwort stieß Cathy plötzlich einen Schrei aus, rannte auf den Steg und winkte hektisch.

Sofort sprang May auf, um ihr nachzulaufen, erstarrte jedoch, als sie die Motorengeräusche hörte. Ein kleines weißes Boot näherte sich – und hinter dem Steuer stand niemand Geringeres als Cole Baxter.

Ihre Schultern sanken herab, während Cathy aufgeregt auf und ab hüpfte.

Routiniert steuerte Cole zum Steg und warf ein Tau über den Pfosten. Er hatte den Motor noch nicht abgestellt, da sprang Cathy auch schon ins Boot und warf sich in seine Arme.

May spürte ein Stechen in der Brust, und es dauerte einen Moment, bis sie verstand, dass sie tatsächlich eifersüchtig auf diesen selbstgefälligen Typen war, der ihr vor wenigen Stunden schlappe fünfzig Riesen für ihre Nichten angeboten hatte.

»Ich wusste, dass du herkommst«, sagte Cathy und lachte.

»Hast du etwa auf mich gewartet?« Cole schob sie ein Stück von sich und sah sie an. Als Cathy voller Stolz nickte, schüttelte er ungläubig den Kopf. »Aber du kannst diesen Ort nicht ausstehen.«

»Es ist ja auch stinklangweilig hier«, stimmte Cathy ihm schulterzuckend zu.

Ein Knoten bildete sich in Mays Kehle, als ihr klar wurde, dass Cathy sie belogen hatte. Dies war keineswegs ihr Lieblingsort, sondern exakt das Gegenteil. Sie hatte May nur hergelockt, weil sie insgeheim gehofft hatte, Cole zu treffen, und nun war ihr Plan aufgegangen.

Angespannt rieb May sich über die Stirn, hin- und hergerissen zwischen Frust und Enttäuschung. Was sollte sie jetzt tun? Cathy in ihre Schranken weisen? Alles wieder einpacken und die Mädchen von Cole fortzerren? Aber was würde das bringen?

Die Mädchen klammerten sich an ihn, als wäre er ihr Rettungsanker. Es spielte keine Rolle, was May versuchte. Ihr blieb nichts anderes übrig, als die Zurückweisung zu akzeptieren und ihre verletzten Gefühle zu verbergen.

Lilly zupfte an Mays Jeansshorts und wirkte fast ein wenig schuldbewusst. Sofort verflog Mays Unmut.

»Was ist denn, meine Süße?«, fragte sie und ging in die Knie.

Wortlos streckte Lilly ihr die Hand entgegen. Im ersten Moment glaubte May, ihre Nichte hätte eine Glasscherbe aufgehoben. Doch dann erkannte sie, dass es ein goldgelber Citrin war. Er war fast durchsichtig und glitzerte in der Sonne.

Erstaunt riss May die Augen auf. »Der ist aber hübsch. Wo hast du den gefunden?«

Lilly zog den Mundwinkel leicht hoch und zeigte auf das Ufer.

May machte sich gar nicht erst die Mühe, ihre Überraschung zu verbergen. Sie kannte sich nicht besonders gut mit Edelsteinen aus, aber sie war viel herumgekommen und wusste, dass diese Kristalle recht selten waren. »Liegen die hier einfach so herum?«

Lilly nickte und machte eine Handbewegung.

»Was? Möchtest du Steine suchen?«, riet May.

Lilly nickte erneut.

May blinzelte. »Okay. Dann los.« Sie folgte Lilly ans Ufer, während Cole und Cathy den Steg entlangkamen.

Wie heute Morgen musterte Cole Lilly, als überprüfte er ihre Unversehrtheit. Sobald er sicher war, dass sich das Mädchen bester Gesundheit erfreute, obwohl May auf sie aufpasste, lächelte er sanft. »Hey, Lilly-Pop.«

Im Gegensatz zu Cathy warf Lilly sich nicht in Coles Arme, sondern winkte schüchtern, ehe sie May einen auffordernden Blick zuwarf.

Cole runzelte die Stirn, kommentierte diese Entwicklung jedoch nicht weiter, sondern grüßte May mit einem knappen »Hallo«.

»Hallo«, erwiderte May genauso kühl und verbot sich eisern einen bissigen Kommentar. Stattdessen suchte sie mit Lilly zusammen nach weiteren Edelsteinen. Eigentlich hatte sie gedacht, Lillys Citrin sei ein seltener Glückstreffer. Doch wie sich herausstellte, funkelten am Ufer noch mehr kleine Schätze, die der Fluss im Laufe der Zeit gewaschen und abgeschliffen hatte.

»Möchtest du etwas essen?«, fragte Cathy, die Cole mittlerweile zur Decke gezerrt hatte.

»Nur wenn du auch etwas isst.«

»Klar.« Diesmal griff Cathy beherzt zu, worüber May sich aufrichtig freute, obwohl es ja allein an Cole lag.

Während die beiden picknickten und über Softball sprachen, präsentierte Lilly May immer wieder neue Fundstücke. Wenigstens eine ihrer Nichten schien also bereit zu sein, eine Beziehung zu ihr aufzubauen.

Obwohl Lilly weiterhin beharrlich schwieg, waren Mimik und Gestik der Kleinen so ausdrucksstark, dass May verblüffend schnell lernte, die Feinheiten zu deuten. Das war vielleicht nicht viel, aber immerhin ein Anfang.

Kapitel 6

Cole

Als Cole am Morgen stocksauer das Haus der Avens verlassen hatte, hätte er nicht im Traum damit gerechnet, dass er sich ein paar Stunden später an seinem Lieblingsplatz mit den Mädchen und May wiederfinden würde. Cathy und er hatten den Imbiss beendet und entspannten sich auf der Picknickdecke. Lilly war schon vor einer ganzen Weile mit May hinter einem Busch verschwunden, um nach weiteren Kristallen zu suchen.

Goodville war nicht gerade bekannt für seine Bodenschätze. Dennoch schwemmte der Fluss im Frühjahr immer wieder Edelsteine aus den Bergen an, und Lilly liebte es, danach zu suchen.

So ganz wusste Cole nicht, wie er das Verhalten der jüngsten Avens-Tochter deuten sollte. Im Gegensatz zu ihrer Schwester war Lilly von Natur aus schüchtern und suchte selten Kontakt zu Fremden. Dass sie nun Mays Aufmerksamkeit einforderte, war ungewöhnlich und besorgte ihn.

Cole wollte Cathy gerade fragen, was May ihnen für Ammenmärchen aufgetischt hatte, um Lillys Gunst zu gewinnen, als er feststellte, dass das Mädchen neben ihm eingeschlafen war.

Sie lag zusammengerollt auf der Seite. Ihr Schmollmund war einen Spaltbreit geöffnet. Unzählige Haare hatten sich aus ihrem

Zopf gelöst und tanzten leicht im Wind. Sie zuckte unruhig, als würde sie schon wieder von Albträumen geplagt.

Vorsichtig ergriff Cole die Decke und legte sie über Cathys Oberkörper, damit sie nicht fror. Dann schaute er wieder zum Ufer.

Früher waren er und Julian fast jedes Wochenende hergekommen, um zu angeln und über Gott und die Welt zu reden. Manchmal ging es ums Geschäft, manchmal um die Familie. Manchmal hatten sie auch einfach bloß gemeinsam geschwiegen.

Cole vermisste seinen besten Freund. Gerade jetzt hätte er wirklich seinen Rat gebraucht haben können. Denn er hatte keinen blassen Schimmer, wie er mit May umgehen sollte. Er hasste es, die Kontrolle zu verlieren – und seit sie hier aufgeschlagen war, hatte er das Gefühl, ihm würden die Dinge zunehmend entgleiten, ohne dass er auch nur das Geringste dagegen tun konnte.

Julian hätte ihm vermutlich auf die Schulter geklopft und gesagt, er solle optimistisch bleiben. Immerhin hatte er die Welt stets positiv gesehen und sein Leben in vollen Zügen genossen. Oftmals mehr, als ihm guttat.

Bitterkeit erfüllte Cole.

Wie oft hatte er seinen Freund ermahnt, das Auto stehen zu lassen, wenn er getrunken hatte. Doch Julian hatte immer nur gelacht und geantwortet, wegen ein paar Drinks würde schon nichts passieren. Wahrscheinlich hatte er das auch zu Rose gesagt, bevor sie sich an jenem Abend auf den Heimweg gemacht hatten.

Cole spürte einen Kloß im Hals.

Wenn er da gewesen wäre, hätte er Julian die Schlüssel weggenommen, und es wäre zum Streit gekommen. Wie jedes Mal.

Aber dann wären seine besten Freunde wenigstens noch am Leben.

Mays Lachen schallte herüber, und Cole erfasste schon wieder diese unbändige Wut. Wie konnte sie Freude empfinden, bei dem ganzen Scheiß, der ihrer Familie passiert war? Das war auf so vielen Ebenen verkehrt, dass Cole am liebsten gegen die Trauerweide in seinem Rücken eingedroschen hätte.

Cathy wimmerte leise im Schlaf und warf sich rastlos herum. Behutsam strich Cole ihr eine verirrte Haarsträhne aus der Stirn. Als er wieder aufschaute, sah er, dass May und Lilly zurückkamen.

Zum ersten Mal umspielte ein zartes Lächeln Lillys Mund, auch wenn sie noch immer unsäglich traurig wirkte.

May hatte ebenfalls gelächelt – zumindest, bis sich ihre Blicke begegneten. Sobald sie Cole sah, verflog ihre Heiterkeit.

Wieder fühlte Cole sich wie ein Störenfried, was absurd war. Immerhin war *sie* in seine Welt eingedrungen. Er knirschte mit den Zähnen und blieb demonstrativ sitzen.

Lilly zeigte ihm ihre Schätze. Es war ein bunter Mix aus Kristallen und normalen Steinen. Kinder machten da keinen Unterschied. Hauptsache, sie waren hübsch.

»Wow«, sagte Cole und schaute die Kleine erstaunt an. »Die sehen toll aus, Lilly-Pop.«

Sie nickte eifrig und gestikulierte. Offensichtlich war ihre Schatzsuche noch nicht beendet.

Obwohl Cole nur zu gern mit ihr gegangen wäre, zögerte er, Cathy allein zu lassen.

»Geht nur«, mischte May sich ein. »Ich bleibe solange hier.«

Es passte Cole überhaupt nicht, dass diese Fremde seine Gedanken anscheinend mühelos lesen konnte, wohingegen er absolut keine Ahnung hatte, was sie dachte. Mit einem unguten Gefühl rappelte er sich auf und folgte Lilly zum Ufer.

Wie recht er mit seiner Vermutung hatte, zeigte sich, als Cathy wenig später mit einem Schrei hochfuhr. »Lilly!«

»Cathy, schon gut«, hörte er May beruhigend auf sie einreden. »Es ist alles in Ordnung.«

»Fass mich nicht an«, schrie Cathy und sah sich panisch um. Sie hatte es schon immer gehasst, von Lilly getrennt zu sein. Aber seit dem Unfall ließ sie ihre kleine Schwester kaum noch aus den Augen.

Coles Magen verkrampfte sich. Kurz entschlossen hob er Lilly hoch und trug sie zurück. »Lilly ist hier.«

Cathy war bleich und wirkte völlig gerädert nach ihrem Schlummer. Hoffentlich wurde sie nicht krank.

Mittlerweile war es nach vier Uhr, und obwohl die Sonne noch hoch am Himmel stand, war es kühl im Schatten.

»Wir sollten gehen.« Mays Stimme klang gepresst. Anscheinend bemühte sie sich darum, ihre Gefühle im Zaum zu halten, nachdem Cathy sie so rüde zurückgewiesen hatte.

Nicht zum ersten Mal fragte Cole sich, was mit dieser Frau eigentlich schieflief. Sie kannte die Mädchen kaum vierundzwanzig Stunden. Glaubte sie ernsthaft, ein kleiner Sturkopf wie Cathy würde sich innerhalb so kurzer Zeit ihr gegenüber öffnen?

Unfähig, ein abfälliges Schnaufen zu unterdrücken, setzte er Lilly ab, die sogleich zu Cathy lief.

Derweil verstaute May die leeren Plastikdosen im Rucksack. Sie schien es nicht erwarten zu können, von hier zu verschwinden.

Cole biss die Zähne zusammen. Cathy stand auf und ergriff

seine Hand. Auch Lilly schob ihre kleine Hand in seine. Gemeinsam bildeten sie eine geschlossene Einheit, während May mit der zusammengefalteten Decke unterm Arm auf sie zukam.

Ein Gefühl der Genugtuung breitete sich in Cole aus.

May musterte die drei, als überlegte sie, ihm die Kinder im wahrsten Sinne des Wortes zu entreißen. Aber das konnte sie vergessen. Cole würde die beiden niemals loslassen. May brauchte nicht zu glauben, dass ...

»Möchtest du morgen vorbeikommen?«, fragte sie.

Cole klappte die Kinnlade runter.

»Wirklich?«, rief Cathy mit einer Mischung aus Freude und Überraschung.

May hob einen Mundwinkel. »Ein Deal ist ein Deal.«

Zu Coles Verwirrung zog Cathy den Kopf ein. Doch May ging nicht weiter auf ihre Verlegenheit ein, sondern wandte sich wieder Cole zu. »Wie wäre es nach dem Mittagessen? Ihr könntet im Garten spielen.«

Und dabei die ganze Zeit unter Mays Beobachtung stehen? Wohl kaum. »Wir könnten auch mal wieder Henry Winston einen Besuch auf der Farm abstatten. Seine Bonnie hat vor ein paar Wochen Nachwuchs gekriegt.«

Bei der Erwähnung der Hundewelpen leuchteten Lillys Augen auf.

»Können wir auch reiten?«, fragte Cathy.

Cole nickte. »Klar. Was immer ihr möchtet.«

»Es ist mir lieber, wenn ihr erst einmal bei uns bleibt«, ging May dazwischen.

Entgeistert sah Cole sie an. Er hatte nicht damit gerechnet, dass sie ihn vor den Mädchen in seine Schranken verweisen würde. Aber offensichtlich scherte sie sich einen Dreck darum, wie herablassend das wirkte. Als würde er jemals seine Aufsichtspflicht verletzen. Lächerlich!

Cole war kurz davor, May zu sagen, was er von ihrem Vorschlag hielt, als Lilly leicht seine Hand drückte. Flehend schaute sie zu ihm auf – und seine Empörung verpuffte.

Es würde ja doch nichts bringen, vor den Kindern mit May zu diskutieren. Sie würde immer das letzte Wort haben. Also musste er gute Miene zum bösen Spiel machen. Zumindest, bis Sophia einen Weg fand, ihr das Sorgerecht zu entziehen.

»Natürlich«, erwiderte er steif. »Ich bin um zwei da.«

Es fiel ihm schwer, die Mädchen zurückzulassen. Er drückte die beiden an sich und nickte May knapp zu, bevor er in sein Boot stieg und den Motor startete.

Kurz bevor er hinter der Kurve verschwand, schaute er über die Schulter zurück zum Ufer. Es tat weh, in die traurigen Gesichter der Mädchen zu sehen.

May hingegen betrachtete ihn mit stoischer Miene. Wäre das Flackern in ihren großen blauen Augen nicht gewesen, hätte er ihr die Gleichgültigkeit vermutlich abgekauft. So aber erhaschte er einen kurzen Blick hinter ihre Maske – und was er sah, schockierte ihn: Sie wirkte genauso verloren, wie er sich fühlte.

***

Pünktlich am nächsten Tag erschien Cole bei den Avens. Es war gut, dass er Kinderzeitschriften und Naschereien in den Händen hielt. Denn so geriet er gar nicht erst in Versuchung, seinen Ersatzschlüssel herauszuholen.

Er klingelte und war nicht überrascht, dass Cathy ihm die Tür öffnete. Sie lächelte ihn an, doch unter ihren Augen lagen dunkle Ringe, und ihre Haare waren ein einziges Chaos. Davon abgesehen schien sie aber wohlauf zu sein.

»Hey, Kitty-Cat.«

»Da bist du ja endlich.« Cathy winkte Cole mit sich. »Lil ist schon im Garten.«

Cole folgte dem Mädchen durch das Haus. »Was riecht hier so gut?«

»Schlumpfine hat gebacken.«

»Du weißt schon, dass Schlumpfine eigentlich blond ist, oder?«, fragte Cole belustigt.

»Aber der Rest von ihr ist trotzdem blau«, erwiderte Cathy und kniff missmutig die Augen zusammen. »Was? Kannst du sie jetzt etwa leiden?«

Beinahe hätte Cole seine Mitbringsel fallen lassen. Er wollte diese Frage gerade entschieden verneinen, als ihm einfiel, dass es nicht unbedingt förderlich war, seine Abneigung gegenüber May lautstark zu bekunden. Also zuckte er lässig mit den Schultern. »Ich mag eine ganze Menge Dinge, Kleines. Eiscreme, Hunde, Brücken. Wieso nicht auch eure Tante?«

Anstelle einer Antwort verdrehte Cathy die Augen und stapfte in den Garten, während Cole plötzlich ein leichtes Kribbeln im Nacken spürte. Irritiert drehte er sich um und entdeckte May auf dem Wohnzimmersofa, die, ihrem Blick nach zu urteilen, jedes Wort mit angehört hatte.

Na, großartig.

Hitze flammte in Cole auf. Dabei wusste er selbst nicht einmal, wieso er so heftig reagierte.

»Danke«, sagte May leise. Sie sah aus, als hätte sie seit Tagen nicht geschlafen, was vermutlich sogar stimmte. Kraftlos zog sie die Knie an.

Coles Aufmerksamkeit blieb an ihren nackten Beinen hängen, die schon wieder in diesen knappen Shorts steckten. Da May recht klein war, waren ihre Beine nicht besonders lang, aber muskulös und schlank. Die Haut schimmerte leicht im Sonnenlicht. Ob sie sich auch genauso seidig anfühlte? Coles Fingerspitzen prickelten, als ihn völlig unerwartet der irrsinnige Wunsch überkam, sie zu berühren.

»Dass du mich nicht mit einer Wurzelbehandlung gleichgesetzt hast, meine ich«, fuhr May fort, weil er nichts sagte, sondern immer noch wie ein Idiot glotzte.

Cole fluchte innerlich und konzentrierte sich wieder auf ihr Gesicht.

May strich sich eine blaue Haarsträhne hinters Ohr. »Da ist mir Eiscreme deutlich lieber.«

Seine Lippen zuckten. Bevor er sich noch zu einem Grinsen hinreißen ließ, nickte er knapp und ging nach draußen. Cathy und Lilly saßen bereits auf einer Decke im Garten. Sie hatten Bücher um sich geschart, dazu Puppen und Stofftiere. Lilly lächelte scheu.

Froh, dass es den beiden so weit gut ging, setzte Cole sich zu ihnen und legte seine Mitbringsel auf die Decke.

»Wie läuft es?«, fragte er, weil sie gerade ungestört waren.

»Als wir gestern Abend nach Hause kamen, hat sie uns verboten, in unsere Zimmer zu gehen«, berichtete Cathy und schnappte sich die Tüte Fruchtgummis.

Sofort war der Anflug von Sympathie, den Cole eben noch verspürt hatte, verflogen. »Sie hat euch gezwungen, bei ihr zu bleiben?«

Cathy nickte heftig, woraufhin Lilly ihr mit erstaunlicher Kraft den linken Ellenbogen in die Rippen rammte.

»Au! Was soll denn der Mist, Lil?«

Vielsagend starrte Lilly sie an, woraufhin Cathy das Gesicht verzog. »Na ja, vielleicht nicht direkt *gezwungen*«, wiegelte sie ab und warf sich eine Handvoll Fruchtgummis in den Mund. Sie kaute angestrengt. Offensichtlich gefiel es ihr nicht, dass ihre kleine Schwester zum wiederholten Mal Partei für May ergriff. Auch Cole konnte nicht behaupten, dass er darüber besonders erfreut war.

»Wir sollten bei ihr bleiben, bis das Abendessen fertig ist«, führte Cathy weiter aus und durchwühlte die Tüte. »Sie wollte sogar, dass wir den Tisch decken.«

Angesichts ihrer Entrüstung musste Cole unweigerlich grinsen. »Das ist ja unerhört.«

»Egal«, murmelte Cathy, ließ die Tüte fallen und langte nach einem Märchenbuch. »Liest du uns etwas vor?«

»Klar.«

Die Mädchen machten es sich gemütlich, während Cole Geschichten über mutige Prinzessinnen und freche Feen vorlas – natürlich ausschließlich, weil Lilly es so wollte, und nicht etwa, weil Cathy sich für diesen Kinderkram interessierte.

Nach einer Weile erschien May mit einem Tablett in den Händen. Darauf standen ein Krug Limonade, Gläser und drei Teller mit Apfelkuchen. »Ich dachte, ihr könntet vielleicht eine Stärkung gebrauchen.«

Tatsächlich war Coles Kehle ziemlich trocken, weshalb er das Angebot dankbar annahm.

Kurz überlegte er, sie zu fragen, ob sie sich zu ihnen setzen wollte. Einfach weil es die Höflichkeit gebot. Doch als er Cathys missmutigen Blick bemerkte, schwieg er.

Mit ausdrucksloser Miene verschwand May wieder im Haus.

Cathy beäugte den Kuchen, als hätte ihn Schneewittchens Stiefmutter gebacken. Unterdessen streckte Lilly sorglos die Hand aus. Sie probierte ein Stück des mit Zuckerguss überzogenen Teiges und verdrehte verzückt die Augen.

»Essen wir das lieber auf, bevor die Bienen kommen«, bemerkte Cole und reichte Cathy den Teller.

Sie hatte ihr Stück verputzt, noch bevor May auf die Terrasse zurückkehrte und weiteres Geschirr auf den Tisch unter der Markise stellte. Dann ging sie mit einem Teller in der Hand zu Chesters Bungalow und hämmerte gegen die Hintertür.

Der Alte riss die Tür auf und knurrte: »Was willst du?«

May hielt den Teller in die Höhe. »Lust auf ein Stück Apfelkuchen?«

Selbst auf die Entfernung konnte Cole sehen, wie der Widerstand des Alten bröckelte, sobald ihm der köstliche Duft in die Nase stieg. Grimmig streckte er die Hand aus. »Nur ein Stück.«

»Prima.« Rasch trat May zurück und nickte zum gedeckten Tisch. »Setz dich zu mir.«

Chester öffnete den Mund, kam aber nicht mehr dazu, seinen Protest zu äußern, da May bereits davongeschlendert war. Fassungslos schaute der Alte ihr nach – und dann humpelte er ihr hinterher.

Ungläubig beobachteten Cole und die Mädchen, wie Chester Platz nahm und gemeinsam mit May Kuchen aß. Dabei erschien sogar ein schiefes Grinsen auf seinem Gesicht.

Cathy stieß ein brüskes Schnaufen aus, aber als Cole sie anschaute, konnte er deutlich den Schmerz in ihren Augen erkennen. Lilly blickte ebenso traurig zu ihrem Großvater und May.

Cole biss die Zähne zusammen. Was zur Hölle tat sie da? War

ihr nicht klar, dass es die Mädchen verletzte, wenn ihr Großvater sie ignorierte?

Angespannt ergriff Cole ein paar Puppen. »Lasst uns etwas spielen, okay?«

Die beiden nickten, obwohl ihr Blick immer wieder zu May und Chester huschte. Fast schien es, als würden sie die Ohren spitzen, um ihr Gespräch zu belauschen. Aber kein Wortfetzen drang zu ihnen herüber.

Erst als Chester sich wieder in seine vier Wände zurückzog, hatte Cole Cathys und Lillys volle Aufmerksamkeit. Es kostete ihn einige Anstrengung, damit die Mädchen sich entspannten. Doch leider war dies nur von kurzer Dauer, denn May hatte offenbar beschlossen, im Garten zu arbeiten.

Leise vor sich hin summend verfiel sie in blinden Aktionismus, rupfte Unkraut aus den Beeten, entfernte verwelkte Frühblüher und schnitt die Zweige der Büsche zurück.

»Sie verändert einfach alles.« Cathys Stimme brach, und sie musste sich räuspern, ehe sie weitersprechen konnte. »Mach, dass es aufhört, Cole.«

Aufgewühlt raufte er sich die Haare. Wie sollte er diese Verrückte nur stoppen?

»Bitte!«

Cathys leise, flehende Stimme gab Cole den Rest, und er ging zu May, die gerade verwelkte Blätter von einer Terrassenpflanze abschnitt.

Überrascht schaute sie auf.

»Können wir kurz reden?«, fragte er angespannt und deutete zum Haus. »Am besten drinnen.«

»Natürlich.« May richtete sich auf, zog sich die Handschuhe von den Fingern und ließ sie auf den Boden fallen, ehe sie ihm folgte.

»Was ist los?«, fragte sie, sobald sie die Tür hinter sich zugezogen hatte.

Coles Herz hämmerte wild gegen seinen Brustkorb. Trotzdem schaffte er es, seine Stimme ruhig zu halten. »Für wen hältst du dich eigentlich?«

May riss die Augen auf. »Wie bitte?«

Mit geballten Fäusten trat Cole auf sie zu. »Du kommst hierher und stellst die ganze Welt der Mädchen auf den Kopf. Ohne Rücksicht auf Verluste.«

May wich keinen Millimeter zurück. Stattdessen schob sie trotzig das Kinn vor und funkelte ihn an. »Ich wollte bloß helfen, Cole.«

»Indem du die Mädchen erpresst, wenn sie mich sehen wollen? Oder Chester aus seinem Versteck lockst und den beiden auf die Nase bindest, wie prima ihr euch versteht? Oder indem du jede Blume zerfetzt, die Rose im letzten Herbst liebevoll gepflanzt hat?« Cole stieß ein bitteres Lachen aus. »Ich habe Neuigkeiten für dich, du Traumtänzerin. *Das* ist keine Hilfe, sondern Schwachsinn, den nur jemand verzapfen kann, der weder Ahnung von Kindern noch vom echten Leben hat.«

May zuckte zusammen, aber Cole war noch nicht fertig. Er war zu gefangen in seiner Wut und seiner Trauer und seiner Hilflosigkeit.

»Tu uns den Gefallen und lass es einfach bleiben, bevor noch jemand ernsthaft zu Schaden kommt«, knurrte er. »Denn eins verspreche ich dir: Früher oder später wird jemand verletzt, und du wirst der Grund dafür sein.«

Bevor May ihn wieder rausschmeißen konnte, ließ Cole sie stehen und kehrte zu den Mädchen zurück.

Cathy stellte keine Fragen. Wozu auch? Sie wusste, dass er

ihr den Rücken gestärkt hatte. Zwar ärgerte es ihn, dass er dabei nicht ganz so ruhig geblieben war, wie er es sich vorgenommen hatte. Aber immerhin hatte er ein wenig Dampf abgelassen.

May ließ sich für den Rest des Nachmittags nicht mehr blicken. Als es Zeit für das Abendessen war, räumte Cole den Garten auf und ging hinein, wo er einen gedeckten Tisch für vier Personen vorfand. In den Schüsseln dampften Kartoffeln und Bohnengemüse mit Speck. Auf einer Servierplatte war ein Braten in Scheiben angerichtet.

»Das sieht lecker aus«, gab Cathy widerwillig zu und sah sich suchend um. »Wo ist sie?«

»Keine Ahnung«, antwortete Cole.

Nun, da sich seine Wut gelegt hatte, spürte er einen merkwürdigen Druck auf der Brust.

Chester kam zur Tür herein und setzte sich auf seinen Platz. »Violet sagte, wir sollen schon mal essen. Sie wollte noch etwas erledigen.«

Offenbar war es Cole tatsächlich gelungen, sie zu vergraulen, aber es wollte sich partout keine Erleichterung einstellen.

»Wie heißt sie denn nun?«, fragte Cathy genervt und plumpste auf ihren Stuhl.

Chester hob die Mundwinkel. »Ich kenne sie nur als Violet. Also werde ich sie auch so nennen. Ob es ihr nun passt oder nicht.« Geistesabwesend nahm er sich von den Kartoffeln, ehe er Lilly eine Portion auftat.

Ihre Augen weiteten sich vor Überraschung.

Chester hielt stirnrunzelnd inne. Dann streckte er die Hand aus. »Gib mir mal die Bohnen, Junge.«

Cole reichte ihm die Schüssel und beobachtete mit einer gewissen Verwunderung, wie Chester erst seinen, dann Lillys

Teller belud. Wahrscheinlich hätte er bei Cathy das Gleiche getan. Allerdings saß sie zu weit entfernt, weshalb Cole sich darum kümmerte.

Das Essen roch köstlich, doch es fühlte sich an wie Pappe in Coles Mund. Er wusste, dass dies nicht an Mays Kochkünsten lag. Ihm war der Appetit vergangen.

Stille breitete sich aus, während sie gedankenversunken aßen. Als sie fertig waren, räumten Cole und die Mädchen auf, ehe sie nach oben gingen. Er wollte Cathy helfen, ihre Schultasche zu packen. Doch das war bereits erledigt, und es lag auch saubere Kleidung auf der Kommode im Flur. Also blieb Cole nichts weiter zu tun, als die Mädchen für die Nacht fertig zu machen. Pünktlich um halb acht lagen die beiden zusammengekuschelt in Lillys Bett.

»Bist du morgen früh da, wenn wir aufwachen?«, fragte Cathy und gähnte.

Gute Frage. Er hatte keine Ahnung, was May nun vorhatte. Andererseits war das nach seinem Auftritt vielleicht ein bisschen viel verlangt.

»Ich weiß es noch nicht, Kitty-Cat«, sagte Cole, weil er ihnen nicht allzu viele Hoffnungen machen wollte. »Aber falls nicht, sehen wir uns spätestens am Mittwoch beim Training.«

Cathy schob die Unterlippe vor. »Das ist erst in drei Tagen.«

»Vielleicht klappt es auch schon eher.« Geschäftig stopfte Cole die Decke fest. Dann startete er das Lieblingshörspiel der beiden. »Jetzt schlaft gut.«

Cathy nickte, während Lilly bereits die Augen zumachte. Nach einem letzten Kontrollblick verließ Cole das Zimmer und ging nach unten. Er rieb sich über das Gesicht. Es ließ sich nicht leugnen, dass er sich Sorgen um May machte. Möglicherweise war er doch etwas zu hart mit ihr umgesprungen.

Er bog um die Ecke und atmete erleichtert auf, als er sie in der Küche stehen sah. Sie hatte ihm den Rücken zugewandt und durchwühlte einen Schrank.

»Suchst du etwas Bestimmtes?«

Erschrocken fuhr sie zusammen. »Ich kann die Lunchboxen nicht finden.«

»Die sind hier.« Cole öffnete einen der unteren Schränke, in dem sich etwas weiter hinten vier Boxen stapelten. Er holte zwei Lunchboxen heraus und reichte sie May.

»Danke«, murmelte sie und drehte ihm den Rücken zu. Allerdings war sie nicht schnell genug. Er hatte ihre glänzenden Augen und die roten, geschwollenen Lider trotzdem bemerkt.

Ihm rutschte das Herz in die Hose.

Verflucht noch mal. Er hatte sie zum Weinen gebracht – und selten in seinem Leben hatte sich etwas so beschissen angefühlt.

Kapitel 7

May

»Und Sie sind sich absolut sicher?«

Die Anwältin musterte May so eindringlich, dass es ihr schwerfiel, ihrem bohrenden Blick standzuhalten. Sie schien regelrecht darauf zu warten, dass May zurückruderte. Aber das würde sie nicht tun – egal, wie viele Zweifel sie im Stillen quälten.

Das Wochenende war vorüber und hatte ähnlich nervenaufreibend geendet, wie es begonnen hatte. Der Morgen war nicht besser gewesen. Aber immerhin hatte May es geschafft, Cathy pünktlich in der Schule abzuliefern. Und auch Lilly schien sich gefreut zu haben, ihre Erzieher und Freunde im Kindergarten wiederzusehen. Gleich danach hatte May die Kanzlei aufgesucht.

»Ja, ich bin mir sicher.« Sie zwang sich zu einem Lächeln. »Die Mädchen werden es gut bei mir haben.«

Die junge Anwältin gab einen Laut von sich, der ihre Missbilligung kaum verbarg.

Blöde Kuh! Sie würde schon noch erkennen, wie falsch sie mit ihren Vorurteilen lag.

»Wo soll ich unterschreiben?«

»Hier.« Die Anwältin schob einen Stapel Unterlagen über den Schreibtisch und ratterte einen Haufen Paragrafen und Belehrungen herunter.

Als May eine Stunde später die Kanzlei verließ, schwirrte ihr der Kopf, und einmal mehr erfasste sie Panik. Sie würde ihr ganzes Leben umkrempeln müssen. Und nicht nur das, sondern auch ihre innere Einstellung.

Immerhin musste sie keine Wohnung am anderen Ende des Landes auflösen. Das hatte sie nach der Trennung von Andrew – diesem Schlappschwanz – bereits vor Wochen hinter sich gebracht. Aber über ihren Ex wollte sie jetzt lieber nicht nachdenken. Ihre Stimmung war auch so schon im Keller.

Sie fuhr zum Supermarkt, wo ihr einmal mehr die geballte Feindseligkeit dieser verfluchten Kleinstadt entgegenschlug – diesmal in Person einer pausbäckigen Verkäuferin, die May keine Sekunde lang aus den Augen ließ. Offensichtlich war sie davon überzeugt, dass May sich gern als Ladendiebin betätigte.

Klar, Menschen mit blauen Strähnchen in den Haaren neigten grundsätzlich zur Kriminalität. Das wusste doch jeder.

Kurz war May versucht, die gute Frau um etwas mehr Privatsphäre zu bitten. Aber da sie der Verkäuferin durchaus zutraute, sie hinauszuwerfen, verkniff sie sich einen zynischen Kommentar und konzentrierte sich auf ihre Einkaufsliste.

Im Laufe der Jahre hatte May es sich angewöhnt, sparsam mit ihren Finanzen umzugehen. Verzicht war ihr nicht fremd, da sie sich oftmals von einem Gelegenheitsjob zum nächsten hangelte. Dennoch schockierte es sie, wie teuer der Einkauf letztlich war.

Sie hatte jedes Produkt akribisch auf seine Inhaltsstoffe überprüft, weil sie kein Risiko wegen Lillys Allergie eingehen wollte. Das würde sie auch weiterhin tun – allerdings wären ihre Ersparnisse damit schon bald aufgebraucht.

Das war nicht gut.

Nachdem sie bezahlt und sich betont freundlich verabschiedet hatte, fuhr May zurück zum Haus und schleppte die Tüten in die Küche. Dort traf sie beinahe der Schlag, als sie das Chaos erblickte.

Chester. Ihr drittes Kind.

Seufzend stellte sie die Einkäufe auf der klebrigen Arbeitsplatte ab und überlegte, den alten Griesgram zum Putzen herzuzitieren. Andererseits war die Stille im Haus gerade ganz angenehm, und es war schön, sich frei bewegen zu können. Ohne all diese misstrauischen Blicke.

Rasch verstaute May die verderblichen Lebensmittel im Kühlschrank und stellte die überfüllte Waschmaschine an. Anschließend nahm sie die Unterlagen von der Anwältin aus ihrer Handtasche, setzte sich an den Küchentresen und blätterte darin herum. Anstelle der gesuchten Kostenübersicht hielt sie jedoch plötzlich eine Kopie des Polizeiberichts in den Händen.

May wollte ihn nicht lesen. Doch sie war starr vor Schreck, während ihre Augen über das Papier huschten und sich ein viel zu realistisches Bild in ihrem Kopf zusammensetzte.

Julian hatte an jenem Abend unter Alkoholeinfluss gestanden und die Kontrolle über das Fahrzeug verloren. Es hatte sich mehrfach überschlagen.

Rose...

May begann zu zittern.

Sie war sofort tot gewesen. Julian war auf dem Weg ins Krankenhaus gestorben.

Ein Schluchzen brach aus May heraus. Sie spürte, wie die Trauer an die Oberfläche drang, aber sie kämpfte verbissen dagegen an. Es änderte nichts, wenn sie jetzt durchdrehte. Sie musste einen kühlen Kopf bewahren.

Schniefend wischte May sich über das Gesicht und blätterte weiter, bis sie endlich die Seite fand, auf der die monatliche

Waisenrente der Kinder aufgeschlüsselt war. Vielleicht kam sie damit etwas länger über die Runden.

Oder auch nicht.

Achthundertdreiundzwanzig Dollar und vierundneunzig Cent. Das war alles, was Cole ihnen zugestand.

Ungläubig überflog May die Zahlen. Abzüglich Versicherungen und Schulgeld blieb kaum Geld übrig, um die Lebenshaltungskosten auch nur ansatzweise zu decken. Sie traute Cole genug Intelligenz zu, um zu verstehen, dass diese Kalkulation absolut unrealistisch war, was hieß, dass er ihr auch in finanzieller Hinsicht das Leben schwer machte. Als wären seine Vorwürfe und Sticheleien nicht schon schlimm genug.

Mays Hände verkrampften sich um das Papier, bis feine Knitterfalten entstanden. Wenn dieser Mistkerl meinte, sie lasse sich davon abschrecken, hatte er sich geschnitten. Weder seine verletzenden Worte noch ein finanzieller Engpass würden sie dazu bewegen, ihre Meinung zu ändern. Eher würde sie hungern.

May hielt an ihrem Zorn fest, weil sie damit wesentlich besser zurechtkam als mit dem Schmerz. Sie ergriff ihre Handtasche und fuhr zurück ins Stadtzentrum.

Dies war ein kleiner Ort. Sicherlich wurden irgendwo Aushilfen gebraucht.

Zuerst steuerte May den Souvenirladen an, weil Nova von Anfang an freundlich zu ihr gewesen war. Leider hing ein Schild im Fenster, auf dem stand, dass der Laden erst am Nachmittag wieder geöffnet war.

May überlegte, es in der Damenboutique zu versuchen, verwarf diese Idee aber sofort, als die Besitzerin herauskam, sie bemerkte und die Nase rümpfte.

Mays Wangen wurden heiß. Sie hatte sich nie an Modetrends

orientiert, sondern kaufte ihre Sachen meistens in Secondhandläden. Im Gegensatz zu anderen Frauen kriegte sie auch nicht gleich die Krise, nur weil sich mal ein Knopf gelöst hatte oder der Saum ein wenig ausgefranst war. Neben ihrer furchterregenden Haarfarbe schien dieser Umstand jedoch genauso viel Entrüstung auszulösen.

Die Boutiqueinhaberin machte auf ihren hohen Absätzen kehrt und stöckelte zurück in ihren Laden, während May ernsthaft in Erwägung zog, sich die Haare in einem unauffälligen Braunton zu färben und ihr einziges Kleid aus dem Kofferraum zu zerren.

Sowie ihr klar wurde, was sie da dachte, regte sich Trotz in ihr. Sie war bereit, sich den Mädchen zuliebe zurückzunehmen. Sogar vor Cole. Aber sie würde sich nicht auch noch anpassen und ihr Äußeres ändern, nur weil die Anwohner ein Problem mit ein paar blauen Haarsträhnen und unkonventioneller Kleidung hatten. Außerdem konnten Nova und Coles Mutter nicht die einzigen beiden anständigen Menschen hier sein. Sicher gab es noch andere, die weniger oberflächlich waren.

Mays Blick fiel auf das Eiscafé am Ende der Straße, in dem Cole und sie am Freitag gesessen hatten. Sie hatte in ihrem Leben schon unzählige Male als Kellnerin gejobbt, und Olivia würde ihr bestimmt eine Empfehlung schreiben. Möglicherweise hatte sie dort eine realistische Chance.

Wie auch beim letzten Mal stand der bullige Mann mittleren Alters hinter dem Tresen. Bob hatte Cole ihn genannt.

May pflasterte sich ein strahlendes Lächeln ins Gesicht. »Guten Tag.«

Eine kleine Falte erschien auf seiner Stirn. »Sie wünschen, Miss?«

Vielsagend schaute May sich um. Ein paar Leute saßen an den Tischen und warfen ihr skeptische Blicke zu, die May jedoch allesamt ignorierte. »Das ist wirklich ein schönes Café.«

»Danke«, murmelte Bob sichtlich überrascht.

Hoffnungsvoll schaute May ihn an. »Ich habe mich gefragt, ob Sie vielleicht eine Aushilfe benötigen.«

Schlagartig verfinsterte sich seine Miene. »Ich brauche niemanden.«

Sein Ton war derart schroff, dass May unweigerlich einen Schritt zurücktrat. »Wie schade«, erwiderte sie und kramte mit klopfendem Herzen in ihrer Umhängetasche. »Falls sich etwas ändern sollte, schreibe ich Ihnen gern meine Nummer auf und...«

»Das wird nicht nötig sein.«

Mays Schultern sanken herab. Es kostete sie einige Mühe, ihr Lächeln aufrechtzuhalten. »Oh... okay. Trotzdem danke für Ihre Zeit.«

Bob nickte knapp und wandte sich ab. Damit war das Gespräch wohl beendet.

Hinter May erhob sich Getuschel. Sie hatte keine Zweifel, dass es dabei um sie ging. Frustriert verließ sie das Café, war aber nicht bereit, so schnell aufzugeben. Als Nächstes versuchte sie es in dem Laden für Heimwerkerbedarf. Der ältere Besitzer war nicht ganz so unfreundlich wie Bob, erteilte ihr aber dennoch eine Absage. Genauso verhielt es sich in der Bäckerei, beim Herrenausstatter und auch in der kleinen Buchhandlung. May probierte es im Spielzeuggeschäft, beim Optiker und in einem Laden für Campingausstattung. Aber die Antwort war immer dieselbe. Es war niederschmetternd.

Betrübt ging May weiter. Wenn sie keinen Job fand, konnte sie ihren Nichten niemals den Lebensstandard bieten, den sie gewohnt waren. Nicht auf Dauer. Aber würde sie es wirklich schaffen, ihren Stolz zu begraben und Cole um Hilfe zu bitten?

Allein bei der Vorstellung, vor diesem selbstgefälligen Typen zu Kreuze zu kriechen, hätte sie vor Wut am liebsten geschrien.

Auf einmal bemerkte sie einen Blumenladen, vor dem ein Schild mit der Aufschrift *Aushilfe gesucht* stand. Sofort schöpfte sie neue Hoffnung. Sie atmete tief durch und betrat das Geschäft.

Der süße Duft einer Sommerwiese hing in der Luft, während May die bunte Blütenpracht bestaunte, die sie umgab. Hinter einem Ladentisch stand eine ältere Frau und musterte sie über den Rand ihrer goldgerahmten Brille hinweg.

Mittlerweile schmerzte May das Gesicht von dem Dauerlächeln, doch sie schritt strahlend auf die Besitzerin zu. Sie hatte den Mund noch nicht geöffnet, da hob die Frau bereits die Hand.

»Wenn Sie nichts kaufen möchten, können Sie sich den Atem gleich sparen«, sagte sie kühl.

Wie angewurzelt blieb May stehen. »Aber ich dachte, Sie sind auf der Suche nach einer Aushilfe?«

»Jemanden wie Sie brauchen wir hier nicht«, fauchte die Frau und verschränkte die Arme. »Sie sollten gehen.«

Obwohl es nicht die erste Abfuhr an diesem Tag war, fühlten sich ihre Worte an wie ein Schlag ins Gesicht.

Benommen trat May den Rückzug an. Sie lief die Hauptstraße entlang zu ihrem Chief, der vor Novas Laden parkte. Sie konnte einfach nicht fassen, wie feindselig die Leute hier ihr gegenüber waren. Das konnte doch kein Zufall sein.

May war so in Gedanken versunken, dass sie kaum auf ihren Weg achtete. Plötzlich stieß sie gegen etwas Hartes, und ein scharfer Schmerz schoss ihr Schienbein hoch. Sie schrie auf. Für einen Augenblick sah sie Sterne.

»Oh, verdammt!«, rief eine Frauenstimme.

Blinzelnd schaute May an sich hinab und fuhr zusammen, als sie den tiefen blutigen Schnitt an ihrem Schienbein bemerkte. »Autsch.«

Die Frau sog zischend die Luft ein. »Das sieht echt übel aus. Tut mir wirklich leid.«

»Nein, mir tut's leid«, nuschelte May und ärgerte sich über sich selbst. Sie war gegen eine Kiste gelaufen, die mitten auf dem Gehweg stand und nicht zu übersehen war. Wie doof konnte man eigentlich sein? »Ich habe nicht aufgepasst. Mein Fehler.«

Eine Hand umfasste Mays Oberarm. »Komm am besten mit rein. Ich habe einen Verbandskasten.«

»Das ist wirklich nicht nötig.«

Ein helles Lachen erklang. »Und ob das nötig ist. Sonst kotze ich dir nämlich leider gleich vor die Füße.«

Überrascht schaute May auf und begegnete zum ersten Mal an diesem Tag einem freundlichen Blick aus moosgrünen Augen. Die Frau war im gleichen Alter wie May und überragte sie locker um einen Kopf. Ihr langes rotes Haar glänzte wie Feuer in der Sonne.

»Hi. Ich bin Lauren«, stellte sie sich grinsend vor.

»Ich heiße May.«

Wieder lachte sie. »Ich weiß.«

»Diese Stadt macht mich echt fertig«, murmelte May.

»Kann ich mir vorstellen.« Kichernd zog Lauren sie mit sich zu einem prächtigen alten Haus, das in einem unauffälligen Sandton gestrichen war. Fensterrahmen und Türen setzten sich in einem warmen Braunton von der Fassade ab. Über dem Eingang stand in großen Buchstaben das Wort *Nowhere*.

»Achtung! Stufe.«

Sie betraten eine rustikale Bar.

Die hohen Wände waren in Backsteinoptik gehalten, an denen bunte Blechschilder hingen. May erblickte einige Holztische und am Ende einen langen Bartresen, hinter dem unzählige Gläser und Spirituosen in deckenhohen Regalen aufgereiht waren. Von irgendwoher erklang ein melancholischer Rocksong, der bestens zu Mays Stimmung passte. Sie stieß ein überdrehtes Kichern aus.

»Alles in Ordnung?«, fragte Lauren besorgt und führte sie zu einem lederbezogenen Barhocker.

Beklommen rieb May sich über die Stirn. »Geht schon.«

»Warte kurz. Ich räume nur schnell die Waffe aus dem Weg. Nicht dass noch jemand drüberfliegt. Bin gleich wieder da.«

Lauren eilte nach draußen und kehrte mit der Kiste zurück, die sie schwungvoll auf den Ladentisch wuchtete. Dann ging sie hinter den Tresen und riss eine Schublade auf. Triumphierend hielt sie einen Verbandskasten in die Höhe. »Folgender Vorschlag: Du kümmerst dich um deine Verletzung, weil ich wirklich, *wirklich* kein Blut sehen kann – und ich mixe uns in der Zwischenzeit einen Drink.«

Ein anständiger Scotch hätte Mays Kummer womöglich vertrieben. Wenigstens für eine Weile. Aber da sie gerade erst erfahren hatte, dass Alkohol der Grund für den Unfall von Rose und Julian gewesen war, fand sie den Gedanken, sich jetzt etwas Hochprozentiges zu genehmigen, mehr als abstoßend. Außerdem musste sie später noch die Mädchen mit dem Wagen abholen.

Unschlüssig musterte May die Barbesitzerin. Sehr wahrscheinlich war sie mit Rose und Julian befreundet gewesen. May wollte sich jetzt auf gar keinen Fall Geschichten über ihre Schwester anhören.

Das ... das konnte sie einfach nicht. Allein die Vorstellung raubte ihr die Luft zum Atmen. Vielleicht war es besser, auf Abstand zu bleiben. Andererseits wollte May das nette Angebot von Lauren auch nicht ablehnen. Nach diesem Tag lechzte sie nach jedem freundlichen Wort.

»Eine Cola wäre super«, erwiderte sie daher und ergriff den Verbandskasten.

»Kommt sofort.« Während Lauren Eiswürfel in zwei Gläser schaufelte und mit Cola füllte, reinigte May rasch die Verletzung. Nachdem sie ein Pflaster darübergeklebt hatte, richtete sie sich auf und nahm dankbar das Glas entgegen, das Lauren ihr hinhielt.

»Also dann!« Die Barbesitzerin prostete ihr grinsend zu. »Willkommen am Arsch der Welt.«

Ein bitteres Lachen platzte aus May heraus. »Das trifft es ziemlich auf den Punkt.«

Mitfühlend sah Lauren sie an. »Kopf hoch. Das wird schon wieder.«

»Ja«, erwiderte May traurig. »Muss es schließlich, oder nicht?«

»Falls ich irgendetwas für dich tun kann, lass es mich wissen, okay?«

Hoffnungsvoll sah May sie an. »Du hast nicht zufällig einen Job für mich?«

Lauren überlegte. »Ich könnte schon noch jemanden gebrauchen. Aber die Bar öffnet erst am späten Nachmittag. Das wäre ziemlich ungünstig für dich, oder?«

Mays Schultern sackten herab. »Stimmt. Das ist eine blöde Idee.«

»Du findest sicher bald etwas Passendes«, erwiderte Lauren aufmunternd.

May verzog das Gesicht. »Das glaube ich kaum. Bisher habe

ich nur Absagen kassiert, und die Leute waren bei Weitem nicht so nett wie du.«

»Ich gebe zu, die Einwohner dieser Stadt können ziemlich verbohrt sein, aber im Grunde sind sie gute Menschen.« Sie legte die Stirn in Falten. »Die meisten jedenfalls.«

»Tja, Cole Baxter gehört wohl eher zur ersten Kategorie, was?«, platzte May heraus und ärgerte sich sogleich über ihre Impulsivität. Immerhin kannte sie Lauren kaum. Womöglich war sie eine Freundin von Cole.

Prompt wurde Lauren ernst. »Ich kenne Cole seit der Grundschule, und du kannst mir glauben, wenn ich dir sage, dass er einer von den Guten ist.«

Betreten schaute May zu Boden. Natürlich war sie mit Cole befreundet. Wie dumm von ihr.

»Hey«, sagte Lauren sanft, und May blickte auf. »Nur um eins klarzustellen: Ich liebe diesen Kerl wie meinen Bruder. Allerdings weiß ich auch, wie stur er sein kann. Vor allem wenn es um sein Herz geht. Und diese Mädchen sind sein Herz. Verstehst du, was ich meine?«

May nickte. Denn sie verstand es wirklich.

»Mir ist klar, dass es viel verlangt ist«, fuhr Lauren fort, »aber vielleicht kannst du versuchen, etwas gnädiger mit ihm zu sein. Er hat einfach Angst.«

»Die habe ich auch«, erwiderte May leise und rieb mit dem Daumen über einen Tropfen Kondenswasser, der an ihrem Glas hinabrann. »Trotzdem benehme ich mich nicht wie ein selbstgerechter Vollidiot.«

Zu ihrer Überraschung lachte Lauren auf. »Nun ja, ich fürchte, das liegt in der Familie. Sein Bruder ist genauso schlimm. Aber das ist alles nur Fassade.«

»Es gibt sogar zwei von denen?«, rief May entgeistert aus.

Lauren nickte schmunzelnd. »Und sie sind beide verdammt heiß.«

May stöhnte gequält. »Das kann nicht dein Ernst sein.«

»Was?« Belustigt schürzte Lauren die Lippen. »Willst du etwa behaupten, das wäre dir entgangen?«

»Ja. Nein.« Verwirrt schüttelte May den Kopf. »Ist doch völlig egal. Ich will keinen Mann. Schließlich habe ich schon genug Probleme.«

Lauren stieß ein Seufzen aus. »Wer hat die nicht?«

Neugierig musterte May die Barbesitzerin. »Womit schlägst du dich denn herum?«

»Hast du es etwa noch nicht gehört?«, fragte Lauren erstaunt und schnitt eine zynische Grimasse. »Ich bin das Stadtflittchen. Ich treibe es mit jedem Kerl, der nicht bei drei auf den Bäumen ist.«

May lachte schnaubend. Was für ein Klischee. Lauren mochte attraktiv und selbstbewusst sein, aber May hätte ihre Hand dafür ins Feuer gelegt, dass sie ein grundanständiger Mensch war. »Schwachsinn.«

Laurens Züge wurden weich. »Ich glaube, ich mag dich jetzt schon.«

Mays Herz flatterte wie ein aufgeregter Vogel. Sie kam allerdings nicht mehr dazu, etwas zu erwidern, weil jemand an die offene Tür klopfte.

Ein junger Kerl stand beim Eingang und musterte Lauren von oben bis unten, bevor er May bemerkte. Seine Augen weiteten sich.

»Hey, Tony«, begrüßte Lauren ihn und klang plötzlich angespannt. »Was gibt's?«

»Ich habe ein Einschreiben für dich.« Zögernd trat er näher und hielt einen Briefumschlag in die Höhe. »Vom Stadtrat.«

Lauren fluchte. »Ich verweigere die Annahme.«

»Aber ...«

»Das ist mein Ernst, Tony.« Trotzig verschränkte Lauren die Arme. »Nimm diesen Wisch und mach dich vom Acker, bevor ich dich rausschmeiße. Ist nicht persönlich gemeint. Aber ich werde es tun.«

Tony schluckte und verließ mit eingezogenem Kopf die Bar.

May zog die Augenbrauen hoch. »Was war das denn?«

Mit finsterer Miene schnappte Lauren sich einen Lappen und wischte hektisch über die Theke. »Das war ein Liebesbrief der Kategorie *Arschloch*.«

»Du hast Ärger mit dem Stadtrat?«, fragte May.

»Ethan Williams«, zischte Lauren. Ihre Wangen röteten sich. »Er versucht schon seit Monaten, mir die Bar abzukaufen, und weil ich bisher jedes seiner Angebote ausgeschlagen habe, nutzt er jetzt seine Position im Stadtrat, um mir das Leben zur Hölle zu machen.«

Verständnislos sah May sie an. »Warum baut er sich nicht einfach eine eigene Bar? Ist ja nicht so, als gäbe es hier Platzmangel.«

»Das ist ja genau der Punkt. Er will nicht die Bar, sondern nur das Gebäude. Es ist das älteste der Stadt und liegt im Zentrum.« Verbissen rieb Lauren über den glänzenden Zapfhahn. »Aber das kann er vergessen. Ich werde auf keinen Fall zulassen, dass er mein Baby in einen elitären Männerclub verwandelt.«

»Wozu um alles in der Welt braucht eine Stadt wie diese einen Männerclub?«, fragte May erstaunt.

Lauren zuckte mit den Schultern. »Es gibt eine ganze Menge

Gründe. Viele Frauen bekleiden inzwischen öffentliche Ämter. Das schmeckt einigen konservativen Säcken nicht, aber ihnen sind die Hände gebunden. Mit einem *Gentlemen's Club* könnten sie hinter verschlossenen Türen ihre Intrigen spinnen und Goodville zurückerobern.«

»Dann solltest du vielleicht einen Ladies Club gründen und dich gegen das Patriarchat auflehnen«, scherzte May.

Lauren hielt stirnrunzelnd inne. Man konnte förmlich zusehen, wie sich die Rädchen in ihrem Kopf drehten. »Weißt du, was?«, sagte sie langsam, während ihre Augen aufleuchteten. »Das ist gar keine schlechte Idee.«

Grinsend hob May das Glas an die Lippen und leerte es. Dann rutschte sie vorsichtig vom Barhocker. Als sie auftrat, spannte die Haut um die Verletzung, und sie verzog das Gesicht.

»Geht's?«, fragte Lauren besorgt.

May nickte. »Ich muss jetzt die Mädchen abholen. Vielen Dank für die Cola.«

»Nichts zu danken. Komm jederzeit wieder vorbei, wenn du magst. Ich bin praktisch mit diesem Laden verheiratet.«

May konnte ihre Freude kaum verhehlen. Sie versprach Lauren, bald wieder vorbeizuschauen, und machte sich auf den Weg.

Da Cathy in der Regel ihr Temperament zügelte, wenn Lilly in der Nähe war, fuhr May zuerst zur Kindertagesstätte. Die Einrichtung war nicht besonders groß, aber liebevoll gestaltet. Am Morgen hatte eine junge Frau namens Josephine sie in Empfang genommen und Lilly sogleich in die Gruppe geführt.

Josephine stand an der Garderobe und half einem kleinen Jungen, der nicht älter als zwei Jahre alt sein konnte, beim Anziehen. Als sie May bemerkte, lächelte sie freundlich. »Hallo. Lilly ist draußen im Garten.«

May zögerte. Sie wusste nicht, wie das Prozedere üblicherweise ablief. Durfte man überhaupt Fragen stellen?

»Es war alles so weit in Ordnung«, berichtete Josephine, als hätte sie Mays Gedanken gelesen. »Lilly hat nicht sehr viel gegessen, aber wenigstens bei einigen Aktivitäten mitgemacht.«

Angespannt nestelte May am Riemen ihrer Handtasche. »Hat sie auch mal gelacht?«

Betrübt schüttelte Josephine den Kopf. »Leider nicht.«

May bedankte sich und ging in den Garten, wo Lilly unter einem Apfelbaum auf einer Bank saß. Ihren Stoffhund fest an sich gedrückt, beobachtete sie ein paar Kinder, die auf der Wiese Fangen spielten.

May wurde schwer ums Herz. »Hey, meine Süße«, sagte sie leise und setzte sich neben Lilly auf die Bank. »Hat es dir heute im Kindergarten gefallen?«

Stumm zuckte Lilly mit den Achseln. Das war immerhin kein Nein. Am liebsten hätte May die Hand ausgestreckt, um ihr über den Kopf zu streicheln. Aber bisher hatte sie sich zurückgehalten und jedwede Berührung vermieden. Davon abgesehen hätte Cathy es ohnehin nicht zugelassen.

»Wollen wir deine Schwester abholen?«

Diesmal nickte Lilly und rutschte von der Bank.

»Sag mal, möchtest du heute zum Tanzen gehen?«, fragte May, als sie zum Auto gingen.

Lilly presste ihren Stoffhund enger an sich und schüttelte den Kopf.

»Ganz sicher?«, hakte May nach und entriegelte den Chief. »Das macht bestimmt Spaß.«

Lilly ging nicht auf ihre Worte ein. Stattdessen kletterte sie auf ihren Kindersitz und schnallte sich an.

May beschloss, sie nicht weiter zu bedrängen. Sie fuhren zur Schule, wo Cathy bereits am Zaun stand und sie ungeduldig erwartete. May stieg aus, um ihr mit dem Ranzen zu helfen und sich bei ihrer Lehrerin vorzustellen. Doch wie am Morgen sorgte Cathy dafür, dass May gar nicht erst das Schulgelände betrat. Sie brüllte ihrer Lehrerin einen Abschiedsgruß zu. Dann stapfte sie zum Wagen, ließ ihre Schultasche fallen, riss die Hintertür auf und umarmte Lilly.

»Alles okay, Lilly-Pop?«, fragte sie und atmete hörbar auf, als ihre kleine Schwester nickte. Sie strich Lilly liebevoll eine Haarsträhne hinters Ohr. »Ich habe mir ein neues Spiel für uns ausgedacht. Sollen wir das gleich mal ausprobieren?«

Wieder nickte Lilly.

»Super.« Cathy schaute zu May, und die Wärme wich aus ihrem Blick. »Du bist viel zu spät. Wir haben schon vor einer Stunde Mittag gegessen.«

»Tut mir leid«, erwiderte May. »Morgen hole ich euch eher ab.«

Ohne Erwiderung ging Cathy um den Wagen und stieg auf der anderen Seite ein.

Seufzend warf May den Schulranzen in den Kofferraum. Sie ahnte schon, dass dieser Nachmittag genauso ablaufen würde wie die bisherigen.

Cathy und Lilly würden ihr die kalte Schulter zeigen, während sie kochte und den Haushalt schmiss, bis es Zeit für das Abendessen war. Irgendwann tauchte ein übellauniger Chester auf. Sie würden in angespanntem Schweigen zu Abend essen, und anschließend wäre May wieder allein, weil Cathy keinerlei Nähe erlaubte.

Zwar hoffte May, dass sie sich irrte, doch leider lag sie absolut richtig.

Kapitel 8

Cole

Missmutig starrte Cole auf das Bierglas in seiner Hand. Er saß am Tresen in Laurens Bar, weil ihm zu Hause schlichtweg die Decke auf den Kopf fiel. An diesem Dienstagabend war die Bar nicht so voll wie an den Wochenenden. Trotzdem hatten sich ein paar Stammgäste und Touristen hierher verirrt und besetzten die Tische hinter ihm. Aus der Musikanlage klang leise Rockmusik.

Cole hob das Glas an seine Lippen und trank einen Schluck von seinem kühlen Bier. Es war seine Lieblingssorte, trotzdem schmeckte es heute irgendwie schal. Natürlich kannte Cole den Grund dafür.

Er war nach einem stressigen Tag im Büro zum Friedhof gefahren, um frische Blumen auf das Grab von Julian und Rose zu legen. Nicht dass das nötig gewesen wäre. Auch zehn Tage nach ihrer Beisetzung war der Boden bedeckt mit einer weißen Blütenpracht. Deshalb war ihm der zartrosa Fliederstrauß sofort ins Auge gestochen.

Er hatte dieselbe Farbe wie der Flieder, der vor dem Haus der Avens wuchs. Also hatte May wohl doch noch den Weg zu ihrer Schwester gefunden. Sie musste am Sonntag dort gewesen sein, nachdem er seinem Ärger über ihr Verhalten Luft gemacht hatte. Das erklärte wohl auch ihr tränennasses Gesicht bei ihrer Rückkehr.

Cole bekam ein flaues Gefühl im Magen, als er sich vorstellte, wie sie am Grab seiner besten Freunde gesessen und geweint hatte. Er sagte sich, dass allein der Anblick der Grabstätte für ihren Kummer verantwortlich gewesen war. Aber da gab es dummerweise auch diese nervige Stimme in seinem Kopf, die ihm vehement zuflüsterte, dass er ebenfalls eine Mitschuld an ihren Tränen trug.

Frustriert trank Cole einen weiteren Schluck. Er wollte nicht über May nachdenken oder sich schon wieder Sorgen um die Mädchen machen. Er wollte … einfach gar nicht denken.

Hinter der Bar stieß Lauren einen Pfiff aus. »Harten Tag gehabt, Baxter?«

Mit einem finsteren Blick stellte Cole das Glas hin, woraufhin sie kicherte.

Lauren war in Ordnung und ziemlich tough gemessen an dem Wind, der ihr vorrangig von der weiblichen Front in Goodville entgegenwehte. Dabei konnte sie ja nichts für ihre Attraktivität. Es war auch nicht ihre Schuld, dass sich der ein oder andere Ehemann immer wieder in ihre Bar verirrte, um sie aus der Ferne anzuhimmeln. Ein paar Idioten hatten es sogar ernsthaft bei ihr versucht. Aber Lauren war niemals schwach geworden, auch wenn diverse Klatschweiber ständig das Gegenteil behaupteten.

Es hielt sich sogar hartnäckig das Gerücht, dass Lauren und Julian eine Affäre gehabt hatten – was natürlich Blödsinn war. Julian war seiner Frau immer treu gewesen.

Nun ja. Bis auf einen Ausrutscher.

Damals waren sie noch aufs College gegangen. Julian hatte nach einem heftigen Streit mit Rose zu tief ins Glas geschaut.

Er war sturzbetrunken mitten in der Nacht vor Coles Wohnungstür aufgetaucht und hatte ihm seinen Fehler gestanden. Am nächsten Tag wusste er nichts mehr von seiner Beichte, und als er sich kurz darauf mit Rose versöhnte, beschloss Cole, das Geheimnis seines Freundes für sich zu behalten, weil er wusste, dass Julian seine Lektion gelernt hatte.

»Hey, Bro«, sagte jemand hinter ihm und schlug ihm kräftig auf die rechte Schulter. Sein Bruder setzte sich neben ihn auf den freien Barhocker. »Sorry für die Verspätung. Wurde aufgehalten.«

Cole war froh, dass er nun nicht länger gezwungen war, über die Verfehlungen seines verstorbenen besten Freundes nachzudenken.

Ryan war bloß zwei Jahre jünger. Er hatte verwuscheltes braunes Haar und helle blaue Augen. Ein träges Grinsen lag auf seinen Lippen. Er sah aus, als wäre er gerade ordentlich flachgelegt worden.

»Will ich den Grund dafür wissen?«, fragte Cole, obwohl er ziemlich sicher war, dass er die Antwort bereits kannte. Ryan war Single, und die Frauen waren verrückt nach ihm, was vorrangig an seiner Ranger-Uniform lag. Sein Job als Wildhüter im nahe gelegenen Nationalpark schien bei den Ladies jedenfalls einen Nerv zu treffen, und da er auch Führungen anbot, mangelte es ihm nie an neuen Kontakten.

Ryans Grinsen wurde breiter. Er winkte Lauren. »Hey, Feuerteufel, bringst du mir auch ein Bier, bitte?«

»Na klar, du Nervensäge«, schoss sie zurück und machte sich daran, das gewünschte Bier zu zapfen.

Ryan wandte sich wieder Cole zu. »Im Gegensatz zu deiner Vermutung steckt diesmal keine Frau dahinter«, erklärte er. »Ich musste vorhin noch mal ins Gemeindezentrum, um ein paar neue Informationen in unserem Schaukasten auszuhängen. Dort haben mir dann ein paar Teenies ein Ohr abgekaut.« Lauren stellte das Glas vor ihn hin, das er sogleich ergriff. »Danke, Süße.«

Lauren zwinkerte ihm zu. »Immer gern, Süßer.«

Cole verdrehte die Augen. Die beiden waren schon seit ihrer Kindheit befreundet und konnten inzwischen keinen Dialog mehr ohne nervige Kosenamen führen.

Genüsslich nippte Ryan an seinem Bier. »Ich habe sie übrigens gesehen. Die, deren Name nicht genannt werden darf.«

»Charmanter Vergleich«, erwiderte Cole trocken, bevor er Ryan ansah. »Waren die Mädchen bei ihr? Geht es ihnen gut?«

»Ich habe nicht mit ihnen gesprochen. Die beiden waren in der Therapie, und May stand recht verloren im Gang rum.« Er zuckte mit den Schultern. »Also habe ich meinen Charme spielen lassen, um sie etwas aufzumuntern.«

Coles Augen wurden schmal. »Du hast *was*?«

»Was denn? Ich wusste ja nicht, wer sie ist.«

»Klar, Frauen mit blauen Haaren und abgewetzten Klamotten sieht man hier ja auch täglich«, erwiderte Cole sarkastisch.

»Zunächst einmal hatte sie ihre Haare zusammengebunden, weshalb mir ihre blauen Strähnen nicht sofort aufgefallen sind«, gab Ryan gelassen zurück. »Außerdem war ihre Kleidung völlig normal. Für eine von der dunklen Seite der Macht sieht sie obendrein ziemlich süß und unschuldig aus.«

Cole schnaubte. »Du findest auch Grizzlys süß und unschuldig. Du bist nicht ganz dicht.«

Ryan lachte vergnügt, und Cole fragte sich, wieso ihm die Vorstellung derart missfiel, dass sein Bruder mit May flirtete.

»Ich sage es nur ungern, aber Ry hat recht«, mischte Lauren sich ein. Sie hatte die Unterhaltung offenbar mit angehört, während sie ein paar Gläser abspülte. »Auf mich macht May einen netten Eindruck.«

»Du kennst sie doch gar nicht«, schoss Cole zurück.

»Seit gestern schon.« Lauren langte nach einem Geschirrtuch und trocknete sich die Hände ab. »Sie hat sich direkt vor der Tür das Bein aufgeschlitzt, weil ich so blöd war, eine Kiste mitten auf den Fußweg zu stellen. Jeder andere hätte mir Vorwürfe gemacht, aber stattdessen hat sie sich bei mir entschuldigt. Dabei konnte sie nun wirklich nichts dafür.«

»Interessant«, warf Ryan ein. »Als ich dieses riesige Pflaster an ihrem Bein gesehen habe, wollte ich wissen, was passiert ist. Und wisst ihr, was sie gesagt hat?«

Er legte eine Kunstpause ein, um seinen Bruder und Lauren auf die Folter zu spannen. Aber Cole ging nicht darauf ein. Demonstrativ trank er einen weiteren Schluck Bier.

»Nur ein dummes Missgeschick.« Lachend haute Ryan auf den Ladentisch. »Ihr Schienbein sieht aus, als hätte es ein Wolf als Kauknochen benutzt, und sie winkt verlegen ab. Unglaublich, oder?«

Ryan übertrieb. So schlimm konnte es doch gar nicht sein, oder?

»Was war denn in der Kiste?«, fragte Cole, um sich von der Sorge abzulenken, die unangenehmerweise in ihm hochkroch.

»Ziemlich viele Flaschen«, antwortete Lauren und verzog das Gesicht. »Aber dummerweise hat sie genau die spitze Ecke erwischt. Ich hätte geheult wie ein Baby.«

Ryan grinste. »May scheint recht cool zu sein.«

Das durfte doch nicht wahr sein.

»Sie ist die Einzige, die zwischen mir und den Kindern steht«, presste Cole hervor.

»Schon.« Ryan warf ihm einen vorsichtigen Blick zu. »Aber dafür kann sie ja nichts, oder? Ich meine, sie kommt bloß dem Wunsch von Rose und Julian nach. Vielleicht solltest du das akzeptieren, anstatt ihr das Leben schwer zu machen.«

»Möglicherweise wäre es auch das Beste für die Mädchen«, fügte Lauren zaghaft hinzu.

Mit einem Mal fühlte Cole sich verraten. »Ihr habt keine Ahnung, was das Beste für die beiden ist.«

»Jetzt mach mal halblang, Mann«, erwiderte Ryan und hatte die Nerven, verletzt dreinzuschauen. »Rose und Julian waren auch unsere Freunde, und ihre Kinder liegen uns ebenfalls am Herzen. Ich sage ja nicht, dass May die bessere Wahl ist. Aber auf mich hat sie keinen üblen Eindruck gemacht.«

Lauren nickte zustimmend. »Sie hat Mist gebaut. Aber wer hat das nicht?«

»Seid ihr beide übergeschnappt, oder was?«, knurrte Cole. »Sie hat nicht einfach bloß Mist gebaut. Sie hat Rose, Julian und die Kinder jahrelang gemieden. Ohne ersichtlichen Grund.«

Ryan runzelte die Stirn. »Bist du dir da sicher?«

»Natürlich! Habt ihr überhaupt eine Vorstellung davon, wie oft sich Rose darüber beklagt hat, dass sie ihre kleine Schwester vermisst und sich einfach nicht erklären kann, warum May sich von ihr abgewandt hat? May hat Rose das Herz gebrochen, verdammt noch mal. Also kommt mir nicht mit diesen schwachsinnigen Argumenten, dass niemand perfekt ist und jeder mal Fehler macht. Sie hat das jahrelang durchgezogen, und Rose war ihr vollkommen egal.«

Mitfühlend sah Ryan ihn an. »Und trotzdem haben Rose und Julian sich für sie entschieden.«

»Glaubt mir, das habe ich nicht vergessen.« Verbissen starrte

Cole auf das Glas in seiner Hand. »Aber trotzdem ist es meine Aufgabe, die Kinder vor Schmerz und Enttäuschung zu schützen, oder nicht?«

»Und was, wenn du dich irrst?«, fragte Ryan leise.

Cole stieß ein kaltes Lachen aus. »Das bezweifle ich.«

Sein Bruder und Lauren tauschten einen vielsagenden Blick, der Cole keineswegs entging. Frustriert nippte er an seinem Bier. Wenn er gewusst hätte, wer das Gesprächsthema Nummer eins an diesem Abend war, wäre er zu Hause geblieben.

»Du könntest sie natürlich auch heiraten«, schlug Ryan vor, woraufhin Cole sich fast verschluckt hätte.

Fassungslos schaute er seinen Bruder an.

Dieser wirkte regelrecht begeistert von seiner Idee. »Denk doch mal nach. Das würde all deine Probleme auf einen Schlag lösen.«

»Bist du noch zu retten?«, fuhr Cole ihn an. »Ich werde ganz bestimmt nicht noch mal heiraten. Schon gar nicht May. Eine gescheiterte Ehe reicht mir vollkommen. Vielen Dank auch.«

Ryan runzelte die Stirn. »Aber sie ist ganz anders als Yvette. Nicht nur hübsch, sondern auch klug und empathisch.«

Was zur Hölle?

»Bist du sicher, dass wir von der gleichen Person sprechen?«, blaffte Cole.

Ryan verdrehte die Augen. »Das hatten wir doch schon geklärt. Klein, tolle Kurven, Schmolllippen, dichtes braunes Haar mit blauen Highlights, die perfekt zu ihren riesigen Kulleraugen passen.«

Falls das möglich war, wurde Coles Miene noch finsterer. »Sie ist nicht empathisch, sondern ignorant.«

Ryan schüttelte entschieden den Kopf. »Sorry, Bro. Ich will gar nicht abstreiten, dass mit Rose einiges schiefgelaufen ist.

Aber du hättest sehen sollen, wie sie sich um die Mädchen bemüht hat. Cathy war echt aufgewühlt nach der Therapie, und du weißt ja, wie sie sein kann. Sie hat ihren gesamten Frust bei May abgeladen. Aber sie hat all die Gemeinheiten ruhig ertragen, während sie gleichzeitig versucht hat, Lilly aufzumuntern. Sie war mitfühlend, nicht gleichgültig, Mann.«

Cole spürte plötzlich einen scharfen Schmerz in der Brust, als er hörte, wie unglücklich die Mädchen gewesen waren. Wäre er doch nur zum Gemeindezentrum gefahren ...

»Ich bleibe dabei«, sagte Ryan. »Roses Schwester ist kein Miststück.«

Cole ballte die Hände zu Fäusten. Er hatte nie behauptet, dass May ein Miststück war. Aber wenn er das jetzt richtigstellte, dann ließ Ryan sich womöglich gar nicht mehr von der wahnwitzigen Idee abbringen, ihn und May zu verkuppeln.

»Ich glaube, du kannst dir die Mühe sparen, Ryan«, schaltete Lauren sich ein und grinste schadenfroh. »Cole ist sowieso nicht ihr Typ. Das hat sie selbst gesagt.«

Cole kniff die Lider zusammen. »Prima. Dann wären wir ja einer Meinung. Sie ist nämlich auch nicht mein Typ.«

Scheiße! Er klang eingeschnappt.

Ein besorgniserregendes Glitzern trat in Ryans Augen. »Alles klar, Bruderherz. Dann hast du ja sicher nichts dagegen, wenn ich mein Glück bei ihr versuche. Mit *mir* hat sie schließlich kein Problem.«

Teufel, nein! Er würde nicht auf Ryans Provokation eingehen. Auf keinen verdammten Fall.

Um Fassung ringend leerte Cole sein Bierglas. Dann sah er seinen Bruder ausdruckslos an. »Es gibt zwei Möglichkeiten: Entweder wir wechseln das Thema, oder ich bin weg.«

Ryan musterte Cole. Dann stieß er ein ergebenes Seufzen aus. »Na schön.« Er nickte Lauren zu. »Noch eine Runde, Feuerteufel.«

Lauren zapfte zwei weitere Bier, obwohl Ryans Glas fast noch voll war. Eine tiefe Falte hatte sich auf ihrer Stirn gebildet, aber sie war klug genug, das Thema ebenfalls fallen zu lassen. Stattdessen unterhielten die drei sich noch eine Weile über den neuesten Klatsch in Goodville.

Ashlyn Johnson, die Ehefrau des ortsansässigen Arztes und selbst ernannte Königin der Stadt, war unzufrieden mit den nur schleppend vorangehenden Vorbereitungen zum Gründerfest, das in ein paar Wochen stattfand. Deshalb hatte ihre rechte Hand – Patty Graham – eine Rundmail geschickt und Aufgaben verteilt.

Die Baxter-Brüder sollten mithelfen die Tribüne auf bauen, was Cole herzlich egal war. Er hätte sowieso geholfen, auch wenn er nicht in Feierlaune war.

Ryan hingegen nervte es gewaltig, dass die Lästerschwestern einfach über seinen Kopf hinweg entschieden hatten, und beklagte sich fast den ganzen restlichen Abend über diese Unverfrorenheit.

Cole hörte ihm allerdings nur mit halbem Ohr zu, weil seine Gedanken immer wieder zur Stadtgrenze schweiften – und zwar nicht nur zu den Mädchen, sondern ärgerlicherweise auch zu May.

Kapitel 9

May

»Chester Avens! Du wirst auf der Stelle diese Tür öffnen.«

May hämmerte wie eine Verrückte gegen die Holztür, nicht bereit, dem alten Griesgram auch nur eine Sekunde Ruhe zu gönnen. Gestern hatte sie am späten Abend eine SMS von einer unbekannten Nummer erhalten. Es war eine Nachricht von Helen, die schrieb, dass Chester am Mittwochmorgen einen Termin bei Dr. Johnson habe, den er unbedingt wahrnehmen müsse.

Da Chester dies beim Abendessen mit keinem Wort erwähnt hatte, ging May davon aus, dass er sich vor der Untersuchung drücken wollte. May hatte die Mädchen bereits in die Schule gebracht und gab nun ihr Bestes, den alten Zausel aus seinem Loch zu locken.

Gefrühstückt hatte er. Das wusste May, weil die Küche bei ihrer Rückkehr schon wieder wie ein Schlachtfeld ausgesehen hatte. Auch darüber würden sie dringend reden müssen. Sobald die Sache mit dem Arzt erledigt war.

»Chester!«, brüllte sie so laut, dass der Vogel, der auf der Regenrinne saß, erschrocken davonflatterte. »Ich zähle bis drei, und dann hole ich den Ersatzschlüssel. Denk ja nicht, ich wüsste nicht, wo er ist.«

In Wahrheit hatte May keinen blassen Schimmer, ob es einen

Ersatzschlüssel gab. Allerdings hegte sie keinen Zweifel daran, dass es irgendwo einen gab. Rose war immer so vorausschauend gewesen und hatte sich für jede Eventualität gewappnet. Im Gegensatz zu May, die trotz unzähliger To-do-Listen ständig das Gefühl hatte, etwas Wichtiges zu vergessen.

Der Zettel mit dem Arzttermin hatte am Kühlschrank gehangen, hinter Cathys Stundenplan. Deshalb hatte May ihn nicht für voll genommen – bis die Nachricht von Helen kam.

Nun ja, immerhin hatte May in Coles Mutter eine heimliche Verbündete gefunden. Ihr Sohn würde wahrscheinlich durchdrehen, wenn er davon wüsste, was Helen nur noch sympathischer machte. Vielleicht konnte May sich bei Gelegenheit mit einem Kuchen revanchieren.

»Chester!« Vor lauter Frust stampfte May mit dem Fuß auf. Sie trommelte wieder mit der Faust gegen die Tür. »Mach auf! Sonst ...«

May verstummte, als die Tür aufflog und ein äußerst düster dreinblickender Chester erschien. »Ich bin nicht taub, Violet.«

»May!«, korrigierte sie ihn und rang nach Atem. »Ich heiße May.«

Chester grinste höhnisch. »Du kannst deinen Namen ändern und dir die Haare bunt färben, so viel du willst. Tief in deinem Inneren wirst du immer Roses kleine Schwester sein, die völlig verrückt war nach ...«

»Stopp!«, unterbrach May ihn scharf. Hitze strömte in ihre Wangen, während sie mahnend mit dem Finger auf ihn zeigte. »Wag es ja nicht, diesen Satz zu Ende zu sprechen. Sonst kannst du eine Pflegekraft anheuern.«

Chesters Augen wurden schmal. »Ich brauche keine Pflegekraft.«

»Ach, wirklich?« May zog die Nase kraus. »Dann sollten wir uns dringend mal über dein Verständnis von Sauberkeit unterhalten. Was ist das überhaupt für ein schrecklicher Geruch?«

Chester stellte sich in die Tür, um ihr die Sicht zu versperren. Aber es war bereits zu spät.

Mays schnappte nach Luft, als sie das Chaos sah, in dem Chester hauste. Es hatte noch keine Messi-Qualität, aber viel fehlte auch nicht mehr.

Dem alten Mann war es sichtlich unangenehm, doch er hielt sie nicht zurück, als sie den Bungalow betrat.

Es gab keinen Eingangsbereich. Stattdessen war das Wohnkonzept sehr offen gehalten, damit im Zweifel genug Platz für einen Rollstuhl blieb. Rechts gab es eine kleine Küchenzeile mit Kühlschrank. Ein runder Esstisch trennte die Küche vom Wohnbereich ab, der von einem breiten Sofa und einem Lesesessel dominiert wurde. Geradeaus hatte man durch eine breite Fensterfront einen direkten Blick in den Garten. An der Wand stand ein Schrank mit einem integrierten Flachbildfernseher. Die Tür dahinter führte vermutlich zum Schlafzimmer mit angrenzendem Bad.

Bestürzt sah May sich um. So ziemlich jede freie Fläche war vollgestellt mit Flaschen, schmutzigem Geschirr, Bergen von Zeitschriften und dreckigen Klamotten. Staubpartikel tanzten im Licht der hereinscheinenden Sonne. Die Luft war schal und abgestanden.

Du lieber Gott!

Im Geiste rechnete May rasch nach. Seit ihrer Ankunft waren fünf Tage vergangen. Seither hatte Chester das Haus nur verlassen, um bei ihr zu essen. May war nie bei ihm gewesen. Aber offensichtlich musste sie nun ebenfalls in seinen vier Wänden nach dem Rechten sehen.

»Guck nicht so schockiert«, grummelte Chester. »Ich hab's einfach nicht so mit der Ordnung. Deshalb hat Rose sich immer darum gekümmert.«

Natürlich hatte sie das, und einmal mehr fühlte May sich absolut unfähig.

»Es tut mir leid, Chester.« May sah den gebrechlichen Mann an – der verblüffenderweise ohne Gehhilfe in seinem Wohnzimmer stand und nicht einmal wankte.

Sie runzelte die Stirn. Der Gehstock lehnte an der Wand am Ende des Raumes.

Chester räusperte sich. »Also kümmerst du dich in Zukunft darum? Der Müll wird mir allmählich zu viel. Ich brauche saubere Wäsche, und der Boden muss gewischt werden.«

Wieder schaute May ihn an.

Ein berechnender Ausdruck lag in seinen Augen.

Sofort verflüchtigte sich Mays schlechtes Gewissen, als ihr klar wurde, was dieser hinterhältige alte Kauz da trieb. Er zog eine Show ab, um sie dazu zu bringen, für ihn zu putzen!

»Ja, Chester«, antwortete sie bedächtig und war nicht überrascht, puren Triumph in seinen Zügen auszumachen. »Ich kümmere mich darum. Aber erst mal bringe ich dich zu Dr. Johnson.«

Chester nickte artig und wandte sich zum Gehen.

»Willst du vielleicht deinen Gehstock mitnehmen?«, fragte May sich in zuckersüßem Ton.

Chester versteifte sich. Auf einmal fiel er in sich zusammen und humpelte unter lautem Gestöhne zu seinem Gehstock.

May musste sich schwer beherrschen, damit sie angesichts von Chesters dramatischer Darbietung nicht in Gelächter ausbrach. Auf den Gehstock gestützt, schlurfte er zum Wagen, und May hielt ihm die Beifahrertür auf. Ächzend plumpste er auf den Sitz.

Die Fahrt zur Arztpraxis dauerte nur wenige Minuten. Weil May sichergehen wollte, dass Chester sich nicht unterwegs verirrte, begleitete sie ihn hinein und wartete, bis die ältere Arzthelferin ihn aufgenommen hatte.

»Nimm doch bitte noch einen Augenblick Platz, Chester«, sagte sie freundlich, ehe sie May einen giftigen Blick zuwarf.

Im Wartezimmer saßen bereits drei Leute. Es würde also dauern, bis Chester an der Reihe war. Deshalb beschloss May, die Wartezeit zu nutzen. »Ich muss kurz etwas erledigen, damit ich mich nachher gleich um *die Sache* kümmern kann«, raunte sie Chester zu. »In Ordnung? Oder soll ich lieber hierbleiben?«

Chester schüttelte den Kopf. »Geh nur.«

Ein Grinsen unterdrückend, machte May sich auf den Weg zum Souvenirshop, der sich gleich auf der gegenüberliegenden Straßenseite befand. Wie sie gehofft hatte, war diesmal geöffnet. Nova stand vor einem Regal mit handbemalter Keramik und wischte Staub.

»Guten Morgen, Nova.«

Überrascht drehte sich die hübsche Ladenbesitzerin um. Dann lächelte sie. »Hallo, May. Wie geht es dir?«

Diese Frage hatte ihr bisher nur die Anwältin gestellt, und die hatte es nicht wirklich wissen wollen. Nova hingegen wirkte aufrichtig interessiert.

»Mir geht's gut«, antwortete sie, spürte jedoch, wie gequält sich ihr Lächeln anfühlte. »Na ja. Ich komme zurecht.«

Nova nickte verständnisvoll. »Ich kann mir gar nicht vorstellen, wie schwer das alles sein muss.«

»Es wird schon ... Mit der Zeit.« May rieb sich über die Nasenspitze, als ihre Augen zu brennen begannen. »Und wie geht es dir?«

»Oh! Sehr gut so weit. Granny ist stabil. Das ist das Allerwichtigste.« May runzelte die Stirn, woraufhin Nova verlegen auflachte. »Tut mir leid. In dieser Stadt weiß jeder über jeden Bescheid. Da vergisst man manchmal, dass es auch noch Leute von außerhalb gibt. Meine Großmutter leidet an einer seltenen Augenerkrankung. Noch kann sie ein wenig sehen. Aber es ist nur eine Frage der Zeit bis zur vollständigen Erblindung. Deshalb freue ich mich über jeden Tag, an dem keine Verschlechterung eintritt.«

Betroffen sah May sie an. »Oh, Nova. Das tut mir wirklich leid.«

»Das muss es nicht. Ehrlich. Du machst weit Schlimmeres durch.« Nova lächelte. »Ich habe gehört, du suchst einen Job. Hast du schon etwas Passendes gefunden?«

May schnitt eine Grimasse. »Leider nicht.«

»Hast du es schon im Blumenladen versucht? Soweit ich weiß, sucht Miss Pottridge eine Aushilfe.«

Betreten schlang May die Arme um den Oberkörper. »Im Blumenladen hat es nicht geklappt.«

Jemanden wie Sie brauchen wir hier nicht.

Wie ein Echo hallten die kaltherzigen Worte plötzlich in Mays Ohren wider. Dabei waren es nicht nur die vielen Abweisungen an sich, die ihr immer noch zu schaffen machten, sondern die ganze Art und Weise. Gestern hatte May es gar nicht erst versucht, sondern sich online Jobmöglichkeiten angeschaut. Aber entweder musste sie mit besonderen Talenten brillieren oder Startkapital aufbringen, das sie nicht hatte. Deshalb hatte sie auf Nova gehofft. Doch nachdem May vom Schicksal ihrer Großmutter erfahren hatte, kam es ihr einfach nicht richtig vor, die freundliche Ladenbesitzerin um Hilfe zu bitten. Sie bemühte sich, zuversichtlich zu wirken. »Ich finde sicher bald etwas anderes.«

Nova seufzte. »Ich würde dir einen Job geben, wenn ich könnte. Aber ich kann es mir leider nicht leisten. In diesem Frühling sind viel weniger Touristen nach Goodville gekommen als sonst.«

»Schon in Ordnung«, erwiderte May tapfer. »Du kannst mich trotzdem jederzeit anrufen, falls du mal jemanden brauchst.«

Sie schrieb Nova ihre Nummer auf und ging dann zurück zur Arztpraxis. Chester kam gerade aus dem Behandlungszimmer, sodass sie nicht warten und die Blicke der Leute ertragen musste.

Als sie wenig später in der Einfahrt der Avens parkte, sah sie Chester arglos an. »Wie fühlst du dich? Willst du dich ausruhen, oder soll ich mich gleich um deinen Haushalt kümmern?«

»Es geht schon.«

»Alles klar. Ich muss nur noch schnell ein paar Sachen zusammensuchen. Dann komme ich rüber zu dir.«

Chester nickte und humpelte ächzend ins Haus. Derweil holte May alles, was sie brauchte. Als sie Chesters Wohnzimmer betrat, hatte er es sich mit einem Buch im Lesesessel gemütlich gemacht.

Stirnrunzelnd schaute er auf die drei Körbe in Mays Hand. »Damit wird der Boden aber nicht sauber.«

May strahlte ihn an. »Das heben wir uns für später auf. Erst mal sorgen wir für ein wenig Ordnung.«

»Wir?«, fragte er irritiert.

»Aber natürlich.« May ging zum Esstisch, zog die Stühle zurück und stellte die Körbe darauf. »Geschirr. Flaschen. Wäsche.«

Sie grinste Chester an, der sie völlig entgeistert anglotzte. »Du musst das machen.«

»O nein, mein Lieber!« Entschlossen stemmte May die Hände in die Hüften. »Wer die Kraft hat, seine Bude innerhalb von ein paar Tagen in so einen Saustall zu verwandeln, hat auch genug Energie, den Mist wieder aufzuräumen.«

Trotzig verschränkte Chester die Arme. »Das kann ich nicht. Ich bin behindert.«

»Bist du nicht«, schoss May zurück. »Du hast ein steifes Knie. Das ist alles. Es wird Zeit, dass du wieder Verantwortung übernimmst und deinen Hintern hochkriegst. Also entweder hilfst du mit, oder ich gehe und du kannst in diesem Schweinestall versauern.«

Chester wurde puterrot im Gesicht, und für einen Moment fragte May sich, ob sie mit dieser Lektion nicht doch zu weit ging. Doch dann brummelte Chester etwas in seinen Bart, klappte geräuschvoll das Buch zu und stemmte sich aus dem Sessel.

Na also! Zufrieden wandte May sich zur Küche um und stellte erstaunt fest, dass es sogar eine Spülmaschine gab. Diese war allerdings mit sauberem Geschirr gefüllt, das schon seit ein paar Tagen darin gestanden haben musste. Ein Lied vor sich hin summend, räumte sie die Küche auf, während Chester durch das Wohnzimmer schlich. Dabei trug er immer nur *ein* Kleidungsstück. Wahrscheinlich hatte er Angst, sich einen Bruch zu heben.

»Pack am besten die alten Zeitungen in den Korb, der für das Geschirr gedacht war«, wies sie ihn unbeeindruckt an. »Ich wusste ja nicht, dass deine Küche so gut ausgestattet ist.«

Chester knurrte, tat aber, was May gesagt hatte. Da er das Tempo einer Schnecke an den Tag legte, brauchten sie bis zum Mittag, bis sie endlich fertig waren. Es blieb also keine Zeit mehr, den verklebten Boden zu wischen.

May nahm den Korb mit den Flaschen und sah Chester

auffordernd an. »Nimmst du bitte deine Schmutzwäsche mit? Dann kann ich dir gleich zeigen, wie die Waschmaschine funktioniert.«

Damit schien sie das Fass zum Überlaufen zu bringen.

»Ich soll meine Wäsche waschen?«, donnerte Chester. »Was bin ich? Ein altes Waschweib?«

May hob die Augenbrauen. »Sehe *ich* etwa aus wie ein altes Waschweib? Ich denke nicht. Wenn du dich also nicht selbst darum kümmern möchtest, gäbe es noch einen mobilen Reinigungsdienst. Ich habe einen Flyer bei Dr. Johnson gesehen. Ganz schön kostspielig, wenn du mich fragst. Aber ist ja nicht mein Geld.«

Chester öffnete den Mund. Dann biss er die Zähne zusammen und humpelte zu dem vollen Korb.

Obwohl May nun doch ein schlechtes Gewissen bekam, hielt sie ihm strahlend die Tür auf. »Gute Entscheidung.«

Chester brummte etwas, das sich verdächtig nach *Hexe* anhörte.

»Wie bitte?«, fragte May freundlich. »Hast du etwas gesagt?«

»Nein.«

»Dann ist ja gut.« Sie ging voran, hielt ihm abermals die Tür auf und dirigierte ihn in den Hauswirtschaftsraum. Dort erklärte sie ihm mit einer Engelsgeduld den überaus komplexen Vorgang des Wäschewaschens. »Diese prachtvolle Luxusmaschine verfügt auch über einen integrierten Trockner. Nach vier Stunden hast du also saubere, wohlduftende und fluffige Kleidung. Ist das nicht wunderbar?«

Chester sah aus, als wollte er ihr gleich ins Gesicht springen.

Deshalb beschloss May, ihm eine Pause zu gönnen. »Im Kühlschrank ist noch Auflauf von gestern Abend, falls du nach diesem kräftezehrenden Vormittag Hunger hast. Ich hole jetzt die Kinder ab und kümmere mich danach um deinen Fußboden.«

Selbstverständlich würde Chester in der Zwischenzeit ein Auge auf die Mädchen haben. Aber das teilte May ihm besser erst mit, wenn er satt war.

***

Es war zehn Minuten vor drei, als May mit den Kindern überpünktlich am Softballfeld erschien, das inmitten einer wunderschönen Parkanlage lag. Die großzügige Wiese war umgeben von Büschen und großen Kastanien. In einiger Entfernung konnte May einen Spielplatz ausmachen. Zahlreiche Kinder waren bei dem herrlichen Wetter auf dem Klettergerüst unterwegs oder bauten Burgen in der Sandkiste.

May überlegte, mit Lilly dort hinzugehen, während Cathy Training hatte. Aber anscheinend setzten sich die vorbildlichen Erziehungsberechtigten auf die Seitentribüne und begutachteten die Fortschritte ihrer Sprösslinge. Einige Frauen hatten bereits auf den Bänken Platz genommen und unterhielten sich. Manche warfen den Mädchen mitfühlende Blicke zu, wohingegen May primär mit zusammengekniffenen Augen und herablassend geschürzten Lippen bedacht wurde.

Ein Seufzen unterdrückend, wandte May sich dem Spielfeld zu und hielt nach Cathys Trainer Ausschau. Lange musste sie nicht suchen.

An der ersten Base, mit dem Rücken zum Publikum, stand ein hochgewachsener Mann und schob mit dem Fuß einige Kegel zurecht. Sein dunkler Haarschopf war größtenteils unter einem blauen Basecap verborgen. Eng um seine Schultern spannte sich ein schwarzes Poloshirt und zeigte kräftige, braun gebrannte Arme. Die lässigen Jeans brachten seinen Hintern überaus vorteilhaft zur Geltung, als er sich bückte und einen umgefallenen Kegel aufstellte.

Hinter May stöhnten einige Damen verzückt auf.

May war geneigt, ihnen zuzustimmen. Der Kerl war sexy.

Als würde er sich gerade erst seiner Zuschauerinnen bewusst, drehte er sich um.

Mays Bewunderung verpuffte. »Du hast mir gar nicht gesagt, dass Cole dein Trainer ist.«

Cathy verdrehte die Augen. »Du hast nicht gefragt.«

Stimmt. Das hatte sie nicht. Aber nicht weil es sie nicht interessierte, sondern weil Cathy ihrer Frage ohnehin keine Antwort gewürdigt hätte.

Cathy flitzte davon und warf sich in Coles Arme, der sie auffing, als hätte er sein Leben lang nichts anderes getan. Wieder erklangen zustimmende Laute hinter May, während sie entgeistert zum Spielfeld starrte. Sie musste zugeben, dass der Anblick der beiden auch an ihr nicht ganz spurlos vorbeiging.

Coles Gesicht war voller Zärtlichkeit. Ganz anders als bei ihrem Streit am vergangenen Sonntag. Als er sie in der Küche zusammengefaltet hatte, war seine Miene eiskalt gewesen. In seinen grünen Augen hatte ein Sturm aus Wut und Trauer getobt. Danach hatte May ihn nicht mehr ansehen können und war froh, dass sie sich seither nicht wieder begegnet waren. Zwar hatte sie damit gerechnet, dass er spontan vor der Haustür stehen oder im Gemeindezentrum auftauchen würde. Aber er hatte sich ferngehalten. Vermutlich weil er wusste, dass er die Kinder heute sowieso sah.

Behutsam setzte er Cathy ab und sah sich nach Lilly um. Er wirkte erleichtert, als er sie neben May entdeckte.

Sofort regte sich aufs Neue Empörung in ihr.

Ja, sie hat noch alle Arme und Beine, du Idiot!

Obwohl es in May brodelte, bemühte sie sich um einen neutralen Gesichtsausdruck und schluckte ihren Ärger über sein unverhohlenes Misstrauen herunter. Sie kniete sich neben Lilly hin, die sehnsüchtig zu Cole und Cathy hinüberschaute. Wie immer drückte sie ihren Stoffhund fest an ihre Brust.

»Möchtest du Cole nicht Hallo sagen?«, fragte May sanft.

Sichtlich überrascht riss Lilly die Augen auf.

Mays Herz zog sich zusammen, als sie begriff, dass Lilly ihretwegen zögerte. Sie lächelte Lilly beruhigend zu. »Na, geh schon. Er hat dich sicher auch sehr vermisst.«

Ihre Miene hellte sich auf. Sie wirbelte herum und lief zu Cole.

Er hob sie ebenfalls hoch, und sie schlang ihre kleinen Arme um seinen Hals. Cole schloss die Augen, als müsste er seine Gefühle im Zaum halten.

Diesmal musste May sich schwer zusammenreißen, um sich nicht von der allgemeinen Begeisterung mitreißen zu lassen.

»O mein Gott!«, schwärmte eine weibliche Stimme hinter May. »Sieh dir nur an, wie hinreißend die drei sind, Ashlyn.«

»Echt eine Schande, dass die Kinder nicht bei ihm bleiben dürfen«, stimmte besagte Ashlyn zu. »Er wäre sicher ein wunderbarer Vater. Im Gegensatz zu *ihr*. Sie wird Rosie niemals das Wasser reichen.«

May versteifte sich. Sie konnte praktisch spüren, wie sich unzählige Augenpaare in ihren Rücken bohrten.

Angespannt richtete sie sich auf, um Cole zu begrüßen, der

mit den Mädchen auf sie zukam. Noch immer trug er Lilly auf dem Arm. Aber jetzt war seine Miene verschlossen, als er das Pflaster auf ihrem Schienbein musterte.

Cathy flitzte zu den anderen Mannschaftsmitgliedern.

Bei May angekommen, blieb Cole stehen, hielt aber Lilly weiterhin auf seinem Arm, als wäre er noch nicht bereit, sie loszulassen. Sie schmiegte sich vertrauensvoll an ihn.

»Hallo, May.« Sein Ton war nicht kühl, aber auch nicht besonders herzlich.

May zwang ihre Mundwinkel in die Höhe. »Hi, Cole. Wie geht's?«

Sowie sie die Frage ausgesprochen hatte, wollte May sie am liebsten zurücknehmen. Innerlich wappnete sie sich bereits für die nächste Flut an Vorwürfen, weil sie ihm die Kinder wegnahm und die Böse war. Zu ihrer Überraschung zuckte er jedoch nur mit den Schultern und setzte Lilly vorsichtig auf dem Boden ab. »Wie läuft es bei euch? Alles in Ordnung so weit?«

Das war ein Test. Oder?

Unsicher verlagerte May ihr Gewicht von einem Fuß auf den anderen. Sie hätte Cole gern gesagt, dass sie im Alltag erstaunlich gut zurechtkamen, wohingegen auf emotionaler Ebene immer noch eine gewaltige Kluft zwischen ihnen herrschte. Lägen die Dinge anders, hätte sie ihn vielleicht sogar um Rat gebeten. Aber nach ihrer letzten Auseinandersetzung brachte sie es einfach nicht über sich, offen mit ihm zu sprechen. Davon abgesehen wollte sie ihm nicht noch mehr Kanonenfutter liefern.

»Allmählich gewöhnen wir uns aneinander«, erwiderte sie vage.

Eine Falte erschien auf Coles Stirn. Fast schien es so, als

wollte er in May hineinschauen. Er beugte sich sogar ein Stück weit vor.

Dabei fielen May die kleinen braunen Sprenkel auf, die sich rund um seine Iris in dem satten Grün seiner Augen abzeichneten. Die Kombination war wunderschön, hypnotisierend. May konnte einfach nicht den Blick abwenden.

Ein feines Kribbeln rieselte ihr Rückgrat hinab, als ihr Coles Aftershave in die Nase stieg. Eine herbe Mischung aus Sandelholz und Zedern, gepaart mit einer fruchtigen Note. Der Duft war genauso widersprüchlich wie Cole selbst, und doch passte er perfekt zu ihm.

Hitze flutete Mays Wangen. Das Kribbeln breitete sich bis in ihre Zehenspitzen aus. Ihr ganzer Körper summte, während sie Cole wie paralysiert anstarrte.

Seine Lippen öffneten sich einen Spalt, doch er sagte nichts, sondern sah sie nur weiter an.

»Kann es losgehen, Coach?«

Cole blinzelte und trat hastig einen Schritt zurück. Geistesabwesend strich er Lilly über den Kopf und ging davon.

May schaute ihm verdattert nach, bis Lilly am Saum ihrer Jeansshorts zupfte.

»Was denn, meine Süße?«, fragte May und räusperte sich, weil ihre Kehle plötzlich ganz ausgetrocknet war.

Fragend zeigte Lilly zur Tribüne, woraufhin May hektisch nickte. Sie setzten sich in die erste Reihe zu den Frauen, die ihnen aber zum Glück keine weitere Beachtung schenkten. Stattdessen hielten sie allesamt ihre Aufmerksamkeit auf das Spielfeld gerichtet, wo sich die Mannschaft inzwischen nach Coles Anweisungen aufwärmte.

Insgesamt waren es fast zwanzig Kids im Alter von sechs bis

zehn Jahren. Obwohl Cathy damit zu den Jüngeren zählte, war sie eine der besten Spielerinnen. Ihre Würfe waren präzise und besaßen eine Wucht, die direkt aus ihrem Inneren zu kommen schien.

Nachdenklich beobachtete May ihre Nichte. Cathy war voller Zorn und Kummer. Wie konnte May ihr bloß helfen, diese finstere Aggressivität in gesunden sportlichen Ehrgeiz zu verwandeln?

»Oh, das ist so ungerecht«, murmelte eine leise Stimme hinter May. »Mein Dexter ist bloß ein Jahr älter als der Coach und sieht nicht ansatzweise so gut aus.«

»Immerhin hast du einen Mann«, lautete die wehmütige Antwort. »Ich frage mich, wann Cole endlich wieder bereit für eine neue Frau ist. Die Scheidung ist jetzt schon über drei Jahre her.«

Mays Blick flog von Cathy zu Cole, der gerade dabei war, gelbe und grüne Teamleibchen zu verteilen. Umringt von all den eifrigen Kindern, schien er ganz in seinem Element zu sein.

»Ich werde nie verstehen, wieso Yvette ihn verlassen hat«, quasselte die Frau hinter May weiter. »Die beiden waren so ein schönes Paar.«

»Wenn du mich fragst, hat sie den größten Fehler ihres Lebens gemacht.« Ein verträumtes Seufzen erklang, als Cole den Arm hob und einem Jungen lässig einen Ball zuwarf. Dabei wölbten sich seine Armmuskeln in lächerlicher Vollkommenheit. »Meine Güte! Er sieht fantastisch aus. Ich melde mich jedenfalls gern freiwillig, sobald er wieder auf der Suche ist. Meine Eierstöcke drehen gerade durch vor Begeisterung.«

Die Frauen kicherten. Sie hörten nicht auf, Cole zu bewundern und jeden ihrer Gedanken zu seinem hübschen Antlitz laut auszusprechen. Nach einer Weile wollte May sich am liebsten die Ohren zuhalten. Plötzlich war sie froh, dass sie im Gegensatz zu den Damen sein wahres Gesicht kannte. Gewisse Vorzüge an Cole ließen sich zwar nicht leugnen, aber wenigstens lief May nicht Gefahr, sich genauso von seiner Attraktivität blenden zu lassen wie die anderen.

Kapitel 10

Cole

Dieser dämliche Ryan mit seinen dämlichen Sprüchen!
Egal, wie sehr Cole versuchte, nicht über May und ihre Beweggründe nachzudenken, seit sein Bruder ihm ins Gewissen geredet hatte, drehten sich seine Gedanken um nichts anderes. Dabei lag die Sache doch auf der Hand: Sie erfüllte ihre Pflicht. Nicht mehr und nicht weniger. Da konnte sie noch so unschuldig zu ihm emporblicken. Er wusste es besser.

»Achtung, Coach!«, rief Kobe, ein pummeliger kleiner Kerl mit Sommersprossen, den Cole gerade als Pitcher eingeteilt hatte.

Instinktiv zog er den Kopf ein. Aber er reagierte nicht schnell genug, und der Ball donnerte gegen seine Schläfe.

»Ups! Sorry, Coach.«

Cole presste die Lippen zusammen und konzentrierte sich wieder auf das Geschehen auf dem Spielfeld. Er stand hinter Ruby, der es nicht gelungen war, den viel zu hohen Ball zu fangen.

Vor Ruby schwang Cathy ihren Schläger durch die Luft. »Der war viel zu hoch, du Depp«, schimpfte sie.

»Cataleya!« Cole bedachte sie mit einem strengen Blick. »Ein gutes Team funktioniert vor allem durch gegenseitigen Respekt.«

Entrüstet funkelte sie ihn an. Sie hasste es, wenn er sie vor versammelter Mannschaft zurechtwies. Sie war schon immer eine leidenschaftliche Spielerin gewesen. Aber heute war sie noch verbissener als sonst.

Cole war klar, dass sie den Sport nutzte, um ihre aufgestaute Wut herauszulassen. Das war okay. Solange sie sich an die Regeln hielt. Es gefiel ihm auch nicht, wenn er sie ermahnen musste. Aber hier war er nicht ihr Cole, sondern ihr Coach. Deshalb blieb er unnachgiebig, woraufhin sie eine Entschuldigung in Kobes Richtung murmelte.

»Noch einmal«, rief Cole und machte sich bereit, gegebenenfalls einen weiteren fehlgeleiteten Pitch aufzufangen.

Diesmal bekam Kobe den Wurf hin. Cathy traf, verzog jedoch den Schläger und beförderte den Ball ins Aus.

»Das ist doch scheiße«, fauchte sie, drehte sich um und marschierte zum Spielfeldrand. Sofort scharrte sich ihr Team um sie und redete ihr gut zu. Aber Cathy hatte bereits dichtgemacht und schmollte.

»Peter! Du bist dran«, rief Cole und unterdrückte den Impuls, sie zu trösten. Das würde jetzt ohnehin nichts bringen. Cathy brauchte immer einen Moment für sich, damit sie sich beruhigte. Er würde später mit ihr sprechen – sofern May es erlaubte.

Bitterkeit flutete sein Herz. Er warf einen Blick zu May, die ihre ältere Nichte mit gerunzelter Stirn beobachtete.

Lilly hockte neben ihr auf dem sandigen Boden und streichelte Rubys schwarz-weiß gefleckten Border Collie, den ihre Mutter an der Leine hielt.

»Bin startklar«, rief Peter und zog Coles Aufmerksamkeit zurück aufs Feld.

Der Rest des Trainings verlief reibungslos, während Cathy

auf der Trainerbank hockte und missmutig das restliche Spiel verfolgte. Nach einer Stunde verabschiedete Cole die Kinder, und sie strömten zu ihren Eltern. Nur Cathy blieb zurück.

Cole ging vor ihr in die Hocke und sah sie an. »Hey, Kitty-Cat. Alles klar?«

Mit verschränkten Armen lehnte sie sich zurück. »Ich will nicht nach Hause.«

Cole schnürte es die Kehle zu. »Ich weiß.«

»Wieso kann ich nicht einfach mit dir mitgehen?«

»Weil May euer Vormund ist. Nur sie darf entscheiden, was mit euch geschieht.«

»Und wie lange noch?«

Angespannt strich Cole ihr eine Haarsträhne hinters Ohr. »Ich weiß es nicht. Aber ich finde bald eine Lösung. Das habe ich dir doch versprochen.«

Cathys Miene verfinsterte sich. »Ich verstehe nicht, was daran so schwierig ist. Es interessiert sie doch sowieso nicht.«

»Wie kommst du darauf?«

Cathy zuckte mit den Schultern. »Vorhin hat sie Grandpa dazu verdonnert, auf uns aufzupassen. Also haben wir drei uns fast eine Stunde lang angeschwiegen, und sie war irgendwo. Es war total bescheuert.«

O Mann! Diese Frau schaffte es wirklich innerhalb von Sekunden, Coles Puls in die Höhe schnellen zu lassen.

Doch mit einem Mal flackerte Belustigung in Cathys Zügen auf. »Grandpa kann überhaupt nicht malen.«

»Ihr habt gemalt?«, fragte Cole, unfähig, sein Erstaunen aus seiner Stimme herauszuhalten.

Cathy nickte. »Ich wollte lieber einen Film sehen. Aber May hat ein paar Stifte auf den Esstisch geschmissen und jedem von uns so ein komisches Buch in die Hände gedrückt, das sie selbst gebastelt hat. Darin stehen lauter blöde Aufgaben, die man machen muss. Eine Seite zerkratzen, Löcher reinstechen, ein Tier mit einer Linie zeichnen und so weiter.«

»Das klingt ziemlich verrückt.«

»Jepp.«

»Und was hast du gemacht?«

Betont gleichmütig erzählte Cathy von den Aufgaben, die sie erfüllt hatte. Natürlich beklagte sie sich ausschweifend darüber, wie kindisch dieses Buch im Grunde sei – und doch konnte sie ihre Begeisterung nicht vollends verbergen.

Nach einer Weile kam Lilly zu ihnen. Erst jetzt bemerkte Cole, dass die Tribüne inzwischen leer war. May stand wenige Meter entfernt am Spielfeldrand und hatte ihnen den Rücken zugewandt. Entweder um ihnen ein wenig Privatsphäre zu gönnen oder weil es ihr schlichtweg egal war, worüber sie sprachen. Wer wusste das schon?

»Wir sollten uns auf den Weg machen«, sagte Cole und erhob sich schweren Herzens.

Cathy zögerte, folgte ihm jedoch, weil ihr gar nichts anderes übrig blieb. »Wann sehen wir uns wieder?«

»Wie wäre es mit morgen?«, fragte May und drehte sich um, damit sie die drei ansehen konnte.

Cole stolperte beinahe über seine Füße, weil er gewiss nicht mit diesem Vorschlag gerechnet hatte.

Mays Miene war ausdruckslos. »Du könntest uns nach der Therapie am Gemeindezentrum abholen. Wir könnten ein Eis essen gehen oder einfach zum Spielplatz.« Ihre Wangen röteten sich. »Wenn du Zeit hast.«

»Klar«, erwiderte er sofort, während Cathy neben ihm herumzappelte, als wollte sie vor Freude am liebsten auf und ab hüpfen.

»Prima.« Lächelnd strich May sich eine blaue Strähne hinters Ohr. Sie sah so hübsch aus, dass Cole für den Bruchteil einer Sekunde ernstlich Gefahr lief, sie sympathisch zu finden.

Kapitel 11

May

Am Freitagmorgen, ziemlich genau eine Woche nach ihrer Ankunft in Goodville, gab May endgültig die Hoffnung auf, dass sie in dieser gottverdammten Stadt doch noch einen Job finden würde. Mittlerweile hatte sie an jede Tür geklopft. Sie war in jedem Laden und jeder öffentlichen Einrichtung gewesen. Aber nirgendwo hatte sie Erfolg gehabt. Immer war die Antwort dieselbe.

Niedergeschlagen saß May in ihrem Chief und starrte auf die Kfz-Werkstatt, deren Besitzer sie soeben ungeduldig abgewimmelt hatte.

Was sollte sie denn jetzt machen?

Die Liste von Dingen, die die Mädchen brauchten, wurde täglich länger. Lillys Schuhe wurden allmählich zu klein. Cathy benötigte neue Materialien für die Schule. Und Chester war ja auch noch da. Mit dem Unterhalt, den Cole ihnen zugestand, würde das nicht funktionieren. Ein paar Wochen würden Mays Ersparnisse noch reichen. Aber was dann?

May rieb sich über die Stirn. Vielleicht sollte sie ihr Glück noch weiter Richtung Westen versuchen. Auf Farmen gab es schließlich immer etwas zu tun. Sie könnte Obst pflücken, die Tiere betreuen oder die Ställe ausmisten. Ganz egal, was. Hauptsache, sie musste Cole nicht um mehr Geld bitten.

Allein bei dem Gedanken daran wurde May übel. Sie startete den Motor und fuhr stadtauswärts. Es war bereits kurz nach zehn. Trotzdem würde sie bestimmt ein oder zwei Farmen erreichen, bevor sie umkehren musste.

Bis zu der Einfahrt, die May noch vor einer Woche so verlockend als Wendemöglichkeit erschienen war, brauchte sie gut zwanzig Minuten. Als sie rechts auf den Schotterweg abbog, zu dessen beiden Seiten sich riesige Koppeln erstreckten, fragte May sich, was wohl geschehen wäre, wenn sie es tatsächlich getan hätte. Wenn sie niemals in diese Stadt gekommen wäre, hätte Cole wohl irgendwann das Sorgerecht für die Mädchen erkämpft.

Nachdem May ihn inzwischen ein paarmal mit den beiden beobachtet hatte, musste sie sich eingestehen, dass er seine Sache gut gemacht hätte. Der gestrige Nachmittag hatte es einmal mehr bewiesen.

Cole hatte wie versprochen vor dem Gemeindezentrum gewartet. Auch diesmal war Cathy nach der Therapiesitzung wahnsinnig aufgewühlt gewesen. Lilly hatte stumme Tränen geweint. Es hatte May fast zerrissen, ihre Nichten derart erschüttert zu sehen. Aber als sie Cole entdeckt hatten, war ihr Schmerz verebbt. Er schaffte es nur durch seine Anwesenheit, die Mädchen zu trösten. Durch seine Liebe und sein Mitgefühl.

Wenn er mit den Kindern sprach, war er ein vollkommen anderer Mensch. May gegenüber verhielt er sich kühl und reserviert. Ständig lag sein analytischer Blick auf ihr, als wollte er am liebsten ihren Kopf sezieren, um hineinzuschauen. Entweder das, oder er zählte auf, was sie alles falsch machte.

May presste die Lippen aufeinander und konzentrierte sich auf die Gebäude, die am Ende des Weges in Sichtweite kamen. Ein stattliches Haupthaus, links daneben lag ein kleineres Haus, in dem wahrscheinlich die Angestellten wohnten. Auf der rechten Seite waren mehrere Ställe. May hatte keine Vorstellung davon, wie viele Tiere darin Platz fanden. Aber ganz bestimmt gab es hier eine Menge zu tun.

Sie parkte auf dem Vorplatz und stieg aus. Da sie niemanden sah, wandte sie sich dem Haupthaus zu. Über der Veranda war ein Holzschild angebracht. *Winston Farm* stand darauf.

Sie wollte gerade zur Tür gehen, als schwere Schritte hinter ihr erklangen.

»Suchen Sie jemanden, Miss?« Ein Farmarbeiter näherte sich in gemächlichem Tempo. Der junge Mann legte den Kopf schief, während sein Blick über Mays Outfit – bestehend aus einer luftigen Sommerbluse, Jeansshorts und Flipflops – glitt.

Sofort knipste sie ihr Lächeln an. »Hi. Könnten Sie mir bitte sagen, wo ich den Boss finde?«

Der Mann machte eine Kopfbewegung zu den Ställen hinüber. »Er ist bei den Pferden.«

»Danke.« May ging zu dem Stall, in dem sie, den Geräuschen nach zu urteilen, die Pferde vermutete. Drinnen war es kühl, und May atmete den Duft von frischem Heu ein.

Die ersten beiden Boxen waren leer. Aber weiter hinten hörte sie über das Schnauben eines Pferdes hinweg ein beruhigendes Murmeln. May wollte gerade weitergehen, als sich eine winzige schwarze Nase durch einen schmalen Spalt schob. Kleine Pfoten scharrten, und kurz darauf kam der wohl niedlichste Labradorwelpe zum Vorschein, den May je gesehen hatte.

Er war pechschwarz, hatte dunkelbraune Knopfaugen und zuckersüße Schlappohren. Sein Schwanz wedelte unkontrolliert hin und her, während er auf May zutapste. Neugierig schnüffelte er an ihren Füßen.

Sie kicherte, als seine weiche Zunge über ihre nackten Zehen glitt. »Na, mein Kleiner.« May bückte sich und hob ihn hoch. »Wo willst du denn hin?«

Etwas weiter hinten steckte ein älterer Mann den Kopf aus einer Box. »Kann ich Ihnen helfen?«

»Ich suche den Besitzer der Farm«, erklärte May, ohne den Welpen loszulassen, der nun entspannt in ihrer Armbeuge lag und auf ihrem Zeigefinger herumkaute.

»Den haben Sie gefunden.« Der Mann kam aus der Box, zog das Gatter hinter sich zu und ging ihr entgegen. Er war etwa in Chesters Alter, trug trotz der Hitze ein kariertes Flanellhemd und darüber eine Latzhose aus robustem Stoff. »Ich bin Henry Winston.«

»Freut mich, Sie kennenzulernen, Sir.« May hätte ihm gern die Hand gegeben, aber der Welpe war völlig vertieft in sein Spiel. »Ich bin hier, weil ich mich erkundigen wollte, ob Sie noch ein Paar helfende Hände brauchen.«

Winstons Blick fiel auf den Hund. »Mir scheint, Ihre Hände sind bereits beschäftigt.«

May lachte. »Tut mir leid. Er ist mir entgegengelaufen. Da konnte ich nicht widerstehen. Hat er einen Namen?«

»Deserteur«, brummte der Farmbesitzer milde lächelnd, bevor er sich auf May konzentrierte. Er betrachtete sie eingehend. Plötzlich erschien eine Falte auf seiner Stirn. »Tut mir leid, Miss. Ich kann Ihnen keinen Job geben.« Er zog ein Stofftaschentuch aus seiner Hosentasche und wischte sich damit über die Stirn. »Wäre sowieso nicht das Richtige für so ein zartes Ding wie Sie.«

»Ich bin viel stärker, als ich aussehe«, versicherte May und warf ihm einen flehenden Blick zu. »Ich habe kein Problem damit, mir die Finger schmutzig zu machen, und ich lerne sehr schnell.«

Unbeholfen schob Winston seinen Strohhut zurecht. »Tut mir leid. Da ist nix zu machen.«

Mays Schultern sanken herab, aber sie lächelte tapfer. »Schade. Dann muss ich wohl weitersuchen.«

»Den Weg können Sie sich sparen. Ich fürchte, bei den übrigen Farmen im Umkreis werden Sie dieselbe Antwort erhalten.«

»Woher wissen Sie das?«, fragte May, während sie gegen die Verzweiflung ankämpfte.

»Man kennt sich halt.« Winston wich ihrem Blick aus. »Man redet.«

Da May beim besten Willen nicht wusste, was sie darauf erwidern sollte, schwieg sie. Vermutlich hätte sie sich höflich verabschieden und wieder gehen sollen, bevor sie noch in Tränen ausbrach. Aber sie stand da wie gelähmt.

»Im Spätsommer suchen wir immer Erntehelfer«, sagte Winston unvermittelt. Es war offensichtlich, dass er Mitleid mit ihr hatte.

Spätsommer ... Bis Ende August waren es noch dreieinhalb Monate. Es würde hart werden, aber nicht unmöglich. Fürs Erste war dieser kleine Silberstreif am Horizont wohl besser als nichts.

»Und Sie können den Hund behalten.«

May blinzelte. »Wie bitte?«

Winston deutete auf den Welpen, der immer noch zufrieden an Mays Fingern knabberte. »Wenn Sie dann nicht mehr so traurig gucken, können Sie ihn haben. Ich habe keine Zeit für ihn. Deswegen geht er ständig stiften.«

May brauchte keinen Hund, sondern einen Job. Egal, wie niedlich dieser kleine Kerl war, es wäre völlig verrückt, ihn spontan mitzunehmen. Lilly wäre vermutlich hin und weg vor Begeisterung. Was Cathy und Chester betraf, war May sich jedoch nicht so sicher.

Ratlos betrachtete sie den Welpen, der sie mit seinen Knopfaugen aufmerksam musterte.

Du lieber Himmel! Er war wirklich wahnsinnig süß.

Niemand – nicht einmal der griesgrämige Chester – könnte bei diesem kleinen Rabauken hart bleiben.

»Er ist entwurmt und geimpft«, fuhr Winston fort und hob einen Mundwinkel. »Normalerweise verlange ich eine Schutzgebühr für die Welpen. Aber bei Ihnen mache ich eine Ausnahme. Sieht aus, als würde er Sie mögen.«

May mochte ihn ja auch. Aber ein Hund? Sie hatte eigentlich schon genug um die Ohren. Andererseits könnte dieser kleine Kerl vielleicht endlich das Eis zwischen ihr und den Mädchen brechen.

»Okay«, platzte May heraus, bevor sie es sich anders überlegen konnte. Sie spürte, wie ein aufrichtiges Lächeln ihr Gesicht erhellte.

Winston schien erleichtert zu sein. Er begleitete May zum Wagen, wo sie einen Rattankorb aus dem Kofferraum holte. Darin befanden sich ein paar leere Pfandflaschen, die sie noch wegbringen wollte. Sie kippte die Flaschen in den Kofferraum, ehe sie den Hund behutsam in den Korb setzte. Anschließend reichte sie dem Farmbesitzer die Hand. »Dann sehen wir uns im Spätsommer, Mr. Winston.«

Er nickte, kraulte den Welpen hinter den Ohren und ging nach einem Abschiedsgruß davon.

Aufregung durchflutete May. Eilig stieg sie in den Wagen, stellte den Korb auf den Beifahrersitz und fuhr vorsichtig zurück über den Schotterweg. Als der Hund ein ängstliches Winseln ausstieß, redete sie beruhigend auf ihn ein.

»Schon gut, mein Kleiner. Du musst keine Angst haben. Wir werden für dich sorgen und dir ein Zuhause geben. Du wirst sehen, es wird großartig...«

May sprach während der gesamten Rückfahrt ununterbrochen auf den kleinen Racker ein. Das Plappern tat ihr gut, denn dann dachte sie nicht darüber nach, wie die anderen womöglich auf den neuen Mitbewohner reagierten.

Sie hielt kurz beim Supermarkt. In der Haustierabteilung gab es glücklicherweise alles, was sie für den Anfang brauchte. Sie kaufte Futter, ein Brustgeschirr mit Leine und zwei kleine Kauspielzeuge. Den Rest würde sie nach und nach im Internet bestellen.

Mittlerweile war es kurz vor eins. May überlegte, die Mädchen gleich abzuholen, entschied sich jedoch dagegen, weil sie keine Zeugen haben wollte, wenn sie den beiden ihr neues Familienmitglied vorstellte. Außerdem schien der kleine Kerl inzwischen recht hungrig zu sein.

Als sie wenig später vor dem Haus der Avens parkte, riss Chester die Haustür auf, als hätte er bereits auf sie gewartet. Er öffnete den Mund, um loszuwettern, hielt jedoch abrupt inne, als er das aufgeregte Bellen vernahm. Er kniff die Lider zu schmalen Schlitzen zusammen.

May rutschte das Herz in die Hose. Vielleicht war sie doch ein wenig zu optimistisch gewesen.

Unter Chesters fassungslosem Blick holte sie den Korb und die Papiertüte mit den Einkäufen heraus. »Hallo, Chester.«

»Du willst mich wohl auf den Arm nehmen«, knurrte er und beäugte den Welpen, der vollkommen harmlos in seinem Körbchen saß, als hätte dieser eine ansteckende Krankheit.

Mays Kampfgeist kehrte zurück. Sie grinste teuflisch. »Na klar! Dich zu quälen, ist mein neuer Lebensinhalt.«

»Bring sofort diese Töle weg.«

Unbeeindruckt sah May ihn an. »Sonst was?«

Chester reckte trotzig das Kinn vor. »Sonst mache ich es.«

»Dazu musst du uns erst mal kriegen.« Sie zwinkerte Chester zu, drehte sich um und spazierte ins Haus. »Vertrau mir, du wirst ihn mögen.«

»Verflucht noch mal. Das ist mein Ernst, Violet«, rief Chester ihr nach. »Ich will dieses Vieh hier nicht haben. Er wird den ganzen Garten vollscheißen.«

Auf der Verandastufe blieb May stehen und wandte sich um. Sie schürzte die Lippen. »Du lässt dich doch eh nie draußen blicken. Insofern verstehe ich das Problem nicht.«

Chester wurde puterrot. Dann machte er auf dem Absatz kehrt, humpelte in sein Haus zurück und schmetterte die Tür ins Schloss.

May verzog das Gesicht. »Na, das ist ja großartig gelaufen, was, Kumpel?«

Als hätte er jedes Wort verstanden, kläffte der Welpe und zappelte in dem Korb herum.

May beeilte sich, ihn ins Haus zu bringen. Sie stellte den Korb auf dem Küchenboden ab, woraufhin der Welpe heraussprang und schwanzwedelnd seine Umgebung erkundete. In der Zwischenzeit suchte May eine kleine Schale und öffnete eine Dose mit Hundefutter. Der arme Kerl stürzte sich darauf, als hätte er seit Wochen nichts bekommen. Innerhalb von Sekunden war die Schale leer, und er guckte May erwartungsvoll an.

Kichernd streichelte sie sein weiches Fell. »Wahnsinn! Du bist ja ein richtiger Staubsauger.«

Der Hund leckte ihr eifrig über die Hand. Also gab May ihm eine weitere Portion, ehe sie ihn in den Garten ließ.

Während er jeden Busch untersuchte, überlegte May, wo sie ihn unterbringen könnte, solange sie die Mädchen holte. Vielleicht konnte er im Garten bleiben. Allerdings bestand die Gefahr, dass der kleine Deserteur seinem Spitznamen alle Ehre machte. Das kam also nicht infrage.

Notgedrungen brachte May ihn wieder nach drinnen und legte im Arbeitszimmer ein paar Kissen auf den Boden. Dann setzte sie den Labrador darauf und streichelte ihn, bis er sich allmählich entspannte. »Ruh dich ein bisschen aus. Ich bin bald wieder zurück.«

Als sie sich erhob, blinzelte er und stand auf, um ihr zu folgen. Doch May huschte rasch aus dem Zimmer.

Zuerst holte sie Lilly ab. Wie immer saß die Kleine mit ihrem Stoffhund draußen auf der Bank und beobachtete stumm die anderen Kinder.

»Hey, meine Süße«, sagte May.

Lilly hob den Kopf, und fast meinte May, ein zartes Lächeln auf ihren Lippen auszumachen.

»Hattest du einen schönen Tag?«

Lilly nickte.

»Das freut mich. Gleich wird er sogar noch besser werden.«

Interessiert legte Lilly den Kopf schief.

May lachte. »O nein! Ich werde es dir nicht verraten. Wir holen Cathy ab, und dann zeige ich es euch, in Ordnung?«

Anstelle einer Antwort hüpfte Lilly von der Bank.

May war so aufgeregt, dass sie gar nicht darüber nachdachte, was sie tat. Freudig streckte sie die Hand aus – und Lilly ergriff sie, wenn auch zögernd.

Wärme breitete sich in Mays Brust aus, als sie zurück zum Parkplatz schlenderten. Am liebsten hätte May die Hand ihrer Nichte gar nicht mehr losgelassen, so sehr genoss sie den Kontakt zu ihr.

Als sie wenig später die Schule erreichten, wartete Cathy bereits am Zaun. Sie stürmte durchs Tor, kaum dass May den Motor ausgestellt hatte. Inzwischen hatte May gelernt, dass Cathy es überhaupt nicht zu schätzen wusste, wenn man ihr half. Deshalb blieb May im Wagen sitzen und wartete, bis Cathy auf die Rückbank geklettert war.

»Hey, Lil«, begrüßte Cathy ihre kleine Schwester und streichelte ihr über den Kopf. »War alles in Ordnung?«

Lilly nickte.

»Wie war es in der Schule?«, erkundigte May sich freundlich, obwohl Cathys Reaktion immer gleich ausfiel.

Sie brummte nur »gut« und erzählte dann ihrer Schwester von den neuen Spielen, die sie sich im Laufe des Tages für sie ausgedacht hatte. May blendete sie völlig aus.

Normalerweise hätte May sich nicht eingemischt, damit sie wenigstens ein bisschen was über die Vorlieben der Mädchen erfuhr. Aber diesmal war sie zu aufgedreht und konnte sich nicht zurückhalten.

»Heute Nachmittag habt ihr nicht so viel Zeit zum Spielen«, verkündete sie. »Ich habe nämlich eine Überraschung für euch.«

»Da bin ich ja mal gespannt«, murmelte Cathy sarkastisch.

»Es wird dir gefallen«, erwiderte May und betete im Stillen, dass sie recht hatte.

Cathy schnaubte abfällig. »Wer's glaubt.«

Bemüht, sich von der Feindseligkeit ihrer ältesten Nichte nicht aus dem Konzept bringen zu lassen, fuhr May nach Hause. Der Puls rauschte in ihren Ohren, als sie wenig später die Haustür aufschloss und die beiden in die Küche führte.

»Und?« Cathy pfefferte ihren Ranzen in die Ecke und schaute sich gelangweilt um. »Wo ist die große Überraschung?«

»Bleibt genau dort stehen, ja?« May wirbelte herum und lief zum Arbeitszimmer. Noch bevor sie die Tür vorsichtig aufschob, erklang ein Kratzen auf dem Parkett. Der Welpe kauerte direkt hinter der Tür und winselte leise.

»Schon gut«, flüsterte May und nahm den kleinen Ausreißer hoch. Mit ihm auf den Armen kehrte sie in die Küche zurück.

Sowie Cathy den Hund erblickte, schnappte sie nach Luft. Lillys Augen begannen zu leuchten.

»Ich habe ihn heute von einem Farmer geschenkt bekommen«, erklärte May und kniete sich vor die Mädchen, damit sie den Welpen begutachten konnten. »Er braucht ein neues Zuhause, und da dachte ich, wir könnten ihm vielleicht eins geben. Was meint ihr?«

Keines der Mädchen bewegte sich. Stattdessen starrten sie ungläubig den Hund an.

Mays Lächeln erstarb. »Ich wollte euch eine Freude machen. Aber wenn ihr ihn nicht haben möchtet, bringe ich ihn sofort zurück. Ehrenwort!«

Cathy reagierte immer noch nicht. Sie schien schlichtweg zu schockiert zu sein.

May hatte keine Ahnung, was in ihrem Kopf vorging. Zwar brüllte das Mädchen sie nicht an, aber erfreut sah sie auch nicht aus. Andererseits hatte May auch keine Begeisterungsstürme von ihr erwartet.

Nach einem kurzen Moment streckte Lilly zaghaft die Hand

nach dem zappelnden Hund aus. Er leckte ihr eifrig über die Fingerspitzen.

Aufmerksam verfolgte May ihre Reaktion.

Lillys Mundwinkel hoben sich langsam, bis ein strahlendes Lächeln auf ihrem Gesicht erschien. Noch nie hatte May sie derart fröhlich gesehen.

Ich wusste es!

Erleichtert setzte May den Welpen ab, woraufhin Lilly sich ebenfalls auf den Boden hockte. Sofort kletterte er auf Lillys Schoß.

Sie gab einen Laut von sich. Ein raues Glucksen, das wahrscheinlich ein Kichern gewesen wäre, wenn ihre Stimmbänder richtig funktioniert hätten. Vielleicht änderte sich das jetzt.

May lehnte sich ein Stück vor. Nur für den Fall, dass Lilly tatsächlich ihre Sprachbarriere überwand. Doch das Mädchen blieb stumm und kraulte den Hund lächelnd hinter den Ohren.

»Wir behalten ihn.« Cathys Ton war kühl und nüchtern. Sie gab keinerlei Gefühle preis. »Hat er einen Namen?«

May schüttelte den Kopf. »Noch nicht. Ich dachte, ihr gebt ihm einen.« Sie nickte Lilly aufmunternd zu. »Wenn ihr so weit seid.«

Das Funkeln in Lillys Augen ließ etwas nach. Schweigend senkte sie den Blick.

»Alles klar.« Cathy ballte die Hände zu Fäusten, ehe sie einen Schritt zurücktrat. »Ich muss noch Hausaufgaben machen.«

Bevor May etwas erwidern konnte, drehte sie sich um und rannte nach oben in ihr Zimmer. Der Ranzen lag vergessen in der Ecke.

Kapitel 12

Cole

Eine mörderische Woche lag hinter Cole, und alles, was er sich am Freitagabend wünschte, war ein Gespräch mit seinem besten Freund, der ihm versicherte, dass sie diesen ganzen Mist schon irgendwie auf die Reihe kriegten. Aber Julian war nicht mehr da, und Cole mangelte es inzwischen mehr und mehr an Zuversicht.

»Die Fertigstellung des Rohbaus verschiebt sich mindestens um einen weiteren Monat«, berichtete Jax und blätterte konzentriert durch seinen Ordner. Er saß Cole gegenüber im Konferenzraum von Avens & Baxter. Mit einem Bleistift kritzelte er Notizen auf einen Block. »Damit können wir den eingetakteten Innenausbau vergessen. Wir müssen mit der Planung noch mal komplett von vorn anfangen.«

Jax war Bauleiter des lukrativsten Neubauprojektes der Firma, bei dem am Rande des Nationalparks ein exklusives Familienhotel entstehen sollte. Julian hatte den Auftrag vor Monaten an Land gezogen und sich mit Feuereifer auf dieses Projekt gestürzt. Nach seinem Tod hatte Jax die Leitung übernommen.

Er war etwas jünger als Cole und ein fähiger Mann. Leider kam er bei jedem Meeting mit einer neuen Hiobsbotschaft um die Ecke. Als Erstes hatte sich herausgestellt, dass Julian die Bodenbeschaffenheit des Baugrundstücks falsch eingeschätzt hatte, weshalb das Fundament wegzurutschen drohte. Nachdem sie die Bodenplatte stabilisiert hatten, stellte Jax fest, dass das Mauerwerk aufgrund der zahlreichen Niederschläge im März viel zu feucht war. Also mussten sie den ganzen Bau trockenlegen, damit sich kein Schimmel bildete. Als das geklärt war, gab es Probleme mit dem Dach. Und so weiter. Die Investoren würden durchdrehen, wenn Cole ihnen jetzt mitteilte, dass sie noch weiter im Verzug waren.

Angespannt rieb er sich über die Schläfe. Er hoffte, dadurch vielleicht das Pochen zu lindern, das schon vor geraumer Zeit in seinem Kopf eingesetzt hatte. Aber natürlich hatte er nicht so viel Glück. Er brauchte dringend eine Mütze Schlaf. Sonst würde er noch den Verstand verlieren. Seine Lider fühlten sich bleischwer an, und er hatte Mühe, Jax' Ausführungen zu folgen.

Schuld an seiner nächtlichen Unruhe waren natürlich May und die ganze beschissene Situation mit den Mädchen.

Zugegeben, sie hatte ihn positiv überrascht, als sie ihm vorgeschlagen hatte, er könne die beiden nach der Therapie sehen. Dennoch wurde Cole das Gefühl nicht los, dass May etwas im Schilde führte. Sie hatte sich stark zurückgenommen und war wie ein Schatten um ihn und die Mädchen herumgeschlichen. Die Einwohner Goodvilles, denen sie während des Spaziergangs begegnet waren, hatten sie allesamt entweder ignoriert oder offen angefeindet. Trotzdem war May stets freundlich geblieben.

Was bezweckte sie mit diesem Verhalten? Wollte sie ihn beeindrucken oder einfach bloß benutzen, um über ihn an die Mädchen heranzukommen?

»Also?« Jax schob sich eine Strähne seines kinnlangen blonden Haars hinters Ohr und strich sich nachdenklich über sein mit hellen Stoppeln bedecktes Kinn. »Wie gehen wir es an?«

Cole schüttelte den Kopf, als könnte er damit die lästigen Gedanken an May verscheuchen. Einhundertprozentig funktionierte das nicht. Doch es reichte immerhin, um sich wieder auf Jax zu konzentrieren.

Es dauerte Stunden, bis sie eine neue Strategie entworfen hatten. Und als sie endlich fertig waren, stand das Wochenende vor der Tür.

Jax erhob sich. »Gleich am Montagmorgen hänge ich mich ans Telefon und kläre die Details mit unseren Subunternehmern. Mach dir keine Sorgen. Du kannst dich auf mich verlassen.«

»Das tue ich.« Cole grinste. »Sonst hätte ich dir den Job nicht gegeben.«

Verlegen stemmte Jax die Hände in die Hüften, wodurch seine kräftigen Schultern noch breiter wirkten. »Hör mal. Mir ist klar, dass du gerade eine harte Zeit durchmachst. Ich wollte nur, dass du weißt, wie sehr ich dein Vertrauen in mich schätze. Ich werde dich nicht enttäuschen.«

»Davon bin ich überzeugt.« Cole stand auf und klopfte Jax auf den Rücken. »Schönes Wochenende, Jackson.«

»Hey!«, rief Jax ihm nach. »Wie wäre es mal wieder mit einem Feierabendbier im Nowhere?«

Cole erstarrte. Früher hatte er öfter mit seinen Kollegen am Freitagabend bei Lauren an der Bar gesessen. Meistens hatte Julian die Treffen initiiert, damit das Team enger zusammenwuchs. Aber seit er nicht mehr da war, hatte Cole es nicht über sich gebracht, mit Jax und den anderen mitzugehen.

»Ein anderes Mal, okay? Ich bin fix und fertig.«

Enttäuschung flackerte in Jax' Miene auf. »Klar. Falls du es dir anders überlegst. Wir sind ab acht da. Wie immer.«

Cole nickte und machte sich auf den Weg. Für heute hatte er

genug vom Büro. Außerdem hatte er seiner Mutter versprochen, noch auf einen Sprung vorbeizukommen, weil sein Vater Spätschicht auf dem Polizeirevier hatte.

Als er bei seinem Elternhaus eintraf, war Helen mit dem Beet am Fuße der Veranda beschäftigt. Sie trug einen luftigen Overall mit einem farbenfrohen Blütenmuster. Unter dem Sonnenhut lugte ihr weißblondes Haar hervor. Sie lächelte ihn liebevoll an. »Hallo, mein Sohn.«

»Hey, Mom.« Cole drückte ihr einen Kuss auf die verschwitzte Wange. »Brauchst du Hilfe?«

Helen lachte. »Finger weg von meinen Blumen.«

»Ich habe gehofft, dass du das sagst.« Er setzte sich auf die Verandastufen und schaute ihr beim Unkrautzupfen zu. »Wie geht es euch?«

»Gut so weit. Ich zähle die Tage, bis dein Vater endlich in Rente geht.« Sie warf ein Büschel Löwenzahn in den Eimer, der neben ihr stand. »Was machen die Mädchen?«

Cole verzog das Gesicht. »Unverändert.«

»Und wie schlägt May sich? Kommt sie einigermaßen zurecht?«

»May?« Cole spürte, wie ihm sämtliche Gesichtszüge entglitten. »Wen zum Teufel kümmert es, ob May zurechtkommt?«

»Dich sollte es kümmern«, erwiderte seine Mutter ruhig. »Oder willst du, dass die Welt der Mädchen vollends im Chaos versinkt?«

Schnaubend stützte Cole die Ellenbogen auf die Knie. »Dafür sorgt diese Frau doch sowieso. Egal, was sie tut.«

Helen hielt inne. »Was tut sie denn so Schlimmes?«

Wo sollte Cole da anfangen?

Sein Blick fiel auf das Blumenbeet. »Am Sonntag hat sie beispielsweise Roses Gartenpflanzen kurz und klein geschnitten. Vor den Augen der Mädchen. Du hättest ihre Gesichter sehen sollen.«

Mitgefühl huschte über Helens Züge. »Es ist Frühling. Da sollten bestimmte Sträucher zurückgeschnitten werden, damit sie austreiben und in ihrer ganzen Pracht erblühen können.« Nachdenklich legte sie den Kopf schief. »Bist du schon mal auf die Idee gekommen, dass May damit das Andenken ihrer Schwester nicht zerstören, sondern in Ehren halten will?«

»Aber der Garten war doch schön so.«

Na, großartig. Jetzt klang er schon wie ein trotziges Kind. Und dem Blick seiner Mutter nach zu urteilen, war sie derselben Meinung.

»Wo kein Platz ist, kann nichts wachsen, Cole«, sagte sie sanft und riss demonstrativ eine Pflanze aus der Erde. »Ich bin mir sicher, May hat es nicht böse gemeint.«

Okay, dann... wie wäre es damit? »Sie verbündet sich mit Chester gegen die Mädchen.«

Ungläubig ließ Helen die Hände sinken. »Wie das?«

»Sie treibt ihn ständig aus seinem Haus, holt ihn zum Essen rüber.« Wieder schnaubte Cole. »Gestern hat sie die drei gezwungen, gemeinsam zu malen.«

Einen Moment lang schaute seine Mutter ihn absolut schockiert an. Dann brach sie in schallendes Gelächter aus.

Coles Augen wurden schmal. »Was ist denn so witzig?«

»Hörst du dir überhaupt selbst zu? Deine Vorwürfe sind doch völlig absurd.«

»Ich kann nicht glauben, dass du Partei für sie ergreifst.«

»Und ich kann nicht glauben, was du für einen Blödsinn redest.« Kopfschüttelnd widmete sie sich wieder ihrem Blumenbeet. »Dabei warst du immer der Schlauste in der Familie. Wer hätte gedacht, dass du genauso stur bist wie dein Vater?«

»Was soll das, Mom? Ich bin nicht hergekommen, um mir von dir den Kopf zurechtrücken zu lassen. May kann die Mädchen niemals glücklich machen.«

Helen zog eine Braue in die Höhe. »Aber du kannst es?«

Warum war seine Mutter auf einmal so skeptisch? »Zumindest werde ich alles dafür tun«, antwortete Cole mit Nachdruck.

»Woher willst du wissen, dass May nicht ebenfalls alles dafür tun würde?«, schoss seine Mutter zurück. »Hast du dir überhaupt die Mühe gemacht, sie wirklich kennenzulernen?«

Was für eine dumme Frage! All die Fakten, die Cole inzwischen über May gesammelt hatte, sprachen eine deutliche Sprache. Weder Ryan noch Lauren noch seine Mutter würden ihn vom Gegenteil überzeugen.

»Weißt du, was? Ich denke, es ist besser, wenn ich mich wieder auf den Weg mache.«

»Das war aber ein kurzer Besuch.«

»Wir stehen im Moment etwas unter Termindruck bei der Hotelbaustelle. Deshalb habe ich heute noch einiges zu erledigen.«

Es war eine Ausrede, und sie beide wussten es.

Weil Cole nicht im Streit gehen wollte, versuchte er, seinen Groll beiseitezuschieben. Er stand auf und küsste seine Mutter zum Abschied auf die Wange. »Wir sehen uns nächste Woche, ja? Grüß Dad von mir.«

Als er seinen Wagen fast erreicht hatte, vernahm er die Stimme seiner Mutter. Ihre Worte trafen ihn bis ins Mark: »Dein Kummer blendet dich, mein Sohn. Besorg dir besser ganz schnell eine Sonnenbrille.«

Kapitel 13

May

Am Samstagmorgen überredete May die Mädchen zu einem Spaziergang, damit der Hund ohne Namen die Gegend erkunden konnte. Chester hatte ihr Angebot, sie zu begleiten, abgelehnt. Also waren sie allein losgezogen.

Wie bei ihrem letzten Ausflug dauerte es nicht lange, bis Cathy sich absetzte, während Lilly den Welpen an der Leine führte. Da es für *Hund* eine riesige neue Welt zu entdecken galt, kamen sie nur langsam voran. Aber das war in Ordnung. Schließlich hatten sie Zeit.

Gegen Mittag machten sie Rast auf einer kleinen Waldlichtung. Die Sonne brach durch die Bäume. Überall zwitscherten Vögel, und der Duft von Kiefernholz hing in der Luft.

»Cathy!«, rief May und stellte ihren Rucksack auf einem Baumstumpf ab, um den Proviant herauszuholen. Lilly kniete neben ihr auf dem Boden und kraulte Hund hinter den Ohren.

Äste knackten hinter May, als Cathy zwischen zwei Bäumen auftauchte. Sie schwang einen Stock, als hätte sie ein Schwert in der Hand. »Was ist?«

Das war das Erste, was sie seit gestern Nachmittag zu ihr sagte. Doch anstelle des ätzenden Tonfalls war ihre Stimme besorgniserregend leer. Auch ihr Blick war ausdruckslos. Es schien, als würde sie jegliche Gefühle, selbst ihren Zorn, unterdrücken.

»Komm und iss etwas mit uns.« May reichte Lilly einen mit Käse belegten Bagel und hielt ein eingepacktes Schinkensandwich in die Höhe.

Im Stillen wappnete May sich für eine Abfuhr. Doch Cathy überraschte sie, indem sie folgsam auf May zutrat und wortlos das Sandwich nahm. Sie setzte sich etwas weiter abseits auf einen umgekippten Baumstamm, wickelte die Folie ab und aß.

Hund, dem der Duft des Schinkens in die Nase gestiegen war, tapste auf sie zu und stellte sich auf die Hinterbeine.

Cathy warf einen kurzen Blick auf ihn und schaute weg. Als sie das Sandwich erneut an ihre Lippen hob, zitterten ihre Hände. Sie kaute angestrengt, ehe sie das Essen herunterwürgte. Ein verräterischer Glanz trat in ihre Augen.

Du lieber Himmel! Das Mädchen stand kurz davor, unter der Last ihrer Gefühle zusammenzubrechen. Leider hatte May überhaupt keine Ahnung, was sie jetzt tun sollte. Cathys Schmerz ignorieren oder sich ihm stellen?

»Lilly«, sagte May sanft und zog eine Packung mit Hundesnacks hervor. »Sei so lieb und füttere Hund, ja?«

Lilly nickte und raschelte mit der Packung, woraufhin der Welpe eifrig zu ihr hüpfte. Wieder stieß sie einen Laut aus, der fast wie ein Kichern klang.

May hätte sich darüber gefreut, wenn Cathy nicht im selben Moment aufgesprungen und weggerannt wäre, als könnte sie die Freude ihrer kleinen Schwester keinen Moment länger ertragen.

»Cathy!«, rief May entsetzt. »Bleib stehen!«

Natürlich hörte Cathy nicht auf sie, sondern lief weiter.

Mit rasendem Puls setzte May ihr nach. Sie war nie eine gute Läuferin gewesen. Aber das Adrenalin und die Angst gaben ihr die Energie, Cathy nach wenigen Metern einzuholen.

May umfasste sie von hinten, woraufhin sich das Mädchen mit ihrem ganzen Gewicht nach vorn fallen ließ. Da May um jeden Preis verhindern wollte, dass Cathy sich verletzte, stürzte sie auf die Knie und bog den Rücken durch, sodass Cathy auf ihr landete.

May rechnete damit, dass sie sich mit Händen und Füßen gegen den Körperkontakt wehren würde. Aber das Mädchen sackte zusammen und blieb kraftlos auf ihren angewinkelten Oberschenkeln sitzen. Ihre Schultern bebten.

Rasch warf May einen Blick hinter sich. Lilly saß in einiger Entfernung auf dem Boden und hatte Hund gegen ihre Brust gedrückt, wie sie es sonst immer mit ihrem Stofftier tat. Mit banger Miene beobachtete sie May und Cathy.

Ein gepresstes Schluchzen brach aus Cathy heraus. Es tat weh, sie so gebrochen zu sehen.

Obwohl Mays Knie brannten wie Feuer und die Position nicht sonderlich bequem war, hielt sie Cathy weiter fest.

Sie sprach nicht beruhigend auf das Mädchen ein. Was hätte sie ihr auch sagen sollen? Dass der Schmerz irgendwann verging? Dass alles wieder gut werden würde?

Möglicherweise schaffte May es im Laufe der Zeit, Cathys Schmerz zu lindern. Aber ein Teil von ihr würde niemals darüber hinwegkommen, dass sie ihre Eltern viel zu früh verloren hatte, und May war nicht so töricht, das Gegenteil zu behaupten. Wenn sie sich anstrengte, würde Cathy irgendwann vielleicht wieder lachen und ein erfülltes Leben führen. Dafür musste May jedoch ihr Vertrauen gewinnen, und das gelang nicht mit leeren Versprechungen, sondern mit Geduld und Verständnis. Also blieb sie sitzen und wiegte Cathy sanft in den Armen und versuchte, etwas von der Qual zu nehmen, die in dem Mädchen tobte.

Am Rande ihres Sichtfeldes bemerkte May, dass Lilly sich in der Ferne bewegte. Zögernd kam die Kleine näher. Sie streckte die Hand aus und strich ihrer Schwester übers Haar.

Cathy versteifte sich auf Mays Schoß, wehrte sich jedoch nicht gegen die zärtliche Geste. Einen Moment lang war May nicht sicher, ob Cathy überhaupt ihre Schwester bemerkt hatte, und fragte sich, ob sie es ebenfalls gestattet hätte, wenn May sie berührt hätte. So, wie sie es nachts oft tat, wenn Cathy einen Albtraum hatte.

Es raschelte neben May, als Hund zu ihnen kam. Er stellte sich mit den Vorderpfoten auf Cathys Oberschenkel, als wollte er ihre Aufmerksamkeit auf sich lenken. Seine braunen Knopfaugen musterten sie neugierig.

Cathy schniefte leise. Dann rutschte sie von Mays Schoß auf den Boden und hob die Hand. Es war das erste Mal, dass sie den Welpen aus eigenem Antrieb berührte.

Sofort leckte er ihre Finger ab und wedelte so heftig mit dem Schwanz, dass er beinahe umkippte.

Cathy stieß ein ersticktes Lachen aus, während Lilly sich neben sie setzte und Hund liebevoll über das Fell strich.

Mays Herz zog sich zusammen, als sie die drei mit stummer Ehrfurcht beobachtete. Fast meinte sie, die Verbindung zu sehen, die zwischen den Schwestern und dem kleinen Labrador entstand. Wenn sie auch außen vor blieb, empfand sie keine Enttäuschung. Stattdessen regte sich eine leise Hoffnung in ihr.

Irgendwann erhob Cathy sich. Ihre Augen waren gerötet,

aber ihre Tränen inzwischen getrocknet. Sie wirkte zutiefst erschöpft. »Ich möchte nach Hause.«

»In Ordnung.« May rappelte sich auf. Ihre Füße kribbelten unangenehm, weil sie so lange auf ihnen gesessen hatte. Sie wischte kleine Steinchen, Erde und Blut von ihren aufgeschürften Knien.

Zusammen gingen sie zurück zur Waldlichtung, wo May ihren Rucksack schulterte und Lilly den Welpen wieder anleinte. Diesmal blieb Cathy in der Nähe, als sie durch den Wald spazierten.

»Möchtest du darüber reden?«, fragte May zögernd.

»Nein«, erwiderte Cathy knapp und schlurfte weiter.

Ihre Antwort überraschte May nicht. Sie wollte Cathy nicht bedrängen. Andererseits musste das Mädchen dringend über den Schmerz in ihrem Inneren sprechen.

Beinahe hätte May erleichtert aufgeatmet, als sie bei ihrer Rückkehr eine vertraute Gestalt auf den Verandastufen sitzen sah. Sicher würde Cathy sich Cole anvertrauen, wenn sie ein wenig Zeit für sich hatten.

Seine Miene war ausdruckslos, als die drei näher kamen. In Sekundenschnelle huschten seine Augen über die Mädchen, den Hund und blieben an Mays aufgeschlagenen Knien hängen. »Was ist passiert?«, fragte er stirnrunzelnd.

May verzog das Gesicht. Jetzt hatte sie nicht nur einen riesigen Schnitt am Schienbein, sondern auch noch aufgeschürfte Knie. Sie musste einen Wahnsinnsblickfang abgeben. »Nur ein dummes Missgeschick.«

Er hob eine Braue. »Ich hätte dich nicht für tollpatschig gehalten.«

Gleichmütig zuckte May mit den Schultern. »Normalerweise

bin ich das auch nicht.« Bevor Cole sie noch weiter ins Kreuzverhör nehmen konnte, wandte sie sich Cathy zu. »Möchtest du vielleicht allein mit Cole sprechen?«

Erneut bekam Cathy glänzende Augen. Ihr Kinn fing an zu zittern. May befürchtete schon, einen Fehler begangen zu haben. Aber dann nickte das Mädchen und stürzte sich in Coles Arme.

Dieser fing sie mühelos auf. Über ihren Kopf hinweg warf er May einen besorgten Blick zu. Als Cathy anfing zu schluchzen, verengten sich seine Lider jedoch zu schmalen Schlitzen.

Nervös trat May von einem Fuß auf den anderen. Am liebsten hätte sie sich zu den beiden auf die Stufen gesetzt und Cole erzählt, was geschehen war. Vielleicht wäre er dann weniger wütend auf sie, und sie könnten Cathy gemeinsam trösten. Andererseits war Mays Rechtfertigung zweitrangig gegenüber Cathys Seelenheil, zumal sie deutlich gemacht hatte, dass sie ihre Gedanken nicht mit May teilen wollte.

»Komm, Lilly«, sagte May deshalb und nahm ihre jüngste Nichte an die Hand. »Gehen wir schon mal hinein.«

Widerstandslos ließ Lilly sich ins Haus führen. Hund tappte artig an seiner Leine hinterher.

In der Küche füllte Lilly sogleich eine Wasserschale für den Welpen auf und hockte sich neben ihn auf den Boden. Nach Cathys Zusammenbruch wirkte die Kleine spürbar angespannt.

May presste die Lippen aufeinander und überlegte fieberhaft, wie sie Lilly aufmuntern konnte. »Hast du Lust auf Pancakes?«

Anstelle einer Antwort zuckte Lilly mit den Schultern. Ihre Version von *Eigentlich möchte ich schon ...*

»Komm her! Du kannst mir helfen.« May streckte die Hand nach Lilly aus und lächelte sie an.

Zu ihrer Erleichterung wandte Lilly sich nicht ab, sondern kam zu ihr. Kurz entschlossen hob May ihre Nichte auf den Küchentresen. Dann holte sie eine Schüssel und drückte Lilly einen Schneebesen in die Hand.

Sie schaltete das Radio ein, um die bedrückende Stille zu übertönen. Ein Popsong erklang, und es dauerte nicht lange, bis May mit wiegenden Hüften durch die Küche tanzte. Sie legte die Zutaten bereit und schlug ein paar Eier auf.

»Du rührst, einverstanden?«, sagte sie, woraufhin Lilly zaghaft den Schneebesen in die Eimasse tauchte.

»Immer im Takt«, ermutigte May sie und kippte etwas Milch hinzu. »Richtig so. Das machst du super.«

Nach und nach gab May die Zutaten in die Schüssel, und obwohl Lilly schon bald vor Anstrengung die Lippen zusammenpresste, rührte sie fleißig den Teig. Als sich die größten Klumpen aufgelöst hatten, goss May eine Schöpfkelle in die erhitzte Pfanne.

Im Radio kam ein Song von den Foo Fighters. May hatte den Titel schon einige Male gehört. Er handelte von Liebe und Schmerz und Hoffnung. Sie mochte ihn, und damit schien sie nicht allein zu sein.

Lilly saß immer noch auf der Anrichte. Ihre Füße baumelten in der Luft, und sie begann zu wippen, als der rockige Refrain einsetzte.

May konnte sich nicht länger beherrschen. Sie drehte eine Pirouette und reckte die Arme in die Höhe.

Fasziniert beobachtete Lilly sie. Fast schien es so, als hätte sie am liebsten mitgemacht.

Ohne groß darüber nachzudenken, streckte May die Hände aus. »Komm! Tanz mit mir.«

Lilly versteifte sich, als wäre sie bei etwas Verbotenem erwischt worden. Schlagartig wurde ihr Blick leer.

Ein eisiger Knoten bildete sich in Mays Magen. Sie hatte jetzt zwei Möglichkeiten: Entweder sie gab nach und ließ zu, dass Lilly sich erneut zurückzog, oder sie zeigte ihr, dass es in Ordnung war, wenn sie Spaß hatten.

»Oh!«, rief sie aufgekratzt und stürzte zum Herd, als liefe der Pancake Gefahr, in der Pfanne zu verbrennen. Sie schnappte sich den Pfannenwender und wackelte weiter mit dem Hintern, als könne sie unmöglich still stehen.

Erheiterung blitzte in Lillys Miene auf. Hund legte indes den Kopf schief und beobachtete mit sichtlicher Verwirrung, was May da trieb.

Sobald sie den Pancake mit einer routinierten Drehung gewendet hatte, hüpfte sie zurück und legte eine Performance hin, die eigentlich eher zu einer Patientin in einer Irrenanstalt gepasst hätte. Dabei behielt sie sicherheitshalber die Tür im Auge. Schließlich war Cole nicht weit, und für ihn wäre diese Show nur ein weiterer Beleg für ihre mangelnde Zurechnungsfähigkeit.

Kapitel 14

Cole

Beruhigend strich Cole Cathy über den Rücken, während sie auf seinem Schoß kauerte und herzzerreißend weinte. Er hatte das Mädchen noch nie so durcheinander erlebt. Nach dem schrecklichen Unfall hatte sie sämtliche Gefühle entweder verdrängt oder in Wut umgeleitet. Niemand war bisher in der Lage gewesen, ihren Panzer zu durchdringen. Nicht einmal der Psychologe im Gemeindezentrum.

Cole wusste nicht, ob er froh oder wütend darüber sein sollte, dass May ihre Mauern nun eingerissen hatte. Was war nur passiert? Woher kam der Hund? Wieso sahen Mays Knie aus, als wäre sie ungebremst auf den Boden geknallt? Hatten sich die Schwestern in Gefahr befunden?

Allein die Vorstellung fühlte sich an wie ein Tritt in den Magen. Unzählige Horrorszenarien, eines schlimmer als das andere, spielten sich in Coles Kopf ab.

»Komm schon, Kitty-Cat«, murmelte er, als er es nicht länger aushielt. »Rede mit mir.«

Geräuschvoll zog Cathy die Nase hoch. »May hat einen Hund geholt«, krächzte sie. »Er soll bei uns wohnen.«

Oh, diese Frau! Konnte man sie eigentlich keinen Tag allein lassen, ohne dass sie irgendwelches Chaos stiftete?

»Mommy hat uns niemals einen Hund erlaubt«, fuhr Cathy betrübt fort. »Dabei haben wir es uns so sehr gewünscht.«

Stimmt. Das hatte Cole völlig vergessen. Rose hatte Hunde gemocht, aber in ihrem eigenen Haus kein fusseliges Fellknäul geduldet. Daher hatte sie sich zu Julians Missfallen quergestellt, als die Mädchen immer energischer um ein Haustier gebettelt hatten. Dass nun ausgerechnet May den Mädchen diesen Herzenswunsch erfüllte, musste einen Wahnsinnskonflikt in Cathy auslösen.

»Ich bin mir sicher, deine Mom wäre irgendwann schwach geworden«, sagte Cole, weil er hoffte, ihre Schuldgefühle dadurch zu lindern.

Hoffnungsvoll schaute Cathy zu ihm auf. »Meinst du wirklich?«

Cole nickte. »Natürlich. Sie hat euch mehr als alles andere auf der Welt geliebt. Sie wollte immer nur, dass ihr glücklich seid.« Sanft strich er ihr eine Strähne ihres Ponys aus der Stirn. »Ich denke, es ist in Ordnung, sich über den Hund zu freuen.«

Hilflos hob Cathy die Achseln. »Ich komme mir trotzdem vor wie eine miese Verräterin.«

»Ich weiß, Kleines. Aber du musst kein schlechtes Gewissen haben.«

»Hast du manchmal eins?«

Cole gab ein ersticktes Lachen von sich, das seinen eigenen Schmerz kaum verbarg. »Jedes Mal wenn ich etwas tue, das ich eigentlich gern mit deinen Eltern erlebt hätte.«

Eine Träne rollte über ihre Wange. »Sie fehlen mir so schrecklich.«

Cole öffnete den Mund, auf der Suche nach tröstenden Worten. Er wollte stark für Cathy sein. Doch plötzlich wurde ihm klar, dass ihr das nicht helfen würde. Und ihm auch nicht.

Vielleicht bestand die viel größere Stärke darin, sich gemeinsam dem Schmerz zu stellen.

»Mir auch, Kleines.« Mit brennenden Augen zog er Cathy wieder in seine Arme und beschloss, nicht länger gegen seine eigenen Tränen anzukämpfen. »Mir fehlen sie auch.«

Lange saßen sie so da und trauerten zusammen um den Verlust der wichtigsten Menschen in ihrem Leben.

Irgendwann wurde Cathys Atmung ruhiger. Schniefend wischte sie sich über das nasse Gesicht. »Und du denkst ehrlich, Mommy wäre nicht böse, wenn wir ihn behalten?«

Cole grinste zaghaft. »Nicht, solange wir verhindern, dass er Häufchen in ihre Blumenbeete setzt.«

Cathy gluckste heiser. »Gestern Abend hat er in Mays Bett gepinkelt.«

Das schadenfrohe Blitzen in Cathys Augen brachte Cole zum Lachen. »Das ist nicht nett.«

»Nein, aber es war trotzdem lustig.«

»Und was ist dann passiert?«, fragte Cole amüsiert.

»May war eine Stunde mit ihm draußen. Dann hat Lilly ihn gefüttert und mit nach oben genommen. In ihr Bett hat er nicht gemacht.«

»Er ist eben ein cleverer Bursche.« Neugierig legte Cole den Kopf schief. »Wie heißt er überhaupt?«

»Hund.«

Cole runzelte die Stirn. »Hund?«

»May hat gesagt, wir sollen ihm einen Namen geben, und bis wir uns entschieden haben, nennt sie ihn einfach Hund.«

Ja, irgendwie passte das zu May.

»Wenn wir zu dir dürfen, können wir Hund dann mitnehmen?«, fragte Cathy leise. »Damit er bei uns leben kann?«

Ganz ehrlich? Cole hätte ihr alles versprochen, nur damit sie wieder lächelte. »Natürlich.«

Leider half sein Zugeständnis nicht viel. »Und wann ist es endlich so weit?«

Cole seufzte. »Das ist nicht so einfach, Kitty-Cat. Wenn es nach mir ginge, könntet ihr sofort zu mir ziehen. Aber der Wunsch deiner Eltern hat Vorrang. Gib mir einfach noch ein bisschen mehr Zeit, ja?«

Missmutig schob Cathy die Unterlippe vor. »Wie lange denn noch?«

»Ich wünschte, ich wüsste es.« Cole lächelte gequält. »Wir müssen wohl beide etwas geduldiger sein und die Situation erst mal akzeptieren, wie sie ist.«

Unglücklich schlug Cathy die Augen nieder. »Ich weiß nicht, ob ich das kann.«

Das wusste Cole auch nicht. Sie mussten abwarten, was Sophias Recherchen ergaben. »Wir können auch so zusammen sein. Vertrau mir bitte, okay?«

Cathy schlang die Arme um seinen Hals und holte tief Luft. »Okay.«

»Fühlst du dich ein wenig besser?«, fragte Cole.

»Ja.« Cathy löste sich von ihm. »Sollen wir reingehen? Dann kannst du Hund kennenlernen.«

Eigentlich hätte Cole nichts dagegen gehabt, noch ein wenig länger hier sitzen zu bleiben. Aber sie schien plötzlich ganz aufgeregt zu sein, da sie ihre Freude über den Welpen nun endlich zulassen konnte. Deshalb nickte er. »Na klar.«

Sie hüpfte von seinem Schoß, und sie gingen hinein.

Durch die Küche hallte Bon Jovis »It's my life«. Die beiden blieben wie angewurzelt stehen.

May stand mit dem Rücken zu ihnen und jonglierte mit einer kleinen Sirupflasche, einer Sprühdose Schlagsahne und einem Apfel, während der Welpe aufgekratzt um sie herumsprang. Lilly saß auf der Anrichte. Ihr ganzer Oberkörper wippte zum Takt der Musik. In der Hand hielt sie einen Apfel.

»Fertig!«, rief May und drehte sich halb zu Lilly, die ihr den Apfel zuwarf.

Scheinbar mühelos fing May ihn auf und jonglierte weiter. Da ihr Blick nach oben gerichtet war, bemerkte sie Cole und Cathy nicht, sondern lachte fröhlich.

»Das war super, Lilly«, lobte sie ihre Nichte begeistert und schleuderte einen Apfel hinter ihrem Rücken in die Luft, der im Bogen über ihren Kopf flog, bevor sie ihn mit der anderen Hand wieder auffing.

Es war Cole ein Rätsel, wie May bei dem Gewirr aus fliegenden Gegenständen den Überblick behielt und dabei auch noch amüsiert aussehen konnte. Aber sie schien jede Menge Spaß zu haben. Auf ihren Wangen lag ein rosiger Hauch, ihre blauen Augen strahlten, und ihr Lächeln ... es war atemberaubend.

Coles Mund wurde trocken, als sein Blick über sie wanderte. Die zwei oberen Knöpfe ihrer Bluse waren aufgegangen, und der Spitzenbesatz ihres schwarzen BHs lugte hervor. Ein feiner Schweißfilm schimmerte auf ihrem Dekolleté. Ihre vollen Brüste wippten bei jeder Bewegung auf und ab.

Erregung durchzuckte Cole. Es traf ihn vollkommen unvorbereitet und derart heftig, dass er zischend den Atem einsog.

May geriet aus dem Takt. Sie versuchte, die Gegenstände aufzufangen, konnte allerdings nicht verhindern, dass ein Apfel auf dem Boden landete und in Coles Richtung kullerte.

Sein Blick wanderte von dem Apfel zu ihren Füßen, ihre

Schienbeine hinauf und verweilte kurz auf ihren aufgeschrammten Knien. Dann glitt er weiter über ihre wohlgeformten Oberschenkel, die Hüften in den engen Jeansshorts, zu ihrem flachen Bauch und ihren Brüsten, die sich angestrengt hoben und senkten. Sie hielt die Lebensmittel dicht an ihren Oberkörper gepresst. Die Ader an ihrem Hals pochte heftig, und in einem Moment geistiger Umnachtung sah Cole ein Bild vor sich, wie er seine Lippen auf ebenjene sensible Stelle drückte und daran saugte.

Mays Augen weiteten sich, als hätte sie seine Gedanken gelesen. Und doch war sie nicht fähig wegzusehen. Er schaffte es genauso wenig.

Hätte Bon Jovi nicht immer noch den Song geschmettert, wäre es vermutlich mucksmäuschenstill in der Küche gewesen. Sogar der Hund war erstarrt.

Im Augenwinkel registrierte Cole, dass Lilly kaum merklich in sich zusammenschrumpfte, als würde sie sich schämen, weil sie Spaß mit May hatte. Schlagartig riss ihn das aus seiner Trance. Er schob Cathy behutsam in die Küche, bückte sich und hob den Apfel auf.

»Wo zum Henker hast du das gelernt?«, platzte Cathy heraus.

Cole richtete sich gerade rechtzeitig auf, um zu sehen, wie May feuerrot vor Verlegenheit wurde. Sie stellte den Sirup und die Sprühsahne auf die Arbeitsplatte und legte den Apfel zurück in den Korb. »Ich habe mal einen Wanderzirkus durch Oregon begleitet. Da habe ich mir ein paar Tricks abgeschaut.«

Sie sagte das, als wäre es keine große Sache. Aber das war es. Sie schien überall gewesen zu sein, nur nicht hier. Üblicherweise wurde Cole bei diesem Gedanken wütend. Doch zum ersten Mal empfand er so etwas wie Neugier.

Lilly streckte die Arme nach Cole aus, der sie sogleich hochhob. Er wollte sie auf dem Boden absetzen, doch sie legte ihre kleine, klebrige Hand auf seine Wange. Ihre ernsten Augen musterten ihn forschend. Sie wollte wissen, ob es Cathy besser ging.

»Alles wieder gut«, flüsterte Cole und zwinkerte ihr zu.

»Hier!« Cathy bückte sich und hob den Welpen in die Höhe.

Grundgütiger. Was für ein niedlicher Racker. Das konnte nicht einmal Cole leugnen. Er kraulte ihn hinter den Ohren, während der Hund in Cathys Armen begeistert mit dem Hintern wackelte.

Cole grinste. »Hallo, Kleiner.«

Cathy setzte das zappelnde Bündel auf den Boden, und der Hund hüpfte herum und drehte sich erfreut über all die Aufmerksamkeit im Kreis.

Lilly griff nach einem bunten Kauknochen. Der Welpe warf sich spielerisch auf den Rücken, die Mädchen beobachteten ihn sichtlich amüsiert.

Mit einem Mal flutete Ehrfurcht Coles Herz. Die beiden so gelöst zu sehen – wenigstens für einen kurzen Moment –, setzte genau die Art von Hoffnung in ihm frei, die er so dringend gebraucht hatte. Auch wenn es ausgerechnet May war, die diese Veränderung herbeigeführt hatte.

Aber Cole war Manns genug, sich seine Dankbarkeit einzugestehen. Er hob den Kopf und sah May an, die mit dem Hintern an der Küchenanrichte lehnte und die Szene zu ihren Füßen aufmerksam verfolgte.

Cole nickte ihr knapp zu.

Zugegeben, es war keine ausschweifende Dankesrede, aber kam praktisch einem Friedensangebot gleich.

Entgegen seiner Erwartung zeichnete sich jedoch keine

Freude über sein Zugeständnis auf ihrem Gesicht ab. Stattdessen hob sie eine Braue, als wollte sie sagen: *Ist das dein Ernst, du Penner?*

Um seine Verwirrung zu verbergen, senkte Cole den Blick und beobachtete wieder die Mädchen.

May wusch das schmutzige Geschirr ab und brühte frischen Kaffee auf. Als sie fertig war, unterbrach sie die drei jedoch nicht, sondern wartete geduldig, bis Cathy sich als Erste erhob.

»Lilly hat Pancakes für euch gemacht«, sagte sie.

»Super«, rief Cathy sofort aus, woraufhin ein stolzes Lächeln auf Lillys Lippen erschien.

May holte Teller aus dem Schrank. »Fragst du bitte deinen Großvater, ob er auch welche möchte, Cathy?«

Cathy zog einen Flunsch, flitzte aber davon. Gleich darauf war sie wieder zurück. »Grandpa hat gesagt, er setzt keinen Fuß mehr in dieses Haus, solange diese Töle hier ist.«

May lachte. »Okay.«

Irritiert über ihre Gelassenheit runzelte Cathy die Stirn. »Ich glaube, er meint das richtig ernst.«

»Oh, ganz bestimmt tut er das.« Grinsend gab May ihr die Teller. »Bis er Hunger kriegt.«

»Na, wenn du meinst.« Cathy drehte sich um und deckte den Tisch.

Lilly hatte die Ehre, den Teller mit dem Pancake-Stapel an den Esstisch zu tragen, während Cole und May das Besteck und die Toppings brachten.

Sie hatten noch nicht Platz genommen, da schlang Cathy bereits den ersten Pancake hinunter. »Wir brauchen eine Hundehütte im Garten«, informierte sie May. »Und einen Zaun, damit Hund nicht auf die Straße läuft.«

»Eigentlich dachte ich, er wohnt bei uns im Haus«, entgegnete May zögernd.

Entschieden schüttelte Cathy den Kopf. »Aber wenn wir mit ihm draußen spielen wollen, braucht er einen Rückzugsort und eine sichere Umgebung.«

May warf Cole einen schiefen Blick zu und presste die Lippen aufeinander, als müsste sie sich einen spitzen Kommentar verkneifen.

Wo lag jetzt schon wieder das Problem? Sie konnte doch einfach eine Hundehütte kaufen. Der Unterhalt für die Mädchen reichte natürlich nicht, um anderswo von vorn anzufangen, wenn man – wovon Cole ausging – keinerlei Ersparnisse hatte. Aber es waren auf jeden Fall ein paar Extras pro Monat drin.

»Ich überlege mir was«, sagte May und bedachte Cathy mit einem zuversichtlichen Lächeln.

»Eigentlich musst du das gar nicht«, schaltete Cole sich ein, dem plötzlich eine Idee kam. »Ich kann mich darum kümmern. Wir haben genug Material in der Firma.«

Empörung flackerte in Mays Miene auf. »Danke für das Angebot. Aber das wird nicht nötig sein.«

»Wieso denn nicht?«, rief Cathy aus. »Lilly und ich bauen mit Cole zusammen die Hütte, nicht wahr, Lil?«

Lilly nickte heftig.

Um sein triumphierendes Grinsen zu verbergen, spießte Cole ein Stück Pancake auf und schob es sich in den Mund. Im Teig waren diesmal Klumpen, und er war nicht ganz so luftig. Aber nichtsdestotrotz schmeckten die Pancakes köstlich.

»Dann will ich euch nicht im Weg stehen«, erwiderte May.

Cathy stieß einen Jubelschrei aus. »Können wir morgen gleich loslegen?«

»Klar.« Erfreut, dass er auch den morgigen Tag mit den Mädchen verbringen würde, nahm Cole sich noch einen Pancake.

Da flog die Tür auf, und Chester humpelte herein. Anklagend zeigte er mit dem Finger auf May. »Wenn du glaubst, ich lasse mich von dir erpressen, dann hast du dich geschnitten, Violet.«

Mays Mundwinkel zuckten. »Ich habe wirklich keine Ahnung, wovon du redest, alter Brummbär. Aber schön, dass du es dir anders überlegt hast. Komm her und setz dich. Die Pancakes hat Lilly gemacht.«

Chester sah seine jüngste Enkelin an. »Du?«

Verlegen schüttelte Lilly den Kopf und wies auf May.

»Sei nicht so bescheiden, Süße. Du hast das großartig gemacht.« Lächelnd stand May auf und ging in die Küche.

Cole senkte den Blick auf ihren Teller. Dort lag ein Pancake, den May mit Ahornsirup bemalt hatte. Witzigerweise sah das Gesicht diesmal aus wie ein geschnitzter Kürbis an Halloween und erinnerte mit seinem teuflischen Grinsen tatsächlich ein wenig an Chester. Hatte sie etwa gewusst, dass er so schnell weich werden würde?

Verdutzt schaute Cole zur Küche, wo May in aller Seelenruhe eine Tasse Kaffee einschenkte.

»Verfluchte Scheiße!«, brüllte Chester plötzlich und schwang seinen Gehstock in die Luft. Cathy prustete los.

Auch Lilly stieß ein heiseres Glucksen aus.

Chester erstarrte und schaute zu Lilly, die sich erschrocken die Hand vor den Mund hielt.

Und dann passierte etwas, womit Cole im Leben nicht gerechnet hätte: Chester warf den Kopf in den Nacken und lachte, während Cole noch immer zu begreifen versuchte, was überhaupt geschehen war.

Mit einer Rolle Küchenpapier in der Hand eilte May herbei. »Das bedeutet, dass er dich mag.« Sie seufzte verzückt. »Wenn das nicht der Beginn einer wunderbaren Freundschaft ist.«

Der Welpe bellte zustimmend.

Als May sich bückte, schaute Cole verwirrt zu Boden und wäre beinahe ebenfalls in schallendes Gelächter ausgebrochen. Denn dieser kleine Racker hatte soeben Chesters Schuhe markiert und schien darauf auch noch mächtig stolz zu sein.

*

Kapitel 15

May

Am Sonntagmorgen fuhr Cole in einem schwarzen Pick-up die Einfahrt hinauf und brachte bergeweise Baumaterial mit. Schon nach einem kurzen Blick war May klar, dass er keineswegs vorhatte, eine simple Hundehütte zu bauen. Der Welpe würde einen Palast bekommen, und der Bau würde nicht nur einen, sondern gleich mehrere Tage in Anspruch nehmen.

Die Mädchen waren so begeistert von dem ganzen Projekt, dass May es nicht über sich brachte, sie in ihrem Eifer zu bremsen. Sowohl die Mädchen als auch Cole brauchten es, ihren Kummer auf etwas Positives zu lenken. Und wenn es nur der Bau einer Hundehütte war. Die Tatsache, dass sie gemeinsam etwas Neues erschufen, heilte sie von innen heraus.

May hätte die drei gern unterstützt, doch das war etwas, das sie allein tun mussten. Genauso spürte May, dass auch sie sich endlich dem Verlust von Rose und Julian stellen musste. Aber noch brachte sie es nicht über sich, sich mit ihrer verkorksten Vergangenheit auseinanderzusetzen. Stattdessen konzentrierte sie sich auf ihre häuslichen Pflichten und versuchte, den Anblick des äußerst maskulinen Bauarbeiters im Garten zu ignorieren.

Den ganzen Tag über sägten, schliffen und hämmerten Cole und die Mädchen. Sie machten lediglich eine Pause, wenn May ihnen etwas zu essen brachte. Am Nachmittag kam sogar Chester aus seinem Loch gekrochen, setzte sich auf einen Stuhl unter der Markise und gab hilfreiche Tipps, während Hund ein Nickerchen auf seinen Füßen machte.

Im Laufe der nächsten Woche kam Cole fast jeden Abend vorbei, wenn die Mädchen ihre Nachmittagstermine absolviert hatten. Ihnen schien die gemeinsame Arbeit gutzutun, und obgleich Cathy sich weniger kratzbürstig zeigte und Lilly häufiger lächelte, fühlte May sich einsamer denn je.

Ein Tag verging wie der andere. May fuhr nur in die Stadt, wenn es sich gar nicht vermeiden ließ. Denn auch wenn Goodville ein idyllisches Fleckchen Erde war, so galt für den Großteil der Einwohner das exakte Gegenteil. Es war May ein Rätsel, warum an einem so schönen Ort solch engstirnige Menschen lebten. Andererseits schienen die Leute hier mit ihrer Zuneigung genauso extrem zu sein. Cole und die Mädchen wurden regelrecht vergöttert und erhielten von jeder Seite Lob und Unterstützung, wohingegen May im besten Fall einfach übersehen wurde.

Hin und wieder überlegte May, ob sie Lauren oder Nova einen Besuch abstatten sollte. Sie hatte eigentlich noch nie ein Problem damit gehabt, auf Menschen zuzugehen. Aber sie zögerte, weil sie wusste, dass beide mit Rose und Julian befreundet gewesen waren. Deshalb blieb sie am Vormittag meistens im Haus, erledigte ihre Aufgaben, kümmerte sich um Hund oder ärgerte Chester. Aber selbst das wurde irgendwann langweilig.

Am Freitagmorgen spürte May eine wachsende Unruhe. Es war erst zehn Uhr. Trotzdem hatte sie bereits sämtliche Hausarbeiten erledigt und einen ausgedehnten Spaziergang mit Hund gemacht. Nun wanderte sie rastlos im Garten umher.

Sie hatte das Gefühl, einen Teil von sich selbst in ihrem neuen Leben völlig verloren zu haben. Natürlich war sie froh darüber, dass die Mädchen sich allmählich an sie gewöhnten. Sogar mit Cole kam sie irgendwie zurecht, wobei sie beide ihre Kommunikation auf ein Mindestmaß beschränkten.

Manchmal hätte May ihm gerne gesagt, wohin er sich sein Misstrauen stecken konnte. Aber da die Mädchen ständig um ihn waren, tat sie so, als würde sie seine schiefen Blicke gar nicht bemerken.

Wäre da nur nicht dieses Prickeln in ihrem Nacken gewesen, das jedes Mal ihren Rücken hinabrieselte, wenn sie ihn beobachtete. Ihre Reaktion ergab überhaupt keinen Sinn.

Klar, wenn Cole mit den Mädchen zusammen war, zeigte er sich nur von seiner besten Seite. Er war einfühlsam und witzig und ... na ja ... irgendwie süß. Und ja, zugegeben, er war auch verdammt heiß. Vor allem wenn er in der Abenddämmerung den Hammer schwang oder sich geistesabwesend kleine Schweißtropfen abwischte. Seine Bewegungen waren immer so kraftvoll und präzise, dass May es einfach nie schaffte wegzusehen.

Sie hatte seit jeher eine Schwäche für handwerklich begabte Männer gehabt. Aber keiner hatte sie jemals derart herablassend behandelt. Andererseits hatte er gerade einen furchtbaren Verlust erlitten. Es war sicher auch nicht leicht für ihn, sich mit der neuen Situation zu arrangieren.

Stöhnend rieb May sich über die Stirn. Was stimmte eigentlich nicht mit ihr? Warum war sie mehr und mehr bereit, über Coles Fehler hinwegzusehen, und suchte sogar schon Entschuldigungen für ihn? Das passte überhaupt nicht zu ihr. Schließlich hatte sie schon früh gelernt, dass es Dinge gab, die einfach unverzeihlich waren. Und einen anderen Menschen zu behandeln, als sei er ein wertloser Niemand, stand ganz oben auf der Liste.

Frustriert schaute May sich im Garten um, als würde sie irgendwo zwischen den Büschen und Blumen ihr verlorenes Ich wiederfinden.

Die Mädchen hatten entschieden, dass die Hundehütte unmittelbar vor der Terrasse im Schatten eines Apfelbaumes stehen sollte. Es fehlte lediglich noch etwas Farbe.

Hund schien seinen neuen Rückzugsort jetzt schon zu lieben. Er lag in eine Decke von Lilly gekuschelt auf der Veranda der Hütte und schnarchte leise.

Cole hatte in einem großzügigen Radius eine kniehohe Umzäunung aus Maschendraht um die Holzhütte gezogen, damit dem kleinen Racker nichts passierte. May gab es ungern zu, aber der Hundelaufstall erwies sich tatsächlich als nützlich, da Hund noch nicht ganz stubenrein war.

Mays Blick glitt über die Baumaterialien, die Cole am Abend zuvor ordentlich auf der Terrasse abgelegt hatte. In einer Kiste befanden sich Werkzeuge, in zwei weiteren Draht- und Holzstücke, die er nicht mehr brauchte. Daneben stapelten sich Bretter und Spanplatten.

Nachdenklich schob May die Hände in die Hosentaschen ihrer Jeans. Wie Lilly hatte auch sie angefangen, Edelsteine der Region zu sammeln. Ein paar besonders hübsche Exemplare hatte sie erst heute Morgen am Fluss gefunden.

Sie nahm sie heraus und rieb mit dem Daumen über die glitzernde Oberfläche. Vor vielen Jahren war sie einmal durch Zufall in einer Künstlerkommune gelandet. Dort hatte eine alte Frau gelebt, die aus großen Steinen unglaubliche Gebilde erschaffen konnte. May hatte ihr stundenlang zugesehen, zutiefst beeindruckt von ihrer Hingabe und der inneren Ruhe, die sie bei ihrer Arbeit ausstrahlte.

Vielleicht sollte sie das auch mal probieren.

Bevor sie länger darüber nachdenken konnte, schnappte May sich eine Kiste mit Drähten und suchte ein paar Werkzeuge heraus.

Aufregung durchflutete sie, wie immer, wenn sie etwas Neues für sich entdeckte.

Ihre ersten Versuche, eine Miniaturskulptur zu erschaffen, endeten mit einem blutigen Daumen, zwei abgebrochenen Fingernägeln und einem Gebilde, das aussah, als hätte es zuvor ein Lkw überrollt. Leider war es auch genauso instabil. Als es in sich zusammenfiel, brach ein Lachen aus May heraus, und sie fing von vorne an.

Diesmal nutzte sie ein Holzscheit mit einer hübschen Maserung als Basis, bohrte mit dem Akkuschrauber kleine Löcher hinein und wickelte mehrere Drähte umeinander, damit es besser hielt. Nachdem May eine Technik für sich gefunden hatte, die funktionierte, begann sie damit, das Konstrukt zu formen und die Citrine einzuarbeiten. Sonnenstrahlen brachen sich auf der Oberfläche der Kristalle und blendeten May fast in ihrer Schönheit.

Die Stille in ihrem Kopf war herrlich, und obwohl es sehr heiß und das Sitzen auf den Terrassenfliesen nicht sonderlich bequem war, hätte May noch ewig weitermachen können, wenn Chester nicht plötzlich aufgetaucht wäre.

»Was zum Henker treibst du da, Violet?«, schnauzte er sie an. »Solltest du nicht die Mädchen abholen?«

Sofort sprang May auf. »O mein Gott! Ich habe völlig die Zeit vergessen.«

»Das war nicht zu übersehen.«

Hektisch sah May sich um. Die Terrasse war mit Drahtstücken und Werkzeug übersät. Mittendrin stand die dreißig Zentimeter hohe abstrakte Skulptur, die May beinahe vollendet hatte.

Hastig sammelte sie das Werkzeug ein. »Ich muss los. Ich räume den Rest später weg, ja?«

Sie wollte gerade an Chester vorbeiflitzen, da bemerkte sie den spöttischen Zug um seinen Mund. Sie erstarrte. »Wie spät ist es genau, Chester?«

»Zeit fürs Mittagessen.«

Fassungslos schaute May ihn an. »Du Mistkerl! Ich habe fast einen Herzinfarkt gekriegt.«

»Maximal einen Sonnenstich«, erwiderte er ungerührt. »Jetzt komm aus der Hitze raus und iss noch was, bevor du losfährst. Du hast stundenlang in der prallen Sonne gesessen.«

»Chester Avens.« Grinsend legte May sich die Hand aufs Herz. »Hast du dir etwa Sorgen um mich gemacht?«

Chester wurde rot. »Sei nicht albern! Ich habe bloß Hunger.« Er drehte sich um und stapfte zum Haus.

»Du hast dir Sorgen um mich gemacht, du alter Zausel. Ich weiß es genau!«, rief sie ihm amüsiert nach.

»Mittagessen. Jetzt!«, brüllte er zurück. »Und besorg dir endlich eine anständige Uhr!«

Er verschwand im Haus, bevor May ihm mitteilen konnte, dass sie von diesem Vorschlag rein gar nichts hielt. Noch immer grinsend, räumte sie die Terrasse auf und holte den aufgeregten Welpen aus seinem Gehege. »Na komm, Kleiner. Du hast sicher auch Hunger.«

Sobald sie Hund auf dem Boden abgesetzt hatte, jagte er Chester nach.

Vorsichtig trug May die Skulptur ins Haus und brachte sie ins

Arbeitszimmer. Ein wenig bedauerte sie es, dass sie ihre Arbeit nicht gleich vollenden konnte. Aber es war ja nicht so, als hätte sie abends besonders viel zu tun. Sie würde einfach später weitermachen, wenn die Mädchen im Bett waren.

Nachdem May eine Kleinigkeit gegessen und Chester noch ein bisschen aufgezogen hatte, holte sie die Mädchen ab. Sie parkte gerade vor der Kindertagesstätte, als ihr Handy klingelte. Da nicht viele Leute ihre neue Nummer kannten, warf sie einen Blick auf das Display und verzog prompt das Gesicht.

Cole hatte noch nie angerufen. May war eigentlich nicht besonders scharf darauf zu erfahren, warum er jetzt mit dieser Tradition brach. Andererseits war es wahrscheinlich etwas Wichtiges. Sonst hätte er sich wohl kaum dazu herabgelassen, sie zu kontaktieren.

Mit einem auffallend fröhlichen »Hallo« nahm sie das Gespräch an.

»Hallo, May. Hier ist Cole Baxter.«

May verdrehte die Augen. »Ich weiß. Du hast mir deine Nummer gegeben.« Alle drei.

»Und warum bist du so aus dem Häuschen, dass ich anrufe?«

Entgeistert schüttelte May den Kopf, obwohl er sie gar nicht sehen konnte. »Ich bin nicht aus dem Häuschen.«

»Es klang aber so.«

»Wollte bloß freundlich sein«, redete May sich reichlich unkreativ heraus. »Was gibt's?«

Cole seufzte tief – und schon wieder kribbelte Mays Nacken. Wie ärgerlich.

»Ich habe den Mädchen versprochen, heute die Farbe zu besorgen, damit wir später die Hütte streichen können.« Seine Stimme klang warm. Zu Mays Überraschung registrierte sie keinerlei Feindseligkeit darin. »Leider haben wir Probleme auf einer Baustelle. Ich bin gerade auf dem Weg dorthin und treffe mich mit den Investoren.«

»Okay«, erwiderte May gedehnt. »Also kommst du heute nicht vorbei?«

»Doch«, erwiderte Cole sofort. »Aber das wird noch etwas dauern. Deshalb dachte ich …«

Es wurde still am Ende der Leitung.

May runzelte die Stirn. »Was dachtest du?«

Cole holte tief Luft. »Könntest du bitte den Mädchen Bescheid sagen und mit ihnen die Farbe abholen?«

Er sagte das so schnell, dass May Mühe hatte, ihn zu verstehen. Es musste ihn echt Überwindung kosten, sie um diesen Gefallen zu bitten.

May grinste. »Kein Problem.«

»Großartig. Mr. Edison führt den Laden für Heimwerkerbedarf. Ich rufe ihn an, damit er Bescheid weiß, was wir brauchen.«

»Alles klar.«

»Gut.« Cole räusperte sich. »Danke, May.«

Das Kribbeln breitete sich über ihren Hinterkopf aus und erhitzte ihr Gesicht.

Was für ein Mist! Geistesabwesend rieb May sich über die Wange. »Kein Problem.«

Cole lachte leise. »Das hast du schon gesagt.«

»Tja, dann wird's wohl stimmen.« Mays Antwort sollte lässig klingen, aber ihre Stimme zitterte leicht, was Cole vermutlich nicht entging.

Glücklicherweise hatte er sein Ziel erreicht und beendete das Gespräch. Vermutlich verschwendete er keinen Gedanken mehr daran. May musste sich jedoch erst mal sammeln.

Als sie Lilly und Cathy sagte, dass Cole nicht kam, waren die Mädchen erwartungsgemäß alles andere als erfreut, schnallten sich aber sofort ab, als May vor dem Baufachmarkt hielt.

Sie betraten den überschaubaren Laden, wo sie von Mr. Edison in Empfang genommen wurden. »Cole hat mich gerade angerufen. Kommt am besten gleich mit.«

May war froh, dass Mr. Edison einer der wenigen war, die ihr Jobgesuch halbwegs freundlich abgelehnt hatten. Alles andere wäre vermutlich ziemlich unangenehm geworden. So aber fiel es May leicht, dankbar zu lächeln und ihm zu folgen.

Mr. Edison gab sich sichtlich Mühe, sie umfassend zu beraten. »Die richtige Grundierung habe ich bereits herausgesucht. Aber ihr sollt noch eine passende Farbe aussuchen, Kinder.« Er deutete auf sieben Farbtöpfe, die für die Hundehütte infrage kamen. »Diese Sorte ist nicht gesundheitsschädlich und bietet idealen Schutz gegen Schimmel, Pilze und Insekten.«

Unschlüssig schaute Cathy zu Lilly. »Was meinst du?«

Lilly zeigte auf Rot.

»Wirklich?« Nachdenklich tippte Cathy sich ans Kinn. »Nicht lieber Blau?«

May wurde ein klitzekleines bisschen schlecht, als sie die Preisschilder der Speziallasuren entdeckte.

Auch Cathy stutzte plötzlich. »Krass! Die sind aber teuer.«

Mr. Edison nickte milde. »Gute Qualität hat eben ihren Preis, Cathy. Aber darüber musst du dir keine Gedanken machen. Cole kümmert sich schon darum.«

May horchte auf. »Cole übernimmt die Rechnung?«

»Ja.« Der Alte lächelte wohlwollend. »Er war schon immer sehr großzügig.«

Das sollte wohl ein Scherz sein!

Fassungslos musterte May die Preisschilder der Farbtöpfe, während die Mädchen immer noch mit einer Entscheidung rangen.

»Ich weiß auch nicht«, murmelte Cathy und betrachtete die Farben. »Oder doch lieber Grün?«

Na gut, Mr. Großzügig. Mal sehen, wie dir das gefällt...

»Wisst ihr was, meine Lieben?« Mit einem breiten Grinsen schaute May die Mädchen an und klatschte freudig in die Hände. »Wir nehmen sie einfach alle.«

Kapitel 16

Cole

Es dauerte ewig, bis Cole die Investoren des Hotelbauprojektes abwimmeln konnte. Als er am frühen Abend am Haus der Avens eintraf, saßen Cathy und Lilly auf den Verandastufen und blickten ihn unglücklich an.

»Es tut mir leid«, sagte Cole, sobald er ausgestiegen war. Er war verschwitzt und sah wahrscheinlich ziemlich abgekämpft aus. Trotzdem freute er sich, die Mädchen zu sehen. »Habt ihr eine schöne Farbe ausgesucht?«

»Wir konnten uns nicht entscheiden«, murrte Cathy, »deshalb hat May alle mitgenommen.«

So? Hatte sie das? Na klar. War ja auch nicht ihr Geld, das sie zum Fenster rausschmiss.

Beinahe hätte Cole seinen Gedanken laut ausgesprochen, doch dann bemerkte er Lillys ängstlichen Gesichtsausdruck.

Er lächelte. »Sehr gut. Je bunter, umso besser.«

Lilly lächelte zaghaft, während Cathy aufsprang. »Können wir jetzt endlich anfangen?«

»Klar.«

Cole folgte den Mädchen ins Haus, wo May am Herd stand und das Abendessen zubereitete. In einer Pfanne brutzelten Gemüsestücke und Fleisch. In einem großen Topf blubberten Spaghetti.

Coles Magen knurrte, weil er den ganzen Tag noch nichts gegessen hatte und das Essen einfach köstlich roch.

Routiniert schwenkte May die Pfanne und trat einen Schritt zurück, damit sie keine Fettspritzer abbekam. Heute trug sie ein weißes Tanktop und Shorts, die nichts von ihrer hübschen Figur verbargen. Ihre Haare hatte sie zu einem Knoten zusammengedreht. Als sie sich zum Gewürzregal umdrehte, fiel Coles Blick auf ihren zarten Nacken.

Seine Fingerspitzen prickelten, als ihn nicht zum ersten Mal das Verlangen überkam, die blauen und braunen Haarsträhnen, die ihren Hals umspielten, beiseitezustreichen. Frustriert ballte er die Hände zu Fäusten.

»Wo bleibst du denn?«, rief Cathy ungeduldig.

Überrascht wirbelte May herum.

Anscheinend machte er ein ziemlich düsteres Gesicht, denn sie verspannte sich. »Hi, Cole.«

»May«, erwiderte er gepresst und marschierte nach draußen.

Lilly spielte mit Hund, während Cathy die Grundierung zur Hütte schleppte.

»Lass mich das machen.« Cole nahm ihr den Eimer ab. Die Pinsel lagen bereits ausgepackt im Gras. »Wir werden heute nur noch die Grundierung schaffen.«

»Aber wir haben doch extra die Farbe besorgt«, maulte Cathy.

Cole seufzte. »Ich weiß, Kitty-Cat. Ich hatte diesen Tag auch anders geplant. Aber wir haben das ganze Wochenende Zeit.«

Und mehr als genug Farbe, fügte er in Gedanken hinzu.

Sofort erhellte sich ihre Miene. »Okay.«

Glücklicherweise machte May ihm keinen Strich durch die Rechnung, als Cathy ihr später beim Abendessen mitteilte, dass sie sowohl Samstag als auch Sonntag die Hütte streichen würden.

Sie saßen zusammen auf der Veranda, obwohl es immer noch brütend heiß draußen war. Der beißende Geruch der Farbgrundierung vermischte sich mit dem Essen, was einen ziemlich unappetitlichen Mix ergab.

Cole war es egal. Er war zu hungrig, um sich zu beklagen.

»Wieso essen wir nicht im Haus?«, brummte Chester. »Dort ist es viel kühler.«

»Ein bisschen frische Luft schadet dir nicht«, schoss May zurück. Ihre blauen Augen blitzten frech, aber Cole wurde das Gefühl nicht los, dass sie nur eine Show abzog. Auch ihr machte die Hitze zu schaffen – wie man an den feinen Schweißperlen auf ihrem Dekolleté leider zu gut erkennen konnte.

Cathy warf May einen schiefen Blick zu. »Ich finde es schön hier draußen.«

Lilly nickte zustimmend.

Irritiert ließ Cole die Gabel sinken. Er hatte gewiss nicht damit gerechnet, dass beide Mädchen Partei für May ergreifen würden. Dass Lilly sich gelegentlich auf ihre Seite schlug, war nichts Neues. Aber jetzt auch noch Cathy?

Panik pflügte durch Coles Körper. Die Vorstellung, dass May die Kinder genauso um den Finger gewickelt haben könnte wie Chester, sorgte dafür, dass ihm beinahe das Essen wieder hochkam. Erst als Cathy auf seinen fragenden Blick hin gleichmütig mit den Schultern zuckte, als wäre es keine große Sache, legte sich ein Teil seiner inneren Anspannung. Die Angst, die Mädchen eines Tages an May zu verlieren, blieb jedoch allgegenwärtig.

***

Für Coles Geschmack verging das Wochenende viel zu schnell. Er und die Mädchen brauchten beide Tage, um die Hundehütte zu streichen. Heraus kam ein kunterbuntes Durcheinander.

Natürlich lobte May ihre Nichten jedes Mal überschwänglich, wenn sie ihnen eine Erfrischung brachte. Dass sie es absolut ehrlich meinte, stand außer Frage. Eine sauber gestrichene Hundehütte wäre ihr wahrscheinlich viel zu spießig gewesen.

Cole merkte ihr an, dass sie gern selbst einen Pinsel in die Hand genommen hätte. Aber da die Mädchen sie nicht zum Mitmachen aufforderten, hielt auch er den Mund. Es hätte sich ohnehin falsch angefühlt. Schließlich waren sie keine Darsteller in einem kitschigen Werbespot, sondern eine Patchworkfamilie, die sich nach einem tragischen Unfall in einem emotionalen Ausnahmezustand befand.

Da die neue Woche für Cole ähnlich stressig begann, wie die letzte aufgehört hatte, musste er Cathy und Lilly mit dem Bau des Gartenzauns vertrösten. Es gefiel ihm auch nicht, dass sie sich nur beim Training sahen, aber die Probleme mit der Hotelbaustelle rissen einfach nicht ab.

Obwohl Jax alles gab, um diese Krise in den Griff zu kriegen, musste Cole sich als Geschäftsführer einschalten, weil zahlreiche Subunternehmen wegen der Bauverzögerung abspringen wollten.

Das war das Problem, wenn die Wirtschaft boomte. Aufträge gab es genug, und je höher die Nachfrage war, umso steiler stieg der Preis. Bei einem Einfamilienhaus hätte Cole die Differenz noch ausgleichen können. Aber nicht bei einem Hotelbau, der in die Millionen ging.

Nur wegen Cathy und Lilly verließ Cole am Mittwochnachmittag überhaupt sein Büro und hetzte zum Softballfeld. Obwohl sie sich gerade mal zwei Tage nicht gesehen hatten, vermisste er die beiden wahnsinnig. Außerdem musste er unbedingt mit May reden.

Am Freitag hatte Cathy Geburtstag, und ihre Tante hatte sich ärgerlicherweise immer noch nicht die Mühe gemacht, ihn darauf anzusprechen. Was einfach nur lachhaft war.

Sie konnte doch unmöglich glauben, dass sie dieser Situation allein gewachsen war. Sie wusste ja nicht mal, wie die Avens einen Geburtstag feierten, geschweige denn, womit sie Cathy eine Freude machen könnte. Am Ende schenkte sie ihr noch eine weitere Puppe!

Ob May es sich nun eingestand oder nicht, sie brauchte seine Hilfe, damit Cathys achter Geburtstag nicht in einem Desaster endete.

Als Cole das Spielfeld erreichte, stürzten die Mädchen auf ihn zu.

May blieb mit dem angeleinten Welpen am Rand der Tribüne stehen. Inmitten all der Vorzeigemütter wirkte sie wie ein Paradiesvogel. Vor allem weil die blauen Farbsträhnen genau zu ihrem Oberteil passten. Es war weit geschnitten und fiel ihr über die linke Schulter. Dazu trug sie einen kunterbunten Maxirock und Flipflops.

Scheiße! Sie sah absolut bezaubernd aus.

Hinter ihr rümpfte Ashlyn die Nase und sagte etwas, worauf ihre Busenfreundin Patty hämisch kicherte. Selbst auf die Entfernung konnte Cole erkennen, dass die beiden sich unmöglich benahmen, was ihm mehr gegen den Strich ging, als es eigentlich sollte.

Mays Wangen fingen Feuer, weil sie die Worte zweifellos verstanden hatte. Aber sie drehte sich nicht um, sondern ließ das Geläster mit ausdrucksloser Miene über sich ergehen. Wieso setzte sie sich nicht zur Wehr?

Cathys Stimme riss ihn von Mays Anblick los. »Entschuldige, was hast du gesagt?«, fragte er.

»Ob wir loslegen können«, wiederholte sie und deutete hinter sich aufs Spielfeld.

Cole nickte wie ein Idiot. Er strich Lilly sanft durch das seidenweiche Haar, in dem zwei hübsche Schmetterlingsspangen steckten. Kein verfilzter Knoten war zu ertasten. Auch diese Hürde hatte May also inzwischen genommen. »Geh zurück zu May, Lilly-Pop.«

Die Kleine flitzte davon, während Cole aufs Spielfeld ging. Normalerweise liebte er das Training mit den Kids und ließ sich von den Blicken der Damen nicht aus dem Konzept bringen. Aber heute fiel es ihm schwer, sich auf das Geschehen auf dem Spielfeld zu konzentrieren, weil er ständig das Gefühl hatte, dass sich ein Paar himmelblauer Augen in seinen Rücken bohrte.

Als Cole das Training gut zwei Stunden später beendete, klebte ihm das Shirt am Rücken, und er war noch gestresster als zuvor.

Cathy hatte einen guten Tag gehabt und wurde auf der Bank von einigen Teammitgliedern belagert. Da Cole diese Chance nicht ungenutzt lassen wollte, schlenderte er betont entspannt zu May. Sie saß am äußersten Rand der Tribüne und beobachtete Lilly, die nicht weit entfernt auf der Wiese mit Hund spielte.

»Hallo, May.«

Blinzelnd drehte sie den Kopf. Ihre entspannte Miene wurde wachsam. »Oh! Hey, Cole, was gibt's?«

»Ich wollte kurz mit dir über Freitag sprechen.«

Ausdruckslos schaute sie ihn an. Was sollte das? Wollte sie ihn etwa nicht bei Cathys Geburtstag dabeihaben?

»Wie sieht dein Plan aus?«, hakte er etwas konkreter nach, da sie immer noch keine Anstalten machte, ihn einzuweihen.

May runzelte die Stirn. »Warum willst du das wissen?«

»Was soll das, May? Soll ich jetzt etwa darum betteln, kommen zu dürfen?«

»Du tauchst doch sowieso auf, wann du willst. Seit wann spielt es eine Rolle, ob es mir in den Kram passt?«

»Du warst bisher immer einverstanden«, knurrte Cole.

»O bitte!« Sie sprang auf, als hätte sie jemand in den Hintern gebissen, und funkelte ihn wütend an. »Wir wissen doch beide, dass ich gar keine andere Wahl habe.«

»Natürlich hast du eine Wahl.«

»Nicht wenn es um die Mädchen geht.«

Nun, so gesehen hatte sie wohl recht. Trotzig reckte Cole das Kinn. »Fein. Dann bin ich um drei da.«

Sie zuckte mit den Schultern. »Klar.«

Die Gleichgültigkeit dieser Frau brachte ihn noch zur Weißglut. »Soll ich die Torte mitbringen?«

May lachte sarkastisch. »Torten sind leider nicht mein Fachgebiet. Wenn dir mein Kuchen zu fade ist, tu dir keinen Zwang an.«

»So habe ich das nicht gemeint«, erwiderte Cole genervt. »Es ist einfach Tradition. Ich denke, es wäre falsch, wenn wir es anders machen würden, weil Rose und Julian ...« Er stockte, als ein scharfer Schmerz in seine Brust schnitt. Zitternd holte er Luft. »Weil sie nicht mehr da sind.«

Jeglicher Zorn wich aus ihrer Miene. Mitgefühl glomm in ihren blauen Augen auf. »Okay.«

Okay? Das war alles? Verständnislos schüttelte Cole den Kopf. »Soweit ich weiß, war dir das auch wichtig, als du klein warst. Ich habe keine Ahnung, warum sich das geändert hat. Aber Cathy liebt diese Eistorte. Sie sollte eine haben.«

»Eistorte?« Mays Augen flackerten, während sich die Rädchen in ihrem Kopf in Hochgeschwindigkeit zu drehen schienen. Dann wurde sie auf einen Schlag kreidebleich.

Entgeistert sah Cole sie an. »Du hast es vergessen.«

»Nein, habe ich nicht!«, rief sie aus, doch sie klang alles andere als überzeugend.

»Ich fasse es nicht«, murmelte er und rieb sich über das Gesicht. Er war schlichtweg nicht fähig, seine Missbilligung zu verbergen.

May trat von einem Fuß auf den anderen. »Ich wollte sie mit einer kleinen Feier überraschen. Tut mir leid, dass ich noch nichts gesagt habe. Ich bin einfach davon ausgegangen, dass du sowieso da sein würdest.«

Ja, na klar. Genauso hatte es geklungen.

»Also besorgst du die Eistorte?«, fragte May. »Dann kann ich das von meiner Liste streichen.«

Ihre Liste. Natürlich.

Cole nickte. »Ich kümmere mich darum.«

»Großartig. Vielen Dank!« Mit einem gehetzten Blick wies sie in Lillys Richtung. »Also, wir müssen dann los. Cathy hat noch Hausaufgaben auf, und ich will auch noch ein paar Kleinigkeiten erledigen. Wir sehen uns dann am Freitag.«

»Sicher«, erwiderte Cole und schnitt eine zynische Grimasse. »Sag Bescheid, falls du noch Hilfe bei deinen Vorbereitungen brauchst.«

»Danke, das ist nett. Aber ich habe alles im Griff.«

Einen Scheiß hatte sie im Griff.

Als May davonstürzte, sah Cole ihr verärgert hinterher. Ihm war es unbegreiflich, wie sie Cathys Geburtstag hatte vergessen können. Allerdings war sie ja nie da gewesen. Was sollte man da auch anderes erwarten?

Coles Unmut wuchs, als er beobachtete, wie Lilly vertrauensvoll ihre Hand ergriff. Die Kleine schien May schon längst verziehen zu haben, wie wenig sie sich einst für sie interessiert hatte.

Sogar Cathy wurde langsam weich. Cole konnte es in dem Gesicht der älteren Avens-Tochter sehen. Noch hatte May sie nicht geknackt. Aber es war sicher nur noch eine Frage der Zeit, bis sie ihre Gegenwehr aufgab.

Ein dicker Kloß bildete sich in Coles Hals. Angespannt kramte er sein Handy aus seiner Hosentasche und rief Sophia an. Wie üblich ging die Anwältin nach dem ersten Klingeln ans Telefon.

»Wie weit bist du mit deinen Nachforschungen?«, erkundigte Cole sich.

Sophia seufzte. »Das ist nicht so einfach, Cole. So etwas braucht Zeit.«

»Soll das heißen, du hast bisher nicht die kleinste Unzulänglichkeit entdeckt?«

»Leider nicht, außer dass ihr Lebenslauf ein einziges Chaos ist«, erwiderte Sophia. »Aber selbst ein unbeständiges Berufsleben ist kein hinreichendes Argument, May das Sorgerecht streitig zu machen. Jeder halbwegs clevere Anwalt würde ihre verschiedenen Jobs als Qualifikation auslegen. Bisher war sie Studentin, Animateurin, Promoterin, Köchin, Kellnerin, Haushaltshilfe, Sozialarbeiterin, Pflegerin, Verkäuferin und so weiter. Ganz ehrlich? Ihre Biografie liest sich jetzt schon wie ein äußerst unterhaltsamer Abenteuerroman, und mein Ermittler hat bisher gerade mal an der Oberfläche gekratzt. Er hat ein paar ehemalige Arbeitgeber kontaktiert, aber sie alle hatten nur Gutes über May zu berichten. Sie beschrieben sie als fleißig, freundlich und offenherzig. Die meisten waren traurig, dass sie irgendwann weiterzog.«

»Dann findet den Grund dafür heraus«, blaffte Cole, während Verzweiflung seine Seele durchbohrte. »Vielleicht war sie auf der Flucht oder hat andere Leichen im Keller.«

»Glaubst du das wirklich?«

Nein, tat er nicht. Nicht mal ein bisschen. Obwohl May aussah wie eine Mischung aus einem Hippie und einem Punk und in ihr dieses Feuer brannte, das sie oftmals hinter einer reglosen Maske verbarg, glaubte Cole keine Sekunde lang, dass sie zu einer Straftat fähig war. Ihr einziges Verbrechen bestand in der jahrelangen Gleichgültigkeit gegenüber ihrer Familie, an der sich offensichtlich kaum etwas geändert hatte, wenn sie sich nicht mal den Geburtstag ihrer ältesten Nichte merken konnte. Aber dieses Argument hätte wohl vor keinem Gericht auf der Welt Bestand.

Frustriert raufte Cole sich die Haare. »Sucht weiter.«

»Hör mal. Ich tue, was ich kann. Hab bitte noch ein wenig Geduld. Ich finde eine Lösung.«

Den Blick auf die Mädchen gerichtet, versuchte Cole, sich zusammenzureißen und sich nicht von seiner Angst überwältigen zu lassen. »Ich darf die beiden nicht verlieren.«

Sophias Stimme wurde sanft. »Das wirst du auch nicht. Ich verspreche es dir. Vertrau mir einfach, ja?«

Kapitel 17

May

May stand unter Schock. Sie hatte Cathys Geburtstag vergessen. Einfach vergessen. Obwohl sie sich gewiss nicht über einen Mangel an Zeit beklagen konnte, waren da tausend andere Dinge in ihrem Kopf gewesen, wichtige und völlig nebensächliche. Sie alle hatten sich zu einem wirren Knäuel verknotet, sodass sie das Datum völlig aus den Augen verloren hatte.

Cole hatte ihren Fehltritt natürlich sofort bemerkt, und jetzt blieben ihr noch weniger als fünfundvierzig Stunden, um das Ruder herumzureißen und zu beweisen, dass sie keine totale Versagerin war.

Ein Kinderspiel.

Sobald May die Mädchen nach Hause gebracht hatte, schickte sie die beiden in den Garten und rief Olivia an. Sie erklärte ihrer Freundin ihre Notlage, und sie versprach, noch am selben Abend ein Paket per Overnight-Express zu schicken. Mit etwas Glück kam es rechtzeitig an.

Nach dem Gespräch grübelte May darüber nach, wie sie Cathys Geburtstag gestalten sollte. Sie stand am Küchenfenster, einer ihrer liebsten Plätze im Haus, weil sie die Kinder auf diese Weise sehen konnte, ohne dass sie sich von ihr beobachtet fühlten. Die beiden tobten gerade zusammen mit Hund über die Wiese und versuchten, ihm Stöckchen holen beizubringen. Cathy warf einen Kauknochen. Hund jagte hinterher und setzte sich drauf, woraufhin sie lachte und Lilly amüsiert den Kopf schüttelte.

»Nein, du Dussel!«, rief Cathy und winkte Hund zu sich. »Bring ihn wieder her.«

May lächelte, während sie die fröhlichen Mienen ihrer Nichten betrachtete. Irgendwo hatte sie gelesen, dass Kinder schubweise trauerten. In einem Moment waren sie völlig niedergeschmettert, im nächsten schien ihr Kummer vergessen. Es war ein Selbstschutzmechanismus, damit die kleinen Kinderseelen nicht an der emotionalen Belastung zerbrachen.

May hatte diese Phasen nun schon häufiger erlebt, und ihr war klar, dass Cathy am Freitag in eine tiefe Trauer stürzen würde. Sollte May das respektieren und sie in Ruhe lassen? Oder war Ablenkung die bessere Strategie?

Beides war von vorneherein zum Scheitern verurteilt. Denn was auch immer May unternahm, nichts würde darüber hinwegtäuschen, dass Rose und Julian nicht bei ihrer Tochter waren. Aber vielleicht konnten die Menschen, mit denen Cathy aufgewachsen war, ihr etwas Halt geben.

Nicht nur Lilly und Cole. Sondern auch Helen und Mortimer. Und ihre Schulfreunde. Und ihr Softballteam. Möglicherweise würden sie Cathy mit vereinten Kräften auffangen.

Mays Bauch kribbelte vor Aufregung. Sie wirbelte herum und durchsuchte die Kühlschranktür nach der Kontaktliste. Rose hatte Listen geliebt und war so gut organisiert gewesen, dass es natürlich eine Übersicht mit den wichtigsten Telefonnummern gab. Leider standen auf dem Zettel nur Ärzte, Sekretariate und irgendwelche Vereine.

May durchstöberte Schränke und Schubladen, durchsuchte sogar Julians Schreibtisch. Aber nirgends war ein Hinweis zu finden. Das war ein Problem. Denn wie sollte May herausfinden, wer Cathys Freunde waren, wenn sie mit niemandem darüber reden konnte?

Ihre älteste Nichte vertraute ihr längst nicht genug, um in ihrer Gegenwart über ihren Freundeskreis zu sprechen. Lilly sagte nach wie vor kein Wort. Chester wusste vermutlich genauso viel wie May. Und Cole würde sie bestimmt nicht fragen.

May atmete tief durch. Dann würde sie eben ganz Goodville einladen und beten, dass die Anwohner Cathy zuliebe ihre Abneigung ihr gegenüber vergaßen.

Entschlossen nahm sie einen Notizblock und fertigte eine To-do-Liste an. Sobald die Mädchen im Bett waren, holte sie den Bastelkoffer und gestaltete eine Einladung. Es dauerte lange, bis sie mit dem Ergebnis zufrieden war, doch das war May egal. Sie war sowieso zu aufgekratzt, um zu schlafen.

Sie schaltete ihren Laptop an und recherchierte nach preisgünstigen Dekorationen und Speisen für ein Büfett. Zwar hatte sie auf der Einladung um kulinarische Mitbringsel gebeten, aber ganz mit leeren Händen wollte sie auch nicht dastehen.

Es war mitten in der Nacht, als Hund plötzlich aufsprang und schwanzwedelnd in den Flur tappte. Sekunden später schlurfte Chester herein. Als er May auf dem Sofa sitzend entdeckte, runzelte er die Stirn. »Wieso bist du noch wach?«

»Ich plane Cathys Geburtstagsparty«, erwiderte May und achtete genau auf seine Reaktion. Er verzog keine Miene. Dafür fiel May auf, wie blass er war. »Chester? Alles in Ordnung?«

»Geht schon«, grummelte er und schleppte sich in die Küche.

Sofort legte May ihren Laptop beiseite und eilte zu ihm. »Was ist los? Hast du Schmerzen?«

»Ich sagte, es geht schon«, blaffte er und zischte, weil er kurzzeitig das Gewicht verlagert hatte.

May baute sich vor ihm auf. »Du bist mir vielleicht ein verrückter Zausel. Erst machst du ein Riesendrama wegen deiner Verletzung, und wenn es dir wirklich schlecht geht, bringst du keinen Ton heraus.«

Trotzig presste er die Lippen zusammen, als wollte er sich jeden verräterischen Ton verbieten. Dabei war es offensichtlich, dass er litt. Der schmerzerfüllte Ausdruck in seinen Augen weckte Mays Mitgefühl.

»Chester«, sagte sie sanft. »Sag mir bitte, wie ich dir helfen kann.«

Die Anspannung wich aus seinem Körper, und er ließ den Kopf hängen. »Ich muss was in den Magen kriegen. Sonst vertrage ich die Schmerztabletten nicht.«

»Ich mache das.« Sie packte Chester am Oberarm und dirigierte ihn zum Sessel. Er wehrte sich nicht, was ihre Sorge beträchtlich steigerte.

Mit einem Wimmern sank er in das Polster und streckte sein verletztes Bein aus.

Rasch schob May ihm einen Hocker hin und half ihm, es hochzulagern. »Brauchst du einen kalten Umschlag?«

Chester schüttelte den Kopf. »Wärme hilft besser.«

»Alles klar.« May flitzte los und erhitzte eines der Gelpacks, die im Kühlschrank lagerten. Als sie zurückkehrte, hockte Hund auf Chesters Schoß und ließ sich von ihm streicheln. Das schien den Alten immerhin ein wenig zu beruhigen.

Vorsichtig legte May ihm die warme Packung aufs Knie. Bei

der Berührung zuckte er zusammen, entspannte sich jedoch sogleich, als er die Wärme spürte.

»Was möchtest du essen?«, fragte May. »Ich kann dir etwas Auflauf aufwärmen, oder ist dir etwas Leichteres lieber? Ein Sandwich vielleicht?«

»Ein Sandwich reicht.«

May wollte in die Küche gehen, als der alte Mann auf einmal behutsam ihr Handgelenk umfasste. »Danke ... Violet.«

Kopfschüttelnd grinste May ihn an. »Du bist und bleibst ein Sturkopf, Chester Avens.«

Da er ihr wahrscheinlich gleich widersprechen würde, ging sie rasch in die Küche und machte ihm ein Truthahnsandwich.

Als sie zurückkam, sah Chester sehr mitgenommen aus. Obwohl Hund zärtlich auf seinem Zeigefinger herumknabberte, schien das Chester kaum von seinen Schmerzen abzulenken. Um keine Zeit zu vergeuden, holte May die Tabletten aus seinem Bungalow. Als Chester ein halbes Sandwich gegessen hatte, reichte sie ihm die Pillen mit einem Glas Saft.

»Brauchst du sonst noch etwas?«, fragte sie.

»Die Tabletten wirken gleich.« Zitternd wischte Chester sich den Schweiß von der Stirn. »Sie wirken gleich. Nur noch ein bisschen.«

Es klang, als wollte er sich selbst Kraft zusprechen.

Der arme Kerl.

»Willst du wissen, was ich mir für die Party überlegt habe?«, fragte May, um ihn ein wenig abzulenken.

Chester grunzte. »Rose hat auch immer so ein Theater um Geburtstage gemacht. Hab nie verstanden, wieso.«

Plötzlich hatte May das Gefühl, ihre Schwester verteidigen zu müssen. »Weil Geburtstage nun mal wichtig sind.«

Herausfordernd hob Chester eine Braue. »Und die anderen Tage? Sind die nicht wichtig?«

»Doch, natürlich. Aber der Geburtstag ist ... na ja ... der Tag, an dem man geboren wurde. Das sollte man feiern.«

Nachdenklich zupfte Chester ein Stück Truthahn von dem restlichen Sandwich und hielt es Hund hin, der sich sogleich eifrig darüber hermachte. »Ich dachte immer, du bist eine von denen, die das Leben am liebsten jeden verdammten Tag feiern.«

»Streng genommen bin ich das auch«, räumte May ein. Sie setzte sich wieder aufs Sofa und schlang die Arme um die Knie. »Aber Rose waren Geburtstage immer besonders wichtig, und Cole hat deutlich gemacht, dass es bisher immer gewisse Traditionen gab. Deshalb kann ich Cathys Geburtstag nicht einfach verstreichen lassen.«

Dass ihr genau das leider fast passiert wäre, verschwieg May. Zu sehr schämte sie sich für ihre Nachlässigkeit.

Chester stellte den Teller beiseite und kraulte Hund hinter den Ohren. »Sie hätten es sicher so gewollt«, meinte er nach einer Weile. »Vor allem die Eistorte.«

Traurig lächelte May den Alten an. »Cole wird eine besorgen.«

»Wäre das nicht eigentlich deine Aufgabe? Immerhin hast du diese Tradition erfunden.«

»Du weißt davon?«, fragte May überrascht.

»Natürlich.« Chesters Lippen kräuselten sich zu einem wehmütigen Lächeln. »Rose hat die Geschichte jedes Mal erzählt, wenn eine Eistorte auf den Tisch kam.« Gedankenverloren tätschelte er Hunds Rücken. »Mit der Aktion hast du ihr damals den Tag gerettet.«

»Wir waren doch bloß Kinder«, murmelte May verlegen. Dennoch konnte sie sich noch immer haarklein an das matschige

Gebilde aus Schokoladeneis und Butterkeksen erinnern, das sie für ihre große Schwester kreiert hatte. Es war der erste Geburtstag ohne ihren Vater, der mit seiner neuen Flamme abgehauen war. Ihre Mutter schob Doppelschichten, damit sie irgendwie über die Runden kamen. Sie hatte praktisch nie Zeit. Nicht mal am Geburtstag ihrer ältesten Tochter.

May dachte daran, wie enttäuscht Rose gewesen war. »Es war das Einzige, das mir einfiel, um sie wieder zum Lächeln zu bringen. Abgesehen davon hatten wir sonst nicht viel im Kühlschrank.«

»Ihr beide hattet keine leichte Kindheit«, stellte Chester fest. »Aber immerhin hattet ihr einander. Du hättest niemals zulassen dürfen, dass ihr euch entzweit.«

Ein bitteres Lachen brach aus May heraus. »Im Ernst? Da wäre ich ja nie drauf gekommen.«

»Deinen Sarkasmus kannst du dir sparen, Violet. Er wird nichts an deinen Gefühlen ändern.« Müde lehnte Chester sich zurück. »Glaub mir. Ich weiß, wovon ich rede.«

»Und doch bist du nach wie vor ein mürrischer alter Kauz«, schoss May zurück und verdrängte hartnäckig den unangenehmen Mix aus Scham, Reue und Schmerz, der sie schon seit Jahren quälte. Stattdessen grinste sie Chester an, als er die Augen verdrehte. »Geht es dir besser?«

»Ein wenig«, antwortete er, machte jedoch keine Anstalten zu gehen.

Mit einem Mal wurde May klar, dass sie das auch gar nicht wollte. Sie genoss seine Gesellschaft. »Wie sind die Partys hier früher abgelaufen?«

»Rose hat immer einen Riesenwirbel veranstaltet und den Rest der Familie damit in den Wahnsinn getrieben.« Chester lächelte betrübt. »Es gab Kostüme, Ponys und Hüpfburgen. Meistens hat sie schon Wochen vorher mit der Planung begonnen, damit die feinen Pinkel von Goodville alle angemessen beeindruckt waren.«

Ja, das passte zu Rose.

Immer hatte alles perfekt sein müssen. Ein Zustand, von dem May meilenweit entfernt war – nicht nur im Hinblick auf die anstehende Geburtstagsfeier.

Beklommen rieb sie sich über die Stirn. »Wenn du mich damit auf den Boden der Tatsachen zurückholen willst, ist dir das gelungen.«

»Die Ablenkung wird Cathy guttun«, fuhr Chester fort, ohne auf ihre Worte einzugehen.

»Sogar dann, wenn es keine herausragende Party wird?«

»Das spielt keine Rolle.« Aufgrund der Erschöpfung waren Chesters Lider schwer, trotzdem schien ihm nichts zu entgehen. »Mach es auf deine Weise, und es wird genug sein.«

***

Am nächsten Morgen brachte May die Mädchen weg und eilte gleich darauf zum Souvenirladen. Nova stand hinter dem Ladentisch und sortierte einen Stapel Pakete. Ihre Miene erhellte sich, als sie May sah.

»Oh, hallo, May.«

»Hey, Nova, dürfte ich bitte deinen Farbkopierer benutzen?«

»Natürlich. Dafür ist er ja da.«

»Super.« May nahm die gebastelte Einladung aus ihrer Handtasche. »Ich brauche hiervon bitte dreihundert Stück, am besten auf buntem Papier, falls du welches hast.«

»Ich habe sogar verschiedene Farben da.« Nova ging zum Regal hinter dem Drucker und zeigte auf die Auswahl an Papieren.

May entschied sich für ein sanftes Grün und gab Nova die Einladung. Sie warf einen Blick auf das Blatt. »Oh, eine Geburtstagsparty. Wie schön! Da wird Cathy sich bestimmt freuen.«

May nickte eifrig. »Ich hoffe, du kommst?«

Nova überflog den Einladungstext und runzelte irritiert die Stirn. »Stimmt das Datum?«

»Äh, ja. War eine spontane Idee.«

»Aber das ist schon morgen. Ist das nicht ein wenig kurzfristig?«

Sofort verflog Mays Zuversicht.

»Vermutlich«, erwiderte sie kleinlaut und knickte unter Novas mitfühlendem Blick vollends ein. »Die Sache ist die: Ich habe…« Sie umklammerte den Riemen ihrer Handtasche fester. »Ich habe es vergessen. Keine Ahnung, wie mir das passieren konnte. Aber es ist so. Ich hab's versaut, und wenn Cathy davon erfährt, stehe ich wahrscheinlich wieder ganz am Anfang. Dabei fingen die Mädchen gerade an, sich an mich zu gewöhnen.« Niedergeschlagen schüttelte May den Kopf. »Dieser Tag wird sicher ein Albtraum für sie, und natürlich ist es zeitlich sehr knapp. Allerdings hoffe ich, dass wenigstens ein paar ihrer Freunde und Bekannten vorbeikommen und es dadurch ein wenig leichter für sie wird.«

May war nicht ganz sicher, wie Nova auf ihr Geständnis reagieren würde. Sie schien im Gegensatz zum Großteil der Stadt mitfühlend und aufgeschlossen zu sein. Trotzdem überraschte es May, als Nova ihr sachte die Hand auf den Unterarm legte. »Ich halte das für eine gute Idee, und wenn du möchtest, helfe ich dir morgen gerne bei den restlichen Vorbereitungen.«

»Wirklich?« Überwältigt von Novas Hilfsbereitschaft lachte May auf. »Aber hast du nicht selbst genug um die Ohren mit deiner Großmutter und dem Laden und allem?«

»Granny trifft sich morgen Mittag mit ihrem Bridgeclub im Gemeindezentrum, und ich kann eine Bekannte bitten, im Laden einzuspringen. Das wäre also kein Problem.«

Da May nun wahrlich jede Hilfe brauchen konnte, fackelte sie nicht lange. »Ich weiß gar nicht, wie ich dir danken soll.«

Nova winkte ab. »Ich mache das wirklich gerne.« Sie legte die Einladung auf das Kopiergerät, und der Apparat spuckte surrend die ersten Blätter aus. »Also? Wie kann ich dir am besten helfen?«, fragte Nova.

May überlegte kurz. »Es wäre toll, wenn du morgen mit mir den Garten schmücken könntest. Vielleicht brauche ich auch noch etwas Unterstützung beim Büfett.«

Nova schien mit allem einverstanden zu sein und gab May hilfreiche Tipps, wo sie am besten die Einladungen verteilen könnte. Zuerst ging May ins Sekretariat der Schule. Dort saß eine ältere Dame, die prompt die Nase kräuselte, als sie May erblickte.

Dennoch ließ sie sich nicht verunsichern. »Hallo. Ich bin May Cambell, Cathy Avens' Tante.«

»Oh! Wir wissen alle, wer Sie sind, Kindchen.«

»Großartig! Dann muss ich mich ja gar nicht weiter vorstellen«, erwiderte May strahlend und brachte sie damit aus dem Konzept. »Ich bin hier, weil ich Cathy morgen mit einer Geburtstagsparty überraschen möchte. Hinter ihr liegt so eine schwere Zeit, und sie verdient doch etwas Glück, nicht wahr?«

Widerwillig nickte die Frau.

»Ich bin froh, dass Sie das auch so sehen.« May hielt ein

Bündel Blätter in die Höhe. »Leider gab es Probleme mit den Einladungen, weshalb ich jetzt erst dazu komme, sie zu verteilen. Wären Sie so nett, die hier in der Frühstückspause Cathys Lehrerin zu geben, damit sie die Kinder heimlich informiert? Es soll eine Überraschungsparty werden. Deshalb darf Cathy nichts mitbekommen.«

Skeptisch beäugte die Sekretärin die Einladungen. »Also, ich weiß nicht recht. Vielleicht sollte ich lieber Cole Baxter anrufen.«

»Das ist nicht nötig. Er weiß längst Bescheid.« Flehend legte May sich die Hand auf die Brust. »Bitte! Tun Sie es für Cathy, ja?«

Als die Frau seufzte, hätte May beinahe gejubelt. »Also schön. Ich gebe Miss Hiller die Einladungen.«

»Vielen herzlichen Dank! Sie sind mir wirklich eine unglaubliche Hilfe. Was wäre eine Schule ohne so ambitionierte Menschen wie Sie?«

Die Sekretärin lächelte geschmeichelt. »Wenn Sie mir noch ein paar Zettel dalassen, gebe ich sie gleich den übrigen Schülern, die in die höheren Klassenstufen gehen und mit denen Cathy Softball spielt.«

May riss die Augen auf. »Das würden Sie tun?«

»Natürlich.« Die Frau hob lässig die Schultern, doch man sah ihr deutlich an, wie sehr sie sich in Mays Anerkennung sonnte. »Die Kinder liegen mir eben am Herzen.«

»Das merkt man Ihnen wirklich an. Ich danke Ihnen vielmals.«

Als Nächstes schaute May im Gemeindezentrum vorbei und schmierte dem Pfarrer so lange Honig um den Bart, bis auch er sich bereit erklärte, den Kindern, die am Nachmittag kamen, eine Einladung zu geben.

Anschließend klapperte May den Spielplatz ab und redete munter auf die Mütter ein, die dort auf den Bänken zusammengluckten. Als sie alle einen Zettel erhalten hatten, ging May zum Lorenzo's. Der Eiscafébesitzer war am schwersten zu überreden, aber May hatte mit eigenen Augen gesehen, wie gern er die Mädchen hatte, weshalb er letztlich doch zustimmte, ein paar Einladungen an die Nachmittagsgäste zu verteilen.

Leicht fiel es May nicht, auf die Menschen zuzugehen, weil sie so große Vorurteile ihr gegenüber hatten. Aber Cathy zuliebe schluckte sie ihren Stolz herunter und ließ ihren ganzen Charme spielen. Bis um zehn hatte sie fast alle Einladungen verteilt. Eine weitere steckte sie in den Briefkasten vom Nowhere, da Lauren noch nicht da war. Dann setzte sie sich in den Chief und fuhr zu Coles Eltern.

Von Nova hatte sie erfahren, wo Helen und Mortimer wohnten, und obwohl es May ein wenig davor graute, den beiden erneut gegenüberzutreten, war sie davon überzeugt, dass eine persönliche Einladung auf jeden Fall taktvoller war als ein schlichter Anruf.

Helen war sichtlich überrascht, als May spontan auf ihrer Türschwelle stand. »May? Ist alles in Ordnung? Geht es den Kindern gut?«

»Es ist alles bestens«, versicherte May ihr und war insgeheim erleichtert, dass Helen und nicht Coles Vater ihr die Tür aufgemacht hatte.

»Da bin ich froh. Möchtest du einen Kaffee trinken?«

»Leider habe ich nicht viel Zeit.« May hielt ihr einen der Zettel unter die Nase. »Ich bin nur kurz vorbeigekommen, weil ich euch offiziell zu Cathys Party einladen wollte.«

»Party?« Verunsichert musterte Helen das bunte Blatt. »Cole hat gesagt, es würden nur ein paar Leute kommen.«

»So ist es auch.« Wobei *ein paar* ja eher ein relativer Begriff war. »Ich wollte nur sichergehen, dass alles klappt.«

»Selbstverständlich. Wir haben die Mädchen schon so lange nicht gesehen.«

Auf einmal bekam May ein schlechtes Gewissen. Sie war nie auf die Idee gekommen, dass Coles Eltern die Kinder ebenfalls vermissen könnten. Dabei hatten sie ihnen beigestanden, als May unerreichbar gewesen war.

»Es tut mir leid, Helen. Ich...« Betreten ließ May das Blatt sinken. »Daran habe ich nicht gedacht.«

Helen lächelte. »Wir verstehen das. Ihr brauchet erst einmal Zeit für euch.«

»Trotzdem seid ihr jederzeit willkommen. Wenn ihr Cathy und Lilly sehen möchtet, müsst ihr es nur sagen.«

»Einverstanden«, erwiderte Helen und schien aufrichtig erfreut über das Angebot.

Nachdem das geklärt war, fuhr May zum Supermarkt und ackerte eine ellenlange Einkaufsliste durch. Da sie auf ihr Budget achten musste, würde sie selbst backen und Snacks und Salate machen. Das war zwar eine Heidenarbeit, aber wenn sie richtig plante, kriegte sie das hoffentlich hin.

Kapitel 18

May

»O mein Gott!«, rief Lauren aus, die Nova spontan begleitet hatte, um bei den Partyvorbereitungen zu helfen. Ihr Blick schweifte ungläubig über das Chaos in der Küche. »Wie viele Leute hast du denn eingeladen?«

»Einige«, erwiderte May und lächelte erschöpft. Sie hatte bis tief in die Nacht verschiedene Obst- und Rührkuchen gebacken, die sich nun auf unzähligen Tellern auf dem Esstisch verteilten. Dazu kamen große Schüsseln mit verschiedenen Salaten und Figuren aus Obst und Gemüse, an denen May seit dem Morgen bastelte. So niedlich diese Viecher auch aussahen, hatte das Zuschneiden doch wesentlich mehr Zeit in Anspruch genommen, als May kalkuliert hatte. Sie hatte noch nicht einmal angefangen, den Garten zu schmücken. Dabei war es schon nach zwölf, und die ersten Gäste kamen in zwei Stunden.

»Ich bin wirklich froh, dass ihr da seid«, sagte May und steckte den letzten Tomaten-Mozzarella-Spieß auf dem Rücken des Gurkenkrokodils fest.

»Oh, May! Das sieht toll aus«, sagte Nova. Sie trug ein hübsches geblümtes Kleid, das perfekt zu ihrer zarten Erscheinung passte. In den Händen hielt sie eine Box.

»Allerdings.« Lauren strich ihr feuerrotes Haar zurück und

beugte sich fasziniert über die Gemüsekonstruktion. »Woher kannst du so was?«

»Ich war mal Küchenhilfe in einem spanischen Hotel. Dort mussten wir jeden Abend solche Dinger fürs Büfett basteln.« Prüfend legte May den Kopf schief und befand, dass sie den Punkt *Verpflegung* damit endlich auf ihrer To-do-Liste abhaken konnte.

»Was ist mit den Getränken?«, fragte Lauren weiter und zwinkerte ihr zu. »Falls du noch was brauchst, kenne ich da eine äußerst hilfsbereite Barbesitzerin. Ich kann gern noch Nachschub besorgen, wenn etwas fehlt.«

May kicherte. »Das ist nett von dir. Aber ich denke, das wird nicht nötig sein. Ich habe Eistee und Fruchtbowle gemacht. Das sollte reichen.«

Lauren runzelte die Stirn. »Kein Sekt oder Wein?«

Darüber hatte May auch nachgedacht, sich allerdings dagegen entschieden. Immerhin hatte Julian an jenem verhängnisvollen Abend getrunken, und May wollte ihren Nichten gegenüber nicht taktlos sein, indem sie fröhlich Alkohol ausschenkte. Das wäre einfach total daneben gewesen. Egal, ob die Kinder die konkreten Hintergründe des Unfalls kannten oder nicht.

Ebenso wenig wusste May, wie viele Informationen Nova und Lauren besaßen. Da sie Rose und Julian keinesfalls in Verruf bringen wollte, schob sie den offensichtlichsten Grund vor. »Es gibt keinen Alkohol. Immerhin ist es ein Kindergeburtstag.«

Lauren schien erst ein wenig irritiert, zuckte aber letztlich nur mit den Schultern. »Deine Entscheidung.« Sie stibitzte eine Weintraube aus der Obstschale. »Und wie ist es heute Morgen mit dem Geburtstagskind gelaufen?«

Bei der Erinnerung an den furchtbaren Start in den Tag verzog May das Gesicht. »Nicht so gut.«

»War es sehr schlimm?«, hakte Nova besorgt nach.

»Ja, das kann man sagen.« Seufzend strich May sich eine Haarsträhne hinters Ohr. »Sie hat komplett dichtgemacht und wollte weder Kuchen noch Geschenke. Stattdessen hat sie darauf bestanden, gleich in die Schule zu fahren.«

»Auweia«, murmelte Lauren. »Das muss hart gewesen sein.«

»Für sie war es sicher bedeutend schlimmer als für mich«, erwiderte May und sammelte die Schnittreste ein. »Ich meine, es ist nicht toll, ihr emotionaler Punchingball zu sein. Aber mir ist klar, dass sie im Moment einfach nicht anders kann.«

»Sie meint es nicht persönlich«, sagte Nova sanft.

Nun, da war May sich nicht so sicher. Cole hätte sie wahrscheinlich nicht dermaßen kalt abgeschmettert. Aber ihn liebte sie ja auch.

»Die Party wird sie bestimmt aufmuntern.« Lauren bemühte sich, zuversichtlich zu klingen. »Und dich auch. Du wirst sehen, es wird ein Erfolg. Also lasst uns loslegen.«

Nova hielt die Box ein Stück höher. »Ich habe noch ein paar Papierfächer und Lampions im Lager gefunden.«

»Und in meinem Wagen sind noch Pappbecher, falls du keinen Bock hast, nachher die Glasscherben aus dem Rasen zu pflücken.«

Mays Laune hob sich ein wenig. »Ich danke euch.«

Lauren grinste. »Warte erst mal ab, bis wir mit dem Garten fertig sind.«

Draußen hatte May bereits die Papierblumen und Girlanden in einer großen Kiste bereitgestellt, die sie am Vortag gebastelt hatte, während Cathy und Lilly bei der Therapie gewesen waren.

»Irgendwo sind auch Luftballons«, sagte May und kramte in der Kiste.

»Darum kümmere ich mich.« Lauren streckte die Hand aus und grinste frech. »Im Blasen bin ich spitze.«

Ein überraschtes Lachen platzte aus May heraus. Sie schaute zu Nova. »Ich kann nicht glauben, dass sie das gerade wirklich gesagt hat.«

Schmunzelnd stellte Nova die Box ab. »Lauren trägt ihr Herz eben auf der Zunge.«

»Deswegen bin ich ja so beliebt«, meinte diese leichthin. Der Sarkasmus in ihrer Stimme war dennoch nicht zu überhören.

Stirnrunzelnd reichte May ihr die Ballontüte. »Macht dir das denn gar nichts aus?«

Lauren zuckte mit den Schultern und riss die Packung auf. »Wenn man in einer Stadt wie Goodville lebt, muss man damit klarkommen, dass es hin und wieder Getratsche gibt. Aber es ist mir immer noch lieber, von den Menschen dieser kleinen Welt wahrgenommen zu werden, als in der Anonymität der Großstadt unterzugehen.«

»Ich dachte, du bist hier aufgewachsen«, entgegnete May irritiert.

»Nach der Highschool war ich ein paar Jahre in New York. Aber das war nichts für mich.« Sie nahm einen blauen Ballon aus der Tüte. »Schätze, in meinem Herzen bin ich einfach ein Kleinstadtmädchen geblieben.«

»Stammst du auch von hier?«, erkundigte May sich bei Nova.

Diese schüttelte den Kopf. »Ich komme eigentlich aus Seattle und bin hergezogen, als es Granny immer schlechter ging.«

»Das muss eine ziemliche Umstellung gewesen sein«, bemerkte May und begann damit, die Girlande zu entwirren.

»Das war es«, erwiderte Nova lächelnd. Sie machte die Box auf und holte ein längliches Stück Pappe heraus. Mit einem routinierten Handgriff entfaltete sie einen hellblauen Lampion. »Granny hat niemanden mehr außer mir, und ich wollte sie nicht im Stich lassen.«

»Ja«, stimmte May ihr mitfühlend zu. »Mir ging es mit den Mädchen genauso.«

»Und ich konnte die Bar nicht hängen lassen«, warf Lauren ein und grinste. »Das verbindet uns. Also sollten wir wohl wirklich einen Club gründen.« Sie schmunzelte. »Unseren eigenen Ladies Club.«

»Wie bitte?«, fragte Nova irritiert.

May prustete los. »Du kriegst den Gedanken wohl nicht mehr aus dem Kopf, was?«

Belustigt zeigte Lauren auf May. »Es war deine Idee, und sie ist grandios.«

»Das war doch nur so dahingesagt.« May streckte sich und band eine Girlande an dem Stahlträger der Markise fest. Als sie fertig war, sah sie Lauren wieder an. »Ich glaube nicht, dass Goodville einen Ladies Club braucht, erst recht keinen, in dem ich Mitglied bin.«

»Das ist es ja gerade. Ich habe pausenlos darüber nachgedacht. Es gibt so vieles, das wir gemeinsam haben. Nicht nur unsere Bindung an diese Stadt.«

Interessiert hielt May inne. »Ach ja?«

»Ja!« Lauren pustete den Ballon auf. Sowie sie das Ende zugeknotet hatte, warf sie ihn in die Luft und schlug sachte mit der Hand dagegen, sodass er in Mays Richtung segelte. »Wir haben alle unser Päckchen zu tragen, sind selbstlos, lustig, klug, hübsch...«

May gluckste. »Vergiss nicht, unsere Bescheidenheit zu erwähnen.«

»Das auch«, erwiderte Lauren unbeirrt. »Aber nicht zuletzt sind wir alle Außenseiterinnen.«

Entgeistert schüttelte May den Kopf. »Du bist ja verrückt. Ihr seid doch keine Außenseiterinnen.«

»Aber besonders beliebt sind wir auch nicht«, wiegelte Lauren ab und nickte Nova auffordernd zu. »Sag es ihr.«

Nova, die weiter kunterbunte Lampions auseinandergefaltet hatte, zuckte mit den Schultern. »Lauren hat schon recht.«

Bitte was? Bei einer selbstbewussten, bildschönen Barbesitzerin war eine gewisse Feindseligkeit der weiblichen Anwohner ja noch nachvollziehbar. Aber Nova war sanftmütig und freundlich. Wie konnte man sie *nicht* mögen?

»Ich bin zeitlich recht eingespannt«, erklärte Nova und griff ein weiteres Mal in den Karton. »Wenn ich nicht bei Granny bin, dann bin ich im Laden und umgekehrt. Da bleibt einfach nicht viel Zeit, sich groß in der Gemeinde zu engagieren.«

»Und das sieht die erlauchte Gesellschaft natürlich gar nicht gern«, fügte Lauren hinzu und verdrehte die Augen.

Das wiederum glaubte May sofort. Gedankenverloren band sie das andere Ende der Girlande fest, bevor sie die nächste aus dem Karton zog.

»Also?«, fragte Lauren, während sie sich damit abmühte, einen aufgeblasenen Ballon zu verknoten. »Ziehen wir es durch?«

»Mir ist immer noch nicht ganz klar, wozu ein Ladies Club überhaupt gut sein soll«, wandte May ein. »Wir sind doch schon Freunde. Würde eine WhatsApp-Gruppe nicht genügen?«

»Klar sind wir Freunde.« Die Selbstverständlichkeit in Laurens Ton wärmte Mays Herz. »Aber ich rede nicht bloß davon, einander lustige digitale Bildchen zu schicken, sondern von einer richtigen Gemeinschaft.«

»Wie in einem Buchclub?«, fragte May schmunzelnd.

»Himmel, nein!« Entgeistert schüttelte Lauren den Kopf. »Lesen ist echt nicht mein Ding. Davon abgesehen habe ich überhaupt keine Zeit dafür, mir das Hirn von einer Schnulze vernebeln zu lassen und mich anschließend stundenlang darüber auszukotzen, wie dämlich die Protagonistin ist, weil sie ewig braucht, um zu checken, dass ihr bester Freund der Prinz auf dem weißen Gaul ist.«

May brach in Gelächter aus. »Du bist ja eine richtige Romantikerin.«

»Total«, stimmte Lauren ihr grinsend zu und wurde dann wieder ernst. »In einem Ladies Club könnten wir offiziell füreinander einstehen. Wir wären keine Einzelkämpferinnen mehr, sondern ein Team.«

»So eine Gemeinschaft hat schon Vorteile«, meinte Nova. »Ich habe mal einen Artikel darüber gelesen. Wir könnten uns gegenseitig unterstützen. Beruflich wie privat. Und wir könnten uns regelmäßig treffen und uns austauschen.«

Lauren nickte eifrig. »Wenn wir einen Clubraum hätten, gäbe es einen Ort, der nur uns gehört.«

Gott! Das klang tatsächlich ziemlich verführerisch.

»Vielleicht möchten auch andere Frauen mitmachen«, sagte Lauren. »Und wer weiß? Möglicherweise hat eine von ihnen Kontakte und kann dir einen guten Job besorgen.«

Mays Augen wurden groß. »Bin dabei!«

Lauren blinzelte. »Echt jetzt?«

»Klar.« May grinste. »Ich würde alles tun, damit ich hier eine Arbeit finde. Außerdem finde ich eure Argumente äußerst plausibel.«

»Also tun wir es wirklich?«, fragte Lauren aufgeregt.

Nova nickte zaghaft. »Wir könnten es zumindest versuchen.«

Erfreut stieß Lauren einen Jubelschrei aus. »Ihr werdet sehen, das wird der absolute Hammer!«

May und Nova lachten angesichts ihrer Begeisterung.

»Hast du noch Bindfaden?«, fragte Nova, die mittlerweile sämtliche Lampions aufgefaltet und auf dem Tisch aufgereiht hatte. Sie schaute sich im Garten um. »Dann könnte ich ein paar davon an den Bäumen aufhängen.«

»Schau mal im Arbeitszimmer nach«, erwiderte May und befestigte eine Papiergirlande an der Hauswand. »Dort steht ein Karton auf dem Boden. Da müsste noch eine Schnur drin sein.«

Nova verschwand im Haus, während May und Lauren in einträchtiger Stille weiterdekorierten.

»Wir brauchen natürlich noch einen coolen Namen«, meinte Lauren unvermittelt.

May runzelte die Stirn. »Ist Ladies Club nicht ausreichend?«

»Natürlich nicht«, erwiderte Lauren entrüstet. »Wir brauchen etwas, das die alten Spießer aus ihren karierten Designersöckchen haut.« Mit geschürzten Lippen betrachtete sie die aufgeblasenen Ballons zu ihren Füßen. Dann grinste sie. »Wie wäre es mit *Power Puffs*.«

Lachend schüttelte May den Kopf. »Ich fürchte, dass könnte missverstanden werden.«

»Stimmt.« Lauren seufzte. »Dann sind *Slick Chicks* und *Femmes fatales* wohl auch raus, was?«

May kicherte. »Allerdings.«

Lauren wischte sich eine rote Haarsträhne aus der Stirn. »Gar nicht so einfach.«

»Wir finden schon etwas«, sagte May.

Nova kehrte zurück. In der Hand hielt sie allerdings nicht den gesuchten Faden, sondern eine von Mays Skulpturen.

»Krass«, rief Lauren, als sie die Figur einer tanzenden Frau erblickte. Die Basis bildete ein Holzscheit, in den May filigrane Muster geschnitzt hatte. Anschließend hatte sie den Sockel geschliffen und geölt, sodass er nun ebenmäßig glänzte. Der Körper der Tänzerin war aus Drähten gebaut, an denen May glitzernde Kristalle befestigt hatte. Der größte Citrin, den May bisher am Willow Creek gefunden hatte, funkelte im Inneren der Skulptur als Symbol für ihr Herz.

Aufgeregt sah Nova sie an. »Hast du das gemacht?«

»Hmm«, nuschelte May. Erneut plagte sie ihr schlechtes Gewissen. Sie hatte sich komplett in der Arbeit an den Drahtgebilden verloren und die Leere in ihrem Kopf dankbar willkommen geheißen, weshalb sie das Datum und damit Cathys Geburtstag völlig vergessen hatte.

Behutsam stellte Nova die Statue auf den Tisch und betrachtete sie nachdenklich.

Lauren tippte mit der Fingerspitze dagegen. »Das Teil sieht unglaublich aus.«

Verlegen zuckte May mit den Schultern. »Mir war langweilig, und ich brauchte etwas Ablenkung.«

»Also hängst du nicht daran?«, fragte Nova, ohne sie anzusehen.

»Nein, nicht wirklich.«

»Was ist mit den anderen Figuren?«, hakte Nova weiter nach.

Lauren fuhr herum. »Es gibt noch mehr davon?«

»Noch drei«, antwortete Nova anstelle von May und sah sie an. »Sind sie verkäuflich?«

May blinzelte. »Wie meinst du das?«

Lächelnd deutete Nova auf die Statue. »Ich könnte sie in meinem Laden ausstellen. Vielleicht haben die Touristen Interesse daran.«

»Meinst du wirklich?«, fragte May überrascht.

»Machst du Witze?«, rief Lauren aus. »Die Leute werden total darauf abfahren. Guckt doch nur, wie die Kristalle das Sonnenlicht brechen. Das sieht fantastisch aus.«

»Ich kann dir natürlich nichts versprechen«, bremste Nova die Euphorie ihrer Freundin. »Aber wir können es zumindest versuchen.«

Mit einer Mischung aus Schock und Freude lachte May auf. »Klar, versuchen wir es. Danke, Nova.«

»Dank mir erst, wenn es was gebracht hat«, versetzte Nova lächelnd.

»Seht ihr!« Triumphierend hob Lauren die Hände zum High Five. »Noch keine zehn Minuten, und schon hat unser Club einen Erfolg zu verbuchen. Wenn das kein Grund zum Feiern ist.«

Lachend schlugen May und Nova ein, ehe sie den Garten fertig schmückten. Obwohl sie sich angeregt unterhielten, kamen sie schnell voran, sodass rechtzeitig zum Beginn der Party alles fertig war. Bunte Lampions, Luftballons und Girlanden waren überall im Garten verteilt und wehten in der Sommerbrise. In der Garage hatte Lauren einen Plastikpool gefunden, den sie spontan aufgebaut und mit erfrischendem Wasser befüllt hatten. Auf dem großen Esstisch, der inzwischen draußen unter der Markise stand, hatten May und Nova das Büfett aufgebaut. Derweil war Lauren noch einmal ins Nowhere gefahren und hatte weiteres Geschirr und Eis geholt, damit die Speisen die Hitze überstanden. In der Ecke erklang aus einer veralteten Stereoanlage leise Popmusik.

Pünktlich um zwei läutete es an der Tür.

»Da kommen die Gäste.« Aufgeregt rieb May die verschwitzten Hände aneinander und sah ihre neuen Freundinnen hoffnungsvoll an.

»Wird schon alles gut gehen«, versicherte Lauren ihr und prostete ihr mit einem Becher Bowle zu.

May nickte und ging, um die Tür zu öffnen. Auch vor dem Haus hingen ein paar Luftballons am Zaun und in den Bäumen.

Coles Eltern standen mit einem riesigen Paket auf der Veranda. Helen lächelte, Mortimer blickte grimmig drein. Nichtsdestotrotz reichte er May die Hand zur Begrüßung.

May bat die beiden herein, und sie schauten sich staunend in dem kunterbunten Garten um.

»Wunderschön«, befand Helen und ließ sich von Nova einen Becher gekühlter Bowle reichen.

Chester war inzwischen ebenfalls erschienen und hatte sich auf einen Stuhl im Schatten gesetzt. Wie üblich kauerte Hund zu seinen Füßen, sprang aber auf, sobald er die Neuankömmlinge entdeckte.

»Sind die Mädchen noch gar nicht da?«, fragte Helen erstaunt.

»Ich hole sie etwas später ab, damit alle Gäste da sind, wenn wir zurück sind«, erklärte May und lauschte angestrengt.

Eigentlich hätten längst die nächsten Gäste eintreffen sollen. Immerhin hatte May alle dreihundert Einladungen verteilt. Wenigstens ein paar sollten doch pünktlich sein, oder nicht?

Die Baxters setzten sich zu Chester in den Schatten und vertieften sich in ein Gespräch, während May ins Haus zurückging und hinter der Eingangstür Stellung bezog. Angespannt spähte sie aus dem Fenster. Doch die Straße war menschenleer. Niemand war zu sehen.

Wo blieben die nur alle?

Ein ungutes Gefühl überkam May. Als sie die Einladungen verteilt hatte, waren die Leute verhalten gewesen. Aber schlussendlich hatten wenigstens fünfzig Leute zugesagt. Hatten sie ihr etwa dreist ins Gesicht gelogen?

O Gott! Was, wenn sie Cathy allesamt versetzten?

Das Mädchen wusste natürlich nichts von der Überraschungsparty, aber wenn sie es herausfand, wäre sie noch unglücklicher als ohnehin schon. Sie würde May die Schuld für dieses Desaster geben. Und damit hätte sie sogar recht.

Vor Angst schnürte es May die Kehle zu. Sie starrte auf die Straße und hoffte inständig, dass sie sich irrte und dass jeden Moment ein ganzer Pulk von Leuten die Einfahrt hinaufmarschierte. Aber nichts geschah.

»May?«

May wirbelte herum und erblickte Lauren und Nova, die sie besorgt musterten.

»Alles in Ordnung?«, fragte Nova.

May lächelte zaghaft. Sie merkte, wie ihr die Tränen in die Augen stiegen. »Ich glaube, es wird niemand mehr kommen.«

Lauren fluchte. »Dieser blöde Sturkopf.«

Sofort wurde May hellhörig. »Wen meinst du?«

Als Nova und Lauren einen schuldbewussten Blick tauschten, schnappte May nach Luft. Ihr Herz begann zu hämmern. »Cole steckt dahinter, nicht wahr? Er hat den Leuten gesagt, dass sie meine Einladung ignorieren sollen.«

Lauren schnitt eine Grimasse, widersprach aber nicht.

Fassungslos sah May die beiden an. »Und ihr habt das die ganze Zeit gewusst?«

»Es tut mir leid, May«, sagte Nova leise. Reue schimmerte

in ihren großen braunen Augen. »Wir dachten nicht, dass er so weit gehen und Cathys Geburtstagsparty ruinieren würde.«

Lauren seufzte. »Ich schwöre dir, ich habe keine Ahnung, was zurzeit mit ihm los ist. So ist er normalerweise nicht.«

May kniff die Augen zusammen. »Was hat er sich sonst noch einfallen lassen?«

Lauren presste die Lippen zusammen.

Ein Beben ging durch Mays Körper, und sie ballte vor Wut die Fäuste. »Sagt es mir!«

Nova schluckte. »Er hat die Leute gebeten, dir die kalte Schulter zu zeigen, damit du dich gar nicht erst einlebst«, gestand sie und holte tief Luft, bevor sie die nächste Bombe platzen ließ. »Und er hat dafür gesorgt, dass du hier keinen Job findest und womöglich sesshaft wirst.«

Wie vom Donner gerührt schaute May die beiden an. »Das ist ein Scherz, oder?«

Beschwichtigend hob Lauren die Hände und trat langsam auf sie zu. »Er hat es wegen der Kinder getan, May. Er will sie einfach nicht verlieren und ...«

»Das reicht!«, unterbrach May sie scharf, schob sich an den Frauen vorbei und marschierte in ihr Zimmer. Während sie mit zitternden Händen seinen Namen in ihrem Telefonbuch suchte, rang sie verzweifelt um Fassung. Andererseits, warum sollte sie sich länger beherrschen, wenn sie sowieso andauernd zum Scheitern verurteilt war. Da konnte sie ebenso gut die Sau rauslassen.

Kapitel 19

Cole

Genervt drückte Cole den Anruf weg und warf das Telefon auf seinen Schreibtisch. Er konnte einfach nicht glauben, dass der Inhaber der Malerfirma jetzt auch noch anfing rumzuzicken und einen besseren Preis für sich raushandeln wollte. Cole hatte ihn vertröstet. Ebenso wie den Trockenbauer und den Fliesenleger. Nun hatte er bis Ende nächster Woche Zeit, Ersatzleute zu finden, oder er musste in den sauren Apfel beißen und die höheren Kosten zahlen. Andernfalls verzögerte sich der Bau des Hotels um weitere Wochen, und das würden die Investoren keinesfalls billigen.

Wahrscheinlich wäre es das Klügste, sich ins Auto zu setzen und neue Handwerker aufzutreiben. Das Problem war nur, dass Cole dafür keine Zeit hatte. Cathy würde es ihm nie verzeihen, wenn er sie ausgerechnet an ihrem Geburtstag versetzte.

Das Display leuchtete auf. Angespannt lehnte Cole sich nach vorn und verzog das Gesicht, als er sah, dass Ashlyn schon wieder anrief. Es war bereits ihr sechster Versuch seit gestern Abend, aber da Cole nach den ätzenden morgendlichen Verhandlungen absolut keine Nerven hatte, sich von der selbst ernannten First Lady der Stadt vollquasseln zu lassen, ignorierte er sie. Er verstand sowieso nicht, wieso sie so einen Affentanz um das Gründerfest veranstaltete. Immerhin hatten sie noch massig Zeit für die Vorbereitungen.

Das Display wurde wieder schwarz. Cole wollte gerade den Anruf entfernen, da bemerkte er, dass er weitere Nachrichten bekommen hatte. Stirnrunzelnd ging er die Liste durch. Es waren einige Anrufe von fremden Rufnummern dabei, aber auch Freunde und Bewohner der Stadt.

Das war an sich nichts Ungewöhnliches. Auch gestern Abend waren vereinzelte Anrufe bei ihm eingegangen, die Cole jedoch allesamt unbeantwortet gelassen hatte, da er annahm, dass es sowieso bloß um das Gründerfest ging. Allerdings waren es sehr viele Anrufe in so kurzer Zeit, und er wurde stutzig.

Was zum Teufel war hier eigentlich los?

Verwirrt öffnete er den Posteingang und riss die Augen auf, als er die Fülle an ungeöffneten Textnachrichten sah. Alle schienen den gleichen Inhalt zu haben: *Was ist mit Cathys Überraschungsparty?*

»Ach du Scheiße«, murmelte Cole, während er versuchte zu kapieren, wieso ihn unzählige Leute quasi um Erlaubnis baten, sich auf der Party blicken zu lassen, weil Cathy ja nun auch nichts für die Umstände könne und schon genug durchgemacht habe.

Ein weiteres Mal leuchtete das Display auf. Diesmal kam der Anruf von May.

»May?«, sagte Cole anstelle einer Begrüßung. »Hast du etwa die halbe Stadt eingeladen?«

»Die ganze«, lautete ihre schlichte Antwort.

Grundgütiger!

»Es ist niemand hier bis auf Nova, Lauren und deine Eltern«, fuhr sie fort. Die Wut strömte in Wellen von ihr ab. Das konnte

Cole sogar durch das Telefon spüren. »Du hast exakt eine Stunde Zeit, den Leuten zu sagen, dass sie herkommen sollen, oder Cathy wird erfahren, dass du allein für ihre versaute Feier ohne Freunde verantwortlich bist. Ich hole jetzt die Mädchen ab, und wenn wir um vier zurück sind, erwarte ich gut gelaunte Gäste. Hast du mich verstanden?«

Cole wollte etwas erwidern. Aber er war so schockiert von ihrem eisigen Tonfall, dass er kein Wort herausbrachte.

»Ob du mich verstanden hast?«, fauchte sie.

»Ja, klar«, stammelte er. »Ich kümmere mich um alles.«

Sie lachte hart auf. »Natürlich.«

Betreten rieb Cole sich über das Gesicht. »May, ich …«

»Lass es!«

Sie hatte aufgelegt, bevor er noch etwas sagen konnte.

Cole stieß einen deftigen Fluch aus. Dann rief er sofort Ashlyn zurück. Diese zeterte geschlagene fünf Minuten, ehe Cole ihr endlich mitteilen konnte, dass sie unbedingt zur Party kommen und allen Bescheid sagen müsse.

Sie stieß ein gellendes Lachen aus. »Wie stellst du dir das vor, Cole? Die Party hat vor zehn Minuten begonnen.«

»Ich weiß, Ashlyn. Das war mein Fehler. Ich hatte bis eben keine Ahnung, dass May euch alle eingeladen hat.«

»Nun, dann würde ich dir raten, in Zukunft öfter deine Anrufe entgegenzunehmen.«

Cole verdrehte die Augen. Er hasste es, vor Ashlyn zu Kreuze zu kriechen. Aber leider saß sie am längeren Hebel, da sie Mitglied in sämtlichen lokalen Chatgruppen war. Sie erreichte viel schneller die richtigen Leute, wohingegen er jeden einzeln anrufen müsste. »Du hast natürlich recht. Also kann ich auf dich zählen?«

Sie ließ ihn absichtlich schmoren. Vermutlich hatte er das verdient. Aber die Einzige, die das Recht dazu hatte, ihm die Hölle heißzumachen, war May.

»Ich bräuchte noch freiwillige Junggesellen für den Kussstand«, meinte Ashlyn schließlich vielsagend. »Du wärst sicher eine große Bereicherung.«

Cole biss die Zähne zusammen.

»Eine Hand wäscht die andere, Cole«, fuhr Ashlyn fort, als er nichts sagte. »Wenn du dabei bist, sorge ich dafür, dass Cathy gleich den Empfang erhält, der ihr gebührt.«

Resigniert schloss Cole die Augen. »Also schön, von mir aus. Ich mache diesen Zirkus eine halbe Stunde mit. Nicht länger.«

»Wunderbar«, trällerte sie und legte auf, um ihre Hotlines zu aktivieren.

In der Zwischenzeit rief Cole die Eltern von Cathys Team an und bat sie vorbeizuschauen. Die meisten waren erleichtert und versprachen, sich bald auf den Weg zu machen.

Während der nächsten Stunde redete Cole sich praktisch den Mund fusselig, ehe er selbst losfuhr und die Eistorte abholte. Als er kurz vor vier Uhr am Haus der Avens eintraf, stand die Tür sperrangelweit offen.

Eilig ging Cole hinein und stellte erleichtert fest, dass schon einige Kinder mit ihren Eltern eingetroffen waren. Sie standen in dem hübsch geschmückten Garten zusammen, tranken Eistee und unterhielten sich angeregt. Ein paar Kinder spielten Fangen.

Coles Eltern waren im Schatten der Markise in ein Gespräch mit Bekannten vertieft. Das Büfett war kunterbunt, aber die lustigen Tierfiguren aus Obst und Gemüse stachen besonders hervor. So liebevoll, wie sie arrangiert waren, trugen sie eindeutig Mays Handschrift. Sie musste Stunden dafür gebraucht haben.

Lauren kam ihm entgegen. Zornerfüllt funkelte sie ihn an und bohrte ihm ihren Zeigefinger in die Brust. »Diesmal bist du eindeutig zu weit gegangen, Cole.«

»Ich habe nicht gewusst, was sie vorhat, okay?«, entgegnete er, doch selbst in seinen Ohren hörte sich diese Ausrede absolut lahm an.

Hinter ihm schnappte jemand geräuschvoll nach Luft.

Lauren gab augenblicklich ihre kämpferische Haltung auf und lächelte breit, woraufhin Cole sich umdrehte.

Mit offenem Mund stand Cathy da und ließ den Blick über die Leute, den bunten Garten und das Büfett schweifen. Dann bemerkte sie den hohen Karton in seiner Hand. Ihre Augen glänzten, weil sie wusste, was sich darin befand.

Cole lächelte angespannt. »Happy Birthday, Kitty-Cat.«

»Herzlichen Glückwunsch zum Geburtstag, Cathy«, stimmten die anderen im Chor mit ein.

Cathy stieß eine Mischung aus einem Lachen und einem Schluchzen aus, ehe sie auf ihn zutaumelte.

Schnell nahm Lauren ihm den Karton ab, und Cole umarmte sie.

Cathy drückte sich fest an ihn, und er spürte, wie sie zitterte.

»Zu viel?«, fragte er besorgt, weil er Angst hatte, sie zu überfordern.

Sein Blick begegnete dem von May, die hinter ihr stand. Sie wirkte abgekämpft. Ihre Mundwinkel hoben sich jedoch, als Cathy schniefend den Kopf schüttelte.

»Genau richtig«, krächzte sie und strahlte ihn mit tränennassen Augen an. »Danke, dass du das für mich gemacht hast.«

Cole versteifte sich. »Hör mal, Kleines, ich ...«

»Da ist ja unser Geburtstagskind!«, rief niemand Geringeres

als Ashlyn aus und schob sich durch die Menschentraube. Sie breitete die Arme aus. »Komm her, Liebes!«

Zögerlich trat Cathy auf sie zu und ließ sich von ihr und den anderen beglückwünschen.

Als Cole wieder in Mays Richtung sah, war sie verschwunden. Suchend schaute er sich um.

»Sie ist in der Küche«, sagte Lauren, gab ihm den Karton und machte auf dem Absatz kehrt.

Cole atmete tief durch und bahnte sich einen Weg durch die Menge. Weitere Gäste trafen ein. Sie hatten Salate und kleine Geschenke dabei.

Nova begrüßte sie freundlich und zeigte ihnen, wohin sie die Sachen stellen sollten.

»Vorsicht!«, sagte Cole und balancierte die Torte an ein paar Gästen vorbei ins Haus. May war gerade dabei, Orangen in feine Scheiben zu schneiden.

»Hey.« Cole verstaute die Eistorte im Gefrierfach. Dann drehte er sich zu May um. »Ich werde das mit Cathy klären.«

Wortlos tat May die Scheiben in drei Glaskrüge, die schon mit Eiswürfeln und Tee gefüllt waren.

»Ich hätte es sofort getan, wenn Ashlyn mir nicht dazwischengefunkt hätte«, setzte er nach.

»Lass es gut sein. Hauptsache, sie freut sich.«

»Was?« Er lachte irritiert auf. »Aber *du* hast diese Party geplant und vorbereitet. Cathy sollte das wissen. Alles andere wäre einfach falsch.«

»Falsch?« Sie hob den Kopf, und Cole wäre beinahe zusammengezuckt, als er ihrem kalten Blick begegnete. Diesmal hielt sie nichts zurück, sondern ließ ihn spüren, wie wütend und enttäuscht sie war. »Ich werde dir sagen, was falsch ist, Cole. Es ist falsch, andere nach ihrem Äußeren zu beurteilen oder nach dem, was man irgendwann einmal über sie gehört hat. Es ist falsch, Fremden gegenüber selbstgefällig und herablassend zu sein, obwohl sie einem nichts getan haben. Es ist falsch, eine ganze Stadt aufzuhetzen, nur um seinen Willen durchzusetzen.« Mit eisiger Miene musterte sie ihn von Kopf bis Fuß. »Aber weißt du, was? Du bist nicht das erste Arschloch, mit dem ich fertiggeworden bin. All dein Hass und deine Feindseligkeit, deine Lügen und Intrigen werden dir nichts nützen. Sie werden dir nicht den Schmerz nehmen, und sie werden mich auch nicht vergraulen. Dazu bist du mir einfach nicht wichtig genug.«

»May?«, rief Nova von draußen.

Sofort presste May die Lippen zusammen. Kaum hatte sie sich abgewandt, kam Nova herein. »Hast du irgendwo noch einen Servierteller?«

May drehte sich um und durchwühlte den Schrank, bis sie etwas Geeignetes gefunden hatte. »Reicht das?«

»Perfekt.« Nova nahm den Teller entgegen, bevor ihr Blick auf ihn fiel. Ein alarmierter Ausdruck trat in ihre Augen.

Wow! Offensichtlich sah er gerade genauso beschissen aus, wie er sich nach Mays Vortrag fühlte. Als hätte sie ihm mit jedem Wort aufs Neue das Obstmesser in die Brust gerammt.

Unsicher schaute Nova zu May. »Entschuldigung. Ich wollte nicht stören.«

»Das hast du nicht«, erwiderte sie und schnappte sich zwei Krüge. »Es ist alles gesagt.«

Cole hätte ihr gern widersprochen. Allerdings wusste er beim besten Willen nicht, was er zu seiner Verteidigung hätte vorbringen können.

Kapitel 20

May

Die Party wurde ein Erfolg, was May nach dem aufwühlenden Morgen und dem noch schlimmeren Nachmittag nicht für möglich gehalten hätte. Aber wie durch ein Wunder lief alles glatt.

Es gab nur zwei aufgeschlagene Knie, eine blutende Nase und drei zerbrochene Teller. Natürlich wurde die Partydekoration kritisch beäugt, und auch das Büfett schien bei einigen Damen lediglich ein Naserümpfen auszulösen. Aber immerhin behielten die arroganten Tussis ihre Kommentare für sich, wenn die Kinder in der Nähe waren.

Wie May gehofft hatte, waren die Mädchen pausenlos umringt von Freunden und Bekannten, die sie immer wieder neckten und umarmten und damit von ihrer Traurigkeit ablenkten. Cathy wurde mit Geschenkgutscheinen und Bargeld überschüttet – wahrscheinlich weil die Leute keine Zeit mehr gehabt hatten, kurzfristig ein richtiges Geschenk zu besorgen.

Als es langsam dämmerte, verabschiedeten sich die ersten Gäste. Um zehn Uhr waren die meisten gegangen und nur noch der harte Kern übrig.

Helen und Mortimer saßen mit Chester und den Mädchen am Esstisch, während May, Lauren, Nova und Cole das schmutzige Geschirr in die Küche trugen.

»Verdammt«, brummte Cole plötzlich.

»Was ist los?«, fragte Lauren, die die Spülmaschine einräumte. Zum ersten Mal seit ihrer Auseinandersetzung sah May ihn wieder an.

Er stand vor dem Kühlschrank, die Hände in die Hüften gestemmt. Sein Blick lag auf May. »Wir haben die Eistorte vergessen.«

»Oh!« Obwohl May hundemüde war und auch die Mädchen dringend ins Bett mussten, nickte sie ihm zu. »Dann essen wir sie jetzt.«

»Wirklich?«, fragte er zögernd. Dabei war ihm anzumerken, wie viel es ihm bedeutete.

Eigentlich war May fest entschlossen gewesen, ihm von nun an die kalte Schulter zu zeigen. Aber egal, wie idiotisch er sich verhielt, sie schaffte es einfach nicht. Ständig funkte ihr ihr blödes Herz dazwischen, das zu allem Überfluss immer heftiger schlug, je länger sie einander ansahen.

Coles Kehlkopf hüpfte, als müsse er einen fetten Kloß im Hals herunterschlucken. Seine grünen Augen schimmerten vor Dankbarkeit – und Reue.

»Ich hole die Teller«, sagte Lauren und klappte geräuschvoll den Geschirrspüler zu.

May ging hinaus und half Nova, die Reste vom Büfett zusammenzuräumen.

Kurze Zeit später kamen Cole und Lauren. Sie stellten eine wunderschöne Eistorte aus Vanille- und Erdbeereis, dekoriert mit verschiedenen Beeren, in die Mitte des Tisches.

Wieder sah Cathy mit glänzenden Augen zu Cole auf. »Danke.«

Mit einem betrübten Lächeln zerzauste er ihr die Haare. »Dank nicht mir, Kitty-Cat. May hat das alles für dich organisiert.«

Dass Cole sich plötzlich vor May stellte, war so ungewohnt, dass sie gar nicht damit umgehen konnte. »Nova und Lauren haben auch geholfen.«

»Nur beim Schmücken«, stellte Lauren klar und ließ sich auf den Stuhl neben Chester fallen.

Es war Cathy anzumerken, dass sie bis eben felsenfest von Mays mangelnder Beteiligung an der Partyvorbereitung überzeugt gewesen war und dass es ihr nicht leichtfiel, etwas zu erwidern. Dennoch nuschelte sie ein Dankeschön, dann nahm sie ein Messer und schnitt die Torte an.

Innerlich seufzte May auf. Wenigstens schien Lilly nicht sonderlich überrascht zu sein. Sie lächelte wissend und streichelte Hund, der es sich auf ihrem Schoß gemütlich gemacht hatte, über das seidige Fell.

Helen winkte Nova und May heran. »Setzt euch zu uns.«

Im Nullkommanichts aßen sie die Eistorte auf, während sie entspannt über die Party und das anstehende Gründerfest plauderten. Eine halbe Stunde später konnte Lilly kaum noch die Augen offen halten, weshalb sich auch die restlichen Gäste auf den Weg machten.

»Es war wirklich schön, May«, sagte Helen, und Mortimer nickte zustimmend. Cole und Cathy begleiteten sie hinaus.

May wollte gerade die Teller abräumen, als Lilly ihr die Arme entgegenstreckte. Vor Schock hätte May fast das Geschirr fallen lassen. Hastig stellte sie es beiseite und hob ihre kleine Nichte hoch, die sich sofort an ihren Hals kuschelte.

Tränen der Rührung schossen May in die Augen. Auch Nova fasste sich ergriffen ans Herz. Chester ging grinsend davon.

»Ich gebe ihr zwei Minuten«, meinte Lauren belustigt und nahm die Teller.

Gemeinsam gingen sie ins Haus.

»Bist du sicher, dass wir nicht noch mit aufräumen sollen?«, fragte Nova und sah sich stirnrunzelnd in der Küche um. Es war immer noch das reinste Schlachtfeld.

Dankbar schüttelte May den Kopf. »Ich muss dringend die Mädchen ins Bett bringen, und ihr habt schon genug getan. Den Rest schaffe ich auch allein.«

May begleitete die Frauen und Cole zur Tür, wo Cathy sich mit einer Umarmung von ihnen verabschiedete.

Als die drei gegangen waren, trug May ihre Nichte nach oben. Da Lilly inzwischen vor Erschöpfung eingeschlafen war, zog May ihr nur die Sandalen aus und legte sie in Cathys Bett.

Die Klospülung rauschte. Kurz darauf tappte Cathy ins Zimmer und schlüpfte unter das Laken.

Lächelnd steckte May die Decke um sie fest. »Träum was Schönes.«

Cathy zögerte. »May?«

»Ja?«

Sie nestelte an der Bettdecke herum. »Ich würde jetzt doch gern dein Geschenk sehen.«

»Natürlich.« May stand auf und holte das kleine Päckchen, das seit dem Morgen unangetastet auf Cathys Schreibtisch gelegen hatte.

Cathy setzte sich auf und wickelte vorsichtig das Papier ab, während May sich auf der Bettkante niederließ und gespannt ihre Reaktion verfolgte.

Zunächst runzelte Cathy die Stirn und begutachtete das alte, abgegriffene Buch. Die Seiten waren vergilbt und ein bisschen speckig, weil sie so oft umgeblättert worden waren. *Märchen aus aller Welt* stand in vergoldeten Lettern auf dem Leineneinband.

»Deine Mom hat mir immer daraus vorgelesen, als wir noch klein waren«, sagte May und verdrängte den Schmerz, der sie zu überrollen drohte. Sie räusperte sich. »Es war unser Lieblingsbuch.«

Cathy biss sich auf die Unterlippe und schlug es vorsichtig auf. Auf die erste Seite hatte Rose mit kindlicher Handschrift *Eigentum von Rose June Cambell* geschrieben. Darunter stand in Krakelschrift: *und Violet*. Das hatte May ergänzt, sobald sie ihren Namen schreiben konnte.

Andächtig strich Cathy über die verblassten Buchstaben. »Glaubst du, Mommy hätte uns irgendwann auch daraus vorgelesen?«

»Das hätte sie. Sie hat die Märchen geliebt, besonders den *Froschkönig*.«

Cathy lächelte traurig. »Den mag ich auch am liebsten.«

»Weil die Prinzessin so gern Ball spielt wie du?«

»Nee.« Cathy grinste verschmitzt. »Weil die Prinzessin den Frosch an die Wand klatscht.«

May lachte leise. »Stimmt. Das habe ich ganz vergessen.«

»Ich mag die Version lieber als die mit dem Geknutsche.«

Verschwörerisch lehnte May sich vor. »Ich auch.«

Cathys Lächeln verblasste ein wenig. Sie drückte das Buch fest an sich. »Danke, May.«

»Gern geschehen.« Kurz hielt May inne in der Hoffnung, Cathy würde sie vielleicht umarmen. Doch sie bewegte sich nicht, und so gern May ihre Nichte auch an sich gedrückt hätte, hielt sie sich zurück. »Es ist schon spät. Du solltest jetzt schlafen.«

»Liest du mir noch etwas vor?«

Die Frage überrumpelte May dermaßen, dass sie zunächst kein Wort herausbrachte.

Cathys Unterlippe begann zu zittern. »Du klingst manchmal wie Mom, weißt du?«, wisperte sie und schlug die Augen nieder, um ihre Tränen zu verbergen. »Aber dann auch wieder nicht.«

Sanft strich May ihr übers Haar – ob sie wollte oder nicht. »Natürlich lese ich dir etwas vor.«

Cathy blinzelte ihre Tränen weg und reichte ihr das Buch, ehe sie sich tiefer ins Kissen kuschelte.

Leise, damit Lilly nicht wach wurde, las May das Märchen vom *Froschkönig* vor. Ihre Augen brannten vor Erschöpfung und ungeweinten Tränen, und obwohl Cathy ab der Mitte wegdämmerte, las May das Märchen zu Ende. Als sie schließlich nach unten schlich, hockte Hund vor seinem Fressnapf und fraß Trockenfutter.

Die Küche war blitzeblank.

Verblüfft sah May sich um, konnte jedoch niemanden entdecken. Dann bemerkte sie den Zettel. Ihr Puls beschleunigte sich, als sie die Zeilen las. Sie waren schlicht, aber verfehlten ihre Wirkung nicht.

Es tut mir leid.
Cole

★★★

Als May am Samstagmorgen erwachte, schien die Sonne wie üblich durch die Jalousien. Aber sie war viel zu hell. Erschrocken fuhr May hoch, griff nach ihrem Handy und fand ihre schlimmste Befürchtung bestätigt: Es war bereits nach zehn. Seit ihrer Ankunft in Goodville hatte sie nicht so tief geschlafen.

Letzte Nacht hatte sie noch lange dagelegen und gegrübelt.

Ihre Gedanken waren einfach nicht zum Stillstand gekommen und hatten sich neben der Freude über die innigen Momente mit den Mädchen hauptsächlich um den Streit mit Cole gedreht. Auch jetzt sah May deutlich diesen Ausdruck in seinen Augen, zum Teil schuldbewusst, zum Teil verletzt, weshalb sie prompt mit sich haderte.

Fluchend rappelte sie sich hoch. Sie schlüpfte in die Jeansshorts und ein sauberes Top, bevor sie aus dem Zimmer eilte, um nach den Mädchen zu sehen.

Im Geiste malte sie sich bereits aus, dass Cathy wieder ganz die Alte war und sie anblaffte, weil sie lieber schlief, als sich um ein anständiges Frühstück zu kümmern. Deshalb fühlte sie sich einigermaßen gewappnet.

Auf den Anblick, der sich May bot, als sie um die Ecke bog, war sie allerdings nicht vorbereitet. Wie angewurzelt blieb sie stehen.

Chester saß mit dem Rücken zu ihr und goss Lilly gerade Milch nach, während die Mädchen etwas von dem Kuchen aßen, der noch übrig war.

»… und dann hat Jordan – dieser Penner! – einfach einen Stift in Brittneys Auge gepikst«, erzählte Cathy gerade schmatzend.

»Und was ist dann passiert?«, fragte Chester, als wäre es die normalste Sache der Welt.

Cathy zuckte mit den Schultern. »Schulverweis. Schon wieder.«

»Halt dich besser fern von diesem frechen Bengel«, brummte Chester kopfschüttelnd.

»Mit dem werde ich schon fertig.« Cathy drehte den Kopf und bemerkte May, die hinter ihr stand und sie noch immer erstaunt anstarrte. »Morgen, May.«

Lilly winkte mit vollem Mund.

»Guten Morgen.«

Chester drehte sich umständlich auf dem Stuhl um. Seine Miene war trotzig, fast so, als weigerte er sich, vor May einzugestehen, wie sehr er das Gespräch mit seinen Enkeltöchtern genoss. »Auch endlich wach?«

May musste grinsen. »Jepp.«

»Ich hätte Kaffee gekocht. Aber dieses blöde Ding ist zu kompliziert für mich.«

»Ich mach das schon.« May ging an ihnen vorbei in die Küche. Zu ihrer Erleichterung brach die Unterhaltung nicht ab, obwohl sie hinzugekommen war.

Genauso entspannt wie der Morgen verlief auch der ganze Tag. Die Mädchen tobten mit Hund durch den Garten oder schmökerten in Zeitschriften im Schatten der Bäume. Obwohl es heiß war, verbrachte auch Chester einen Großteil des Tages draußen, während May um alle herumwuselte und Unkraut rupfte.

Eigentlich rechnete sie damit, dass Cole spätestens am Nachmittag unter einem fadenscheinigen Vorwand vorbeikam. Aber er ließ sich nicht blicken, weshalb May zunehmend angespannter wurde.

Sie hasste Konflikte jedweder Form. Deshalb ging sie ihnen normalerweise aus dem Weg – oder verließ eben das Land. Doch diesmal war das keine Option. Sie saß hier fest und war immer noch so sauer auf Cole, dass sie ihn am liebsten angesprungen und ihm die Augen ausgekratzt hätte. Was sie aber am meisten nervte, war dieses grummelige Gefühl in ihrem Bauch. Sie fühlte sich mies, obwohl sie im Grunde nichts anderes getan hatte, als endlich einmal für sich selbst einzustehen.

Wochenlang hatte sie Coles Verhalten hingenommen und

ihren Stolz heruntergeschluckt. Sie hatte Verständnis für seine verzwickte Lage gehabt und sich alle Mühe gegeben, mit ihm klarzukommen. Aber er hatte nichts Besseres zu tun, als hinter ihrem Rücken seine dämlichen Intrigen zu spinnen. Jetzt begriff May auch, wieso sie bei ihrer Jobsuche so rüde abgewiesen worden war und warum die Einwohner von Goodville ihr überwiegend unfreundlich begegnet waren.

Das war alles Coles Schuld.

Sicher, er hatte geschrieben, dass es ihm leidtat, und heimlich die Küche aufgeräumt. Diese nette Geste wog aber keineswegs auf, dass er ihr das Leben hier von Anfang an zur Hölle gemacht hatte. Auf der anderen Seite konnte sie seine Entschuldigung schlecht zurückweisen. Denn auch wenn Cathy und Lilly mit jedem Tag zugänglicher wurden, hingen sie doch zu sehr an Cole, um ihn in Zukunft auszugrenzen.

Vielleicht überlässt er mir freiwillig das Feld, überlegte May, als er auch am Sonntag nicht auftauchte. Nicht dass sie auf ihn gewartet hätte. Aber merkwürdig war es schon.

Gedankenverloren wickelte sie ein Stück Draht um einen Edelstein und presste vor Anstrengung die Lippen aufeinander. Es war schon nach elf. Die Mädchen schliefen bereits, und Chester hatte sich ebenfalls früh zurückgezogen. Deshalb hatte May beschlossen, an einer neuen Figur für Novas Laden zu arbeiten.

Da es sich draußen endlich ein wenig abkühlte, saß May auf der Terrasse. Es lief keine Musik, und die Hintertür stand weit offen, damit May im Zweifelsfall die Mädchen hören konnte. Abgesehen von dem Gezirpe der Grillen war alles ruhig, bis nach einer Weile ein leises Klopfen erklang.

Irritiert hob May den Kopf, während Hund bereits ins Haus schoss. Sie ging ihm nach. Das Verandalicht hatte sich eingeschaltet, weshalb die Person vor der Tür leicht zu erkennen war. Mays Herz machte einen Satz.

Sie strich sich über das zerzauste Haar, ärgerte sich jedoch im selben Moment darüber, weil ihr Aussehen keine Rolle spielen sollte. Zumindest sollte es *ihr* egal sein, wie er über ihr Erscheinungsbild dachte.

Trotzig hob sie das Kinn und öffnete.

»Hey.« Cole stand mit hängenden Schultern da und – liebe Güte! – er sah furchtbar aus. Sein Shirt war zerknittert, und seine ausgewaschenen Jeans hingen ihm tief auf den Hüften.

Mitleid regte sich in Mays Brust, obgleich er es nicht verdient hatte.

»Die Mädchen schlafen schon«, sagte sie, sorgsam darauf bedacht, ihre Emotionen unter Verschluss zu halten.

»Ich weiß. Deswegen bin ich nicht hier.« Nervös fuhr Cole sich durch die strubbeligen Haare. »Können wir kurz reden?« Er leckte sich über die Lippen. »Bitte.«

Ach, verdammt!

Eigentlich sollte May ihm die Tür vor der Nase zuschlagen. Stattdessen setzten sich ihre Füße in Bewegung.

Sie trat zu ihm auf die Veranda und zog die Klinke heran, sodass die Tür nur noch einen Spaltbreit offen stand. Anschließend schlang sie die Arme um den Oberkörper, was Coles Blick auf ihr tief ausgeschnittenes Top lenkte. May zog eine Braue in die Höhe. »Worüber willst du mit mir reden?«

Er klappte den Mund auf und schloss ihn wieder, schien plötzlich überhaupt nicht mehr zu wissen, weshalb er eigentlich gekommen war. »Wieso warst du nie hier?«, platzte er schließlich heraus.

Bitte, was?

Ungläubig sah May ihn an, während er die Hand hob und mit dem Finger auf sie zeigte. »Du hast dich jahrelang nicht ein einziges Mal blicken lassen. Dabei hast du gewusst, wie viel es ihnen bedeutet hätte.«

Schmerz durchzuckte May, dicht gefolgt von Scham und Empörung. Sie konnte nicht fassen, dass er hier auftauchte und ihr schon wieder Vorwürfe machte. »Ich muss mich vor dir nicht rechtfertigen, Cole. Das geht dich nichts an.«

»Warum, May?«, bohrte er nach, als hätte sie nichts gesagt. »Warum war immer alles andere wichtiger für dich?« Frustriert rieb er sich über das Gesicht. »Ich versuche, es zu begreifen, aber es gelingt mir einfach nicht. Dabei denke ich unentwegt darüber nach.«

Großartig! Immerhin war sie nicht die Einzige, die pausenlos grübelte.

Cole stützte sich auf dem Geländer ab und starrte in die Nacht hinaus. »Als ich Rose und Julian am College kennenlernte, hat sie ständig von ihrer kleinen Schwester gesprochen, die auch bald ihren Schulabschluss machen würde. Sie wollte uns einander unbedingt vorstellen. Doch du warst schon damals ständig unterwegs, und nach der Highschool bist du völlig von der Bildfläche verschwunden. Julian hat es locker gesehen und gemeint, dass du einfach deine Freiheit brauchst. Aber Rose war wochenlang fast verrückt vor Sorge, bis deine erste Mail kam.«

Voller Bitterkeit verzog Cole das Gesicht. »Sie war so enttäuscht, als du nicht mal zu unserer Diplomfeier gekommen bist. Zu jener Zeit hätte ich niemals für möglich gehalten, dass das bloß die Spitze des Eisberges war. Ich habe eine gute Beziehung zu meinem Bruder. Ich liebe ihn, auch wenn er mich manchmal in den Wahnsinn treibt, und ihm geht es genauso. Trotzdem war ich immer neidisch, wenn Rose über das enge Band sprach, das euch einst verbunden hat.«

Er drehte den Kopf und musterte May auf eine Weise, die sie bis ins Mark traf.

»Warum ist es zerrissen, May? Was ist damals passiert?«

May senkte den Blick. Sie versuchte, seine Worte auszublenden und die Wut in ihrem Inneren zurückzudrängen. Doch sie fühlte sich wie ein Kochtopf kurz vorm Explodieren.

»Es muss etwas passiert sein«, murmelte Cole, der von ihrem stillen Kampf scheinbar nichts mitbekam. »Alles andere ergibt keinen Sinn. Rose war immer gut zu dir. Sie hat dich geliebt, genau wie Julian.«

May zuckte zusammen.

Das war ihr Fehler. Sie wusste es, noch bevor Cole scharf die Luft einsog.

»Julian«, wiederholte er.

Scheiße!

Panik drohte May zu überwältigen. »Das reicht jetzt«, sagte sie kühl, doch ihm entging das Zittern in ihrer Stimme nicht. »Du hast eine ziemlich merkwürdige Art, dich zu entschuldigen. Aber ich will die Dinge nicht komplizierter machen, als sie sind. Vergessen wir das Ganze einfach, ja? Gute Nacht.«

May wirbelte herum. Sie hatte die Hand bereits nach der Türklinke ausgestreckt, als Cole ihr das Messer in den Rücken rammte.

»Das warst du!«, sagte er mit einer Überzeugung, die jeden Widerspruch zwecklos machte. »Du warst die Frau, mit der er Rose am College betrogen hat.«

Kapitel 21

Cole

Das durfte doch nicht wahr sein. Sowie Cole seinen Verdacht geäußert hatte, wünschte er sich, er hätte es nicht getan. Dann hätte er nie erfahren, in welchem Ausmaß May ihre Schwester hintergangen hatte. Doch nun hingen die Worte zwischen ihnen in der Luft, während sie beide reglos auf der Veranda verharrten. Die Stille dehnte sich endlos aus.

»Es war nur ein Kuss«, wisperte sie. Kraftlos ließ sie die Hand sinken. »Wir haben nicht...«

»Nicht?«, hakte Cole in zynischem Ton nach. »Julian war sternhagelvoll in der Nacht, als er es mir gebeichtet hat. Aber er konnte sich noch ziemlich detailliert an deine perfekten Brüste erinnern.«

»Das war *vor* Rose«, fauchte May und drehte sich um, damit sie ihn wieder ansehen konnte. Ihre Miene war gequält.

Misstrauisch neigte Cole den Kopf. »Was meinst du damit?«

Ihre Schultern sanken herab, als ob sie ihre Gegenwehr nun endgültig aufgab. »Ich war vierzehn, als ich Julian zum ersten Mal getroffen habe. Es war mein erster Tag an der Highschool. Er stand vor seinem Spind und alberte mit ein paar Klassenkameraden herum.« Angespannt schlang sie die Arme um ihren Oberkörper. »Natürlich hat er überhaupt keine Notiz von mir genommen. Schließlich war ich ein Freshman. Es hat über zwei Jahre gedauert, bis er mich endlich bemerkte.«

Cole lehnte sich gegen das Geländer und verschränkte ebenfalls die Arme. »Und was ist dann passiert?«, fragte er, obwohl er sich plötzlich nicht mehr sicher war, ob er die Details hören wollte.

»Wir waren auf der Party einer Schulfreundin, als ich den Mut fand, auf ihn zuzugehen. Wir haben geredet und gelacht und getrunken, und irgendwann führte eins zum anderen. Ich dachte, das wäre der Anfang von etwas ganz Großem. Dabei war ich für ihn nur ein Mädchen, mit dem er einen Abend lang seinen Spaß gehabt hatte.«

Eine Träne stahl sich aus Mays Augenwinkel, und Cole überkam das widersprüchliche Bedürfnis, sie zu trösten. Kein Mädchen sollte auf diese Weise seine Unschuld verlieren. Das musste wirklich hart für sie gewesen sein.

»Kurz darauf ist Rose auf einem Konzert mit Julian ins Gespräch gekommen. Er ging in ihre Parallelklasse, und die beiden hatten völlig unterschiedliche Freundeskreise. Sie hatte keine Ahnung, was zwischen Julian und mir passiert war, und erzählte mir überglücklich, dass er sie noch am selben Abend um ein Date gebeten hatte.« May lachte bitter auf. »Ich war so schockiert, dass ich keinen Ton herausgebracht habe. Ich dachte, ich müsste sterben. Nach ihrem ersten offiziellen Date nahm Julian mich beiseite und fragte, ob das okay für mich wäre.«

Cole schloss die Augen. Diese Gedankenlosigkeit war typisch für Julian gewesen. Andererseits hatte er vermutlich gar nichts von Mays Gefühlen für ihn gewusst. Schließlich war sie eine Expertin darin, sie zu verstecken.

»Was hätte ich da sagen sollen?«, fragte sie leise. Die Hilflosigkeit in ihrem Gesicht war niederschmetternd. »Rose hatte so viel für mich getan. Nachdem mein Vater uns wegen einer anderen Frau verlassen hatte, wollte sie absolut nichts von Jungs wissen. Sie fand einfach, dass die Liebe diesen Schmerz nicht wert war. Deshalb habe ich es nie gewagt, ihr zu gestehen, dass es für mich durchaus einen Jungen gab. Nur verliebte sich dieser Junge eben in *sie,* und ich wollte ihrem Glück nicht im Weg stehen. Also haben Julian und ich beschlossen, ihr nichts von unserer gemeinsamen Nacht zu erzählen, die ihm ohnehin nichts bedeutet hat.«

Mitgefühl regte sich in Cole. Rose war seine beste Freundin gewesen. Aber ihre resolute Art hatte häufiger zu Diskussionen geführt. Für Rose bestand die Welt oft nur aus Schwarz und Weiß, Graustufen existierten nur selten.

Coles Ex-Frau hatte das immer wieder zu spüren bekommen, obwohl Rose sich in ihrer Gegenwart zusammengerissen hatte. Sogar ihren eigenen Vater hatte Rose nach seinem Betrug komplett abgeschrieben. Egal, wie sehr er sich auch später bemühte, den Kontakt zu ihr wiederherzustellen, er hatte keine Chance. Rose schmetterte jeden Versuch seinerseits konsequent ab. Außerdem hatte sie nie ein Geheimnis daraus gemacht, dass sie vor Julian überhaupt kein Interesse an Jungs gehabt hatte. Daher war es durchaus vorstellbar, dass sie die Verliebtheit ihrer kleinen Schwester schlichtweg ausgeblendet hatte, bis sie sich selbst in Julian verknallte.

Was für eine verfahrene Geschichte!

»Und der Kuss?«, fragte Cole, obwohl ihm die Vorstellung, wie May und Julian miteinander rummachten, ganz und gar missfiel.

May verzog das Gesicht. »Julian und Rose waren im zweiten Semester, und ich stand kurz vor meinem Schulabschluss. Ich wollte Rose besuchen, um ihr zu sagen, dass ich danach weggehen würde. Aber sie war nicht zu Hause. Stattdessen bin ich Julian in die Arme gelaufen. Die beiden hatten sich gestritten, weil sie lieber in der Bibliothek lernen wollte, anstatt einen draufzumachen, und ich...« Wieder traten ihr Tränen in die Augen. Beschämt senkte sie den Blick. »Ich war irgendwie erleichtert. Ich hatte fast zwei Jahre lang zugesehen, wie sich ihre Beziehung immer weiter verfestigte. Anfangs dachte ich, ich käme damit zurecht. Doch ich lag falsch. Ich habe jeden Tag gehasst, obwohl ich mich für sie hätte freuen sollen. Ich *wollte* mich für sie freuen. Aber ich war zerfressen vor Kummer und Neid, und ich war so schrecklich wütend. Auf mich selbst, weil ich nicht zu meinen wahren Gefühlen gestanden habe. Auf Rose, weil sie nie etwas bemerkt hat, obwohl wir einander so nah waren. Und auf Julian, weil er mir das Herz gebrochen hat.«

Tränen liefen ihr über die Wangen und tropften auf ihr Oberteil. Cole ballte die Hände zu Fäusten, weil der Drang, sich ihr zu nähern, fast schon übermächtig wurde.

»Julian schlug vor, etwas trinken zu gehen, und natürlich ging ich mit«, fuhr May fort und wischte sich grob über das Gesicht. »Wir sind in irgendeinem Club gelandet und haben gefeiert. Wir wussten beide, dass es falsch war. Aber wir waren dumm und egoistisch.« Sie hielt kurz inne, als müsste sie erst Kraft sammeln, um die Worte laut auszusprechen. Und obwohl Cole wusste, was kommen würde, musste auch er sich innerlich wappnen.

»Ich weiß nicht mehr genau, wie es passiert ist«, sagte May. »In einem Moment haben wir noch herumgealbert, im nächsten standen wir mitten auf der Tanzfläche und haben uns geküsst. Als mir klar wurde, was wir da taten, habe ich Panik gekriegt und bin abgehauen. Danach habe ich Julian nie wiedergesehen. Zwei

Wochen später kam Rose allein zu meiner Abschlussfeier, und da sie sich mir gegenüber nicht anders verhielt, ging ich davon aus, dass Julian es ihr verschwiegen hatte. Damals habe ich überlegt, ihr die Wahrheit zu sagen. Aber ich war zu feige, und es war ohnehin schon längst zu spät. Es hätte sie vernichtet zu erfahren, dass ihre eigene Schwester und der einzige Mann, den sie jemals geliebt hat, miteinander im Bett waren und sie obendrein während ihrer Beziehung betrogen haben. Wir haben Rose jahrelang belogen. Wenn ich ihr alles gebeichtet hätte, hätten wir sie beide verloren.« Mit einem traurigen Lächeln schaute sie Cole an. In ihren Augen schimmerten so viel Schmerz und Reue, dass es ihm fast das Herz zerriss. »Ich habe doch recht, oder?«

Aufgewühlt starrte Cole zu Boden. Er hätte May so gern widersprochen und ihr gesagt, dass sie falschlag. Aber es wäre eine Lüge gewesen. Rose hätte May niemals verziehen, dass sie ihr all die Jahre ihre Gefühle für Julian verheimlicht hatte. Völlig egal, wie sehr May ihr Schweigen bedauerte. Für Rose wäre es ein Verrat gewesen, und sie hätte ihre Konsequenzen gezogen.

Das Gleiche galt für Julian.

»Du irrst dich, was mich angeht, Cole«, sagte May leise. »Ich habe meine Schwester geliebt. Mehr als irgendjemanden sonst auf der Welt. Genau deshalb bin ich gegangen.«

Cole hatte so oft über Mays Beweggründe nachgedacht. Aber nicht im Traum wäre er auf die Idee gekommen, dass ausgerechnet Julian der treibende Keil zwischen den Schwestern gewesen war.

Einen Moment lang stellte er sich vor, wie er an Roses Stelle reagiert hätte, wenn ihm so etwas mit seinem Bruder passiert wäre, und schüttelte prompt den Kopf. Er wäre definitiv durchgedreht und hätte Ryan für sehr, sehr lange Zeit aus seinem

Leben verbannt. Und dabei war Cole längst nicht so drastisch wie Rose.

Und wenn er an Mays Stelle gewesen wäre?

Sie war damals noch so jung gewesen. Da traf man unzählige miese Entscheidungen. In gewisser Weise konnte Cole deshalb nachvollziehen, warum sie ihre Gefühle für Julian verheimlicht hatte. Immerhin war die Wahrscheinlichkeit groß gewesen, dass Rose mit Unverständnis und Misstrauen reagierte, weil ihr Vater die Familie sitzen gelassen hatte. Und dann hatte Julian ihr auch noch das Herz herausgerissen und war jahrelang darauf herumgetrampelt.

Verfluchter Mist!

Mays Geschichte berührte Cole auf eine Weise, mit der er niemals gerechnet hätte. Anstatt ihr weiter vor Augen zu führen, wie schmerzhaft ihr ignorantes Verhalten für seine besten Freunde gewesen war, wollte er sie nun in den Arm nehmen und trösten, um ihr irgendwie über die Enttäuschung ihrer ersten großen Liebe hinwegzuhelfen. Aber bevor er diesem Impuls ernsthaft nachgeben konnte, ertönte ein leises Klicken.

Cole schaute auf und war nicht überrascht, die Veranda leer vorzufinden. Nach ihrer aufwühlenden Beichte brauchte May vermutlich etwas Zeit für sich.

Und ganz ehrlich?

Ihm ging es genauso.

***

»Wo zur Hölle warst du?«, schnauzte Cathy Cole an, noch bevor sie das Ende des Spielfeldes erreicht hatte.

Sofort suchte er die Tribüne ab. Sein Puls beschleunigte sich, als er May und Lilly am Rand entdeckte. Wie so oft trug May lässige Jeansshorts, ein eng anliegendes Top und Flipflops. Ihre bunten Haare hatte sie zu einem hohen Pferdschwanz zusammengebunden. Einzelne Strähnen umrahmten ihr zartes Gesicht. Ein Lächeln lag auf ihren Lippen, während sie auf Lilly hinabschaute, die mit Hund im Gras saß.

Die Kleine winkte ihm zu, ehe sie sich wieder ihrem Spielgefährten widmete.

Cole musterte May, die den Kopf inzwischen gehoben hatte und ihn ebenfalls ansah. Ihre Miene verriet nichts. Dennoch konnte Cole einen Anflug von Trotz in ihren Augen ausmachen. Bereute sie es inzwischen, dass sie ihm die Wahrheit erzählt hatte? Oder galt ihre Abneigung ausschließlich ihm?

Unbehagen erfasste ihn, aber er schaffte es nicht, den Blick von ihr abzuwenden. Stattdessen fühlte er sich regelrecht gefangen. Seine Haut begann zu kribbeln, als sich ihre Lippen kaum merklich teilten.

Sie hatte wirklich hübsche Lippen. Die obere war fein geschwungen und die untere ein wenig voller, perfekt für einen zärtlichen Biss. Die Vorstellung jagte Schauer der Erregung durch seinen Körper.

»Hallo!« Sichtlich empört baute Cathy sich vor ihm auf und brach damit den Bann. »Ich habe dich was gefragt.«

Angespannt rückte er sein Basecap zurecht. »Sorry, Kitty-Cat. Ich hatte diese Woche ziemlich viel zu tun.«

Das war nicht gelogen. Die Hotelbaustelle machte immer noch Ärger. Aber wenn Cole ganz ehrlich war, war er auch zu feige gewesen, um an die Haustür der Avens zu klopfen.

Obwohl inzwischen drei Tage vergangen waren, war er immer noch völlig durcheinander und wusste beim besten Willen nicht, wie er sich May gegenüber in Zukunft verhalten sollte. Sie hatte sich ihm von ihrer verletzlichsten Seite gezeigt, und dieser Anblick hatte sein bisheriges Bild von ihr unwiderruflich zerstört. Sosehr Cole sich auch anstrengte, er sah einfach nicht länger die ignorante Egoistin in ihr, sondern eine vollkommen andere Frau. Eine Frau, die ihn nur noch mehr verwirrte.

»Du hörst mir überhaupt nicht zu«, beschwerte sich Cathy.

Cole blinzelte. »Tut mir leid. Was hast du gesagt?«

»Gestern Abend wäre Hund uns fast durch die Hecke entwischt. Deshalb wollte ich wissen, ob wir am Wochenende endlich den Zaun für ihn bauen.« Unsicherheit flackerte in Cathys Zügen auf, ehe sie den Blick senkte. »Oder hast du es dir anders überlegt?«

»Was? Nein, natürlich nicht.« Entsetzen erfasste Cole bei der Vorstellung, dass Cathy sich von ihm zurückgewiesen fühlen könnte. Er beugte sich hinab und umfing behutsam ihr Gesicht, damit sie ihn wieder ansah. »Ich besorge das Material, und wenn May einverstanden ist, legen wir gleich am Samstagmorgen los, okay?«

»Ehrlich?«

Cole nickte. »Ich verspreche es.«

»Okay.« Cathy schmiegte ihr Gesicht in seine Hand. Sie sprach nicht aus, dass sie ihn vermisste. Aber das musste sie auch nicht. Cole verstand sie auch ohne Worte.

Er lächelte sie aufmunternd an. »Na, komm schon, Kleines. Die anderen warten.«

Gemeinsam gingen sie zu den anderen Kids. Nachdem Cole die Mannschaft zum Aufwärmen geschickt hatte, überlegte er, May auf das kommende Wochenende anzusprechen. Doch als er zu ihr hinüberschaute, stellte er fest, dass sie bereits in ein Gespräch vertieft war.

Neben ihr stand Theodore Edison, jüngster Spross von Mr. Edison. Er war auch auf Cathys Party mit seinem kleinen Neffen gewesen. Allerdings war Cole entgangen, dass er offenbar ein Auge auf May geworfen hatte. Theo war nur zwei oder drei Jahre jünger als sie, groß, gut in Form und bezirzte gern die weibliche Bevölkerung von Goodville mit seinen Grübchen.

Eigentlich hatte Cole kein Problem mit den besagten Grübchen. In diesem speziellen Fall jedoch konnte er einen gewissen Unmut nicht leugnen, als sich Mays Lippen erst zu einem Grinsen kräuselten und sie dann anfing zu kichern.

Ermutigt trat Theo noch einen Schritt näher an sie heran und gab mit ausschweifenden Gesten eine Geschichte zum Besten, die May noch mehr zum Lachen brachte. Dabei wippten ihre kessen Brüste in dem engen Top auf und ab, was dem Schwachkopf natürlich nicht entging.

Ein Pochen donnerte durch Coles Schläfe, während er dem Bedürfnis widerstand, zu ihnen rüberzumarschieren und Theo eine Kopfnuss zu verpassen, damit er aufhörte, May in den Ausschnitt zu glotzen. Sie war verdammt noch mal nicht zu haben. Das hatte sie selbst gesagt!

Wütend über seine eigene Entrüstung wirbelte Cole herum und versuchte, sich auf die Kids zu konzentrieren.

Leider gelang ihm das nur mäßig. Jedes Mal wenn er Mays helles Lachen vernahm, versteifte er sich am ganzen Körper. Nicht nur einmal verlor er mitten im Satz den Faden.

Es nervte ihn gewaltig, dass ihn die Flirterei mit Theo derart störte. Schließlich ging es ihn überhaupt nichts an, was May trieb. Sie konnte tun und lassen, was sie wollte. Andererseits sollte sie vor ihren Nichten mit gutem Beispiel vorangehen.

Wie ein Habicht stürzte Cole sich auf dieses Argument und empfand aufrichtige Erleichterung darüber, weil er letztlich doch noch einen plausiblen Grund für seine heftige Reaktion gefunden hatte.

Er war lediglich besorgt um die Mädchen.

Mehr steckte definitiv nicht dahinter.

Kapitel 22

May

Am Donnerstagmorgen fuhr May im Souvenirshop vorbei und brachte Nova die versprochenen Skulpturen. Die beiden arrangierten gerade die Figuren in einer Vitrine neben dem Ladentisch, als Lauren mit drei dampfenden Pappbechern erschien.

»Guten Morgen, Ladies«, flötete sie gut gelaunt und stellte die Getränke auf dem Tresen ab. »Die sehen toll aus«, sagte sie mit einem Blick auf Mays Arbeiten und reichte ihr einen Kaffee. »Milch ist schon drin.«

Dankbar nahm May den Becher entgegen. »Super, den kann ich gut gebrauchen.«

Lauren legte den Kopf schief. »Harte Nacht gehabt?«

May verzog das Gesicht. Sie konnte sich nicht entsinnen, wann sie zuletzt mehr als fünf Stunden durchgeschlafen hatte. Es schien Jahre her zu sein.

»Es ist doch alles in Ordnung mit den Mädchen?«, fragte Nova besorgt.

»Den beiden geht es gut«, antwortete May sogleich, woraufhin Lauren empört nach Luft schnappte.

»Sag bloß, dieser Idiot hatte immer noch nicht den Anstand, sich zu entschuldigen.«

Obwohl sie den Namen nicht laut aussprach, flatterte Mays

Herz. Mittlerweile war sie sich nicht mehr so sicher, ob es so eine gute Idee gewesen war, Cole in ihre Vergangenheit einzuweihen. Aber sie hatte seine Vorwürfe und sein Misstrauen einfach nicht länger ertragen.

May mochte den Gedanken nicht, dass sie ihre Schwester und Julian in einem schlechten Licht dargestellt hatte. Aber Tatsache war nun mal, dass die beiden sie mit ihrer Ignoranz jahrelang zutiefst verletzt hatten.

Jedes Mal wenn May als junges Mädchen versucht hatte, bei ihrer großen Schwester einen Rat wegen ihrem Schwarm zu holen, hatte diese sie auflaufen lassen, weil ihrer Ansicht nach alle Männer Schweine waren. Also hatte May sich auch nicht für Jungs zu interessieren.

Punkt.

Aber May hatte Julian geliebt. Aufrichtig und aus tiefstem Herzen. Er war ihr wie der hellste Stern am Firmament erschienen. Selbst dann noch, als er sich Hals über Kopf in ihre Schwester verliebte.

May war sich sicher, dass ein Teil von Julian immer gewusst hatte, was sie für ihn empfand. Doch es war natürlich einfacher, ihre Gefühle auszublenden und so zu tun, als wäre nie etwas zwischen ihnen passiert.

Noch heute spürte May einen Stich in ihrer Brust, wenn sie an Julians argloses Lächeln dachte, während er die ahnungslose Rose im Arm hielt. Es war jedes Mal die Hölle gewesen, den beiden gegenüberzustehen.

Lauren fluchte. »Diese Baxters und ihr Stolz.«

»Sicher tut es Cole längst leid, dass er beinahe Cathys Party ruiniert hätte«, meinte Nova mitfühlend. »Na ja, und auch alles andere.«

Gleichmütig zuckte May mit den Schultern. »Er hat sich entschuldigt. Auf einem Post-it.«

Laurens Augen wurden groß. »Soll das ein Witz sein? Er hatte nicht mal die Eier, dir in die Augen zu schauen?«

»Nope.« May trank einen Schluck Kaffee. »Immerhin hat er die Küche nach Cathys Party aufgeräumt.«

Lauren schnaubte. »Oh, wenn das so ist, sei ihm natürlich jede Entgleisung verziehen.«

Die Empörung ihrer Freundinnen brachte May zum Schmunzeln. Trotzdem wollte sie nicht länger über Cole reden. Es reichte schon, wenn er ihre Gedanken beherrschte. Da musste er nicht auch noch Gesprächsthema Nummer eins sein. »Ist euch inzwischen ein Name für unseren Club eingefallen?«

Lauren zog eine Schnute. »Nicht wirklich.«

Auch Nova schüttelte den Kopf. »Mir leider auch nicht.«

»Macht nix. Wir finden schon noch etwas Passendes.«

Aufregung flackerte in Laurens Zügen auf. »Ich habe übrigens tolle Neuigkeiten.«

Belustigt hob May eine Braue. »Ach ja? Bist du etwa schon dabei, unsere ersten Mitglieder zu akquirieren?«

Lauren winkte ab. »Darum kümmere ich mich noch.« Sie beugte sich vor und setzte gerade zu einer Erklärung an, als die Ladentür aufging.

Ashlyn Johnson betrat das Geschäft. Ihre Frisur saß tadellos, und auf ihrem roséfarbenen Geschäftskostüm befand sich jede Bügelfalte am richtigen Platz. Die Absätze ihrer weißen Schuhe klackerten auf dem Parkett, als sie auf die Frauen zustolzierte.

»Guten Morgen.« Ein herablassender Zug erschien um ihre sorgsam geschminkten Lippen, während sie den Blick über die drei wandern ließ. Obwohl sie unlängst Gast auf Cathys Geburtstagsparty gewesen war, legte sie ein erstaunlich kaltschnäuziges Benehmen an den Tag.

May tauschte einen Blick mit Lauren, die hinter Ashlyn die Augen verdrehte. Dann setzte sie ein breites Lächeln auf. »Guten Morgen, Ashlyn.«

Mit einem süffisanten Grinsen lehnte Lauren sich gegen den Tresen. »So früh schon auf den Beinen, Ash?«

Ashlyn rümpfte die Nase. »Nicht jeder genießt deine Privilegien, Lauren. Manch einer verdient sein Geld durch ehrliche Arbeit zu vernünftigen Zeiten.«

Keuchend legte Lauren sich die Hand auf die Brust, als hätte Ashlyn sie mit ihrer Bemerkung zutiefst getroffen. »Willst du damit sagen, dass das Nowhere nicht ehrbar ist?«

»Das versteht sich doch wohl von selbst«, erwiderte Ashlyn und lächelte dünn. »Andernfalls hätte sich der Stadtrat wohl kaum für eine Schließung ausgesprochen.«

Damit hatte sie einen wunden Punkt getroffen. Laurens Wangen färbten sich auf der Stelle rot. »Der Stadtrat kann abstimmen, so viel er will. Das Nowhere gehört *mir*, und ich verkaufe nicht.«

»Wir werden sehen.« Als wäre sie von dem Gespräch gelangweilt, öffnete Ashlyn ihre schneeweiße Designerhandtasche und fischte ein kleines Päckchen heraus, das sie Nova hinhielt. »Einmal per Luftfracht nach New York.«

»Natürlich.«

Nova machte sich daran, den Versandschein auszufüllen, während Ashlyns Blick auf die Vitrine fiel. Neugierig trat sie näher und begutachtete die fünf Skulpturen.

»Wundervoll, nicht wahr?«, sagte Nova strahlend.

»Sie sind tatsächlich ganz hübsch.« Ashlyn legte den Kopf schief. »Von wem sind sie?«

May versteifte sich.

Aber Nova blieb souverän. »Eine Künstlerin namens Dahlia. Sie gilt als Newcomerin im regionalen Kunsthandelsmarkt. Ich bin so stolz, dass ich ein paar von ihren Arbeiten für meinen Laden ergattern konnte. Sie wurden gerade erst geliefert.«

»Ich denke nicht, dass sie lange dort stehen werden«, schaltete Lauren sich ein.

»Wahrscheinlich nicht«, stimmte Nova ihr mit einem ehrlichen Lächeln zu. »Immerhin handelt es sich um handgefertigte Unikate mit Sammlerwert.«

Interessiert beugte Ashlyn sich nach vorn. »Wie viel kostet der Baum?«

Mit etwa vierzig Zentimetern war dies die größte Skulptur, deren Krone durchsetzt war mit winzigen Kristallen. Es war viel Arbeit gewesen, die kleinen Edelsteine in die Drahtverästelung einzuarbeiten. Doch die Mühe hatte sich allemal gelohnt. Der Baum schimmerte, als hätte man ihn mit Diamantstaub überzogen.

Leider hatte May keine Ahnung, welcher Preis für die Skulptur realistisch war. Zwanzig Dollar? Oder vielleicht sogar dreißig?

»Dieses Objekt kostet zweihundertneunundachtzig Dollar.«

May keuchte leise auf, doch Nova verzog keine Miene.

»Das ist ja ein Schnäppchen! Die Leute werden sich darum reißen.« Lauren grinste vielsagend. »Natürlich nur die, die es sich leisten können.«

Ashlyn schnaubte. »Was nicht auf dich zutreffen dürfte.«

»Oh, da täuschst du dich, meine Liebe. Meine zwielichtige Bar wirft sogar erstaunliche Gewinne ab«, erwiderte Lauren und zwinkerte Ashlyn zu, ehe sie sich aufrichtete und auf den Tresen klopfte. »Wisst ihr, was? Der Baum gefällt mir. Ich denke, ich nehme ihn.«

Ungläubig schüttelte May den Kopf. »Aber du kannst doch nicht...«

»Ganz genau!«, ging Ashlyn dazwischen. Ihr ganzer Körper bebte, als sie ihre Geldbörse zückte und eine Kreditkarte auf den Tisch knallte. »Ich bin nämlich an der Reihe.« Sie funkelte Nova an. »Einmal das Porto für das Päckchen, und außerdem will ich den Baum.«

Mit gespielter Entrüstung schnappte Lauren nach Luft, als Nova die Kreditkarte nahm. »Möchtest du die Skulptur gleich mitnehmen, oder wünschst du eine Expresslieferung? Die kostet allerdings zwanzig Dollar extra.«

Ashlyn presste die Lippen zusammen. »Lass sie in unsere Praxis liefern.«

»Selbstverständlich.« Lächelnd zog Nova die Karte durch das Lesegerät.

»Großartig.« Ashlyn nickte steif, bevor sie auf dem Absatz kehrtmachte und aus dem Laden stöckelte.

Sekundenlang passierte gar nichts. Dann prusteten alle drei Frauen gleichzeitig los.

»Sie war zuletzt ein bisschen blass um die Nase, findet ihr nicht auch?«, meinte Lauren grinsend.

Fassungslos schüttelte May den Kopf. »Das wäre ich auch, wenn ich gerade dreihundert Dollar auf den Kopf gehauen hätte.«

Nova kicherte. »Ich hätte nicht gedacht, dass Ashlyn anbeißt.«

»Gut gepokert, Miss Sims.« Lauren wackelte mit den Augenbrauen. »Da wird Ashlyn sich heute Abend ganz schön ins Zeug legen müssen, um das Doktorchen versöhnlich zu stimmen. Man munkelt nämlich, er sei ein richtiger Geizhals.«

Kichernd öffnete Nova die Kasse, zählte ein paar Scheine ab und reichte sie May. »Bitte sehr.«

»O mein Gott!« May lachte. »Ich weiß nicht, was ich sagen soll.«

Lauren legte ihr den Arm um die Schulter. »Wie wäre es mit: Danke, Nova. Du bist ein Genie!«

»Danke, Nova. Du bist ein Genie«, sprach May ihr artig nach und stutzte. »Du bekommst doch sicher Provision.«

»Diesmal nicht. Für die anderen Objekte finden wir schon eine Einigung. Erst einmal sollst du dich einfach nur freuen.«

May quietschte. »Und wie ich mich freue. Das müssen wir unbedingt feiern.«

»So gefällt mir das!«, rief Lauren und prostete den beiden mit ihrem Kaffeebecher zu. »Freitagabend in meiner Bar. Getränke gehen aufs Haus.«

Allein die Vorstellung, einen Abend auszugehen, versetzte May beinahe einen Schock. Sofort verpuffte ihre Euphorie. »Ich kann nicht. Die Mädchen …«

»Blödsinn!«, widersprach Lauren. »Wenn du es Chester nicht zutraust, dann bitte Helen darum, die Kinder zu hüten. Sie hat bei Cathys Party mehrfach betont, dass sie liebend gern mehr Zeit mit ihnen verbringen würde. Ich stand daneben. Schon vergessen?«

May blinzelte. Da hatte sie allerdings recht.

Flehend sah Lauren sie an. »Komm schon! Du hängst seit fast einem Monat jeden Abend allein zu Hause rum. Es grenzt an ein Wunder, dass du noch nicht durchgedreht bist. Du hast dir diesen freien Abend redlich verdient.«

»Ich könnte Helen ja mal fragen.«

Lauren strahlte. »Sehr gut.« Sie wandte sich an Nova. »Du

kriegst das doch auch geregelt, oder? Immerhin müssen wir nicht nur auf Dahlias ersten Verkaufshit, sondern auch auf unseren Club anstoßen.« Als Nova ebenfalls zögerte, stieß Lauren einen frustrierten Laut aus. »An eurem Enthusiasmus müssen wir definitiv noch arbeiten.«

Nova seufzte. »Also gut. Ich überlege mir etwas.«

»Schon besser!«

»Wie bist du überhaupt auf diesen Namen gekommen?«, fragte May neugierig.

Verlegen hob Nova die Achseln. »Ich dachte, es passt ganz gut, da in deiner Familie ziemlich viele Blumen vertreten sind.«

»Rose war immer sehr stolz auf diese Tradition.« May lächelte wehmütig. »Dahlia hätte ihr gefallen.«

»Ganz bestimmt sogar«, pflichtete Lauren ihr bei und riss die Augen auf. »Hey! Wie wäre es mit *The Flower Powers*?«

May und Nova tauschten einen amüsierten Blick. Dann kicherten sie los.

»Nichts für ungut«, meinte May. »Aber ich sehe uns eher nicht als Hippies.«

Lauren gluckste. »Gutes Argument.«

»Uns fällt noch was ein«, sagte May und schob die Geldscheine in ihre hintere Hosentasche. Sie konnte immer noch nicht fassen, dass sie plötzlich über so viel Geld verfügte. Jetzt konnte sie für Cathy ein neues Paar Turnschuhe kaufen und für Lilly dieses hübsche Matrosenkleid, das sie neulich im Schaufenster bewundert hatte. Chester würde sich sicher über ein paar neue Krimis freuen.

May grinste. Und für sie selbst fiel auf jeden Fall eine neue Haarfarbe ab.

★★★

Helen war überglücklich, als May sie bat, am Freitagabend für ein paar Stunden auf die Mädchen aufzupassen. Auch Cathy und Lilly schienen damit kein Problem zu haben. Sie wünschten May sogar einen schönen Abend, bevor sie sich auf den Weg machte.

Entsprechend gut gelaunt war May, als sie gegen acht Uhr das Nowhere erreichte. Nova war bereits da und trat unruhig von einem Fuß auf den anderen.

»Hey«, begrüßte May sie und zog sie in eine Umarmung. »Wartest du schon lange?«

Nova schüttelte den Kopf. »Ich bin auch gerade erst gekommen.«

Aufgeregt nickte May zum Eingang. »Wollen wir?«

Nova lachte und klang dabei seltsam angespannt. »Schätze, Lauren wird sauer sein, wenn ich jetzt einen Rückzieher mache.«

»Warum solltest du?«

»Ich bin einfach kein Partygirl«, gestand Nova kleinlaut. »Und um ehrlich zu sein, machen mich Menschenansammlungen nervös. Besonders wenn Alkohol im Spiel ist.«

»Ich glaube, Lauren hat ihren Laden ganz gut im Griff. Und wenn du dich absolut unwohl fühlst, gehen wir einfach wieder, okay?«

Das schien Nova zu beruhigen. Sie holte tief Luft und schob die Tür auf.

Ein Rockklassiker schallte ihnen entgegen, begleitet von der üblichen Geräuschkulisse aus klirrenden Gläsern und Gesprächsfetzen. Obwohl die Bar proppenvoll war, bemerkte Lauren die Neuankömmlinge sofort.

»Hey, ihr Süßen«, rief sie über den Bartresen hinweg, woraufhin sich prompt unzählige Köpfe zu ihnen umdrehten.

»O Mann«, murmelte Nova und ging hinter May in Deckung.

Entschlossen, den Abend zu genießen, straffte May die Schultern und ging auf Lauren zu, die hinter der Theke hervorgekommen war. In ihrer lässigen Lederhose und dem bauchfreien Top sah sie aus wie eine dieser heißen Barkeeperinnen aus dem Film *Coyote Ugly*. Ihr feuerrotes Haar umrahmte ihr hübsches Gesicht.

»Bereit für die große Überraschung?«, fragte Lauren grinsend und ergriff die Hände von Nova und May.

Bevor May fragen konnte, was Lauren vorhatte, zog sie die beiden zu einer Seitentür. »Ich präsentiere ...« Schwungvoll stieß sie die Tür auf. »Unseren Clubraum.«

»Äh, was?«, fragte May und betrachtete irritiert den etwa dreißig Quadratmeter großen Raum, in dem überwiegend leere Regale standen.

Lauren trat hinein und drehte sich mit ausgebreiteten Armen im Kreis, während May und Nova ihr skeptisch folgten.

Die braune Tapete, die an mehreren Stellen dunkle Flecken aufwies, wirkte nicht gerade einladend. Eine Jalousie hing schief vor dem linken Fenster. Zwei Mäusefallen lagen in der Ecke.

Sowohl May als auch Nova mussten wohl ziemlich entsetzt dreinschauen, denn Laurens Begeisterung ebbte ein wenig ab.

»Ich weiß, es ist noch viel zu tun. Aber mit ein bisschen Spucke und Farbe könnten wir uns hier ein eigenes kleines Paradies schaffen. Der Raum ist perfekt für uns.« Sie zeigte auf die hintere Ecke. »Dort könnten wir eine gemütliche Lounge mit Sofas und Sesseln einrichten«, schlug sie vor. »Und ein oder zwei Regale könnten wir anstreichen. Es wäre unser gemütlicher kleiner Rückzugsort, den uns niemand nehmen kann und für den wir nicht mal Miete zahlen müssten, weil das Gebäude sowieso mir gehört. Außerdem hätten wir hier Zugang zu Getränken und Toiletten.«

Sprachlos starrten May und Nova ihre aufgeregte Freundin an.

»Und?«, hakte Lauren nach. »Was sagt ihr?«

May blinzelte. »Es ist großartig.«

»Ja?«

»Ja«, stimmte Nova zu, nachdem sie sich ebenfalls aus ihrer Schockstarre gelöst hatte. Lächelnd schaute sie sich um. »Daraus lässt sich auf jeden Fall etwas machen.«

Lauren stieß einen Jubelschrei aus. »Genau das wollte ich hören. Und jetzt lasst uns feiern!«

Es war leicht, sich von Laurens Euphorie anstecken zu lassen. Gemeinsam kehrten die drei in den Hauptraum der Bar zurück.

Da sich die Gäste inzwischen wieder ihren Gesprächen zugewandt hatten, fühlte May sich nicht ganz so beklommen, als sie den Tresen ansteuerten. Dahinter stand Theo und polierte ein Glas. Als er May entdeckte, leuchteten seine Augen auf. »May! So schnell sieht man sich wieder.«

»Ich wusste gar nicht, dass du hier arbeitest«, erwiderte sie erfreut. Sie schob sich auf den Barhocker am Ende des Tresens, während Nova von Lauren auf den Platz im rechten Winkel dirigiert wurde.

»Nur an den Wochenenden.« Mit einem verschwörerischen Grinsen lehnte er sich vor. »Mein Vater zahlt nicht besonders gut, und ich spare auf eine Weltreise. Also helfe ich bei Lauren aus, wenn sie mich braucht.«

Lauren klopfte Theo auf die breite Schulter. »Solange du dich an die Regeln hältst und die Finger von meinen Gästen lässt, kannst du hier jederzeit jobben.«

Missbilligend verzog er das Gesicht. »Meine Chefin ist eine echte Tyrannin.«

»Regeln sind Regeln, Theo-Boy«, erwiderte Lauren belustigt und zeigte auf May und Nova. »Die beiden Ladies sind tabu, und ihre Getränke gehen aufs Haus.«

»Okay, schon gut.« Theo seufzte theatralisch, bevor er die beiden erwartungsvoll ansah. »Was darf ich den Damen bringen?«

Ein wenig überfordert schaute Nova zu May. »Vielleicht ein Glas Weißwein?«

May nickte zustimmend. »Weißwein klingt super.«

»Kommt sofort.« Theo angelte zwei Weinkelche aus dem Regal, während Lauren zum anderen Ende der Bar ging, um einen Gast zu bedienen.

May stützte das Kinn in die Hand und grinste Nova an. »Jetzt haben wir also einen eigenen Clubraum.«

Leise lachend schüttelte Nova den Kopf. »Das ist schon ein wenig verrückt.«

»Aber irgendwie auch cool.«

»Nova?«

Nova erstarrte, als die Männerstimme zu ihnen drang. May hingegen schaute sich sofort nach dem Sprecher um. Ihr klappte beinahe der Unterkiefer herunter, als sie den blonden Hünen vor sich sah. Sein Haar war zu einem Zopf zusammengebunden, aber einzelne Strähnen umrahmten sein markantes Gesicht. Das aufrichtig erfreute Lächeln ließ ihn wahnsinnig sympathisch wirken.

Heilige Scheiße!

Der Typ sah umwerfend aus und schaute Nova erfreut an.

Zu Mays Verwunderung wirkte diese jedoch eher eingeschüchtert. »Hallo, Jackson.«

Ein warmes Lachen erklang. »Ich habe dir schon so oft gesagt, du sollst mich Jax nennen.«

Novas Wangen röteten sich. »Stimmt. Tut mir leid.«

»Du musst dich nicht entschuldigen.« Neugierig schaute Jax zu May. »Hi, ich bin Jax.«

»Das habe ich mitgekriegt«, erwiderte May amüsiert und streckte ihm die Hand entgegen. »Ich bin May.«

Er zwinkerte ihr zu, während er ihre Hand schüttelte. »Das dachte ich mir schon.«

»Schätze, mein Ruf eilt mir voraus, was?«, erwiderte May, doch Jax zuckte bloß mit den Schultern.

»Halb so wild. Mach dir keinen Kopf.« Seine Gelassenheit erstaunte May, und sie wünschte sich, sie hätte in den ersten Wochen mehr Leute wie ihn getroffen.

»Wie geht's dir?«, fragte er Nova und beugte sich vor, um ihren Blick aufzufangen.

»Gut«, brachte sie mit einiger Anstrengung heraus. »Und dir?«

»Alles bestens.« Obwohl Jax Novas Nervosität unmöglich entgehen konnte, ließ er sich davon nicht aus dem Konzept bringen. »Wir hatten ziemlich viel Stress mit einer Baustelle, aber langsam kriegen wir die Sache in den Griff.«

Sofort horchte May auf. Es gab nicht viele Bauunternehmen in der Gegend. Ob er in Coles Firma arbeitete oder einer seiner Geschäftspartner war?

»Das freut mich«, sagte Nova, während Theo zwei Weingläser auf der Theke abstellte.

Jax hob seine Bierflasche und prostete ihr zu. »Ich freue mich wirklich, dich zu sehen.«

Er klang so aufrichtig, dass May sich hinter seinem Rücken

Luft zufächelte, in der Hoffnung, Nova würde sich dadurch ein wenig entspannen.

Leider schien sie das nur noch nervöser zu machen. Sie griff nach dem Weinglas, als wäre es ihr Rettungsanker auf stürmischer See.

»Wie kommt es, dass ihr heute hier seid?«, erkundigte Jax sich, um das Gespräch am Laufen zu halten.

»Ich ... wir ... wir haben da diesen Club gegründet«, stotterte Nova mit feuerroten Wangen.

Mit erhobener Braue schaute Jax erst zu May, dann wieder zu Nova. »Was für einen Club?«

»Kann man da mitmachen?«, schaltete Theo sich grinsend ein.

Da Nova nicht antwortete, schüttelte May lächelnd den Kopf. »Sorry, Jungs. Ist nur für Ladies.«

Theo zog einen Flunsch. Derweil konzentrierte Jax sich wieder auf Nova. »Das klingt interessant. Erzähl mir mehr davon.«

»Was willst du denn wissen?«, fragte sie.

Innerlich stöhnte May auf. Da stand dieser atemberaubende Kerl vor ihrer Freundin, und sie kriegte vor lauter Schüchternheit kaum den Mund auf. Dabei schien Jax wirklich nett zu sein und echtes Interesse an ihr zu haben.

Was hätte May darum gegeben, an ihrer Stelle zu sein und wenigstens für einen Abend im Fokus eines Mannes zu stehen. Vor Lauren hatte May zwar das Gegenteil behauptet, aber plötzlich fühlte sie sich unsagbar einsam. Sie sehnte sich nach körperlicher Nähe, am besten kombiniert mit heißen Küssen und unglaublichem Sex, der idealerweise in multiplen Orgasmen mündete.

Nun ja, man durfte wohl noch träumen.

Gedankenverloren nippte May an ihrem Weinglas. Ihr Blick

schweifte zu Theo, der mittlerweile am anderen Ende der Bar Bier zapfte. Als er fertig war, kehrte er zu ihr zurück und stellte eine Schale Erdnüsse vor sie hin.

»Falls dir der Sinn nach etwas zum Knabbern steht.« Sein freches Grinsen war ansteckend. Nur leider ließen May sowohl seine attraktive Erscheinung als auch seine Flirtversuche völlig kalt.

Der einzige Mann, der ein Prickeln bei ihr auslöste, war ausgerechnet Cole, und der hatte gewiss noch nie mit ihr geflirtet. Sie war nicht mal sicher, ob er das überhaupt konnte.

»Was machst du hier?«

May zuckte zusammen.

Obwohl sein Ton wie üblich forsch war, rauschte seine Stimme durch ihre Venen und sandte kleine Schauer über ihren Rücken. Dabei war Cole nun wirklich der letzte Mensch auf dem Planeten, bei dem May so etwas empfinden wollte. Sie setzte eine unbeteiligte Miene auf, bevor sie einen Blick über die Schulter warf. Seine grünen Augen bohrten sich in ihre.

»Ich trinke ein Glas Wein mit meiner Freundin Nova.«

Sofort wurden seine Züge weich, als er Nova begrüßte. Den kühlen Blick hatte er anscheinend speziell für May reserviert.

Jax klopfte ihm auf die Schulter. »Schön, dass du da bist. Die anderen sitzen gleich dort drüben.« Er zeigte auf einen Tisch, an dem sich sechs Männer unterschiedlichen Alters versammelt hatten.

»Wer passt auf die Mädchen auf?«, fragte Cole, ohne auf Jax' Worte einzugehen.

Trotzig reckte May ihr Kinn vor. »Deine Mutter ist bei ihnen.«

Verdattert klappte Cole den Mund auf, während Jax losprustete. »Dagegen kannst du nun wirklich nichts sagen, Mann.«

Ein Muskel an Coles Kiefer zuckte. »Du hättest auch mich fragen können.«

Ja, klar. Besonders nach ihrem letzten Gespräch.

»Wie es scheint, hast du heute ebenfalls Pläne.« Beiläufig deutete sie auf den erwähnten Tisch. »Also geh ihnen doch einfach nach. Du kannst unbesorgt sein. Ich habe nicht vor, mich bis zur Besinnungslosigkeit zu betrinken.«

»Das habe ich auch nicht behauptet.«

»Nein«, erwiderte May gedehnt. »Aber das musstest du auch nicht. Man sieht dir an der Nasenspitze an, was in deinem Kopf vorgeht.«

Diesmal zuckte Cole zusammen. Fluchend raufte er sich die Haare. »So war das nicht gemeint. Ich bin einfach nur …« Er verstummte. Sein Blick glitt forschend über ihr Gesicht, blieb für einen Moment an ihren Lippen hängen und verfing sich schließlich in ihren Augen.

Wieder spürte May diese knisternde Spannung zwischen ihnen. Hätte man ein Feuerzeug angezündet, hätte es wahrscheinlich Funken gesprüht.

May schluckte. »Was bist du, Cole?«

»Verwirrt«, murmelte er kaum hörbar und schloss gequält die Augen, um den Blickkontakt zu unterbrechen.

Ein hysterisches Kichern platzte aus May heraus, weil sie begriff, dass nicht nur sie innerlich zerrissen war. Cole schien durch die gleiche Hölle zu gehen.

Lauren tauchte mit einem Tablett in der Hand neben Cole auf. »Alles in Ordnung, ihr zwei?«

»Klar«, antworteten sie sofort, was die Skepsis in Laurens Miene nur noch verstärkte.

»Nova hat mir gerade von eurem neuen Club erzählt«,

mischte Jax sich ein, um die Situation zu entschärfen. »Finde ich eine Supersache.«

Lauren grinste. »Das war Mays Idee.«

Cole zog eine Braue in die Höhe, sagte aber nichts.

Eifrig berichtete Lauren von ihren Plänen, und May nippte an dem Weinglas, bis es plötzlich leer war.

»Möchtest du noch eins?«, rief Theo über den Bartresen hinweg, der nur auf seinen Einsatz gewartet zu haben schien.

May lächelte. »Ja, danke.«

»Kommt sofort, meine Hübsche.«

Cole versteifte sich neben May.

Eigentlich erwartete sie, dass er zu seinen Kollegen ging. Doch er rührte sich den ganzen Abend nicht vom Fleck. Stattdessen verharrte er an ihrer Seite, während Jax Nova umgarnte.

Wenn es ihre Zeit hergab, gesellte Lauren sich ebenfalls zu ihnen, und auch Theo beteiligte sich immer wieder am Gespräch.

Es war angenehm. Trotzdem war der Abend nicht ganz so entspannt, wie May erhofft hatte, vor allem weil Nova extrem eingeschüchtert von all der Aufmerksamkeit war und May permanent Coles Blick auf sich spürte.

Manchmal kam einer von Coles Kollegen zu ihnen. May fuhr jedes Mal zusammen, wenn er sie als Roses kleine Schwester vorstellte. Doch keiner von den Männern war ihr gegenüber unhöflich. Sie hielten sogar ein wenig Small Talk, ehe sie wieder abzogen.

Um kurz vor zehn verabschiedete Nova sich, weil sie die Pflegekraft, die auf ihre Großmutter aufpasste, nicht zu lange warten lassen wollte. Jax bot an, sie nach Hause zu begleiten. Natürlich lehnte sie ab, doch er ließ sich nicht beirren.

May hätte sich ihnen angeschlossen, aber da Theo ihr gerade ein neues Weinglas hingestellt hatte und Lauren sie noch nicht vom Haken ließ, entschied sie, noch ein paar Minuten zu bleiben.

Theo schien inzwischen beschlossen zu haben, Laurens Regeln zu ignorieren, denn er präsentierte May bei jeder Gelegenheit seine Grübchen und flirtete mit ihr, was das Zeug hielt.

»Ich mag deine Haare«, sagte er, als Cole sich gerade mit einem Mitarbeiter unterhielt.

May lächelte. »Danke.«

Er lehnte sich über den Tresen, streckte die Hand aus und zupfte vorsichtig an einer blauen Strähne. »Sie sind anders. *Du* bist anders.« Er grinste spitzbübisch. »Das gefällt mir.«

Zugegeben, May freute sich über das Kompliment. Ihr Lächeln verblasste jedoch, als sie eine Bewegung im Augenwinkel registrierte.

Einen Wimpernschlag. Länger dauerte es nicht, und Cole hatte seinen Kollegen stehen gelassen, die Distanz überwunden und starrte sie an. »Läuft da was zwischen euch?«

Entgeistert drehte May den Kopf und sah ihn an. »Wie bitte?«

Rote Flecken hatten sich auf seinen Wangen gebildet. Eifersucht loderte in seinem Blick. Seine Lippen waren zu einem dünnen Strich zusammengepresst, als würde er die Frage am liebsten zurücknehmen. Aber es war zu spät.

Theo trat den Rückzug an, und May war auf sich allein gestellt. Das war ja im Grunde nichts Neues. Nur gab es diesmal keine unschuldigen, verletzten Mädchen, vor denen sie sich zusammenreißen musste. Da waren nur sie und Cole und dieses verfluchte Kribbeln in ihrem Bauch.

Sie hasste dieses Gefühl.

Sie hasste *ihn*.

Und doch konnte sie nicht abstreiten, dass sich ein Teil von ihr zu ihm hingezogen fühlte.

Gott! Am liebsten hätte sie ihre Wut über diese Erkenntnis in die Welt hinausgebrüllt. Aber es gelang ihr, die Fassung zu bewahren.

»Ich gehe jetzt.« May sprang vom Barhocker, winkte Lauren zu und eilte nach draußen.

Die Straße lag verlassen vor ihr, nur erleuchtet von einzelnen Laternen und Reklameschildern. Insekten zirpten, und es war kühl. May hoffte, dass ihr die frische Luft half, sich ein wenig zu beruhigen. Das hätte sicher auch funktioniert, wären hinter ihr nicht entschlossene Schritte erklungen.

May musste sich gar nicht erst umdrehen. Sie wusste auch so, dass Cole ihr gefolgt war, und ohne jeden Zweifel war er genauso aufgewühlt wie sie selbst.

Sie wirbelte herum. »Lass mich in Ruhe!«

»Ich wünschte, das könnte ich.« Er lachte frustriert auf, während er näher kam. »Ich wünschte, es gäbe nur einen verdammten Tag, an dem ich nicht über dich nachdenke.«

»Dann hör doch einfach damit auf«, fauchte sie.

»Als ob das so einfach wäre«, schnauzte er zurück und blieb dicht vor ihr stehen.

Vor lauter Frust begannen ihre Augen zu brennen. »Ich habe dir alles erzählt, Cole. Was willst du denn noch?«

»Ich weiß es nicht!«

Seine Stimme war laut, und doch vermochte sie nicht, das Rauschen in ihren Ohren zu übertönen. May hatte das Gefühl, als würde ihr Herz jeden Moment ihren Brustkorb sprengen. Sie bebte am ganzen Körper.

Schwer atmend standen sie auf dem Bürgersteig, ihre Nasenspitzen nur Zentimeter voneinander entfernt. Keiner von ihnen war bereit, in diesem irrsinnigen Kampf klein beizugeben.

»Verflucht noch mal«, knurrte Cole plötzlich, legte die Hände um ihr Gesicht und zog sie an sich.

Bevor May reagieren konnte, hatte er seine Lippen auf ihren Mund gepresst. Sein Kuss war hart und verzweifelt. Er spiegelte perfekt das Chaos in ihrem Inneren. Und da May einfach keine Worte mehr hatte, erwiderte sie ihn mit der gleichen Wildheit.

Sie leckte über seine Unterlippe, woraufhin sein Geschmack ihre Sinne flutete und ihr Gehirn endgültig außer Gefecht setzte. Mit einem leisen Wimmern krallte sie die Finger in sein Hemd und zog sich an ihm hoch, bis kein Blatt Papier mehr zwischen sie passte. Sie konnte spüren, dass jede Faser seines Körpers zum Zerreißen angespannt war. Sein Griff war fest, doch er tat ihr nicht weh, sondern hielt sie mit sanfter Entschlossenheit fest, während seine Zunge ihren Mund erkundete.

Mays Knie wurden weich. Lust strömte durch ihre Adern, als sie Coles Erregung an ihrem Bauch spürte. Sie wollte sein Hemd aufknöpfen und die erhitzte Haut darunter spüren. Mit ihren Fingerspitzen, ihren Lippen. Bis hinunter zu der Wölbung in seiner Jeans.

Die Vorstellung, ihn auf solch intime Weise zu erforschen, sandte weitere Schauer durch ihren Körper.

Sie wollte ihn. So sehr, dass es ihr den Atem raubte.

Und das, obwohl sie stocksauer auf ihn war. Bilder rauschten ihr durch den Kopf. Wie Cole sie voller Verachtung musterte, sie anbrüllte und demütigte.

Grundgütiger! Was zum Teufel tat sie hier eigentlich? Wo war ihre Selbstachtung geblieben?

Mit einem Aufschrei riss sie sich von ihm los und taumelte zurück. Ihre Finger zitterten, als sie sich über die Lippen wischte, die von seinem Kuss feucht und geschwollen waren.

Entsetzt starrten sie einander an.

Coles Brust hob und senkte sich angestrengt. Er öffnete den Mund, heraus kam nur ein einziges Wort: »May.«

Die Verletzlichkeit in seiner rauen Stimme trieb ihr aufs Neue Tränen in die Augen. »Wieso hast du das getan?«

May wusste selbst nicht, welche Antwort sie sich insgeheim erhoffte. Aber es war ohnehin egal, denn Cole sagte überhaupt nichts. Sein Schweigen fühlte sich an wie ein Schlag ins Gesicht.

»Weißt du, was?« May schüttelte den Kopf, woraufhin sich eine Träne aus ihrem Augenwinkel löste und über ihre Wange lief. »Vergiss es einfach. Das Ganze ist nie passiert.«

Sie wartete seine Erwiderung nicht ab. Stattdessen tat sie das, was sie immer tat, wenn sie überfordert war: Sie lief weg.

Und diesmal ließ er es zu.

Kapitel 23

Cole

Verwirrung, Bestürzung und Sehnsucht rangen in Cole um die Vorherrschaft, als May in der Nacht verschwand. Würden seine Lippen nicht noch immer kribbeln, er hätte nicht geglaubt, was gerade passiert war.

Er hatte May geküsst. Und er hatte keinen blassen Schimmer, wie es dazu gekommen war.

Es hatte ihm definitiv nicht gefallen, wie Theo sie ununterbrochen angebaggert hatte. Seine Blicke waren geradezu lächerlich eindeutig gewesen. Aber es war Cole gelungen, sich zurückzuhalten – bis Theo sie berührt hatte. An diesem Punkt war bei ihm eine Sicherung durchgeknallt und hatte ihn genau hierhergeführt.

Ihm war durchaus bewusst, dass er sich wie ein unsicherer, eifersüchtiger Teenager verhalten hatte. Allerdings konnte er beim besten Willen nicht begreifen, weshalb May plötzlich diese Gefühle in ihm hervorrief.

Zugegeben, er fand sie attraktiv. Sehr sogar. Sogar ihre Haare gefielen ihm inzwischen. Sie hatte sich unglaublich in seinen Armen angefühlt. Ihr Körper war genau an den richtigen Stellen weich und anschmiegsam. Und ihre Haut war tatsächlich so zart, wie sie aussah.

Aber Cole war kein oberflächlicher Mensch. Er wollte eine Frau nicht nur aufgrund ihres guten Aussehens.

Das ist auch nicht alles, was du an ihr magst, du Idiot!

Dieser Gedanke schoss ihm durch den Kopf, ehe Cole ihn unterdrücken konnte.

Schlagartig begriff er, dass er genau das ständig getan hatte, seit er May zum ersten Mal begegnet war. Er hatte all das Schöne an ihr ausgeblendet und sich ausschließlich auf ihre Unzulänglichkeiten konzentriert.

Das hatte es irgendwie leichter gemacht. Schließlich kämpfte niemand gern gegen eine Frau, die einfühlsam, sanftmütig und freundlich war, die Kinderaugen zum Leuchten brachte, das Herz eines gebrochenen Mannes im Sturm eroberte und Pfannkuchen mit Gesichtern backte. Eine Frau, die selbst so oft enttäuscht worden war und trotzdem wusste, dass Liebe und Vertrauen nicht erzwungen werden konnten, sondern aus eigener Kraft wachsen mussten.

Cole kniff die Augen zusammen, während sich vor seinem geistigen Auge ein klares Bild von May zusammensetzte. Es war schon die ganze Zeit da gewesen. Doch er war zu ängstlich und zu stolz gewesen, um wirklich hinzusehen. Sogar nachdem er die Wahrheit kannte, hatte sich immer noch etwas in ihm gewehrt, die echte May anzuerkennen. Deshalb hatte sein Instinkt das Ruder übernommen, was natürlich kolossal nach hinten losgegangen war.

Scheiße!

Seine Mutter, sein Bruder, seine Freunde – sie alle hatten recht gehabt. Er hatte sich die ganze Zeit über selbst belogen.

***

Nach einer weiteren schlaflosen Nacht fuhr Cole am Samstagmorgen zu den Avens. Cathy öffnete ihm die Tür.

»Hey, Coach.« Sie schlang ihre Arme um seine Hüften, ehe sie sich umdrehte und in die Küche flitzte. »Cole ist da!«

Er atmete tief durch und folgte ihr. Am Küchentisch saß Chester und hielt eine Tasse Kaffee in der Hand. Neben ihm kritzelte Lilly mit schwungvollen Bewegungen in einem Heft herum.

»Genau so«, murmelte Chester.

Lilly lächelte ihn an.

Chester nickte ermutigend. »Noch mal.«

Wieder kratzte Lilly über das Blatt.

Cole runzelte die Stirn. So hatte sie zuletzt mit drei Jahren gemalt. »Was macht ihr da?«

Cathy grinste. »Wir haben ein bisschen mit Mays Heften herumgeblödelt. Willst du sie sehen?«

»Klar.«

Gut gelaunt hüpfte Cathy zum Tisch und zeigte auf drei völlig zerfledderte Papphefter. »Heute mussten wir mit abgebrochenen Buntstiften eine Figur in die Seite ritzen. Das war lustig.«

»Heute?«, fragte Cole verwirrt.

Cathy nickte. »Sie wollte ein paar Dinge erledigen. Deshalb hat sie sich neue Aufgaben für uns ausgedacht, bis du kommst.«

Also war sie gar nicht da. Enttäuschung breitete sich rasend schnell in Cole aus. Gedankenverloren starrte er auf ein gekritzeltes Kätzchen, einen Hasen und ein … Cole legte den Kopf schief und zeigte auf das Bild, das neben Chester lag. »Was ist das? Ein Pferd?«

Cathy gackerte los. »Das soll Hund sein. Aber Grandpa kann überhaupt nicht malen.«

»Kann ich wohl«, brummte Chester, doch seine Augen blitzten vor Belustigung.

Lillys Schultern bebten, auch wenn sie immer noch keinen Laut von sich gab.

Liebevoll strich Chester ihr über den Kopf.

Entgeistert betrachtete Cole die drei und fragte sich, wann ihre Beziehung sich derart gewandelt hatte.

»Wollen wir anfangen?«, fragte Cathy, woraufhin Cole nickte.

Da das Grundstück bereits von dichten Hecken umgeben war, hatte Cole vormontierte Steckzaunelemente besorgt, die kein Betonfundament benötigten. Deshalb würde der Aufbau sicher nicht länger als einen Tag in Anspruch nehmen.

Es war eine ziemliche Plackerei, durch die Büsche zu kriechen und die Zäune in die Erde zu stecken. Nicht nur einmal stieß Cole einen deftigen Fluch aus, als die Mädchen nicht in der Nähe waren.

Um die Mittagszeit kehrte May zurück, kam aber nicht nach draußen, um ihn zu begrüßen. Nicht dass Cole das erwartet hätte. Aber der Wunsch, mit ihr zu reden, wuchs, je weiter der Tag voranschritt.

Natürlich genoss Cole die Nähe der Mädchen. Cathy half begeistert, den Hammer zu schwingen, und plapperte munter auf ihn ein, wenn es gerade nichts für sie zu tun gab.

Währenddessen sorgte Lilly für sein leibliches Wohl.

Cole wusste, dass die Sandwiches und die eisgekühlte Limonade, die die Kleine literweise anschleppte, von May zubereitet worden waren. Das machte ihm Mut. Immerhin hätte sie ihn auch den ganzen Tag hungern lassen können.

Er schaffte es, sich von May fernzuhalten, bis er gegen fünf Uhr die letzten Zaunelemente verband. Danach gab es für ihn kein Halten mehr. Er ließ seine Werkzeuge im Gras liegen und tätschelte Cathys Kopf, die im Schneidersitz neben ihm saß.

»Ich gehe mich etwas frisch machen«, sagte er und wischte sich demonstrativ einen Schweißtropfen aus dem Gesicht.

»Kann ich Hund jetzt rauslassen?«

Cole warf einen prüfenden Blick auf die Umzäunung. »Ja, ich denke, es ist sicher.«

Sofort sprang Cathy auf und rannte zu Lilly, die mit Hund in seinem Gehege spielte.

Mit entschlossenen Schritten ging Cole ins Haus. May saß auf dem Fußboden im Wohnzimmer, inmitten verschiedener Stofflagen. Sie hatte ihm den Rücken zugewandt und murmelte etwas vor sich hin, das verdächtig nach einer Schimpftirade klang.

»Was machst du da?«, fragte er, woraufhin sie zusammenzuckte und schmerzerfüllt aufschrie.

Sofort war er bei ihr und sah, dass sie eine Nadel in der Hand hielt, mit der sie sich vor Schreck in den Finger gestochen hatte.

Leise fluchend hob sie die Hand. Ein winziger Blutstropfen quoll aus ihrer Fingerkuppe. Als May die Fingerspitze an ihre Lippen legte und sachte daran saugte, übermannte ihn ein so heftiges Verlangen, dass er beinahe das Gleichgewicht verloren hätte. Er hockte sich vor sie hin und versuchte, ihren Blick aufzufangen, doch sie starrte konzentriert auf den Stoff. »Lilly braucht noch ein Kostüm für die Theateraufführung beim Gründerfest.«

»Sie macht mit?«, fragte Cole überrascht. »Aber wie? Ich meine, sie spricht nicht.«

»Sie spielt eine der Blütenfeen, die den Eröffnungsreigen tanzen.«

»Sie hat seit Wochen nicht mehr getanzt«, erwiderte Cole besorgt.

May seufzte leise. »Ich war auch überrascht, als sie zugestimmt hat, wieder zum Tanzen zu gehen. Ich habe sie jede Woche gefragt. Aber ihre Antwort war immer die gleiche. Bis letzten Montag.«

Verwirrt hob Cole die Hand. »Nur damit ich das richtig verstehe: Sie war wieder beim Tanzen?«

May nickte, woraufhin Cole sich vor Schock beinahe auf den Boden setzte. Lilly hatte es immer geliebt zu tanzen. Bis ihre Eltern gestorben waren. Dass sie jetzt wieder anfangen wollte, grenzte an ein Wunder. Warum hatte Cathy das bisher mit keiner Silbe erwähnt?

»Ihre Lehrerin meinte nach der Stunde, sie hätte die Schritte im Nu gelernt, und wenn sie möchte, kann sie gern beim Auftritt mitmachen«, fuhr May fort und drapierte zwei Stoffschichten übereinander, ehe sie die Nadel durchstach. Diesmal traf sie nicht ihren Finger.

»Aber denkst du nicht, das könnte zu viel Stress für sie sein?«, fragte Cole zögerlich.

»Ich hatte die gleiche Befürchtung«, antwortete May zu seiner Überraschung. »Sie kann jederzeit aussteigen, wenn es ihr zu viel wird. Ihr Therapeut hält es auch für eine gute Idee.«

»Du hast mit ihm darüber geredet?«

»Natürlich.« Eine kleine Falte erschien auf ihrer Stirn. »Das ist schließlich eine große Sache für Lilly, oder nicht?«

Obwohl sie den Kopf nicht hob, um Cole anzusehen, nickte er eifrig. »Stimmt.«

Plötzlich wurde ihm bewusst, dass dies die erste Unterhaltung war, die nicht in einem Streit endete. Unweigerlich fragte Cole sich, ob es zwischen ihnen noch mehr Übereinstimmungen gab.

»Geh mit mir aus.« Die Frage war aus ihm herausgeplatzt,

bevor er auch nur eine Sekunde die Konsequenzen abgewogen hatte. Aber je länger er darüber nachdachte, umso klarer wurde ihm, dass er tatsächlich mit May ausgehen wollte.

Doch sie schüttelte den Kopf. »Nein.«

Ihre Reaktion überraschte Cole nicht, auch wenn sie ihm einen Stich versetzte. Er beugte sich ein Stück zu ihr und senkte die Stimme. »Bitte, May. Geh mit mir aus.«

Sie lachte schnaubend, warf die Stoffe auf den Boden und stand auf, um etwas Abstand zwischen sie zu bringen. »Ich denke überhaupt nicht daran.«

Cole erhob sich ebenfalls, wahrte jedoch Distanz. Nachdenklich legte er den Kopf schief. »Was muss ich tun, damit du es dir anders überlegst?«

»Überhaupt nichts.« Trotzig verschränkte sie die Arme. »Ich kann dich nicht leiden, Cole.«

Cole zwang sich zu einem Lächeln. »Trotzdem fühlst du dich zu mir hingezogen. Sonst hättest du mich nicht auf diese Weise geküsst.«

Ihre Wangen färbten sich in einem hinreißenden Rotton. »Du hast *mich* geküsst.«

»Und du hast dich nicht dagegen gewehrt.«

Anfänglich jedenfalls.

»Ich ... ich war überrumpelt«, stotterte May und wischte sich ungeduldig eine verirrte Haarsträhne aus dem Gesicht. Sie sah wunderschön aus.

Cole lächelte sanft. »Ich war genauso verblüfft wie du. Aber ich denke, allmählich verstehe ich es. Ich möchte dich besser kennenlernen.«

»Ach so?«, fragte May in zuckersüßem Ton. »Und weil du plötzlich entschieden hast, dass ich doch nicht die hohle, verantwortungslose Nuss bin, für die du mich bisher gehalten hast, soll ich jetzt Luftsprünge machen und überglücklich mit dir ausgehen?«

»So ist das doch gar nicht«, widersprach Cole nun doch ein wenig kleinlaut. Angespannt verlagerte er das Gewicht. »Hör zu. Mir ist klar, dass mein Vorschlag verrückt klingt. Aber gib mir eine Chance. Ich bin kein übler Kerl.«

»Das weiß ich.« Mit einem betrübten Lächeln musterte May ihn. »Ich habe gesehen, wie sehr dich meine Nichten vergöttern und deine Freunde dich wertschätzen. Aber ich habe nichts als Ablehnung von dir zu spüren bekommen. Der Mann, den ich kennengelernt habe, ist selbstgefällig, rechthaberisch und dickköpfig. Keine dieser Eigenschaften reizt mich sonderlich, es mit einem Date zu versuchen.«

»Ich habe Fehler gemacht«, räumte Cole ein und trat einen Schritt auf sie zu. Am liebsten hätte er den Abstand zu ihr vollständig überwunden, aber die Warnung, die in ihren Augen aufblitzte, zeigte deutlich, dass das keine gute Idee war. »Lass mich dir zeigen, wie ich wirklich bin.«

May sog die Unterlippe zwischen ihre Zähne und knabberte darauf herum. Allein der Anblick weckte in Cole den Wunsch, sie erneut zu küssen.

Für den Bruchteil einer Sekunde flackerte Sehnsucht in ihren Augen auf. Doch dann schüttelte sie erneut den Kopf. »Ich kann nicht.«

Cole wollte ihr widersprechen. Aber er sah ein, dass es keinen Sinn hatte, weiter mit ihr zu diskutieren. Sosehr es ihm auch widerstrebte, verstand er Mays Entscheidung. Ihr Misstrauen war vollkommen berechtigt. Schließlich hatte er sich ihr gegenüber immer nur von seiner schlechtesten Seite gezeigt. Allerdings bewies ihr Zögern auch, dass es vielleicht noch nicht zu spät war.

Kapitel 24

May

Zwei Tage, nachdem Cole mit seinem wahnwitzigen Vorschlag an May herangetreten war, traf sie sich mit ihren Freundinnen im Nowhere. Die Mädchen waren bei der Therapie, und May wollte in der Zwischenzeit zusammen mit Lauren und Nova den neuen Clubraum inspizieren.

Lauren hatte schon ein wenig vorgearbeitet und den Raum vom gröbsten Schmutz befreit. In der Raummitte hatte sie Tisch und Stühle hingestellt. Die Jalousien waren hochgezogen, doch durch die verschmutzten Glasscheiben drang nur wenig Tageslicht.

»Punkt Nummer eins«, sagte Lauren naserümpfend. »Fenster putzen.«

Glucksend schlug May ihr Notizbuch auf. »Ist schon notiert.«

Nova zog ein paar Einrichtungskataloge hervor, und die drei ließen sich gut gelaunt inspirieren. Normalerweise hätte May keine Freude daran gehabt, durch kostspielige Kataloge zu blättern. Aber wie sich herausgestellt hatte, war Ashlyn Johnson genau die richtige Käuferin ihrer Werke gewesen. Seit Mays Skulptur in der Arztpraxis auf dem Empfangstresen stand, waren bereits zwei weitere Stücke über Novas Ladentisch gegangen, und es gab unzählige Anfragen für kleinere, nicht so teure Objekte.

Bis zum Gründerfest am kommenden Wochenende wollte May deshalb noch ein paar Ministatuen machen. Außerdem spielte sie mit dem Gedanken, Ketten und Armbänder herzustellen. Passende Edelsteine hatten sie und Lilly inzwischen genug gesammelt, und im Geschäft von Theos Dad gab es Draht und ähnliche Materialien, wie May sie bei Cole stibitzt hatte.

Cole.

Schon wieder schweiften ihre Gedanken zu ihm. Er hatte ihre Zurückweisung mit erstaunlich viel Fassung getragen und sie nicht weiter bedrängt. Nur beim Abschied war sein Blick eindringlich geworden. Deshalb wurde May das Gefühl nicht los, dass dieser sture Kerl die Sache nicht auf sich beruhen lassen würde.

»Was haltet ihr von weißen Sofas mit knallbunten Kissen?«, fragte Lauren. »Das wäre doch scharf, oder? Schaut mal hier.«

»Das sieht toll aus«, schwärmte Nova, woraufhin die beiden erwartungsvoll May ansahen.

Sie betrachtete das Bild von dem geschmackvoll eingerichteten Wohnzimmer und wollte den beiden gern zustimmen. Aus ihrem Mund purzelten jedoch ganz andere Worte: »Cole will mit mir ausgehen.«

Novas Brauen schossen in die Höhe, während Lauren zufrieden grinste.

»Na endlich!«, meinte sie und klatschte verzückt in die Hände. »Da hat Theo ja ganze Arbeit geleistet.«

May runzelte die Stirn. »Hast du ihm etwa gesagt, er soll mit mir flirten, damit Cole eifersüchtig wird?«

Falls ja, hatte es definitiv funktioniert.

Lauren verdrehte die Augen. »Natürlich nicht. Theo hat mit dir geflirtet, weil *er* es wollte. Aber seien wir ehrlich. So süß er auch ist, er ist nicht dein Typ.«

Nun, das konnte May nicht abstreiten.

»Und wann wollt ihr ausgehen?«, erkundigte Nova sich zaghaft.

»Gar nicht.« Betont gelassen lehnte May sich zurück. »Ich habe ihn abblitzen lassen.«

Lauren grinste noch breiter. »Richtig so. Lass ihn ruhig eine Weile schmoren.«

Nachdenklich verschränkte May die Arme. »Ich habe nicht vor, meine Meinung zu ändern.«

Nun brach Lauren in schallendes Gelächter aus, und auch Nova konnte sich ein Schmunzeln nicht verkneifen.

»Was ist?«, fragte May irritiert.

Lauren stützte das Kinn in die Hand und klimperte mit den Wimpern. »Wenn du gar nicht darüber nachdenkst, seine Einladung anzunehmen, warum erzählst du es uns dann?«

»Weil wir Freundinnen sind«, antwortete May kleinlaut.

»Sicher.« Lauren zuckte mit den Schultern. »Aber das ist nicht der Grund. Ich glaube, du willst schon mit diesem Blödmann ausgehen, hast aber Angst davor. Was ich persönlich vollkommen verstehen kann.«

»Ich auch«, stimmte Nova zu. Ein betrübter Ausdruck lag in ihren Augen. Ob das etwas mit Jax zu tun hatte?

»Cole war dir gegenüber alles andere als fair«, sagte Lauren missmutig. »Aber in Wahrheit ist er ganz anders.«

»Es ist nicht nur sein Verhalten mir gegenüber.« Beklommen rieb May sich über die Stirn. »Was ist mit den Mädchen?«

»Na ja, die bleiben vielleicht besser zu Hause, wenn ihr zusammen ausgeht, denkst du nicht?«, erwiderte Lauren und wackelte vielsagend mit den Augenbrauen.

May lachte. »Kommt schon. Ihr wisst, was ich meine.«

Laurens Erheiterung verschwand. »Cole ist kein Mann, der durch Betten turnt, May. Er hatte bisher zwei oder drei feste Beziehungen, und seine letzte Freundin hat er geheiratet. Nach der Scheidung von Yvette ist er mit keiner anderen Frau ausgegangen. Weil er einfach keine falschen Hoffnungen schüren wollte. Dass er jetzt mit dir ausgehen möchte, ist ein klares Statement. Cathy und Lilly lieben ihn. Sie wären sicher glücklich, wenn sich etwas zwischen euch entwickelt.«

»Möchtest du denn, dass sich etwas entwickelt?«, hakte Nova vorsichtig nach.

»Nein«, schoss May sofort zurück, geriet jedoch unter den forschenden Blicken ihrer Freundinnen ins Wanken. Verwirrt fixierte sie den Einrichtungskatalog. »Ich meine, vielleicht.« Sie seufzte. »Ich weiß, dass er kein schlechter Mensch ist. Er ist clever und hingebungsvoll, und er sieht gut aus und...«

Und er konnte verdammt gut küssen.

Behutsam legte Lauren ihr die Hand auf den Unterarm. »Lass es auf einen Versuch ankommen.«

»Und was ist, wenn es schiefgeht?«, fragte May. »Wir sind jetzt schon eine totale Katastrophe zusammen.«

»Vielleicht nur, weil so viele unterschiedliche Gefühle in euch toben«, gab Nova zu bedenken. »Vergiss nicht, unter welch unglückseligen Umständen ihr euch kennengelernt habt.«

May schluckte. »Wenn es nicht funktioniert, werden Cathy und Lilly nur noch mehr leiden.«

»Vielleicht geht es aber auch *nicht* schief«, wandte Lauren ein. »Eigentlich passt ihr nämlich großartig zusammen. Zwischen euch fliegen ständig die Funken. Das kannst du nicht abstreiten.«

Das konnte May tatsächlich nicht.

Ihr Schweigen reichte Lauren offenbar als Antwort, denn sie strahlte May an. »Lass es doch einfach auf dich zukommen. Dann musst du dich wenigstens niemals fragen, was hätte sein können.«

Gutes Argument.

Plötzlich musste May lachen. »Wisst ihr, was? Ich bin echt froh, dass wir uns gefunden haben.«

Die Frauen nickten zustimmend.

»Anfangs habe ich mich hier wahnsinnig allein gefühlt«, gestand May leise.

Nun ja, genau genommen war sie in den letzten Jahren ständig einsam gewesen. Ganz egal, wie viele Menschen sie um sich gehabt hatte. Das war wohl der Preis, den man zahlen musste, wenn man Beziehungen bewusst oberflächlich hielt. Nur bei Lauren und Nova hatte May es nicht geschafft, auf Abstand zu bleiben. Und das wollte sie auch gar nicht mehr. Mit Tränen in den Augen sah sie ihre Freundinnen an. »Es kommt mir vor, als würden wir uns schon ein Leben lang kennen.«

»Mir geht es genauso«, sagte Nova lächelnd.

Lauren streckte die Hand aus. »Wir sind eben seelenverwandt, Ladies.«

Kichernd schlugen May und Nova ein.

Plötzlich hatte May eine Eingebung. »Hey! Wie wäre es mit *Soul Sisters*? Das würde doch zu uns passen, findet ihr nicht?«

Laurens Augen leuchteten auf. »O mein Gott! Das ist brillant.«

Nova nickte lächelnd. »Es passt perfekt.«

Auf einmal sprang Lauren auf und eilte hinaus. May und Nova sahen sich fragend an. Sie hörten einen Knall in der Bar. Kurz darauf kehrte Lauren mit drei Champagnerflöten zurück, die allerdings nur bis zur Hälfte gefüllt waren. »Lasst uns wenigstens mit einem kleinen Schlückchen auf unseren neuen Clubnamen anstoßen.«

Gehorsam nahmen Nova und May die Gläser entgegen.

»Also dann!« Breit grinsend hielt Lauren ihr Glas in die Höhe. »Auf die *Soul Sisters*, Baby!«

»Auf die *Soul Sisters*«, sprachen Nova und May ihr feierlich nach.

Lauren seufzte verzückt auf. »Ich sage euch, das wird großartig.«

O ja! Daran hegte May nicht den geringsten Zweifel.

★★★

Das Gründerfest war so ziemlich der letzte Ort, an dem May sein wollte. Aber da Lilly ihren Tanzauftritt hatte, standen Mays Wünsche natürlich nicht zur Debatte. Nicht dass sie Lillys Auftritt hätte verpassen wollen.

Als May und die Mädchen mit dem angeleinten Welpen gegen Mittag in den geschmückten Park kamen, war das Fest bereits in vollem Gange. In den Bäumen hingen bunte Luftballons und Girlanden. Überall waren Stände aufgebaut, an denen man etwas essen oder spielen konnte.

Novas Verkaufsstand befand sich in der Nähe der Hauptbühne, wo gerade eine Band einen alten Countryhit coverte.

»Hey«, begrüßte May ihre Freundin und ließ den Blick über die Auslage schweifen. Neben diversen Souvenirs wie Postkarten, kleinen Schlüsselanhängern und Porzellan gab es vier Statuen von Dahlia. Außerdem hatte Nova auf einem Samtkissen fünf Armbänder und zehn Ketten drapiert. Mehr hatte May beim besten Willen nicht geschafft. »Das sieht toll aus.«

»Danke.« Lächelnd strich Nova sich eine Haarsträhne aus dem Gesicht. Sie war blass und hatte dunkle Augenringe.

»Ist alles in Ordnung?«, fragte May besorgt.

»Ja.« Nova presste die Lippen zusammen. Ihre Schultern sanken herab. »Nein.«

»Was ist denn los?«

Novas Augen wurden feucht. »Granny hat heute keinen guten Tag.«

»Das tut mir leid, Nova. Kann ich irgendetwas tun?«

Nova schüttelte den Kopf. »Ich denke nicht. Sie schläft jetzt, und in zwei Stunden kommt schon die Pflegekraft. Bis dahin wird hoffentlich alles gut gehen.«

»Willst du nicht lieber nachsehen?«, fragte May.

Hilflos zeigte Nova auf die Auslage. »Ich muss hierbleiben.«

May tauschte einen kurzen Blick mit Cathy, die die Unterhaltung mitverfolgt hatte. Diese nickte vielsagend.

Stolz machte sich in May breit. Sie lächelte Nova an. »Nein, Nova, das musst du nicht. Wir können hier für eine Weile übernehmen.«

Entschieden schüttelte Nova den Kopf. »Das kann ich nicht annehmen.«

»Sei nicht albern. Bis zu Lillys Auftritt sind es noch drei Stunden. Außerdem helfen wir uns gegenseitig. Clubregel. Schon vergessen?«

Nova lachte erstickt auf. »Na gut.« Sie schnappte sich ihre Handtasche und schob sich an dem Tisch vorbei. »Die Preisschilder stehen überall dran, und in der Kasse müsste genug Wechselgeld sein.«

Behutsam legte May ihr die Hand auf die Schultern. »Mach dir keine Gedanken. Wir kriegen das hin.«

»Ich bin ein Ass im Verkaufen«, mischte Cathy sich ein und stemmte selbstsicher die Hände in die Hüften. »Meine Kekse sind auch immer ratzfatz alle.«

Das war wohl das schlagende Argument, denn Nova verabschiedete sich sichtlich erleichtert und eilte davon.

May hatte schon unzählige Male hinter Verkaufstischen ausgeharrt. Also bezog sie ihren Posten und lächelte die vorbeigehenden Festbesucher freundlich an.

Leider blieb niemand stehen, um etwas zu kaufen, weshalb Cathy sich schon bald langweilte. Sie warf Lilly, die etwas abseits hinter dem Stand mit Hund herumtobte, einen sehnsüchtigen Blick zu. »Darf ich auch spielen gehen?«

»Na klar. Aber bleibt bitte in der Nähe, ja?«

Cathy nickte und rannte davon.

Eine geschlagene halbe Stunde lang geschah überhaupt nichts. Dann blieb endlich eine Frau stehen. Sie musterte interessiert die Waren. Dann sah sie May, schürzte die Lippen und ging weiter.

May verdrehte die Augen. Sie weigerte sich, sich von diesem kleinen Rückschlag unterkriegen zu lassen. Als das aber noch zweimal passierte, wurde sie langsam sauer. Frustriert rieb sie sich über die Augen. Wie sollte sie Nova erklären, dass sie in zwei Stunden rein gar nichts verkauft hatte?

»Hallo, May.« Coles warme Stimme sandte ein Prickeln durch ihren Körper, das sich in ihrem Bauch erhitzte, sobald sie aufschaute. Er lächelte unschuldig. »Habe ich doch richtig gesehen.«

»Jepp«, erwiderte May und fühlte unter seinem forschenden Blick eine wachsende Nervosität. »Ich helfe Nova.«

»Und wie läuft's?«

May stieß ein bitteres Lachen aus. »Tja, wie es scheint, haben einige Leute nur dein erstes Memo gekriegt und meiden mich immer noch, als hätte ich eine ansteckende Krankheit. Also habe ich in der letzten Stunde genau null Dollar Umsatz gemacht.«

Cole verzog das Gesicht. »Oh.«

Ein unangenehmes Schweigen breitete sich aus, während er auf den Verkaufstisch starrte. Dann richtete er sich entschlossen auf, drehte sich um und holte tief Luft.

»Postkarten! Souvenirs und Sammlerstücke!«, brüllte er aus Leibeskräften.

May glotzte ihn entgeistert an.

Doch er ließ sich davon nicht beirren, sondern winkte einem jungen Mann zu. »Hey, Jeff! Ich hätte hier das perfekte Geschenk für deine Mom.«

Besagter Jeff trat neugierig heran und betrachtete Mays Ketten. »Die sind wirklich hübsch. Was kosten die?«

»Neunundzwanzig Dollar das Stück«, antwortete May.

Cole lehnte sich zu ihm. »Sieh dir nur an, wie filigran der Anhänger gearbeitet ist. So was kriegst du in keinem Schmuckladen.«

Das reichte, um Jeff zu überzeugen. Er zupfte an einer Kette. »Ich nehme die.«

»Eine gute Wahl, mein Freund.« Cole schlug ihm auf die Schulter. »Und was hältst du von der Statue da? Sie sieht ein bisschen aus wie eine Frau und ein Kind, findest du nicht? Wäre das nicht perfekt für Daphne? Sie hat doch bald ihren Entbindungstermin, oder nicht?«

»Diese Skulptur heißt *Mutterliebe*«, schaltete May sich ein und dankte Nova im Geiste für den Tipp, ihren Statuen Namen zu geben. »Sie ist ein handgearbeitetes Unikat.«

Jeff zuckte ein bisschen zusammen, als May ihm den Preis

nannte. Deshalb kam sie ihm ein wenig entgegen, und er zog freudig ab.

Als Nächstes ergriff Cole eine bunte Schale und umgarnte eine ältere Lady, bis diese sie kichernd kaufte. Für ihn schien es geradezu lächerlich einfach zu sein, Novas Ware an den Mann zu bringen, weil er jeden Einwohner in Goodville anscheinend persönlich kannte und genau wusste, wo er ansetzen musste.

Nach einer Weile kamen die Mädchen und beobachteten fasziniert seine Ein-Mann-Show. Cathy hielt es genau fünf Minuten aus. Dann schrie sie eifrig mit, während Lilly so süß lächelte, dass ihr sowieso niemand etwas abschlagen konnte.

Als Nova schließlich zurückkehrte, hatten sie vier Ketten, zwei Statuen, unzählige Postkarten und andere Souvenirs verkauft.

»O mein Gott«, rief Nova lachend aus, als May und die Mädchen hinter dem Verkaufstisch hervortraten. »Ich habe heute Morgen gerade mal eine Obstschale verkauft.«

Mays Lächeln verblasste ein wenig. »Mehr nicht?«

Verblüfft schüttelte Nova den Kopf. »Natürlich nicht. Die meisten Besucher stammen von hier und brauchen keine Andenken.«

Ups. Peinlich berührt schielte May zu Cole, der sie selbstgefällig angrinste. In seinem Blick lag keinerlei Vorwurf, weil sie ihm die Schuld für ihren mangelnden Verkaufserfolg gegeben hatte.

Neben ihnen tauchte Ashlyn auf und tippte mit einer hocherhobenen Braue auf ihre goldene Armbanduhr.

Cole stöhnte gequält auf. »Entschuldigt mich, meine Damen. Ich habe noch einen Termin.« Er wandte sich an Lilly. »Wir sehen uns gleich bei deinem Auftritt, ja? Ich stehe in der ersten Reihe.«

Lilly nickte, woraufhin Cole sich verabschiedete und zu Ashlyn ging.

»Wo will er denn hin?«, fragte Cathy stirnrunzelnd und prustete los, als sie sah, dass sie den Kussstand auf der gegenüberliegenden Seite ansteuerten.

Ein Knoten bildete sich in Mays Magen.

»Dafür hat er sich niemals freiwillig gemeldet«, sagte Nova sofort.

»Selbstverständlich nicht.« Grinsend ergriff Cathy die Hand ihrer kleinen Schwester. »Aber ansehen will ich es mir trotzdem.«

Großartig.

Nova warf May einen mitfühlenden Blick zu. »Wir sehen uns später.«

May nickte und folgte den Mädchen. Als sie den pinken Albtraum von einem Stand erreichten, war Ashlyn bereits dabei, Cole über ein Mikrofon als einen der begehrtesten Junggesellen von Goodville anzupreisen.

Er lächelte. Na ja, zumindest versuchte er es. Wenn man ganz genau hinsah, bemerkte man, wie seine Mundwinkel vor Anstrengung zuckten.

Nova hatte recht. Er stand definitiv nicht dort oben, weil er es wollte.

Diese Feststellung tröstete May ein wenig über das ungute Gefühl hinweg, als sich eine Traube kusswilliger Frauen vor Ashlyns Stand bildete. Am Rande ihres Sichtfeldes nahm May eine Bewegung wahr und drehte den Kopf. Sophia Parker stand etwa fünf Meter neben ihr und starrte zur Bühne. Sie trug eine schneeweiße Bluse und einen hochgeschnittenen Bleistiftrock, der ihre schlanke Figur betonte. Mit den Fingerspitzen strich sie sich über die Lippen, während sie die kleine Bühne nicht aus den Augen ließ.

Mays Blick flog zurück zu Cole, der gerade die erste Bieterin begrüßte. Es war die ältere Arzthelferin aus Dr. Johnsons Praxis, die mit knallroten Wangen auf ihn zutrat. Kichernd reckte sie sich auf die Zehenspitzen und schmatzte Cole einen Kuss auf die Wange.

Er lachte, und das Publikum johlte.

Die Frau winkte fröhlich, ehe sie wieder in der Menge verschwand und der nächsten Dame Platz machte. Diesmal handelte es sich um eine Frau, die etwa Mitte dreißig war und augenscheinlich extra ihren roten Lippenstift nachgezogen hatte. Als sie vor Cole stand, umfing sie seinen Kopf und presste ihre Lippen direkt auf seinen Mund.

Cathy gab einen angewiderten Laut von sich.

Da konnte May nur zustimmen. Ein unangenehmes Ziehen breitete sich in ihrer Brust aus, und sie schaute weg.

Dabei fiel ihr Blick erneut auf die Anwältin, die stocksteif dastand und das Geschehen auf der Bühne verfolgte. Anscheinend war May nicht die Einzige, der das Spektakel missfiel. Ganz offensichtlich hatte Miss Parker ein Auge auf Cole geworfen. May fragte sich, ob er sich darüber im Klaren war.

Weiteres Gejohle erklang und lenkte Mays Aufmerksamkeit von der verbissen dreinblickenden Anwältin zurück zu Cole, der sich über die knallrot gefärbten Lippen wischte, sobald Kandidatin Nummer zwei ihm den Rücken zugekehrt hatte.

»Jetzt tut er mir schon ein bisschen leid«, meinte Cathy, klang aber ein wenig zu schadenfroh, um wirklich überzeugend zu sein.

Eine weitere Frau löste sich aus der Warteschlange und stöckelte auf die Bühne.

Innerlich stöhnte May auf, entspannte sich jedoch, als sie bemerkte, dass die Frau sich auch bloß einen Spaß daraus machte. Wie die meisten anderen, die nach ihr kamen, drückte sie ihm lediglich einen feuchten Schmatzer auf die Wange, bevor sie sich giggelnd abwandte.

Allerdings gab es auch ein paar, die es durchaus ernst meinten. Sie warfen sich ihm an den Hals, als gäbe es kein Morgen mehr. Doch Coles Lippen blieben jedes Mal fest verschlossen, und er sandte auch keinerlei Signale aus, die auf Interesse schließen ließen.

Erst als Sophia Parker auf die Bühne marschierte, regte sich erneut Mays Unbehagen. Die Anwältin blieb kerzengerade vor Cole stehen und sah zu ihm auf. Im Gegensatz zu den anderen Frauen wartete sie darauf, dass er die Initiative ergriff.

Cole schien das ebenfalls zu begreifen. Er lächelte Sophia an und gab ihr einen unschuldigen Kuss auf den Mundwinkel. Die Begegnung ihrer Lippen war keineswegs zu vergleichen mit der Art, wie Cole May vor ein paar Tagen geküsst hatte. Trotzdem spürte May den Stachel der Eifersucht in aller Deutlichkeit.

Pfiffe erklangen im Publikum.

»Was für ein hübsches Paar«, seufzte jemand hinter May.

Lilly drehte sich um und warf der Sprecherin einen bitterbösen Blick zu.

»Das ist irgendwie nicht so lustig, wie ich dachte«, stellte Cathy missmutig fest. »Gehen wir weiter.«

May nickte erleichtert. Sie schlenderten an den Verkaufsständen vorbei und begutachteten die Auslagen. Gelegentlich blieben die Mädchen stehen, um sich mit Freunden über Hund oder Lillys anstehenden Auftritt zu unterhalten.

Als es Zeit war, gingen die drei hinter die Hauptbühne, wo

sich bereits ein paar Kinder versammelt hatten. Dort übergab Lilly die Hundeleine an ihre große Schwester. May holte das Kostüm aus ihrem Rucksack und half Lilly beim Umziehen.

»Möchtest du noch etwas essen oder trinken?«, fragte May, doch die Kleine schüttelte den Kopf.

Aufregung glitzerte in ihren Augen. Sie schien keinerlei Hemmungen zu haben, gleich vor den vielen Menschen aufzutreten.

May hingegen war regelrecht schlecht. Aber sie war auch noch nie besonders gut mit Lampenfieber zurechtgekommen. Mit zittrigen Fingern befestigte May einen geflochtenen Kranz mit kleinen rosa Kunstblüten in Lillys offenem Haar. Dabei betete sie im Stillen, dass alles gut ging. Hoffentlich vergaß Lilly vor lauter Aufregung nicht die richtige Schrittfolge.

»Mach dir keine Sorgen, May.« Cathy legte den Arm um Lillys zarte Schultern. »Sie packt das.«

»Natürlich«, erwiderte May und versuchte, ihre panische Sorge in den Hintergrund zu drängen. Stattdessen lächelte sie Lilly an. »Du siehst wunderschön aus, kleine Fee.«

Verlegen strich Lilly über den feinen Chiffonstoff ihres Kleides.

»Alle zu mir«, rief die Tanzlehrerin.

Hastig küsste Cathy ihre kleine Schwester auf die Wange. »Viel Glück, Lilly-Pop.«

May zog ihre jüngste Nichte in eine Umarmung. Das Herz schlug ihr bis zum Hals. »Wir sind die ganze Zeit bei dir. Hab viel Spaß.«

Lilly nickte stumm und ging zu ihrer Lehrerin.

Vor der Bühne stand Cole wie versprochen in der ersten Reihe. Er war umringt von unzähligen Zuschauern. Sein Mundwinkel hob sich, als er May und Cathy auf sich zukommen sah.

Hund beschnupperte seine Schuhe und entschied, dass sie der ideale Platz für ein Nickerchen waren. Cathy lachte, als der Welpe versuchte, es sich mit seinem Hintern darauf bequem zu machen, und immer wieder abrutschte. Sie setzte sich neben ihn auf den Boden und hob ihn auf ihren Schoß, damit er Ruhe gab.

Nun standen May und Cole direkt nebeneinander. Sie warf ihm einen Seitenblick zu. Er schien unverändert nach der Aktion am Kussstand.

»Danke übrigens«, murmelte sie. »Für deine Hilfe vorhin. Das war ... nett von dir.«

Cole lächelte. »Gern geschehen.«

Erneut erhob sich ein warmes Kribbeln in ihrer Magengegend. Glücklicherweise lenkte der Beginn des Stückes sie hinreichend ab. Sofort zückte Cole sein Handy und hielt es in die Höhe, um den Auftritt aufzunehmen.

Zwei ältere Mädchen betraten die Bühne und präsentierten ein Ballettstück. Die Musik wurde lauter, und dann schwebten die Feen herbei.

Lilly war die vierte in der Reihe und tippelte auf Zehenspitzen über das Parkett. Sie reckte die Arme in die Höhe und drehte eine Pirouette. Dabei sah sie so friedlich aus, dass May vor lauter Rührung Tränen in die Augen schossen.

Applaus und Pfiffe brandeten auf, obwohl der Tanz noch nicht vorüber war. Die Feen bildeten einen Kreis und drehten sich erneut. Diesmal geriet Lilly jedoch ins Straucheln.

May schnappte nach Luft. Ihre Hand schoss Halt suchend nach unten und traf auf Coles Handgelenk, während sich unzählige Horrorszenarien in ihrem Kopf abspielten. Wie Lilly hinfiel, sich wehtat oder gedemütigt auf der Bühne zusammensank.

Doch nichts dergleichen passierte. Sie machte einfach weiter.

Sie balancierte sich aus, sprang zurück auf ihre Position und tanzte im Takt, als wäre nie etwas passiert.

Rose und Julian wären so stolz auf sie gewesen.

Erneut schnürte sich Mays Kehle zu. Diesmal jedoch nicht nur vor Rührung und Stolz, sondern auch vor Trauer. Es war einfach nicht fair, dass Lillys Eltern diesen Moment nicht mehr miterleben durften. Diesen und so viele andere.

Die Musik verklang, und die Mädchen verneigten sich auf der Bühne.

May riskierte einen Blick auf Cole, der noch immer sein Handy hochhielt und filmte. Seine Aufmerksamkeit war starr auf die Bühne gerichtet. Zweifellos bemerkte er, dass sie ihn ansah. Doch er drehte nicht den Kopf. Das war auch nicht nötig. May wusste auch so, dass sich in seinen Augen gerade derselbe Kummer spiegelte, den sie empfand.

Kapitel 25

Cole

Cole vermisste seine besten Freunde immer. Aber selten war ihr Fehlen greifbarer als in Momenten wie diesen. Seine Hand zitterte, während er das Smartphone hochhielt und Lillys Auftritt filmte. Er überlegte, die Hand zu wechseln. Aber dann hätte May ihn losgelassen.

Und das wollte er nicht.

Schon gar nicht, als sie tröstend sein Gelenk drückte und mit dem Daumen beruhigende Kreise über seinen Puls zeichnete.

Sein Adamsapfel hüpfte.

Nur am Rande nahm er wahr, wie das Publikum völlig ausflippte. Erst als Cathy aufsprang und johlte, ließ May ihn los und applaudierte ebenfalls.

Das restliche Stück zog wie ein diffuser Nebel an Cole vorbei. Zum Abschluss versammelten sich alle Kinder noch einmal auf der Bühne und wurden mit stürmischem Beifall gefeiert.

Lilly trat lächelnd vor an die Bühne.

Sofort breitete May die Arme aus und fing sie auf. »Du warst fantastisch.«

»Yeah!« Cathy reckte sich und zupfte spielerisch an Lillys Haarkranz. »Ich wusste, dass du es hinkriegst.«

Cole hob die Hand zu einem High Five, und Lilly klatschte ab.

»Haben die Damen zur Feier des Tages Lust auf ein Eis?«, fragte er, und die Mädchen stimmten sofort zu.

May schien auch nichts dagegen zu haben. Sie setzte Lilly auf dem Boden ab. »Willst du dich vorher rasch umziehen?«

Grinsend schüttelte Lilly den Kopf. Sie war also noch nicht bereit, ihr bezauberndes Tanzkleid herzugeben.

Keine Ahnung, wie May bei diesen geschätzten kilometerlangen Stoffbahnen den Durchblick behalten hatte. Aber das Ergebnis konnte sich sehen lassen. Gab es eigentlich irgendetwas, das diese Frau nicht konnte?

»Also von mir aus können wir los.« May nahm Lilly an die Hand und bedachte Cole mit einem spöttischen Blick. »Es sei denn, du hast noch weitere Termine.«

Seine Wangen wurden heiß. »Ich war Ashlyn noch etwas schuldig«, brummte er und schämte sich, weiter ins Detail zu gehen.

May hatte sowieso schon nicht besonders begeistert ausgesehen, als er sich hatte abknutschen lassen. Daher konnte er unmöglich zugeben, dass er nur aufgrund seiner eigenen Intrigen dort gelandet war. Hoffentlich hatte er sich mit dieser Aktion nicht selbst ins Aus geschossen.

Plötzlich fing May an zu kichern. Ihre Belustigung sorgte dafür, dass auch Cole sich wieder entspannte.

»Können wir endlich gehen?«, maulte Cathy und drückte ihrer Schwester die Hundeleine in die Hand. »Ich verhungere gleich.«

Das wollten weder May noch Cole riskieren. Also steuerten sie Bobs Softeis-Stand an und kauften vier große Portionen. Sie setzten sich an einen der Tische, die überall auf der Festwiese verteilt standen, während sie der Coverband zuhörten.

Als die Mädchen aufgegessen hatten, rannten sie davon, um mit Freunden zu spielen. Fast schon erwartete Cole, dass May sich mit einer fadenscheinigen Ausrede verabschieden würde. Doch zu seiner Überraschung blieb sie sitzen und reckte ihr Gesicht genüsslich der Sonne entgegen.

Einen Moment lang konnte Cole sie nur anstarren. Dann wurde ihm bewusst, dass sie ihm hier eine Chance gab, sich zu beweisen, und er wollte es auf keinen Fall vermasseln. Deshalb hielt er ihr Gespräch sicherheitshalber oberflächlich. Sie sprachen über die Mädchen, ihren Alltag und wie es mit dem Club voranging. Gelegentlich brachte Cole sie sogar zum Lachen.

Der Nachmittag ging schnell in den Abend über, und da Cole sich einfach nicht trennen wollte, begleitete er die drei nach Hause. May überraschte ihn ein weiteres Mal, als sie ihn spontan zum Abendessen einlud.

Da es schon recht spät war, bereiteten sie rasch ein paar Sandwiches zu, die May auf einer großen Platte anrichtete und auf die Veranda brachte.

Chester kam aus seinem Haus geschlurft und schimpfte, weil es trotz der Abendstunden noch viel zu heiß war. Damit hatte er definitiv recht. Im Haus war es deutlich angenehmer. Aber May bestand darauf, dass es draußen schöner war, und obgleich Cole nicht ganz ihrer Meinung war, würde er ihr gewiss nicht widersprechen.

Beim Abendessen berichtete Cathy ihrem Großvater voller Stolz vom Auftritt ihrer kleinen Schwester. Das Gespräch plätscherte entspannt dahin, und sie alle genossen die gelöste Stimmung.

Da Lilly völlig fertig war, brachte May sie nach dem Essen sofort nach oben. Auch Chester verzog sich wieder in seine kühleren vier Wände. Hund trottete ihm hechelnd hinterher. Cathy blieb noch da und half Cole mit dem Geschirr.

»Warum hast du mir eigentlich nicht erzählt, dass Lilly wieder tanzt?«, fragte Cole, als sie die Teller in die Küche trugen.

Cathy zog den Kopf ein. »Ich wollte nicht, dass du wieder sauer auf May wirst.«

Cole erstarrte. »Was meinst du damit?«

Verlegen zuckte sie mit den Schultern. »Sie tanzen öfter zusammen in der Küche, wenn sie Essen machen. Das ist irgendwie ihr Ding. Ich glaube, dass Lilly ihretwegen wieder angefangen hat.«

Cathy hatte also May beschützen wollen, indem sie ihm nichts von Lillys Fortschritten erzählte.

Lieber Himmel! Das war einfach so verkehrt.

Behutsam legte er Cathy die Hand unters Kinn, damit sie ihn ansah. Sie schien zutiefst verunsichert.

»Alles, was euch glücklich macht, macht mich auch glücklich. Ich könnte niemals wütend auf May sein, weil sie Lilly ermuntert hat, etwas zu tun, das sie liebt.« Er lächelte Cathy beruhigend an. »Genauso würde ich es verstehen, wenn ihr lieber hier mit ihr leben möchtet.«

Es zerriss Cole beinahe das Herz, es laut auszusprechen. Aber tief in seinem Inneren wusste er, dass er es akzeptieren würde. Dann sollte es eben einfach nicht sein.

Cathys Augen glänzten. »Wenn wir hierbleiben, werden wir dich kaum noch sehen.«

»Ihr werdet mich genauso oft sehen wie immer. Außerdem kannst du mich jederzeit anrufen, und ich komme vorbei. Das verspreche ich dir.«

Cathy schniefte. »Ich kann May inzwischen ganz gut leiden, weißt du?« Sie klang so schuldbewusst, dass sich Coles Magen zusammenzog.

Er breitete die Arme aus und zog sie an sich. »Das ist vollkommen in Ordnung, Kitty-Cat. Sie mag euch schließlich auch.«

»Ach ja?«

»Na logo. Wie könnte sie euch nicht mögen?«

»Stimmt«, nuschelte Cathy an seiner Halsbeuge.

»Cathy?«, rief May von oben. »Sagst du bitte Gute Nacht? Es ist Zeit fürs Bett.«

Cathy seufzte missmutig, ließ ihn jedoch los.

»Träum was Schönes.« Zärtlich drückte Cole ihr einen Kuss auf die Stirn und sah ihr nach, als sie die Treppe nach oben ging.

Sein Herz schmerzte noch immer. Allerdings war die Enttäuschung bei Weitem nicht so groß, wie er befürchtet hatte. Vielleicht weil er sich tief in seinem Inneren schon längst von der Vorstellung verabschiedet hatte, die Mädchen eines Tages zu sich zu holen. Er wollte nicht mehr kämpfen, sondern das Beste aus der Situation machen.

Die Mädchen heilten. Langsam, aber stetig. Das war das Wichtigste. Außerdem würden Sophias Spürhunde sowieso nichts finden.

Plötzlich rutschte Cole das Herz in die Hose. In all dem Chaos hatte er seinen wahnwitzigen Auftrag völlig vergessen. Rasch holte er sein Handy hervor und schickte seiner Anwältin eine Mail, die Mission sofort abzubrechen.

Es dauerte keine Minute, bis er eine Antwort von Sophia bekam:

Ich halte es für keine gute Strategie, die Recherchen jetzt abzubrechen, Cole. Wir haben schon einige Informationen über Miss Cambell zusammengetragen. Lass uns morgen beim Essen über alles sprechen. Passt dir um acht im Buffalo Grill?

Stirnrunzelnd starrte Cole auf die Nachricht. Er fragte sich, um welche Informationen es sich wohl handelte. Andererseits wollte er nicht von einem Privatermittler erfahren, was es mit Mays Leben auf sich hatte, sondern von ihr selbst.

Deshalb formulierte er noch einmal deutlicher, dass Sophia ihre Leute zurückpfeifen sollte, und vertröstete sie, was das Essen betraf, weil er sich nicht länger damit befassen wollte. Jetzt, wo er wusste, dass die Mädchen bei May bleiben wollten, gab es keinen Grund mehr, diese Sache weiter voranzutreiben. Davon abgesehen war es schlichtweg falsch, zu solchen Mitteln zu greifen.

Nachdem Cole die Nachricht versendet hatte, steckte er das Handy ein und räumte das schmutzige Geschirr weg. Anschließend wartete er, bis May zurückkehrte.

»Ich wollte mich noch verabschieden«, sagte er und stieß sich von der Anrichte ab.

Nachdenklich neigte sie den Kopf. »Möchtest du ein Glas Wein?«

Cole nickte erfreut. »Gern.«

Während May zwei Gläser aus dem Schrank holte, fiel Coles Blick auf die zerfledderten Kritzelhefte, die auf der Arbeitsplatte lagen. »Wie bist du überhaupt auf die Idee mit diesen Aufgaben gekommen?«

May öffnete eine Flasche Rotwein. »Ich habe in einem Forum darüber gelesen, dass es helfen kann, aufgestaute Gefühle zu verarbeiten. Als eine Art Kunsttherapie.«

»Du hast das recherchiert?«

»Ehrlich gesagt, ja. Ich wollte es schließlich nicht noch schlimmer machen.«

Erneut flammte ein schlechtes Gewissen in Cole auf. Er hatte sie so falsch eingeschätzt.

Mit einem Glas Wein in der Hand folgte er May in den Garten, wo sie sich an den Rand der Terrasse setzten. Sie schlüpfte aus ihren Flipflops und versenkte die Zehen im kühlen Gras.

Cole schluckte schwer. »Es tut mir leid, May. Ich wünschte, es wäre alles anders gelaufen.«

Ein sanftes Lächeln kräuselte ihre Mundwinkel. »Ich auch.«

»Ich habe befürchtet, wenn du einen Job findest und Geld ansparst, bist du eines Tages mit den Mädchen über alle Berge.« Er stützte die Arme auf die Knie und schwenkte den Rotwein. »Deshalb habe ich mit ein paar Leuten geredet, von denen ich wusste, dass sie Aushilfen suchen.«

Natürlich überraschte May dieses Geständnis nicht. Trotzdem schien sie irritiert. »Bist du nie auf die Idee gekommen, dass mich ein Job eher in dieser Stadt verankert, als mich von ihr fortzutreiben?«

Nein, wieso auch? Von dem Unterhalt konnten sie und die Mädchen bequem leben. Sie brauchten kein zusätzliches Einkommen.

»Außerdem ist da noch Chester«, fuhr May fort. »Hast du wirklich geglaubt, ich bringe es übers Herz, den alten Griesgram sich selbst zu überlassen?«

»Ich war nicht ganz sicher. Immerhin ist Chester ziemlich... speziell.«

»Er ist Julians Vater«, erwiderte May entrüstet.

Wahrscheinlich wollte sie damit einfach darauf hinweisen, dass er zur Familie gehörte. Aber Cole konnte nicht umhin, sich zu fragen, ob es selbst nach all den Jahren Dinge gab, die sie Julian nicht abschlagen konnte. Die Vorstellung, dass sie noch immer etwas für seinen besten Freund empfand, versetzte ihm einen fiesen Stich.

»Bist du über ihn hinweg?«, fragte er leise.

»Kommt man je ganz über die erste große Liebe hinweg?«, schoss sie zurück und nippte an ihrem Wein. »Oder über eine gescheiterte Ehe?«

»Das mit mir und Yvette war kompliziert.«

May lachte, als hätte er einen saukomischen Witz gemacht, und augenblicklich kam er sich blöd vor. »Immerhin kann ich behaupten, dass ich damit abgeschlossen habe.«

Nun drehte sie doch den Kopf, um ihn anzusehen. »Warum bist du dann in den letzten Jahren mit keiner Frau ausgegangen?«

Coles Brauen schossen in die Höhe. »Du bist erstaunlich gut über mein Privatleben informiert.«

Wieder lachte sie. »Ich will dir deine Illusionen nicht rauben, aber über dich wird ebenfalls getratscht.« Sie trank einen Schluck Wein, ohne ihn aus den Augen zu lassen. »Also? Warum?«, hakte sie nach und leckte einen Tropfen Rotwein von der Unterlippe.

Sofort spürte Cole wieder dieses unwiderstehliche Verlangen, sie zu küssen.

»Ich habe dich heute beobachtet«, sagte May. »An Angeboten mangelt es dir jedenfalls nicht.«

»Bisher gab es einfach keine Frau, die mich genug fasziniert hat.« Sein Mundwinkel hob sich leicht. »Abgesehen von dir.«

Cole konnte May ansehen, dass sie die Lüge in seinem Blick suchte. Doch er sagte die Wahrheit. Es war, als hätte sich mit der Offenbarung ihrer Vergangenheit ein Schalter in seinem Kopf umgelegt. Er hieß es immer noch nicht gut, dass sie sich all die Jahre ferngehalten hatte. Aber zumindest verstand er es jetzt.

May lachte unsicher. »Vielleicht sollten wir lieber versuchen, Freunde zu werden.«

Freunde? Dafür war es längst zu spät.

»Ich weiß nicht.« Nachdenklich rieb Cole sich über das Kinn. »Küsst du normalerweise deine Freunde so?«

Hitze flackerte in ihren Augen auf. »Eigentlich nicht.«

Gott sei Dank!

»Dann sehe ich keinen Weg, wie das funktionieren soll.« Cole nagelte sie mit seinem Blick fest und grinste frech. »Nicht wenn ich mich die ganze Zeit frage, wann ich deine süßen Lippen wieder auf meinen schmecken kann.«

»Du bist ziemlich direkt.«

Damit hatte sie wohl recht. Er verzog das Gesicht. »Ich bin nicht besonders gut darin, eine Frau zu umwerben. Aber ich werde dich nicht noch einmal anrühren. Es ist allein deine Entscheidung, und egal, wie sie ausfällt, ich werde sie respektieren.«

Ein Hauch von Belustigung flackerte in ihren Zügen auf. Sie nahm ihm seine Worte nicht ganz ab. Aber Cole wollte auf keinen Fall noch einmal die Beherrschung verlieren. Sie musste es von sich aus wollen.

Er trank einen Schluck Wein und richtete seine Aufmerksamkeit auf den Garten. Inzwischen war es fast dunkel draußen. Im hinteren Teil konnte man kaum die Hand vor Augen sehen.

»Als ich noch in Colorado Springs gewohnt habe, bin ich fast jeden Morgen vor Sonnenaufgang im ›Garden of Gods‹ herumgewandert«, erzählte er. »Einmal bin ich fast auf eine Schlange getreten.«

Wenn May überrascht von seinem abrupten Themenwechsel war, so zeigte sie es nicht. »Hat sie dich gebissen?«

»Nein, aber es war knapp.« Cole grinste. »Sie war ziemlich sauer.«

May lachte. »Das kann ich mir vorstellen. Ich wette, du bist schreiend davongerannt.«

»Quatsch! Ich bin total cool geblieben. Diese Art von Nervenkitzel ist voll mein Ding.«

»Tatsächlich?«, erwiderte May amüsiert.

Er lachte leise. »Nein, kein bisschen. Ich schätze, ich begeistere mich eher für weniger waghalsige Abenteuer.«

»Ich war mal mit Haien tauchen.«

Entgeistert riss er die Augen auf. »Du nimmst mich auf den Arm.«

Kichernd schüttelte sie den Kopf. Ihre Augen leuchteten vor Vergnügen. »Das war auf den Bahamas. Zu der Zeit habe ich in einer Strandbar gejobbt und mich mit ein paar Tauchlehrern angefreundet. Sie haben mich mal auf eine Tour mitgenommen. Es war Furcht einflößend, aber auch ziemlich spektakulär.«

»Mich hätten keine zehn Pferde ins Wasser gekriegt.«

»Ich muss zugeben, es kostete etwas Überwindung. Aber wenn du in voller Montur im Boot sitzt und ins Wasser schaust, gibt es eigentlich nur zwei Möglichkeiten: Entweder du ergreifst die Chance, etwas Einmaliges zu erleben, oder du lässt sie verstreichen.«

»Und du wolltest nichts verpassen«, stellte Cole scherzhaft fest.

Sie nickte, doch das Leuchten in ihren Augen verlor etwas an Kraft. »Nachdem die Sache mit Julian passiert war, wollte ich mich nie wieder fragen, was wäre gewesen, wenn. Was wäre gewesen, wenn ich Rose von Anfang an die Wahrheit gesagt hätte? Wenn ich Julian meine Gefühle offenbart hätte? Wenn ich zu mir selbst gestanden hätte?« Betrübt wandte sie sich ab und schaute in den finsteren Garten. »Ich habe ziemlich viele verrückte und manchmal auch dumme Dinge getan. Ich bereue sie nicht. Es war meine Art, mich vor all diesen Fragen zu drücken und die Wahrheit auszublenden.«

Erneut kochte in Cole der Wunsch hoch, sie zu trösten. Doch er streckte nicht die Hand nach ihr aus, sondern nickte nur. »Ich verstehe.«

Ein zaghaftes Lächeln breitete sich auf ihrem Gesicht aus. »Wirklich?«

»Ja.« Cole wurde warm ums Herz, während sich ihre Blicke verwoben. Er hätte alles darum gegeben, sich einfach vorzubeugen und sie zu küssen, damit sie wirklich begriff, dass er sie verstand. Aber er hatte ihr ein Versprechen gegeben, und daran wollte er sich halten. Also grinste er schief. »Bis auf die Sache mit den Haien. Das wird mir wohl ewig ein Rätsel bleiben.«

Sie lachte leise. Ihre Wangen waren ein wenig gerötet, obwohl sie bisher kaum etwas von ihrem Wein getrunken hatte. Es freute Cole, dass seine Nähe anscheinend der Grund für ihre Reaktion war.

»Das war bei Weitem nicht das Verrückteste, was ich je getan habe«, gestand sie, und das Leuchten kehrte in ihre Augen zurück.

Er lehnte sich ein Stück zu ihr herüber. »Erzähl mir mehr.«

Kurz fürchtete Cole, sie würde seiner Bitte nicht nachkommen. Doch dann begann sie erst stockend, dann immer eifriger, von ihren Abenteuern zu berichten. Wie es schien, hatte sie nicht übertrieben. Mit einer Mischung aus Faszination und Entsetzen hörte Cole zu, als sie beschrieb, wie sie per Anhalter durch Europa gereist war, welche Jobs sie im Laufe der letzten Jahre angenommen und wo sie sich am wohlsten gefühlt hatte.

Dagegen erschien ihm sein eigenes Leben vollkommen fade. Doch May schien das nicht so zu empfinden. Sie löcherte ihn mit Fragen über seine Lieblingsplätze und die Dinge, die ihm etwas bedeuteten.

Cole hätte noch die ganze Nacht lang mit ihr auf dem Terrassenboden sitzen und so entspannt reden können. Doch er wollte May nicht unter Druck setzen. Also brachte er all seine Selbstbeherrschung auf und erhob sich, als die Weinflasche leer war.

»Es ist spät. Ich sollte jetzt gehen.«

Zu seinem Bedauern widersprach sie ihm nicht, sondern begleitete ihn zur Tür. Dort drehte er sich noch einmal um und sah sie an.

Sie hatte sich das Haar zu einem Knoten zusammengebunden. Doch ein paar widerspenstige Strähnen hatten sich wieder gelöst und streichelten ihre Wange. Cole hätte nur zu gern die Hand ausgestreckt und May berührt. Aber er wollte sein Versprechen nicht brechen.

»Also dann«, sagte er, um den Moment peinlicher Stille zu überspielen.

»Also dann«, wiederholte sie und grinste, als hätte sie seine Gedanken erraten. »Morgen soll es ziemlich heiß werden.«

Jepp, sie amüsierte sich definitiv über seinen inneren Kampf.

»Cathy hat vorgeschlagen, zum Lake Buckeye zu fahren und eine Runde zu schwimmen«, fuhr sie fort. »Möchtest du mitkommen?«

Und ob er das wollte! Er strahlte sie an. »Wann soll ich euch abholen?«

»Gegen zehn?«

»Alles klar.« Weil Cole einfach nicht widerstehen konnte, beugte er sich hinab und küsste May sanft auf die Wange.

Sie versteifte sich, ließ es jedoch geschehen. Nach einem letzten sehnsüchtigen Blick machte er sich auf den Heimweg.

***

Cole war felsenfest entschlossen, May alle Zeit der Welt zu lassen, aber als sie sich am Ufer des Lake Buckeye das Kleid über den Kopf zog und ihren Körper in einem schlichten blauen Bikini präsentierte, vergaß er beinahe seine guten Vorsätze. Dass sie einen unglaublichen Körper hatte, hatte er ja bereits bemerkt. Dennoch verließ sämtliche Luft seine Lungen, als sie mit ihrem knackigen Hintern vor ihm herumwackelte.

Glücklicherweise bekam sie nichts von seiner wachsenden Erregung mit, da sie Lillys Schwimmflügel aufpustete.

»Los, Cole!«, rief Cathy und rannte juchzend ins Wasser.

Beunruhigt sah May ihr nach.

»Keine Sorge!«, sagte Cole und trat neben sie. »Sie ist eine hervorragende Schwimmerin.«

»Wirklich?«

Cole nickte. »Ich war dabei, als sie es gelernt hat.«

May runzelte die Stirn, als wüsste sie nicht so recht, ob sich ein Vorwurf hinter dieser Aussage verbarg. Aber dem war nicht so. Deshalb lächelte er sie arglos an und zog sich mit einer fließenden Bewegung sein Shirt über den Kopf.

Mays Augen weiteten sich, während sie ungeniert auf seine Brust starrte. Ihr Blick fühlte sich an wie eine Liebkosung auf seiner erhitzten Haut.

Heftige Erregung durchzuckte Cole und bündelte sich in seinem Schritt. So gern er Mays Blick noch länger genossen hätte, entschied er doch, dass es höchste Zeit für eine Abkühlung wurde. Er ging zum Ufer, tauchte ins Wasser und spürte, wie das erfrischende Nass sein Verlangen vertrieb.

Wenig später folgten May und Lilly deutlich zögerlicher. Es war witzig, mit anzusehen, wie beide zeitgleich das Gesicht verzogen, als ihre Füße vom Wasser umspült wurden.

»Jetzt kommt schon!«, brüllte Cathy und spritzte einen Schwall Wasser in ihre Richtung. »Es ist doch überhaupt nicht kalt.«

»Willst du mich auf den Arm nehmen?«, japste May und zuckte zusammen, als Cathy noch einmal ausholte. »Es ist schweinekalt.«

Cole lachte. Aber dann bemerkte er, wie May eine Gänsehaut bekam. Ihre harten Brustwarzen zeichneten sich unter dem dünnen Bikinioberteil deutlich ab. Feine Tropfen perlten über ihr Dekolleté und rannen an ihrem Körper herunter. Cole wollte jeden einzelnen Tropfen mit seiner Zunge auffangen und den Pfad hinauf bis zu ihren Brüsten lecken. Sein Mund wurde trocken, als er sich vorstellte, wie er die Lippen um ihre Nippel legte und daran saugte.

May fing seinen Blick auf und bekam augenblicklich rote Wangen. Wieder einmal schien sie spielend leicht seine Gedanken zu erraten. Andererseits war das wohl auch nicht besonders schwer. Schließlich stand er regungslos im Wasser und verschlang sie förmlich mit den Augen.

Ihre Mundwinkel zuckten.

Stöhnend ließ Cole sich nach hinten fallen und tauchte erneut unter. Er hatte keine Ahnung, wie er mit einer halb nackten May fertigwerden sollte. Wenn das so weiterging, würde er das Wasser wohl für den Rest des Tages nicht mehr verlassen.

Kapitel 26

May

In den nächsten zwei Wochen kam Cole beinahe täglich vorbei, und May konnte nicht behaupten, dass sie unglücklich darüber war.

Eher im Gegenteil.

Seit er sie um ein Date gebeten hatte, präsentierte er sich von einer völlig neuen Seite. Er war aufmerksam, charmant und lustig. Vor allem wenn sie ihn dabei ertappte, wie er sie mit unverhohlener Faszination betrachtete.

Dass er überhaupt kein Geheimnis daraus machte, wie attraktiv er sie fand, gefiel ihr. Sie genoss es, in seiner Aufmerksamkeit zu baden, und musste jedes Mal lachen, wenn er mit einem schiefen Grinsen den Kopf schüttelte, als müsse er sich selbst zur Ordnung rufen.

Natürlich lief nicht immer alles glatt. Als eines Abends ein heftiger Sommerregen einsetzte, stand May beim Abendessen vor der Problematik der Sitzplatzverteilung.

Der Tisch war gedeckt. Die Mädchen und Chester hatten sich schon hingesetzt, und Cole nahm auf dem Stuhl an der Stirnseite Platz.

May blieb stehen. »Esst ruhig«, sagte sie und strich sich über den vorgeschobenen Bauch. »Ich habe überhaupt keinen

Hunger. Bin noch pappsatt vom Mittagessen mit Lauren und Nova.«

»Was soll der Blödsinn?« Ungeduldig zog Cole Roses Stuhl zurück. »Du hattest bloß einen Salat.«

»Aber der war sehr reichhaltig.«

Cole verdrehte die Augen. »Setz dich, May.«

Sein herrischer Ton entfachte prompt ihren Zorn. »Ich habe keinen Hunger.«

»Red keinen Quatsch! Ich kann deinen Bauch bis hierher knurren hören. Also komm her und iss mit uns.«

»Ich will nicht«, presste sie hervor, sich der aufmerksamen Blicke der anderen überdeutlich bewusst.

Cole kniff die Augen zu schmalen Schlitzen zusammen. »Soll ich lieber gehen?«

Das wollte May natürlich auch nicht.

»Es ist okay, May.« Cathys Stimme war so leise, dass May sie kaum verstand. Ihre Augen glänzten. »Du kannst dich ruhig dort hinsetzen.«

Es wurde still im Raum.

»Bist du dir sicher?«, fragte May.

»Was ist denn hier los?«, brummte Chester.

»Gute Frage«, pflichtete Cole ihm bei und schaute angespannt zwischen Cathy und May hin und her.

Betreten senkte das Mädchen den Blick. »Ich wollte nicht, dass sie auf Moms oder Dads Platz sitzt.«

Cole wurde blass. »Deswegen essen wir sonst immer draußen in der Hitze?«

»Dort gab es keine festen Sitzplätze«, murmelte Cathy. »Da war es nicht so wichtig.«

Nach einigem Hin und Her überwand May ihre Hemmungen

und setzte sich auf den Platz gegenüber von Cathy. Das Essen verlief diesmal jedoch deutlich angespannter als sonst.

Kaum waren May und Cole allein, ging die Diskussion von vorne los.

»Warum hast du mir nie etwas gesagt?«, knurrte er. »Ich saß so oft auf deinem Platz und hatte keine verdammte Ahnung.«

»Was hätte ich denn sagen sollen?«, schoss May zurück. »Das ist mein Stuhl, also verzieh dich? Da wäre ich sicher in deiner Achtung gestiegen.«

Dass sie mit ihrem Sarkasmus ins Schwarze getroffen hatte, erkannte sie an seinem finsteren Gesichtsausdruck. Er stapfte auf sie zu, bis sie nur noch Zentimeter voneinander entfernt waren. »Gibt es noch etwas, das ich wissen sollte?«

Nachdenklich tippte May sich ans Kinn. »Mir fällt gerade nichts ein.«

Zugegeben, ihn noch weiter zu provozieren, war wahrscheinlich nicht besonders clever. Aber irgendwie mochte sie inzwischen sogar seine temperamentvolle Seite.

Sein Blick brannte sich in ihren, und einen Moment lang war May nicht sicher, ob er sie schütteln oder küssen wollte. Dann atmete er tief durch, küsste sie auf die Wange und verließ das Haus, während sie mit rasendem Puls in der Küche zurückblieb.

Ein anderes Mal stritten sie sich, weil May ein Jobangebot vom Blumenladen ausgeschlagen hatte.

»Du wolltest doch unbedingt arbeiten«, sagte Cole, als sie nach dem Softballtraining durch den Park spazierten. Anscheinend hatte er inzwischen kapiert, dass sie keineswegs vorhatte, die Stadt zu verlassen, und finanziell unabhängig bleiben wollte.

Sosehr May seine Bemühungen, ihr zu helfen, auch zu schätzen wusste, hatte sie doch ihren Stolz. »Du hast wirklich keine

Vorstellung davon, wie unhöflich hier manche Leute sind, oder?«

Vermutlich wäre das ein guter Zeitpunkt gewesen, ihn darüber in Kenntnis zu setzen, dass sie mit ihren Kunstobjekten inzwischen eine recht lukrative Alternative gefunden hatte.

Pro Woche verkaufte Nova mehrere Schmuckstücke sowie ein bis zwei kostspielige Skulpturen in ihrem Souvenirshop. Damit kam selbst abzüglich der Provision genug zusammen, um ein Gespräch mit Cole zu umgehen, in dem May ihm gestand, dass der Unterhalt für die Mädchen im Grunde genommen viel zu knapp bemessen war.

Einmal sprach er sie trotzdem darauf an, warum sie die meisten Sachen im Internet bestellte, anstatt den lokalen Handel zu unterstützen.

»Im Internet gibt es mehr Schnäppchen«, erklärte May gereizt und wollte ihm für seinen verständnislosen Blick am liebsten eine kleben. »Außerdem stehe ich auf Individualität.«

Bei dieser Aussage ließ Cole einen lüsternen Blick über ihr geblümtes Top gleiten, das perfekt zu den blauen und violetten Strähnchen passte, die May sich gegönnt hatte.

Schon war die Diskussion vergessen und machte einer drängenden Sehnsucht Platz.

Manchmal hasste May es, dass Cole sich derart gut unter Kontrolle hatte. Sie merkte, wie er mit seinem Verlangen nach ihr rang. Doch er gab ihm nie nach.

Nachts lag sie oft wach und spielte verschiedene Szenarien in ihrem Kopf durch. Dann war sie wiederum froh, weil er sich so zusammennahm. Schließlich wollte sie die Dinge nicht noch komplizierter machen, und das würde sie vielleicht, wenn sie anfingen, offiziell miteinander auszugehen.

Am Samstagmorgen rief Helen an und fragte May, ob die Mädchen sie und Mortimer spontan auf einen Ausflug zur Winston Farm begleiten durften. Natürlich waren die beiden Feuer und Flamme.

Da May ohnehin noch einiges erledigen wollte, war sie einverstanden und brachte Cathy und Lilly nach dem Mittagessen zu Coles Eltern. Dort erwartete Helen sie bereits an der Haustür.

»Was ich dich noch fragen wollte, May«, setzte sie an, nachdem die Mädchen im Haus verschwunden waren. »Mir ist zu Ohren gekommen, dass es bald einen Ladies Club in dieser Stadt geben wird.«

»Das stimmt«, erwiderte May überrascht. »Aber wir stehen noch ganz am Anfang.«

»Nun, wenn ihr so weit seid, möchte ich gerne mitmachen.« Helen zwinkerte ihr zu. »Diese Stadt braucht dringend ein bisschen Frauenpower, und ich würde euch gerne unterstützen.«

May lachte und versprach, sich bald bei Helen zu melden. Auf dem Weg zum Supermarkt rief sie bei Lauren an.

»Du errätst nie, wer unser erstes offizielles Clubmitglied werden will«, flötete sie, während sie auf die Hauptstraße einbog.

»Spann mich nicht auf die Folter!«

»Helen Baxter.«

»Was?« Lauren brach in schallendes Gelächter aus. »Ihre Söhne werden durchdrehen.«

Mays Grinsen verpuffte. »Meinst du?«

»Ach was! Sie werden es schon verkraften, dass Mommy Baxter sich in der örtlichen Frauenbewegung engagiert.« Im Hintergrund erklang das vertraute Rattern der Kaffeemaschine.

»Apropos Baxter-Brüder«, fuhr Lauren fort, sobald die Bohnen gemahlen waren und May sie wieder verstehen konnte.

»Wie lange willst du den armen Kerl eigentlich noch zappeln lassen?«

May stöhnte gequält auf. »Keine Ahnung.«

»Er war am Freitagabend mit seinen Kollegen hier, und er sah nicht besonders glücklich aus. Findest du nicht, dass er inzwischen genug Buße getan hat?«, fragte Lauren vorsichtig. »Ich meine, es ist doch offensichtlich, dass er sein Verhalten zutiefst bereut.«

»Ich weiß.« May schaltete in den Rückwärtsgang und setzte den Chief in eine Parklücke. »Ich habe ihm auch längst verziehen, aber...«

»Aber was?«, unterbrach Lauren sie ungeduldig. »Ihr zwei fahrt total aufeinander ab, und inzwischen versteht ihr euch großartig. Warum zögerst du noch?«

»Ich habe einfach Angst.«

»Du bist die mutigste Frau, die ich kenne. Du hast dein ganzes Leben hinter dir gelassen, um dich in einer verpennten Kleinstadt um deine traumatisierten Nichten zu kümmern. Die Leute hier – bis auf wenige intelligente Ausnahmen – haben dir das Leben zur Hölle gemacht. Trotzdem hast du nie aufgegeben, sondern dir den Arsch aufgerissen, damit die Mädchen ihren Verlust überwinden. Da wirst du ja wohl mit Cole Baxter fertigwerden.«

»Dein Glaube in meine Fähigkeiten rührt mich zutiefst«, witzelte May.

Leider ließ Lauren ihr das nicht durchgehen. »Ich meine es ernst, May. Wenn du noch länger zögerst, vergibst du vielleicht die Chance auf etwas Wunderbares. Und nur für den Fall, dass du es noch nicht bemerkt haben solltest: Hier gibt es nicht allzu viele Junggesellen, die den hohen Ansprüchen der *Soul Sisters* gerecht werden.«

»Ist ja schon gut«, murrte May und atmete tief durch. »Du hast mich überzeugt. Ich werde mit ihm ausgehen.«

»Ich bin überaus entzückt, das zu hören. Am besten rufst du ihn gleich an. Nicht dass du später wieder einen Rückzieher machst.«

May seufzte. »Ja, Ma'am.«

»War mir eine Freude, behilflich zu sein«, zwitscherte Lauren und verabschiedete sich.

Gedankenverloren starrte May auf den Supermarkt. Vor dem Gespräch mit Lauren hatte sie eine konkrete Einkaufsliste im Kopf gehabt. Jetzt war ihr Gehirn wie leer gefegt.

Seufzend startete sie den Motor und verließ den Parkplatz. Eigentlich hatte sie vorgehabt, nach Hause zu fahren, all ihren Mut zusammenzunehmen und Cole anzurufen. Doch stattdessen hielt sie kurz darauf vor seinem Haus.

Es war bei Weitem nicht so riesig wie das der Avens, aber wunderschön, mit großen Fenstern und zahlreichen Erkern. May war noch nie bei Cole gewesen. Sie wettete jedoch, dass das Innere des Hauses hell und lichtdurchflutet war.

Coles Wagen stand in der Einfahrt. Er war also zu Hause.

Bevor May noch einmal das Für und Wider abwägen konnte, stieg sie aus und ging mit weichen Knien zur Haustür. Sie betätigte die Klingel und bekam beinahe einen Herzinfarkt, als kurz darauf Schritte erklangen.

Cole öffnete die Tür einen Spalt und war sichtlich überrascht, sie zu sehen. »Hey. Ist alles in Ordnung?« Er warf einen Blick über Mays Schulter. »Wo sind die Mädchen?«

»Sie sind mit deinen Eltern unterwegs.« Aufgeregt nestelte May am Ausschnittbändchen ihres luftigen Sommerkleides. Es war bunt gemustert und reichte ihr bis über die Knie. »Darf ich reinkommen?«

»Na klar.« Cole zog die Tür weiter auf, und jetzt war May sich sicher, jeden Moment aus den Latschen zu kippen, denn er trug lediglich ein Paar Sportshorts. Sein Oberkörper war nackt.

Du lieber Himmel!

May zog den Kopf ein und schlüpfte an ihm vorbei ins Haus. Wie vermutet war es hell und geräumig. Eine offene Küche grenzte direkt an den Wohnraum an, der mit ein paar stilvollen Accessoires und einer riesigen Sofalandschaft eingerichtet war. Am Fußende lagen einige Dokumente verstreut. Gegenüber hing ein großer Fernseher an der Wand und übertrug stumm ein Baseballspiel.

»Möchtest du etwas trinken?«, fragte Cole hinter ihr.

May wirbelte herum. Obwohl sich ihre Kehle anfühlte, als hätte sie stundenlang die Einöde von Colorado durchquert, lehnte sie dankend ab. Angespannt befeuchtete sie die Lippen. »Ich bin wegen unserem Date gekommen.«

Verständnislos schaute Cole sie an.

»Du möchtest doch noch mit mir ausgehen, oder?«, stammelte sie und konnte nicht vermeiden, dass ihr Blick einmal mehr über seinen Oberkörper glitt.

Seine Muskeln waren fein definiert, aber nicht übermäßig aufgepumpt. Feine Härchen kräuselten sich unter seinem Bauchnabel und mündeten in einen schmalen Pfad, der in seinen Shorts verschwand.

»Natürlich.«

May blinzelte. »Äh, was?«

Coles Mundwinkel zuckte. »Ich möchte immer noch mit dir ausgehen, May.«

»Ach so.« Sie kicherte nervös.

Klasse! Konnte das Ganze noch peinlicher werden?

Zögernd, als wollte Cole sie nicht erschrecken, trat er auf sie zu. Seine grünen Augen fingen ihren Blick auf. »Soll das heißen, du willigst ein?«

Gebannt starrte May zu ihm empor. Ihr Körper kribbelte bis in die Zehenspitzen, weil sich das Verlangen seit ihrem letzten Kuss plötzlich exponenziell gesteigert zu haben schien. Hitze flammte in ihrem Unterleib auf, und ihre Brüste fühlten sich schwer an. Sie sehnte sich so sehr nach seiner Berührung, dass ihr ganzer Körper schmerzte.

»Das tue ich«, antwortete sie und hob geistesabwesend die Hand, um mit der Fingerspitze federleicht über seinen rechten Brustmuskel zu streichen. Es war das erste Mal, dass sie ihn anfasste – und es fühlte sich großartig an.

Cole bewegte sich nicht. Er atmete nicht einmal mehr.

Seine Reaktion sorgte dafür, dass May zu ihrem Selbstvertrauen zurückfand. Grinsend hob sie eine Braue. »Andererseits werden Dates oft überbewertet, findest du nicht auch?«

Hoffnung glomm in seinen Augen auf. »Darf ich dich also endlich wieder küssen?«

Bedächtig ließ May die Fingerspitze zu seiner linken Körperhälfte wandern. »Ich bitte sogar darum.«

»Gott sei Dank«, stieß er hervor, schlang die Arme um sie und presste seine Lippen auf ihre. Sein Kuss war längst nicht so wütend wie beim ersten Mal. Dennoch haftete ihm eine verzweifelte Sehnsucht an.

Mays Zunge tauchte in seinen Mund und neckte ihn. Berauscht von seinem Geschmack stellte sie sich auf die Zehenspitzen, drückte sich enger an ihn und rieb ihre Brüste an ihm. Die Härte, die sie an ihrem Bauch spürte, sandte Hitzewellen durch ihre Adern.

Cole fuhr mit den Händen ihren Rücken hinab zu ihrem Hintern und massierte ihre Pobacken in einem Rhythmus, der ihr beinahe den Verstand raubte. Ihre Hände ertasteten seinen Körper, spürten Muskelstränge und erhitzte Haut.

Mit einem verzückten Seufzen verteilte May Küsse auf seinem stoppeligen Unterkiefer bis hinab zu seinem Hals, wo sein Geruch am stärksten war. Sie rieb mit der Nasenspitze über seine Haut und knabberte zärtlich an ihm.

Cole stöhnte. »Herrgott noch mal, May. Hör auf! Sonst kann ich für nichts mehr garantieren.«

Genau das wollte sie. Sie wollte, dass er die Beherrschung verlor. Also biss sie sanft zu.

Mehr Bestätigung brauchte Cole nicht. Ein Ruck ging durch seinen Körper. Er hob sie hoch, trug sie zur Couch und legte sie darauf ab, bevor er sich über sie beugte. Erneut verschmolzen ihre Lippen miteinander, während seine rechte Hand ihren nackten Oberschenkel hinaufwanderte und unter ihr Kleid schlüpfte.

Seine raue Hand auf ihrer empfindlichen Haut zu spüren, stellte verrückte Dinge mit May an. Pure Lust beherrschte ihr Denken. Alles in ihr schrie nach mehr.

Sie krallte die Finger in sein Haar, während er feuchte Küsse auf ihrem Dekolleté verteilte. Bei ihren Brüsten angelangt, saugte er an einer der festen Spitzen. Obwohl sie das Kleid noch trug, spürte sie seinen feuchten Atem. Es war herrlich. Wimmernd bog sie den Rücken durch.

Bei dem Laut stöhnte Cole erneut. Er richtete sich auf und starrte schwer atmend auf sie hinab. »Lass mich dich ansehen«, bat er mit heiserer Stimme.

Da May kaum fähig war, einen klaren Gedanken zu fassen, nickte sie nur und ließ sich von Cole aus dem Kleid helfen. Ihre

Unterwäsche bestand aus einem schmucklosen weißen BH und blau gestreiften Pants. Nichts, in dem man sich besonders sexy fühlte.

Dennoch schaute Cole sie an, als hätte er nie etwas Erotischeres gesehen. »Du bist wunderschön.«

Lächelnd griff May hinter sich und hakte ihren BH auf.

Seine Fingerspitzen zitterten, als er ihr behutsam die Träger von den Schultern streifte. Der Rest folgte und offenbarte ihre nackten Brüste.

May hatte ihre Oberweite immer gemocht. Aber selten war sie so froh über ihre weibliche Ausstattung gewesen wie in dem Moment, in dem Cole sie mit den Lippen huldigte.

Genüsslich schloss May die Augen und gab sich seiner Liebkosung hin, bis sie vor Erregung hilflos unter ihm zappelte. Ungeduldig schob sie die Hände in seine Shorts, packte seinen Hintern und drückte ihn an ihr pochendes Zentrum.

Leise knurrend zog Cole sich ein wenig zurück. Stattdessen setzte er nun seine Fingerspitzen ein, um sie mit sinnlichen Streicheleinheiten noch mehr aus der Fassung zu bringen.

»Cole«, wimmerte May, als sie meinte, jeden Moment in ihre Einzelteile zu zerspringen.

Rasch zog er ihr das Höschen aus. Sekunden später folgten seine Shorts. Als er sich nackt auf sie legte und sie einander Haut an Haut spürten, war es endgültig vorbei.

May kippte ihr Becken, und er glitt mit einer fließenden Bewegung in sie.

Seine Züge verzerrten sich vor Lust. »Himmel!«

Es war lange her, seit May zum letzten Mal Sex gehabt hatte. Cole schien das zu spüren, denn er verharrte reglos, bis sie sich an ihn gewöhnt hatte. Sein Atem ging stoßweise, während er ihren Blick suchte. Zärtlich strich er ihr eine verschwitzte Haarsträhne aus der Stirn.

»Alles okay?«, fragte er leise.

May lachte zittrig. »Solange du dich bewegst, ist alles in Butter.«

»Zu Befehl, Baby«, erwiderte er grinsend, ehe er sich zurückzog und zustieß.

Köstliche Schauer durchzuckten May. Sie reckte den Kopf, um einen weiteren Kuss einzufordern.

Cole versiegelte ihre Lippen. Seine Hände schienen überall zu sein, und auch May bekam einfach nicht genug davon, ihn zu spüren. Ihr Herz raste. Blitze tanzten hinter ihren Lidern, als er das Tempo erhöhte und sie sich beide in ihrer Leidenschaft verloren.

Lange dauerte es nicht, bis sie beide unter dem Ansturm ihrer Empfindungen zusammenbrachen. Als der Orgasmus über May hinwegfegte, schrie sie auf. Zugleich stieß Cole ein tiefes, absolut hinreißendes Stöhnen aus.

May wollte dieses Geräusch am liebsten gleich noch einmal hören, obwohl sich ihr Körper anfühlte wie Wackelpudding.

Cole sank auf sie und vergrub die Nase an ihrem Halsansatz. Dabei stützte er sich mit den Ellenbogen ab, um sie nicht zu zerquetschen. Sein schneller Atem kitzelte ihre Haut, während May träge durch sein schweißnasses Haar fuhr.

Mit stummem Erstaunen starrte sie an die Zimmerdecke. Sie war sich ziemlich sicher, dass dies der intensivste Sex ihres Lebens gewesen war. Prompt breitete sich ein Grinsen auf ihren Lippen aus.

Wer hätte gedacht, dass Cole Baxter so fantastisch vögeln konnte?

May hatte alles um sich herum vergessen. Da waren nur noch sie und Cole. Nichts anderes war mehr wichtig gewesen. Und es hatte sich herrlich angefühlt.

Mit einem zufriedenen Brummen verlagerte Cole das Gewicht und kuschelte sich an sie.

May stutzte. Feuchtigkeit klebte zwischen ihren Schenkeln. Sehr viel Feuchtigkeit.

Das war der Moment, in dem sie schlagartig von ihrer lockerleichten Wolke der Glückseligkeit zurück auf den Boden der Tatsachen krachte.

Kapitel 27

Cole

Cole schwebte zwischen Verblüffung und absoluter Zufriedenheit, als May stocksteif unter ihm wurde. Er hatte Angst, Reue in ihrem Blick zu finden. Aber als sie anfing, am ganzen Körper zu zittern, überwog seine Sorge.

»Was ist los?«, fragte er und hob den Kopf.

Ihre Augen waren schreckgeweitet.

Das war nicht gut.

»May?« Alarmiert richtete Cole sich auf, woraufhin ihr Blick langsam an ihrem Körper hinabglitt und bei der nassen Stelle zwischen ihren Beinen verharrte.

»Wir ... wir haben nicht verhütet«, krächzte sie.

Stimmt, das hatten sie nicht.

»Ich habe angenommen, du nimmst die Pille.«

Dass das so ziemlich das Dämlichste war, was er hätte sagen können, erkannte Cole genau in dem Moment, als sich ihr Gesichtsausdruck von Schock in nackte Panik wandelte.

»O mein Gott!«, rief sie aus, schob ihn von sich und sprang auf die Füße. »O mein Gott. O mein Gott. O mein Gott!«

»Du nimmst also nicht die Pille«, stellte Cole wenig geistreich fest und sah widerwillig zu, wie sie ihr Kleid überstreifte und damit ihren Prachtkörper verhüllte.

»May?«, hakte er nach, weil sie kurz davor war, völlig auszuflippen.

»Ich vertrage die Pille nicht«, presste sie hervor und wurde feuerrot vor Zorn. »Scheiße! Wie konnte ich bloß so dämlich sein?« Sie schüttelte den Kopf. »Ich muss hier raus.«

»Was?« Mit einem Satz war Cole auf den Beinen. »Du wirst jetzt nicht einfach abhauen. Wir werden darüber reden, verflucht noch mal.«

»Reden?«, fragte sie schrill. »Was gibt es denn da zu reden? Wir haben nicht verhütet, Cole. Ich könnte dich mit irgendeinem Mist angesteckt haben. Du könntest mich *geschwängert* haben.«

»Zunächst einmal kann ich dir versichern, dass hier niemand irgendwen mit irgendwelchem Mist angesteckt hat. Wir sind beide kerngesund, und das weißt du auch. Und was die zweite Sache betrifft...« Cole stockte. Er wollte es nicht laut aussprechen. Das hier war sein am besten gehütetes Geheimnis. Nicht einmal die Klatschweiber von Goodville wussten davon. Außerdem hasste er es sogar vor sich selbst, seine größte Schwäche einzugestehen. Aber er konnte nicht zulassen, dass May vor Angst durchdrehte. Also kratzte er all seine Würde zusammen und hob das Kinn. »Ich *kann* dich nicht geschwängert haben, May. Ich bin zeugungsunfähig.«

Sie blinzelte. »Wie... wie meinst du das? Hattest du eine Vasektomie oder so was?«

Gequält verzog er das Gesicht. Er wünschte, es wäre so. Er wünschte, er könnte einfach behaupten, dass er keine Kinder wollte und deshalb vorgesorgt hatte. Aber in Wahrheit hatte er sich immer ein volles Haus mit Kindergetrappel gewünscht. Nur war das Schicksal offenbar der Ansicht, dass er sich nicht fortpflanzen sollte. »Ich hatte nichts dergleichen.« Er wollte beschämt den Blick senken. Gleichzeitig schaffte er es nicht, sich abzuwenden. »Ich bin einfach nur unfruchtbar. Das ist alles.«

Mays Wut schwand aus ihrem hübschen Gesicht. Stattdessen flackerte Mitgefühl in ihren Augen auf. »Wie hast du es herausgefunden?«

»Als Rose mit Cathy schwanger wurde, entschieden Yvette und ich, von nun an ebenfalls auf Verhütung zu verzichten. Wir waren frisch verheiratet, glücklich und voller naiver Träume. Als monatelang nichts passierte, wurde Yvette nervös. Sie dachte, es liegt an ihr.« Cole schnitt eine zynische Grimasse. »Wie sich herausstellte, war das ein Irrtum. Also reichte sie die Scheidung ein.«

»Oh, Cole.« Bevor Cole wusste, wie ihm geschah, hatte May die Arme um ihn geschlungen. Ihr Kopf ruhte auf seinem Herzen. »Das tut mir so leid.«

Ihm war gar nicht klar gewesen, wie sehr er ihren Trost gebraucht hatte, bis sie bei ihm war. Ein Kloß bildete sich in seiner Kehle. »Ich werde niemals eigene Kinder kriegen, May. Cathy und Lilly sind alles, was ich habe.«

»Deswegen wolltest du unbedingt das Sorgerecht.«

Es war keine Frage, sondern eine Feststellung. Cole nickte. »Als du hier aufgetaucht bist, war ich verrückt vor Angst, dass du sie mir wegnehmen könntest. Ich weiß, das ist keine Entschuldigung, aber es tut mir leid, dass ich dich so oft verletzt habe.«

»Ich weiß«, murmelte sie. Ihre Vergebung war wie Balsam für sein geschundenes Herz. Mit einem sanften Lächeln hob sie den Kopf. »Ich habe dir doch längst verziehen, du Trottel.«

Cole lachte leise. »Ich schätze, den *Trottel* habe ich verdient.«

»O ja, das hast du.« Langsam reckte May sich auf die Zehenspitzen und tupfte einen zärtlichen Kuss auf seine Lippen.

»Also bereust du es nicht?«, fragte Cole und hielt in Erwartung ihrer Antwort den Atem an.

Lächelnd schüttelte sie den Kopf. »Nein, absolut nicht.«

Er hob die Hand, legte sie auf ihre Wange und strich mit dem Daumen zärtlich über ihr Jochbein. »Ich bin erleichtert, das zu hören.«

»Da wäre nur noch eine Sache.« Ein Funkeln glomm in ihren Augen auf. »Du hast mich gerade schmutzig gemacht.«

Cole grinste. »Stimmt.«

May hob eine Braue. »Und was gedenkst du, dagegen zu tun?«

Sofort wurde jedes Gefühl der Beklommenheit von wildem Verlangen weggewischt. Er beugte sich hinab, bis ihre Lippen nur noch Millimeter voneinander entfernt waren. »Ich habe eine wahnsinnig geräumige Dusche.«

Wortlos trat May zurück und hob die Arme in die Höhe. In ihrem Blick lag eine Herausforderung, die Cole nur zu gerne annahm.

Er raffte den Stoff ihres Kleides und zog es ihr wieder über den Kopf. Dann ergriff er ihre Hand und führte sie nach oben.

Diesmal ließ er sich Zeit damit, ihren Körper zu erkunden. Es war unglaublich, wie empfänglich sie für seine Berührung war, wie viel Leidenschaft in ihr brodelte.

Wie hatte er je glauben können, May sei gefühlskalt?

Sie war sinnlich und unersättlich und brachte ihn mit ihrem Liebesspiel immer wieder an seine Grenzen.

Später lagen sie erschöpft, aber glücklich zusammen in seinem Bett. Cole hatte sich auf dem Rücken ausgebreitet. May ruhte mit dem Kopf auf seiner Brust, während er mit ihren zerzausten Haaren spielte.

Sie sprachen über belangloses Zeug, neckten einander und

genossen die Harmonie. Dabei tauschten sie immer wieder Zärtlichkeiten aus, küssten sich und erkundeten neugierig den Körper des anderen.

Leider richtete May sich allzu bald seufzend auf. »Ich sollte mich langsam auf den Weg machen. Sonst haben wir morgen nichts zu essen.« Sie drückte Cole einen Kuss auf die Lippen, bevor sie ihn frech angrinste. »Danke für den netten Nachmittag.«

Seine Brauen schossen nach oben. »Nett?« Er schnappte sie und zog sie zurück auf seinen Bauch. Seine Arme legte er wie einen Schraubstock um sie, sodass sie sich kaum rühren konnte. »Ich würde sagen, das war ein bisschen mehr als nett.« Als sie nicht antwortete, knabberte er an der empfindlichen Stelle unter ihrem Ohr. »Oder nicht?«

May stöhnte leise auf. »Überredet.«

Er wanderte mit seiner Hand hinab zu ihrer Pobacke und strich mit sanftem Druck darüber.

Ihre Lider flatterten. »Ich muss wirklich los. Die Mädchen kommen bald nach Hause.«

Seufzend ließ er von ihr ab. Sein Kopf fiel zurück auf das Kissen. Er vermisste ihre weichen Kurven jetzt schon. Der Gedanke, den Rest des Wochenendes auf dem Sofa zu verbringen und Verträge durchzuackern, gefiel ihm auch nicht sonderlich. »Wie wäre es mit einem Barbecue?«

May legte den Kopf schief. »Damit kenne ich mich überhaupt nicht aus.«

»Das könnte ich übernehmen.« Cole sprang aus dem Bett und holte ein paar Boxershorts aus der Kommode. »Falls ihr morgen noch nichts vorhabt, könnte ich vorbeikommen und den Grill anschmeißen.«

May zögerte, aber stimmte zu Coles Erleichterung letztlich zu. Es fiel ihm schwer, sie gehen zu lassen. Aber wenigstens konnte er sich damit trösten, dass er sie und die Mädchen bald wiedersah.

★★★

»Dauert es noch lange?«, fragte Cathy und spähte an Cole vorbei zum Grill.

»Eine Weile musst du dich schon noch gedulden, Kitty-Cat.«

Cathy sah nicht besonders glücklich aus.

Cole war jedoch überaus zufrieden mit seiner Wahl. Noch gestern Abend war er in die nächstgrößere Stadt gefahren und hatte Sparerips besorgt, die er nach alter Baxter-Tradition mariniert hatte. Größter Pluspunkt: Die Garzeit lag bei vier bis fünf Stunden, weshalb er schon am frühen Nachmittag hier aufgeschlagen war.

May hatte gerade unter der Dusche gestanden, als Cathy ihm die Tür öffnete, und er konnte kaum der Verlockung widerstehen, nach oben zu gehen und ihr Gesellschaft zu leisten. Aber da er die Mädchen nicht traumatisieren wollte, ließ er es bleiben und bereitete mit ihnen den Smoker vor.

Als May wenig später auftauchte, war sie überrascht, ihn schon zu sehen. Sie winkte ihm zu, ehe sie wieder hineinging und sich einen Kaffee machte.

Das war jetzt eine Stunde her.

Cole wäre ihr gern ins Haus gefolgt und hätte einen anständigen Begrüßungskuss von ihren sündigen Lippen eingefordert. Aber Cathy wich ihm nicht von der Seite.

Sie warfen ein paar Pässe, während die Rippchen vor sich

hin garten. Lilly und Hund spielten ebenfalls mit. Sogar Chester kam irgendwann heraus und schnüffelte.

Nur von May fehlte jede Spur.

Irgendwann war Coles Geduld aufgebraucht. Mit dem Vorwand, ihnen eine Erfrischung zu holen, ging Cole nach drinnen. May stand in der Küche und schnippelte Gemüse klein.

»Hey.«

Sie zuckte zusammen. »Hallo.«

Cole runzelte die Stirn. »Alles in Ordnung?«

»Na klar.« Mit einem angespannten Lächeln schaute sie auf. »Ich dachte nur, ich mache uns noch einen Salat.«

»Aha.« Zögerlich stellte Cole sich neben sie, lehnte sich gegen die Anrichte und verschränkte die Arme.

Ihre Schultern versteiften sich, als sie seinen forschenden Blick auf sich spürte. Er sagte nichts, wartete einfach ab.

Irgendwann schien sie sein Schweigen nicht mehr auszuhalten. »Brauchst du etwas?«

Ihr höflich-distanzierter Ton gefiel ihm ganz und gar nicht. Mit einer blitzschnellen Bewegung streckte er den Arm aus und zog sie zu sich heran.

Sie schrie auf und warf das Messer weg. »Cole! Was soll das? Willst du, dass ich dich umbringe?«

Er lächelte. »Ich wusste, dass du das Messer fallen lässt.«

Schnaubend wand sie sich in seinem Griff. »Lass mich los.«

Er dachte überhaupt nicht daran. »Du hast mich gefragt, was ich brauche. Da hast du deine Antwort.«

May wurde rot. »Nicht jetzt«, sagte sie leise. »Nicht hier.«

Ihr flehender Tonfall dämpfte seine gute Laune augenblicklich. Langsam ließ er die Arme sinken. »Hast du deine Meinung geändert?«

Scheiße. Er war nicht sicher, ob er die Antwort überhaupt hören wollte. Aber er musste es wissen, bevor er sich hier in etwas verrannte.

»Nein.« Sie hauchte ihm einen flüchtigen Kuss auf den Mund, ehe sie zurückwich.

Cole wollte sie für ihr merkwürdiges Verhalten zur Rede stellen. Doch da stürmte Cathy in die Küche. »Ich habe Durst.«

Sofort wurde May aktiv, holte einen Krug Limonade aus dem Kühlschrank und schenkte vier Gläser ein. Zwei drückte sie Cole in die Hand. »Ich komme gleich nach.«

Missmutig biss Cole die Zähne zusammen und warf May einen Blick zu. Dieses Gespräch war noch nicht zu Ende. Das wussten sie beide.

Kapitel 28

May

Wenn Cole Baxter sich etwas in den Kopf gesetzt hatte, war er nicht aufzuhalten. May musste sehr kreativ werden, um noch etwas Aufschub für sich herauszuschlagen und ihn am Sonntagabend unverrichteter Dinge aus dem Haus zu komplimentieren.

Am Montag wollte May die Ruhe nutzen und eine weitere Skulptur anfertigen. Aber sie war nicht bei der Sache. Ständig schweiften ihre Gedanken zu Cole und ihrer komplizierten Beziehung.

Anfangs hatten sie sich nicht ausstehen können. Dann hatten sie einander toleriert. Dann waren sie Freunde geworden, und jetzt waren sie... was?

Freunde mit gewissen Vorzügen?

Wohl kaum.

Wenn May seine Signale richtig deutete, wollte er exakt das Gegenteil. Sie war allerdings noch nicht bereit, Nägel mit Köpfen zu machen. Sie wusste ja nicht einmal genau, was sie für ihn empfand.

Natürlich mochte sie ihn. Und es waren definitiv Gefühle im Spiel. Aber reichten diese aus, es auf eine richtige Beziehung ankommen zu lassen? Und den Mädchen Hoffnungen zu machen, dass sie May *und* Cole haben konnten?

Wahrscheinlich nicht.

Es klirrte, als die Skulptur wie ein Kartenhaus in sich zusammenfiel. Fluchend warf May die verbogenen Drähte zurück in die Kiste und schob sie unter den Wohnzimmertisch.

Vielleicht sollte sie mit Hund rausgehen und Edelsteine suchen. Die Stücke mit den Citrinen waren besonders schnell verkauft worden. In der Kiste gab es zwar noch genug andere Schätze, aber vielleicht verhalf ihr die Natur zu neuer Inspiration. May hatte sowieso noch zwei Stunden Zeit, bis sie die Mädchen abholen musste.

Es klingelte, und May eilte zur Haustür. Statt des erwarteten Postboten stand Cole vor der Tür.

Normalerweise bevorzugte er bequeme Sachen. Aber heute trug er eine schicke Anzughose und ein Hemd, dessen Ärmel er sich bis zu den Ellenbogen hochgekrempelt hatte. Um den Hals hatte er sich locker eine Krawatte gebunden. Außerdem war er frisch rasiert.

May schmunzelte. »Du siehst aus wie ein einflussreicher Geschäftsführer.«

Belustigung blitzte in seinen Augen auf. »Ich komme gerade von einem Termin. Eigentlich wollte ich danach direkt ins Büro fahren. Aber irgendwie bin ich hier gelandet.«

O ja, das kannte May. »Ist mir am Wochenende auch passiert.« Sie grinste breit. »Und es hat mit ziemlich gutem Sex geendet.«

Cole hob eine Braue. »Du solltest wirklich damit aufhören, die Dinge zu verharmlosen.« Er machte einen Schritt auf sie zu, sodass May den Kopf in den Nacken legen musste. »Wir hatten verflucht fantastischen Sex, und das weißt du auch.« Sein Blick glitt forschend über ihr Gesicht. Er schien hin- und hergerissen zwischen Verlangen und Unsicherheit. Es war ein Blick, den May noch nie bei ihm gesehen hatte, da Cole normalerweise vor Selbstbewusstsein nur so strotzte. Aber sie war einfach noch nicht bereit, seine Fragen zu beantworten. Noch nicht.

Also tat sie das Einzige, was ihr einfiel, um ihn abzulenken. Sie ergriff seinen Schlips und zog ihn zu sich heran. »Vielleicht sollten wir uns ein paar Highlights in Erinnerung rufen.«

Cole lachte leise und öffnete den Mund, um etwas zu erwidern. Doch May war fest entschlossen, jede Diskussion auf später zu verschieben, und küsste ihn.

Sowie sich ihre Lippen trafen, ging ein Ruck durch Coles Körper, als hätte er einen elektrischen Schlag bekommen. Er umfasste ihre Taille, und May stolperte rückwärts ins Haus. Die Tür flog hinter ihnen ins Schloss, bevor sie sich weiter den Weg zu ihrem Zimmer bahnten. Sie waren noch nicht dort angekommen, da knöpfte May bereits sein Hemd auf. Unterdessen schob Cole ungeduldig ihr Top nach oben und liebkoste ihre Brüste.

Mays Knie wurden weich, und sie hatte plötzlich Mühe, sich auf den Weg zu konzentrieren. Sie war froh, als sie endlich die Zimmertür hinter sich schließen und die Welt aussperren konnten.

Ungeduldig zerrte sie Cole das Hemd von den Schultern, während er kurzen Prozess mit ihrem Top machte. Klamotten segelten durch die Luft. Erneut trafen ihre Lippen heftig aufeinander, bevor Cole sich rücklinks auf das Bett fallen ließ.

May krabbelte auf seinen Schoß und nahm ihn Sekunden später in Besitz.

Stöhnend warf er den Kopf in den Nacken. Es war das Heißeste, was May je gesehen hatte, und spornte sie gleich noch mehr an. Rastlos bewegte sie sich auf ihm.

»Verdammt«, knurrte Cole und packte sie bei der Taille, um sie zu bremsen. »Mach langsam, Baby. Sonst wird das Ganze hier gleich sehr peinlich für mich.«

Mit einem teuflischen Grinsen ließ May die Hüften kreisen, worauf Cole erneut aufstöhnte.

Er richtete sich auf, schlang den Arm um ihre Mitte und knabberte an ihrer harten Brustspitze. Seine freie Hand schob er zwischen ihre verschwitzten Leiber und legte sie direkt auf ihr Lustzentrum.

Nun war sie es, die unter seinen Streicheleinheiten stöhnte und wimmerte, bis sie es nicht mehr aushielt und von einem Höhepunkt überrollt wurde.

Cole hob den Kopf und sah sie an. Eine tiefe Zufriedenheit lag auf seinem Gesicht. Er lockerte den Griff und stieß mit sanften Bewegungen zu.

Der Sex war nun nicht mehr wild und ungestüm, sondern intensiv auf ganz andere Weise. Ihr Kuss war zärtlich, verzehrend, liebevoll.

War es das? Liebe?

Die Vorstellung sandte einen Schwarm von Schmetterlingen durch Mays Bauch. Gleichzeitig stieg eine tief verwurzelte Angst in ihr auf.

Liebe bedeutet Schmerz.

Das hatte das Leben sie gelehrt. Hätte sie auf Rose gehört, wäre vielleicht alles anders gekommen. Aber May hatte Hoffnung gehabt. Bis sie Stück für Stück zerstört worden war. Erst ihr Vater, dann Julian und zuletzt Andrew – kein Mann hatte ihre Zuneigung je wirklich zu schätzen gewusst. Warum sollte es mit Cole anders sein? Letztlich würde er ihr doch nur das Herz brechen. So wie all die anderen.

»Hey«, murmelte er an ihren Lippen. »Bleib bei mir, Baby.«
May blinzelte.

Scheiße! Wenn er sie weiterhin auf diese Weise ansah, brach sie noch in Tränen aus.

May presste die Lippen wieder auf seinen Mund und konzentrierte sich ausschließlich auf ihren Körper. Sie bewegten sich im Einklang und bescherten einander herrliche Empfindungen.

Das hier war Sex. Nur Sex.

Mehr durfte nicht sein.

Kapitel 29

Cole

Auf den Tag genau drei Wochen war es her, seit May bei Cole aufgetaucht war und ihre Affäre begonnen hatte. Und wenn Cole in dieser Zeit eines gelernt hatte, dann, dass May überhaupt nicht damit klarkam, wenn jemand Druck auf sie ausübte.

Jedes Mal wenn Cole sich vortastete und herauszufinden versuchte, wie sie über die ganze Sache dachte, wurde sie nervös, wich ihm aus oder lenkte mit Sex vom Thema ab. Zu seiner Schande musste Cole gestehen, dass Letzteres ausnehmend gut funktionierte. Er sehnte sich viel zu sehr danach, sie zu spüren, als dass er sie hätte abweisen können.

Andererseits fand er es unerträglich, dass dieselbe Frau, die in den unzähligen Mittagspausen keine Sekunde lang die Finger von ihm lassen konnte, zu einem Eisklotz mutierte, sobald jemand anderes in der Nähe war. Im Beisein der Mädchen war es am schlimmsten. Da schaffte sie es kaum noch, ihm in die Augen zu sehen. Sie war angespannt und redete mit ihm, als wäre er ein Fremder.

Cole hätte nichts dagegen gehabt, in ganz Goodville zu verkünden, dass sie miteinander ausgingen. Zwar hatten sie ihr Date noch nicht nachgeholt, aber dann würde Theo Edison – dieser Blödmann – vielleicht endlich damit aufhören, sie bei jeder sich bietenden Gelegenheit anzugraben. Es ging Cole inzwischen tierisch auf die Nerven, dass der Junge sich ständig an sie ranmachte, obwohl May sich mit *ihm* traf.

Wozu die Geheimhaltung?

Das konnte doch nicht nur daran liegen, dass May die Reaktion der Mädchen fürchtete. Steckte vielleicht noch mehr dahinter? Hatte sie vielleicht ein Problem damit, dass er kein ganzer Mann war und ihr auf lange Sicht nicht das bieten konnte, was sich die meisten Frauen wünschten? Nicht heute oder morgen, aber irgendwann.

Die Vorstellung, dass May ihn auf Abstand hielt, weil er ihr mit seiner Unfruchtbarkeit seinen größten Makel offenbart hatte, sorgte dafür, dass Cole sich mitten auf dem Gehweg in der Innenstadt übergeben wollte. Er schüttelte den Kopf, um diesen fiesen Gedanken zu vertreiben, und machte die Tür zu Novas Laden auf.

Nova war gerade mit Ashlyn im Gespräch, deren Miene sich erhellte, sobald sie ihn erblickte.

»Guten Tag, meine Damen«, begrüßte er sie.

»Cole, mein Lieber, wie geht es dir?«, fragte Ashlyn, wohingegen Nova nur schüchtern lächelte.

»Alles bestens. Ich hoffe, bei euch auch?«

»Natürlich.« Strahlend strich Ashlyn sich eine blonde Haarsträhne hinters Ohr. »Es könnte gar nicht besser sein.«

»Das freut mich.« Coles Blick fiel auf ein Samtkissen, auf dem verschiedene Schmuckstücke dieser Künstlerin lagen, die er beim Gründerfest angepriesen hatte.

»Ist die neue Dahlia-Kollektion nicht wundervoll?«, zwitscherte Ashlyn. »Ich weiß gar nicht, wofür ich mich entscheiden soll.« Sie nahm eine filigrane Kette mit einem gelben Kristall und legte sie sich um den Hals. Der Anhänger landete direkt zwischen ihren üppigen Brüsten. Süffisant lächelnd strich sie über ihr Dekolleté. »Was meinst du?«

Cole hatte keinen blassen Schimmer von Schmuck. Trotzdem nickte er zustimmend. »Die Kette steht dir. Du solltest sie nehmen.«

»Überredet.« Kichernd wandte Ashlyn sich an Nova, die schlappe neunundsechzig Dollar für das Schmuckstück aufrief. Unbeeindruckt zückte Ashlyn ihre Kreditkarte. »Ihr wisst ja, wie gern ich neue Talente fördere.«

Cole nickte ernst. »Natürlich.«

Nova presste die Lippen zusammen, damit sie nicht loslachte. »Möchtest du eine Tüte?«

»Nicht nötig. Ich behalte die Kette gleich um.« Vertrauensvoll lehnte sie sich zu Cole. »Ich bin nachher zum Brunch mit einem alten Bekannten verabredet und will ihn ein bisschen beeindrucken.«

»Das wird dir auf jeden Fall gelingen.«

Kichernd schlug Ashlyn ihm auf den Oberarm. »Du Charmeur.«

»Ich sage nur die Wahrheit«, erwiderte Cole aalglatt.

Sichtlich zufrieden über das Kompliment flötete Ashlyn einen Abschied und stöckelte aus dem Laden.

Als die Tür hinter ihr ins Schloss gefallen war, machte Cole sich nicht länger die Mühe, seine Belustigung über ihren Auftritt zu verbergen. »Jaja, was wäre die Welt ohne Frauen wie Ashlyn Johnson?«

Nova grinste. »Sie wäre ein dunkler, schrecklicher Ort.«

Cole lachte. Ihre Ironie überraschte ihn, da Nova sich meistens sehr zurückhaltend gab. Andererseits hatte sie sich in letzter Zeit häufig mit May und Lauren getroffen und schien durch diesen Club regelrecht aufzublühen.

Vorsichtig trug sie das Samtkissen zurück zur Vitrine.

Seit Cole das letzte Mal hier gewesen war, waren neue Skulpturen hinzugekommen, die allesamt dreistellige Summen kosteten. Sie waren wahrlich nicht billig, aber einzigartig und kostbar. May würden sie sicher auch gefallen, besonders die eine, die auf abstrakte Weise in sich verschlungen war. Wie bei allen Arbeiten von Dahlia waren auch hier kleine Edelsteine eingearbeitet, die dem Ganzen das gewisse Etwas verliehen.

»Könntest du mir die hier bitte reservieren?«, fragte Cole und zeigte auf den Wirbelwind. »Ich würde sie im Laufe der nächsten Woche abholen.«

Nova nickte sichtlich erstaunt. »Natürlich.«

»Super. Danke.«

Er gab die Briefe auf, derentwegen er eigentlich gekommen war, und machte sich anschließend auf den Weg zu seinen Frauen.

Die Sommerferien standen vor der Tür, und May hatte vorgeschlagen, einen Ausflug in die Silver Mountains zu machen. Sie wählte immer ein Ziel außerhalb von Goodville, wenn sie etwas unternahmen. Noch etwas, das Cole widerstrebte.

Die Tür war nur angelehnt. Deshalb ging Cole hinein und ins Wohnzimmer. Durch die Fenster konnte er sehen, dass die drei im Garten waren und die Blumenbeete bewässerten.

Cathy hielt den Schlauch in der Hand, während May ihr zeigte, worauf sie achten musste. Hund sprang zwischen ihren Füßen herum und schnappte nach dem Wasserstrahl.

Ein Lächeln stahl sich auf Coles Gesicht. Er konnte genau den Moment erkennen, in dem Cathy beschloss, dass es deutlich witziger war, May und Lilly nass zu spritzen als die Pflanzen.

May quietschte und wich Cathy lachend aus, während Lilly mit eingezogenem Kopf hinter ihr in Deckung ging. Sie krallte sich an Mays Shirt fest, und ihr Brustkorb bewegte sich hektisch. Es sah aus, als würde sie ebenfalls herzlich lachen. Aber Cole wusste, dass aus ihrer Kehle nicht mehr als ein heiseres Krächzen kam.

Der Psychologe, der die Mädchen noch immer im Gemeindezentrum betreute, wertete diese Entwicklung als positiven Anfang. Er sagte, Lilly *wolle* wieder sprechen, aber der traumatische Verlust ihrer Eltern sei eben noch nicht vollständig aufgearbeitet. Sie müssten weiterhin Geduld haben.

Leichter gesagt als getan. Cole wünschte sich, die jüngste Avens-Tochter endlich wieder richtig kichern zu hören. So wie früher.

May hob die Hände zum Zeichen der Kapitulation. Aber Cathy, die kleine Hexe, kannte keine Gnade. Ihr vergnügtes Johlen konnte Cole bis ins Haus hören.

Er musste ebenfalls lachen. Es freute ihn, die Mädchen so gelöst zu sehen. Natürlich gab es noch traurige Momente. Aber die schönen überwogen mit jedem Tag ein bisschen mehr.

Cole überlegte, sich dem Spaß anzuschließen, aber da schlitterte May über das feuchte Gras, rettete sich auf die Terrasse und drehte den Wasserhahn zu.

Cathy buhte, während May sich die nassen Haare auswrang. »Ich gehe mich schnell umziehen, ja? Cole müsste jeden Moment hier sein. Dann können wir losfahren.«

Lilly, die durch Mays Schutz weitestgehend trocken geblieben war, blickte enttäuscht drein.

»Wir machen heute Abend noch eine Wasserschlacht«, versprach May. »Jetzt bleibt der Hahn erst mal zu.«

Die Mädchen nickten widerwillig.

May stemmte die Hände in die Hüften. »Das meine ich ernst, Cataleya. Kein Wasser mehr, klar?«

Erstaunt hob Cole eine Braue. Diesen erzieherischen Tonfall kannte er noch gar nicht von ihr.

»Ich bin gleich zurück.« May zog sich das tropfnasse Shirt über den Kopf und betrat in BH und Shorts das Haus. Sie erschrak, als sie Cole entdeckte.

»Hi.« Er grinste. »Was für eine nette Begrüßung.«

Amüsiert verdrehte sie die Augen. »Ich nehme an, du hast mitbekommen, was da draußen los war.«

»Jepp.« Cole folgte May in ihr Zimmer, wo sie tatsächlich zögerte, sich vor ihm aus dem nassen BH zu schälen.

Ernsthaft?

Genervt ging Cole an ihr vorbei. Er überlegte, sich auf den Stuhl an Julians Schreibtisch zu setzen. Aber das wäre schräg gewesen. Also lehnte er sich lediglich gegen die Tischkante, schnappte sich einen glitzernden Stein aus einer kleinen Dekoschale und warf ihn lässig in die Luft.

May ging zu der Reisetasche, in der sich ihre saubere Kleidung befand. Es war Cole ein Rätsel, wie sie so leben konnte. Doch ihr schien es nicht das Geringste auszumachen. Zielsicher zog sie trockene Kleidung hervor und warf einen unsicheren Blick über die Schulter.

Obwohl es Cole widerstrebte, richtete er seine Aufmerksamkeit auf den scharfkantigen Gegenstand in seiner Hand. Genau genommen war es gar kein Stein, sondern ein Kristall. Nachdenklich fuhr er mit dem Daumen über die Oberfläche. Der gelbe Farbton erinnerte ihn an den Anhänger, den er gerade erst in Ashlyns Ausschnitt bewundert hatte. Was für ein merkwürdiger Zufall.

Andererseits war das vielleicht gar kein Zufall. Mit einem ungutem Gefühl drehte Cole sich um und betrachtete den Schaleninhalt genauer.

Es waren genau dieselben Edelsteine, die die Künstlerin verwendete. Die kleinen Drähte, die um einige der größeren Kristalle geschlungen waren, räumten auch die restlichen Zweifel aus.

»Das darf doch nicht wahr sein.« Entgeistert schaute Cole zu May, die sich in Lichtgeschwindigkeit umgezogen hatte. »Du bist Dahlia?«

Angesichts seines forschen Tons zuckte sie zusammen. »Ich wollte dir davon erzählen.«

»Und warum hast du es nicht getan?«

»Es hat sich nicht ergeben«, redete May sich heraus.

»Natürlich nicht.« Cole schnitt eine zynische Grimasse. »Wir haben ja auch nur jede freie Minute in den letzten Wochen miteinander verbracht.«

Verständnislos sah sie ihn an. »Warum regst du dich so auf? Das ist doch keine große Sache.«

Das sollte wohl ein Witz sein!

Er hatte jedes noch so winzige Detail von sich preisgegeben, auch wenn es ihm manchmal schwergefallen war. Sie hingegen hielt es offensichtlich nicht mal für nötig, ihm zu sagen, dass sie mittlerweile eine überaus lukrative Einkommensquelle gefunden hatte.

Bei all den Stücken, die über Novas Ladentisch gegangen sein mussten, dürfte May mittlerweile einen Umsatz im vierstelligen Bereich erwirtschaftet haben.

Und ich Idiot habe ihr auch noch geholfen, das Zeug beim Gründerfest unter die Leute zu bringen.

Angstschweiß sammelte sich in Coles Nacken. Legte sie etwa Geld zur Seite, damit sie im Zweifelsfall doch schnell abhauen konnte?

Sein Blick fiel auf die gepackte Reisetasche. Sie könnte im Nu ihren Kram reinschmeißen und verschwinden.

»Lass uns nicht streiten.« May zeigte zur Tür. »Die Mädchen warten.«

Schon stand Cole allein im Raum.

Fassungslos lief er ihr hinterher. »Was hast du mit den Einnahmen vor, May?«

»Was meinst du?«, fragte sie, floh in die Küche und wühlte in dem bereitstehenden Rucksack herum.

»Sparst du für ein neues Auto, oder hast du andere Pläne, in die du vergessen hast, mich einzuweihen?«

»Was denn für Pläne?«, fragte sie irritiert.

»Oh, ich weiß nicht. Vielleicht ein Neuanfang?«

Empört funkelte sie ihn an. »Es geht dich zwar nichts an, aber ich habe das Geld nicht gespart, sondern bereits ausgegeben.«

»Ach wirklich? Und wofür, wenn ich fragen darf?«

Wütend reckte sie das Kinn vor. »Ein bisschen hat Molly bekommen.«

»Molly?«, knurrte Cole. »Wer zum Teufel ist Molly?«

»Unser Clubsparschwein«, erklärte May ungeduldig. »Außerdem brauchten die Mädchen neue Kleidung und Chester Medikamente.«

»Dafür ist der Unterhalt da«, schoss er zurück.

Sie lachte hysterisch. »Richtig. Wie konnte ich das vergessen? Bedauerlicherweise muss ich dir gestehen, dass ich anscheinend nicht besonders gut mit Geld umgehen kann, denn dein großzügiger Unterhalt reicht gerade bis zur Monatsmitte.«

So ein Blödsinn! Sie hatte mehr als genug Geld zur Verfügung. Es sei denn natürlich, sie schaffte einen Teil davon heimlich beiseite. »Was hast du vor, May?«, wiederholte Cole angespannt.

Ihre Nasenflügel blähten sich. »Die Sommerferien genießen. Zeit mit den Mädchen verbringen. Den Clubraum renovieren.«

»Und was ist mit uns?«, fragte Cole leise.

Sie wurde blass. »Was soll mit uns sein?«

»Ich habe dieses Versteckspiel satt.« Aufgewühlt fuhr er sich durch die Haare. »Ich kann das einfach nicht mehr. Du weißt, dass ich dich will. Aber was willst *du*?«

Nervös befeuchtete sie ihre Lippen. »Ich brauche mehr Zeit, Cole.«

Frustriert schüttelte er den Kopf. »Du hattest genug Zeit, Baby.«

Stille breitete sich zwischen ihnen aus, während Cole auf ihre Antwort wartete. Er wusste, dass es unfair war, sie kurz vor ihrem Ausflug damit zu konfrontieren, aber seine Geduld war schlichtweg aufgebraucht.

Als sie weiterhin schwieg und ihn reglos wie eine Statue anstarrte, konnte er die Wahrheit nicht länger verleugnen. Er sah ihr an, dass sie ihn nicht verletzen wollte. Aber Tatsache war, er bedeutete ihr nicht genug, um sich vollständig auf ihn einzulassen. Sie vertraute ihm nicht.

Der Stich der Enttäuschung saß so tief, dass Cole beinahe rückwärtstaumelte. »Ich verstehe.«

»Cole«, sagte sie flehend und streckte die Hand nach ihm aus. »Ich... ich...«, stotterte sie, wurde aber jäh von einem schrillen Schrei unterbrochen. Erschrocken schauten sie und Cole aus dem Fenster.

Ihm gefror das Blut in den Adern, als er Cathy rücklinks auf dem Boden liegen sah. Sie brüllte vor Schmerz, während Lilly wie erstarrt neben ihr stand. Hund bellte aufgeregt. Hinter ihnen pendelte die Reifenschaukel hin und her. Cathy musste abgesprungen und gestürzt sein.

»Fuck!«, stieß Cole aus und rannte in den Garten. Er ließ sich neben Cathy ins Gras fallen und betastete panisch ihren Kopf. »Was ist passiert, Cathy?«

Sie schluchzte und schrie, war völlig außer sich. »Mom... May. Mommay!«

»Ist schon gut. Ich bin da.« May sank gegenüber von Cole auf die Knie und scannte ihren Körper. Dann schnappte sie nach Luft. »O Gott, Cole! Ihr Arm.«

Cole fluchte erneut. Ihr rechter Unterarm lag in einem unnatürlichen Winkel auf ihrem Bauch. »Ich glaube, er ist gebrochen.«

»Was ist los?«, erklang Chesters aufgeregte Stimme hinter ihnen. Als er Cathys Verletzung entdeckte, stieß er zischend den Atem aus. »Holt ein Tuch oder so was. Der Arm darf nicht mehr bewegt werden. Und Coolpacks gegen die Schwellung.«

May wollte aufstehen, aber Cathy krallte sich an ihr fest. »Es tut weh, May. Es tut so weh.«

»Ich weiß.« Zärtlich streichelte sie ihr über die Stirn. Sie war leichenblass. »Versuch, dich nicht mehr zu bewegen, ja? Konzentrier dich auf meine Stimme. Tut es sonst noch irgendwo weh?«

Obwohl Cathy stillhalten sollte, nickte sie schniefend. »Das Knie.«

Cole wappnete sich innerlich, ehe er sich auf ihre Beine konzentrierte.

Ihr linkes Knie war aufgeschürft, schien aber ansonsten nichts abgekriegt zu haben. Trotzdem wollte Cole sichergehen. »Ich werde versuchen, es zu bewegen, in Ordnung? Du sagst Bescheid, wenn es zu schmerzhaft ist.«

Sanft umfasste er ihre Kniekehle und beugte ihr Bein. »Geht das?«

Cathy nickte weinend.

»Es ist nur eine Schürfwunde, Liebes«, sagte May und lächelte unter Tränen. »Wir machen Zaubersalbe und ein Pflaster drauf, und dann ist es gleich wieder gut.«

»Sie braucht einen Arzt.« Chesters Ton war zwar wie üblich schroff, aber seine Besorgnis war unverkennbar herauszuhören. »Dr. Johnsons Praxis ist noch eine Stunde geöffnet. Fahrt da sofort hin.«

»Genau das habe ich vor, sobald wir hier fertig sind«, sagte Cole betont ruhig und tastete vorsichtig ihr anderes Bein ab. »Hast du hier Schmerzen?«

Cathy schüttelte schluchzend den Kopf.

»Okay, Kitty-Cat. Versuch, ruhig liegen zu bleiben. Ich hole alles, was wir für den Transport brauchen.« Cole stand auf und eilte zurück ins Haus.

Als er wenig später wiederkam, ruhte Cathys Kopf auf Mays Schoss. Der verletzte Arm lag nach wie vor auf ihrem Bauch.

Neben ihnen kauerte Lilly im Gras und hielt Hund fest an sich gedrückt. Stumme Tränen rannen ihr über das Gesicht, weil sie so sehr mit ihrer großen Schwester litt.

May summte leise ein Lied. Es schien Cathy zu beruhigen, denn sie schluchzte nicht mehr ganz so heftig, sondern wimmerte leise vor sich hin.

Chester beugte sich über seine jüngste Enkeltochter und tätschelte ihr unbeholfen den Kopf. »Na, komm schon, Kleine.

Machen wir ein bisschen Platz, damit Cole den Arm fixieren kann.«

Nur äußerst widerwillig rückte Lilly von ihrer großen Schwester ab.

Cole kümmerte sich um Cathys Verletzungen, so gut es ging, und hob sie dann vorsichtig hoch.

»May?«, rief Cathy panisch aus.

Sofort war May bei ihr. »Ich bin hier.«

Cathy warf einen Blick auf ihre kleine Schwester und brachte es tatsächlich fertig zu lächeln. »Mach dir keine Sorgen, Lilly-Pop. Mir geht's schon wieder besser.«

Chester legte Lilly die Hand auf die Schulter. »Wir warten hier.«

May schenkte ihm ein dankbares Lächeln. »Ich rufe an, sobald der Arzt sie untersucht hat.«

Der Alte nickte. »Hast du Lust auf ein Eis, Lilly?«

Weil Lilly zögerte, nickte Cathy ihr zu. »Na, geht schon und lasst mir was übrig.«

Lilly und Hund tappten dem humpelnden Chester hinterher.

May nahm lediglich ihre Handtasche mit, ehe sie das Haus verließ. Da Cole sie zugeparkt hatte, ging sie zu seinem Wagen. Sie rutschte auf den Rücksitz, bevor er Cathy behutsam neben sie setzte.

Wieder schluchzte sie auf, woraufhin May ihr beruhigend über das tränennasse Gesicht strich. »Du bist ganz tapfer.«

Cole eilte um den Wagen herum, stieg ein und startete den Motor. »Ich versuche, vorsichtig zu fahren.«

»Ist gut.« Cathy schniefte geräuschvoll. »Kriege ich jetzt einen Gips?«

»Wahrscheinlich«, antwortete May und warf Cole einen besorgten Blick im Rückspiegel zu. Auch ihr schien klar zu sein, dass Cathy womöglich operiert werden musste.

»Na toll«, brummte Cathy und schaute aus dem Seitenfenster. »Das war's dann mit meinen Sommerferien.«

»Sag so was nicht«, erwiderte May leise und legte ihr vorsichtig ein Coolpack auf den Arm. »Wir werden trotzdem eine tolle Zeit haben.«

»Aber ich kann nicht schwimmen gehen, kein Softball spielen und auch sonst nichts machen, was Spaß macht.«

»Natürlich werden wir Spaß haben«, widersprach May entschlossen. »Wir werden spielen und deine Freunde einladen und Partys feiern und Ausflüge machen und ... und ...«

»Filme gucken«, kam Cole ihr zu Hilfe und warf einen Blick in den Rückspiegel. »Und wir gehen in den Silver Mountains wandern. Ich könnte Ryan ja mal fragen, ob er uns auf eine seiner speziellen Touren mitnimmt.«

»Es gibt so viele Dinge, die wir tun können.« May lächelte. »Vielleicht fahren wir auch nach Denver und schauen uns ein Profispiel in einem riesigen Stadion an, was meinst du?«

Cathy riss die Augen auf. »Wirklich?«

Als wäre es überhaupt keine große Sache, zuckte May mit den Schultern. »Klar. Wenn du das möchtest.«

»Das wäre wirklich cool.« Zum ersten Mal seit ihrem Sturz erschien ein Lächeln auf Cathys Lippen. »Ich bin ein Riesenfan von den Colorado Rockies.«

»Na, also dann müssen wir auf jeden Fall hin.« May ergriff ihre linke Hand. »Weißt du, was? Wenn wir nachher nach Hause kommen, machen wir gleich eine Liste, was wir diesen Sommer auf keinen Fall verpassen dürfen.«

»Und noch eine, auf der steht, was wir alles nachholen müssen«, entschied Cathy und schien plötzlich Feuer und Flamme zu sein.

»Die darf auf keinen Fall fehlen«, pflichtete May ihr bei, während Cole auf den Parkplatz vor Dr. Johnsons Praxis fuhr.

Obwohl Cathy laufen konnte, trug Cole sie hinein, damit sie sich so wenig wie möglich bewegte.

Am Empfangstresen schaute die ältere Arzthelferin an Mays Skulpturen vorbei. Als sie Cole mit Cathy im Arm entdeckte, sprang sie sofort auf die Füße. »Ach, du meine Güte! Was ist denn passiert?«

»Sie ist zu Hause gestürzt«, erklärte Cole knapp.

»Oje! Und das vor den Ferien. Kommt am besten gleich mit.«

Sie führte die drei in ein Behandlungszimmer, wo sie in angespanntem Schweigen warteten, bis Dr. Johnson erschien.

Ashlyns Mann war bereits Ende fünfzig und ein überaus fähiger Arzt. Er hatte hier schon praktiziert, als Cole noch ein Junge gewesen war. Cole vertraute ihm.

Der Arzt trat an die Untersuchungsliege heran, auf die Cole die kleine Patientin gesetzt hatte. Mit ruhiger Stimme stellte er ihr Fragen und betastete ihren Arm, bevor er sie in den Nebenraum zum Röntgen schickte.

May wich nicht von Cathys Seite.

Als sie wenig später zurückkehrten, hatte der Arzt bereits die Bilder auf seinem Computermonitor. »Ich würde sagen, Glück im Unglück, junges Fräulein.« Der Arzt setzte sich neben Cathy auf die Liege. »Wir haben es hier mit einer sogenannten Grünholzfraktur zu tun. Die Knochen sind nicht vollständig gebrochen, und es gibt auch keine Fehlstellung. Ich werde dir jetzt etwas gegen die Schmerzen geben und danach einen Gips anlegen, in Ordnung?«

Cathy nickte, woraufhin der Arzt zu May schaute, weil sie als Erziehungsberechtigte die Entscheidungen traf. Nervös befeuchtete May ihre Lippen. »Kann ich helfen?«

Dankend lehnte der Arzt ab. Er brachte Cathy Schmerzmedikamente und bettete sie anschließend auf der Liege, bevor er ihr routiniert den Gipsverband anlegte. Als er fertig war, wandte er sich erneut an May. »Es dauert noch einen Moment, bis der Gips hart ist. Kommen Sie doch solange mit nach vorn wegen des Papierkrams.«

»Ist das in Ordnung für dich, Süße?«, fragte May.

Cathy nickte mit schläfrigen Augen. »Cole ist ja da.«

»Bin gleich zurück.« May drückte ihr einen Kuss auf die Stirn, bevor sie dem Arzt nach draußen folgte.

Cole zog sich einen Stuhl heran. »Wie fühlst du dich?«

»Müde.«

»Das kommt von den Medikamenten«, erklärte er und musterte den blauen Gipsverband. »Tut es noch sehr weh?«

»Ist okay.«

Offensichtlich war ihr Adrenalinspiegel nach dem Schreck und den Schmerzen in den Keller gerauscht, denn sie war kaum noch in der Lage, die Augen offen zu halten.

Cole ließ den Daumen über ihre Lider gleiten, die prompt zufielen. »Mach ruhig ein Nickerchen. Ich lasse dich nicht allein.«

»Weiß ich«, nuschelte sie.

Ihre Worte lösten ein warmes Gefühl in Coles Brust aus. Auch in ihm legte sich allmählich der Stress, während er kleine Kreise auf Cathys Stirn zeichnete.

Was für ein beschissener Morgen.

So langsam sickerte die Erkenntnis in Coles Gehirn, dass nichts so gelaufen war, wie er es sich gewünscht hatte. Statt einen schönen Tag mit seinen Frauen in der Natur zu verbringen, hatten May und er ihre heimliche Affäre beendet, Cathy war verletzt, und Lilly stand vermutlich immer noch unter Schock.

Hätte er bloß seine Klappe gehalten. Dann hätten sie die Mädchen zu sich gerufen, Cathy wäre nicht unglücklich gestürzt, und er hätte sich weiterhin einreden können, dass die Sache mit May und ihm eine Zukunft hatte. Aber nun war es zu spät.

Ein dumpfer Schmerz zog Coles Eingeweide zusammen. Er dachte an all die Momente, die er und May miteinander geteilt hatten. Dass er nie wieder ihre weichen Lippen kosten und sie auf intimste Weise berühren durfte, machte ihn fix und fertig.

»Du solltest es ihr sagen«, murmelte Cathy plötzlich mit geschlossenen Lidern.

»Was?«, fragte Cole verwirrt und lehnte sich nach vorn. Träumte sie oder war sie wach?

»May.« Cathy öffnete die Augen einen Spaltbreit. »Dass du sie liebst, meine ich.«

Cole musste wohl ziemlich dämlich aus der Wäsche gucken, denn Cathys rechter Mundwinkel zuckte amüsiert. »Ich bin nicht blöd, weißt du?«

Nein, das war sie nicht. Ganz im Gegenteil. Sie hatte sogar mehr mitbekommen als er selbst. Dabei war es geradezu lächerlich offensichtlich.

»Was hat mich verraten?«, fragte Cole.

»Du siehst sie an, wie Mom immer Dad angesehen hat. So, als wäre sie ein Glühwürmchen.«

Schmunzelnd hob Cole die Brauen. »Ein Glühwürmchen?«

»Na, diese Viecher, die im Dunkeln leuchten.«

Cole lachte leise. »Ich weiß, was Glühwürmchen sind, Kitty-Cat.«

»Mom hat mir mal eine Geschichte erzählt. Da ging es um ein Kind, das sich in einem Wald verirrt hat. Es stolperte durch die Dunkelheit, bis es einem Glühwürmchen begegnete. Das hat ihm dann den Weg hinaus gezeigt. Es war sein eigenes Wunder.« Mit einem erschöpften Grinsen verdrehte sie die Augen. »Voll kitschig.«

Erneut musste Cole lachen. »Stimmt. Aber irgendwie auch schön.«

»Ja.« Sie seufzte, und ihre Lider klappten wieder zu. »Jedenfalls siehst du May seit einer Weile auch so an.«

Gedankenverloren rieb Cole sich über das Gesicht, während er ihre Auseinandersetzung im Geiste noch einmal durchging. Er hatte May so viel gesagt, aber das, was wirklich wichtig war, hatte er ihr verschwiegen.

Kapitel 30

May

In der ersten Woche hatte Cathy strikte Anweisung, ihren Arm nicht zu belasten und sich auszuruhen, um den Heilungsprozess schnellstmöglich voranzutreiben. May tat alles, um ihrer Nichte über die frustrierende Langeweile hinwegzuhelfen, die sich schon bald einstellte. Sie schrieb eine ellenlange Liste mit Cathys Wünschen, kochte ihre Lieblingsspeisen, ließ sie bei jedem Gesellschaftsspiel gewinnen und lud Freunde ein, die sich ebenfalls große Mühe gaben, sie abzulenken.

Lilly wich kaum von Cathys Seite, während Chester mit dem Sessel verwuchs und sich bemühte, seine Enkeltöchter zu unterhalten. Auch Helen und Mortimer besuchten die Mädchen und überschütteten sie mit Hörspielen und Filmen.

Cole kam jeden Tag nach der Arbeit vorbei und brachte neues Spielzeug mit, das sie sogleich ausprobierten.

Für gewöhnlich zog May sich in dieser Zeit zurück und bereitete das Abendessen zu – und weil es wehtat, ihn auch nur anzusehen.

Sie hatte nicht gewollt, dass ihre Affäre auf diese Weise endete. Eigentlich hatte sie überhaupt nicht gewollt, dass sie endete. Aber für Cole schien die Sache entschieden zu sein. Er war freundlich und hilfsbereit, hielt aber Abstand.

Heimliche Blicke gab es nicht mehr. Und auch keine gestohlenen Küsse. Er berührte sie auch nicht beiläufig, wie er es zuvor oft getan hatte.

All das vermisste May. Doch sie war außerstande, etwas daran zu ändern. Schließlich konnte sie nicht riskieren, dass Cole sich vollständig zurückzog, wenn sie ihm gestand, dass er ihr einerseits fehlte, sie aber andererseits panische Angst davor hatte, dass er ihr das Herz brach.

Die Mädchen brauchten ihn, und Cole musste jetzt für sie da sein. Egal, wie sehr ihr Herz ebenfalls nach ihm verlangte.

★★★

Am Freitagnachmittag kam Cole früher von der Arbeit, und May nutzte die Gelegenheit, um in die Stadt zu fahren. Nachdem sie einige Einkäufe erledigt hatte, schaute sie bei Lauren im Nowhere vorbei. Die Eingangstür war offen. Deshalb ging May hinein und direkt in den Clubraum.

Da jede der Frauen im Alltag stark ausgelastet war, kamen sie mit der Neugestaltung nur schleppend voran. Inzwischen war der Raum fast leer geräumt. In der Mitte standen zwei Holzregale, die sie in der Woche vor Cathys Unfall abgeschliffen hatten und die nun angestrichen werden sollten.

Lauren hatte bei Mr. Edison strahlend weißen Holzlack besorgt und es anscheinend nicht länger abwarten können, denn sie stand mit einem Schaumstoffroller in der Hand vor einem der Regale und lackierte die Außenseite. Ihre feuerrote Mähne hatte sie zu einem Dutt zusammengesteckt, und sie trug ein altes Männerhemd, das bereits über und über mit weißen Farbklecksen besprizt war. Eine Indierockband schmetterte einen Hit, zu dem Lauren rhythmisch mit dem Kopf wippte.

May grinste. »Hey.«

Überrascht schaute Lauren auf und grinste ebenfalls. »Na, was macht die kleine Patientin?«

May schnitt eine Grimasse. »Sie langweilt sich.«

»Kann ich mir vorstellen.« Lauren tauchte die Rolle in die Farbwanne, während May zu einem Tisch in der Ecke ging. Darauf stand neben einer gefüllten Kaffeetasse ein dickes Porzellanschwein. May zog einen Zwanziger aus ihrer Jeanstasche und stopfte ihn durch den schmalen Schlitz.

»Bon Appetit, Molly.«

Lauren lachte. »Wenn sie weiter so viel zu futtern kriegt, können wir sie bald schlachten.«

»Das ist der Plan«, erwiderte May und schaute sich suchend nach einer weiteren Farbrolle um. »Kann ich dir helfen?«

»Brauchst du nicht.« Auffordernd nickte Lauren zum Hauptraum der Bar. »Schnapp dir einen Kaffee und atme erst mal durch.«

Normalerweise kam May sich blöd dabei vor, anderen die Arbeit zu überlassen. Aber heute nahm sie dieses Angebot liebend gern an. Sie holte sich einen Kaffee und setzte sich mangels Stühlen auf den Tisch.

Eine Weile lang trank May stumm ihren Kaffee und schaute ihrer Freundin beim Streichen zu.

Plötzlich stieß Lauren einen Seufzer aus. »Du musst nicht mit mir reden, wenn du nicht willst«, sagte sie in ungewohnt ernstem Tonfall. Normalerweise war sie aufgedreht und hatte immer einen frechen Spruch auf Lager. Aber diesmal schien sie zu spüren, dass May nicht zu Scherzen aufgelegt war.

»Aber nur, damit du es weißt: Ich bin eine verdammt gute Zuhörerin«, fuhr sie fort, ohne May anzusehen. »Du bist unglücklich, und das liegt nicht nur an Cathys Unfall. Also, was ist los?«

May hatte noch nie besonders viele Freundinnen gehabt. Bis auf Olivia, mit der sie ab und zu telefonierte, gab es niemanden mehr aus ihrem alten Leben und erst recht niemanden, mit dem sie über ihre Probleme reden konnte. Aber sie brauchte gerade wirklich einen Ratschlag. Also überwand sie ihre Zurückhaltung. »Ich habe mit Cole geschlafen.«

Lauren schien nicht sonderlich überrascht zu sein. Mit stoischer Miene lackierte sie die Regalwand. »Ein Mal?«

»Nein.« May lachte betrübt und stellte ihre Tasse beiseite. »Ziemlich oft.«

»Und das ist schlecht, weil ...?«

Beklommen zuckte May mit den Schultern. »Weil wir es nicht mehr tun, vermute ich.«

Nun drehte Lauren doch den Kopf. Eine tiefe Falte hatte sich auf ihrer Stirn gebildet, und sie schaute ihre Freundin ungläubig an. »Cole hat Schluss gemacht?«

»Er wollte, dass wir nicht länger ein Geheimnis draus machen«, gestand May und biss sich auf die Lippe, weil es einfach so dämlich klang. Es gab ja nun wirklich Schlimmeres als einen Mann, der aufs Ganze gehen wollte.

»Entschuldigung?«

Überrascht schauten Lauren und May zur Tür. Dort stand Lillys Erzieherin und knetete sich nervös die Hände.

»Josephine?«, rief Lauren überrascht aus und wirkte plötzlich regelrecht angespannt. »Was machst du denn hier?«

»Ich ...« Mit einem verlegenen Lachen schüttelte sie den Kopf, wodurch ihr blonder Pferdeschwanz durch die Luft flog. »Tut mir leid. Ich weiß eigentlich gar nicht so genau, was ich hier mache.«

Aber May wusste es. Sie war nicht ohne Grund gekommen. »Gehe ich recht in der Annahme, dass du hier bist, um eine *Soul Sister* zu werden?«

Josephine warf Lauren einen unsicheren Blick zu. »Wenn das möglich ist, würde ich gern mitmachen.«

Vor Überraschung brachte Lauren keinen Ton heraus.

Sehr merkwürdig.

»Selbstverständlich!«, antwortete May deshalb. »Wir sind immer auf der Suche nach starken, unabhängigen Schwestern.«

Josephines Lächeln verrutschte ein wenig. »Das freut mich. Aber nur, wenn das wirklich für dich in Ordnung ist, Lauren.«

»Natürlich!« Ein scheues Lächeln erschien auf Laurens Gesicht. »Ich wäre froh, wenn wir die Vergangenheit hinter uns lassen könnten.«

»Ich auch«, erwiderte Josephine leise und schaute sich um. »Und wie genau funktioniert das hier?«

»Also, um ehrlich zu sein, wissen wir es auch nicht genau«, erwiderte May grinsend. »Wir sind ja noch im Findungsprozess. Bisher steht nur das Aufnahmeritual fest.«

Mit einem Schlag wurde Josephine aschfahl im Gesicht. »Was für ein Ritual?«

»Sie macht bloß Witze«, rief Lauren mit einem Anflug von Panik in der Stimme.

May warf ihr einen verständnislosen Blick zu und holte ihr Handy aus der Hosentasche. »Ja, war wohl nicht so lustig. Gib mir am besten deine Nummer, dann melde ich mich bei dir, sobald unsere erste offizielle Clubsitzung stattfindet.«

Josephine ratterte ihre Nummer runter, wünschte den beiden ein schönes Wochenende und ging.

»Habe ich irgendwas verpasst?«, fragte May.

Schmerz flackerte in Laurens Zügen auf. »Sie hat eine gemeinsame Geschichte mit meinem Bruder. Eine von der hässlichen Sorte. Also frag bitte nicht weiter nach, okay?«

»Klar«, erwiderte May, obwohl sie gern mehr erfahren hätte.

»Ich erzähle es dir… irgendwann«, versprach Lauren und fuhr damit fort, das Regal zu streichen. »Zurück zum ursprünglichen Thema: Du hast also den Schwanz eingezogen?«

May nickte gequält. »Ich hatte Panik, und er hat das als Zurückweisung verstanden. Ich wollte es ihm erklären, aber dann ist Cathy gestürzt, und seither haben wir nicht mehr darüber geredet. Ich glaube auch nicht, dass er das will.«

Plötzlich fing Lauren an zu lachen. »Du hast aber schon mitgekriegt, dass der Mann völlig in dich verschossen ist, oder?«

»Ich weiß, dass er auf mich steht«, wiegelte May ab, denn er hatte kein Geheimnis aus seinem Verlangen nach ihr gemacht.

»Das meinte ich nicht«, widersprach Lauren ungeduldig und musterte sie aufmerksam. »Er hat sich in dich verliebt, May. Und zwar heftig.«

»Wie kommst du denn darauf?«

»Ist das dein Ernst?« Entgeistert riss Lauren die Augen auf. »Du spukst in seinem Kopf rum, seit du hier aufgetaucht bist. Er spricht ununterbrochen von dir. Zugegeben, anfangs hat sich der sture Esel massiv gegen seine Gefühle gewehrt und sie sogar ins Gegenteil verkehrt. Aber sie waren immer da. Er ist total verrückt nach dir.«

»Ich… das… das habe ich nicht gewusst«, stotterte May.

»Hast du mir denn nicht zugehört? Ich habe dir doch gesagt, dass es etwas bedeutet, wenn er mit dir ausgehen will.« Stirnrunzelnd legte Lauren den Kopf schief. »Was empfindest du denn für ihn?«

»Ich *mag* ihn«, erwiderte May, ohne zu zögern.

»Das ist ja schön und gut.« Lauren hob eine Braue. »Aber *liebst* du ihn auch?«

Als hätte ihr Körper bereits die Antwort parat, wuselte ein Kribbeln durch ihren Magen. Es war stärker als diese zerstörerische Angst, die ständig an May nagte, stärker als ihre Unsicherheit und ihr Misstrauen.

Und plötzlich wusste sie es.

»Ja«, stieß sie hervor und starrte Lauren überrascht an. »Ich liebe ihn.«

Lauren lächelte zufrieden. »Was machst du dann noch hier?«

Gute Frage! Mit einem Satz hüpfte May vom Tisch, küsste Lauren auf die Wange und eilte zu ihrem Chief.

Ihr Herz trommelte wild in ihrer Brust, als sie wenig später in der Einfahrt parkte. Sie wollte sich in Coles Arme werfen und ihm alles sagen. Wie groß ihre Furcht gewesen war. Wie sehr sie ihn vermisste. Wie sehr sie sich diese Beziehung wünschte. Und er würde ihr hoffentlich vergeben, dass sie kalte Füße gekriegt hatte.

Und wenn nicht?

Zweifel erhoben sich aufs Neue in May. Aber diesmal schenkte sie ihnen keine Beachtung. Cole war es wert, das Risiko einzugehen.

May rannte die Stufen zur Veranda hinauf, als hinter ihr zwei Autotüren zufielen. Überrascht drehte sie sich um.

Helen und Mortimer kamen mit ernsten Gesichtern auf sie zu. Mortimer trug immer noch seine Sheriff-Uniform. Er musste direkt nach der Arbeit losgefahren sein.

»Hallo«, sagte May und wartete, bis sie bei ihr waren. »Cathy geht es schon viel besser.«

Helen war blass, ihr Lächeln zittrig. »Das ist schön, Liebes.«

Hinter May ging die Haustür auf, und Cole trat heraus. »Mom? Dad? Was macht ihr denn hier? Ich dachte, ihr wolltet erst morgen vorbeikommen?«

Allein ihn neben sich zu wissen, sorgte dafür, dass Mays Körper vor Aufregung prickelte. Sie konnte es nicht erwarten, mit ihm allein zu sein.

Cathy, die es offenbar nicht länger auf dem Sofa ausgehalten hatte, schob sich an Cole vorbei und umarmte Helen zur Begrüßung. Und auch Lilly kam heraus.

Coles Eltern tauschten einen Blick, ehe Helen sich an die Mädchen wandte. »Na kommt, meine Süßen. Gehen wir hinein.«

May wollte ihnen folgen, doch Helen machte ihr die Tür vor der Nase zu. Verwirrt schaute sie Cole an, der ebenfalls die Stirn runzelte. »Was ist denn hier los, Dad?«

Mortimer räusperte sich. »May, ich muss dich bitten, mit mir zu kommen.«

»Was?« Sofort stellte Cole sich schützend vor May. »Warum?«

Mortimer und May waren nie besonders warm miteinander geworden, auch wenn sich ihre Beziehung im Laufe der Zeit entspannt hatte. Erst jetzt fiel May auf, dass er genauso blass war wie seine Frau. Als er May ansah, schien es ihm schwerzufallen, die Worte auszusprechen. »Gegen dich wurde Anklage erhoben.« Er holte tief Luft. »Wegen Kindesmisshandlung.«

Die Welt kippte, während May ihn voller Entsetzen anstarrte. Auch Cole schien zu begreifen, dass sein Vater nicht aus privaten Gründen hier war, sondern in seiner Funktion als Polizeibeamter. »Soll das ein Witz sein?«

»Ich fürchte, nein, mein Sohn«, erwiderte Mortimer und wandte sich erneut an May. »Es tut mir aufrichtig leid, aber du hast keine andere Wahl. Wenn du dich weigerst, muss ich die Kinder mitnehmen, und das Gericht wird einen offiziellen Haftbefehl gegen dich erlassen.«

Im Geiste sah May eine Polizeistreife vorfahren und zwei Beamte, die ihr Handschellen anlegten.

Ihr wurde schlecht.

Fassungslos schüttelte Cole den Kopf. »Das ist doch absurd.«

»*Mir* ist das klar«, knurrte sein Vater. »Aber die Anklageschrift ist eindeutig. Cathy ist nachweislich verletzt, und es ist unsere Pflicht, der Sache nachzugehen. Ob wir wollen oder nicht. Ich habe sämtliche Strippen gezogen, um May wenigstens eine offizielle Verhaftung zu ersparen. Aber sie muss jetzt sofort mit mir mitkommen.«

»Und wer hat diesen Scheiß zu verantworten?«, schleuderte Cole seinem Vater entgegen.

Ein mitfühlender Ausdruck huschte über Mortimers Gesicht, als er May ansah. Dann richtete er sich an seinen Sohn, und sein Blick wurde hart wie Stein. »Du, Cole.«

Cole taumelte zurück, als hätte sein Vater ihm eine Ohrfeige verpasst. »Das ist unmöglich. Ich habe niemals ...«

»Die Anklage wurde heute Mittag von Sophia Parker erhoben«, unterbrach ihn sein Vater scharf. »Das Dokument weist dich zweifelsfrei als Hauptkläger aus. Außerdem hat deine Anwältin beantragt, die Mädchen für die Dauer der Ermittlung in deine Obhut zu geben, bis der Sorgerechtsprozess eingeleitet werden kann.«

Mays Sicht verschwamm, als sie von Mortimer zu Cole schaute. »Ist das wahr?«, fragte sie mit zitternder Stimme. »Hast du deine Anwältin beauftragt, mich zu diskreditieren, damit du die Vormundschaft für meine Nichten bekommst?«

Cole wurde aschfahl im Gesicht. Bestürzt klappte er den Mund auf, aber er stritt es nicht ab.

Mays Herz brach. Schon wieder.

Als sich eine Träne aus ihrem Augenwinkel löste, trat Cole vor sie, umfasste ihre Wangen und wischte mit dem Daumen hektisch darüber. Seine Miene war verzerrt vor Kummer. »Das ist alles ein dummes Missverständnis.«

Nein, war es nicht.

Die Sache war eindeutig, ja sogar amtlich.

Und sie löschte jeden Funken Hoffnung in ihr.

»Lass mich los.« Ihre Stimme war beängstigend leer. Sie wandte den Blick von ihm ab, weil sie ihm keine Sekunde länger in die Augen sehen konnte.

Panisch schüttelte Cole den Kopf. »Nein, du musst mir glauben. Ich würde dir so etwas Abscheuliches niemals antun. Dafür liebe ich dich viel zu sehr.«

Seine Worte fühlten sich an wie Messerspitzen. Mit einem Aufschrei, der all ihren Schmerz und ihre Enttäuschung offenbarte, riss May sich von ihm los.

Sofort ließ Cole die Hände sinken.

May sammelte ihren letzten Rest Würde zusammen und wandte sich an den Sheriff. »Darf ich mich noch verabschieden?«

Mortimer nickte, und May drehte sich um und ging an Cole vorbei ins Haus. Mit jedem Schritt verschloss sie ihre Gefühle tiefer in sich. Das musste sie tun. Sonst wäre sie zusammengebrochen.

Sie fand die Mädchen im Wohnzimmer, wo sie mit Helen auf dem Sofa saßen und ein Buch lasen. Mütterliche Sorge spiegelte sich in Helens Miene. Aber sie stellte keine Fragen.

»Gibst du mir einen Moment mit den beiden?«, bat May.

»Natürlich.« Helen erhob sich und ging hinaus, während May sich vor ihre Nichten hockte.

»Was ist los?«, fragte Cathy stirnrunzelnd. Auch Lilly schien zu spüren, dass etwas nicht stimmte, denn sie schmiegte sich an ihre große Schwester.

May schluckte schwer. »Ich muss für eine Weile weg.«

»Was?«, zischte Cathy. »Wieso?«

Was sollte May jetzt sagen? Dass sie auf dem Weg ins Gefängnis war, weil Cole sie verklagt hatte? Das brachte May nicht über sich.

»Es tut mir so leid«, war alles, was sie herausbrachte.

Schmollend verschränkte Cathy die Arme. »Aber du hast gesagt, dass du hierbleibst.«

Gequält verzog May das Gesicht. »Ich weiß. Aber es geht nicht anders. Ich komme zurück, so schnell ich kann. Das schwöre ich euch.«

May konnte die traurigen, verwirrten Gesichter keine Sekunden länger betrachten, sonst wäre sie haltlos in Tränen ausgebrochen. Rasch gab sie ihnen einen Kuss auf die Stirn. Bevor Cathy noch etwas erwidern konnte, verließ sie das Zimmer.

Cole stand immer noch wie erstarrt auf der Veranda. »May ...«, setzte er an, doch sie ignorierte ihn und ging mit seinem Vater zum Auto. Zwar war er nicht mit dem Streifenwagen gekommen, trotzdem war es merkwürdig, als er ihr die hintere Wagentür öffnete.

May wollte gerade einsteigen, da erklang hinter ihr ein Ruf, der ihr durch Mark und Bein ging. Er war heiser, verzweifelt.

»May!«

Fassungslos drehte sie sich um, denn sie wusste, es war nicht Cathy, die ihr nachlief. Es war Lilly.

»May. May.«

Nun verlor May doch die Beherrschung. Sie schluchzte auf und ging in die Knie, um ihre jüngste Nichte aufzufangen.

Lilly krallte sich an ihr fest, und May drückte sie so stark an sich, dass sie kurz befürchtete, das zarte Mädchen zu zerbrechen.

Sekunden später war Cathy da und schlang ihre Arme von hinten um Mays Hals. »Du darfst nicht weggehen!«

Am liebsten hätte May die beiden Kinder nie wieder losgelassen. Sie sollten nicht denken, dass sie sie freiwillig verließ. Aber wenn sie jetzt mit dem Finger auf Cole zeigte, verloren sie eine weitere Konstante in ihrem Leben, und das konnte May ihnen nicht antun. Ganz gleich, wie erschüttert sie war.

Sie holte tief Luft und löste sich aus der Umarmung.

Zärtlich streichelte sie Lilly übers Haar, und obwohl sie todunglücklich war, musste sie plötzlich lächeln. »Du hast gesprochen.«

Lilly nickte schniefend.

»Ich bin so stolz auf dich, meine Süße.« Behutsam tupfte May ihr die Tränen weg. »Sobald ich wieder da bin, werden wir jeden Tag miteinander reden, ja? Stundenlang.«

Lilly nickte ein weiteres Mal. Dann wandte May sich an Cathy. »Ich habe unsere Pläne nicht vergessen. Wir werden *alles* davon machen. Du kannst dich auf mich verlassen. Ich komme zurück.«

Mit Sicherheit hatte May in ihrem Leben noch nie so entschlossen geklungen. Aber letztlich war es genau dieser Ton, der Cathy zu beruhigen schien.

»Okay«, nuschelte sie, während Helen zu ihnen kam und die Mädchen an die Hand nahm.

Lächelnd sah May erst Cathy, dann Lilly an. »Ich hab euch lieb.« Sie erwartete nicht, dass die Mädchen ihre Zuneigung ebenfalls in Worte fassten. Sie hatten mit ihrem Verhalten sowieso längst gezeigt, wie sie für May empfanden.

»Keine Sorge, Kinder!«, schaltete Mortimer sich ein. »Spätestens morgen sollte May wieder zu Hause sein.«

Morgen! Das schafften sie.

Mit etwas mehr Zuversicht stieg May in den Wagen und zog die Wagentür hinter sich zu. Cathys Hand zuckte, als wollte sie nach der Wagentür greifen, um sie wieder aufzureißen. Doch Helen hielt sie fest.

Der Motor heulte auf, und Mortimer fuhr los. May fixierte die Mädchen, bis sie aus ihrer Sicht verschwunden waren. Sie schaffte es nicht, Cole noch einmal anzusehen.

Kapitel 31

Cole

Eine Stunde nachdem May weggefahren war, stürmte Cole in Sophias Kanzlei. Es war bereits nach sechs Uhr abends. Er wäre schon eher hier gewesen, aber seine Mutter und er hatten alle Hände voll zu tun gehabt, die aufgelösten Mädchen zu beruhigen.

Sophias Assistentin begrüßte ihn freundlich. »Mr. Baxter! Was kann ich für Sie tun?«

»Wo ist Sophia?«, donnerte er.

Sie zuckte zusammen. »In ihrem Büro. Aber ich fürchte, sie hat noch einen Termin.«

»Das ist mir scheißegal.«

Die Frau schnappte nach Luft, als Cole an ihr vorbeistapfte und die Tür zu Sophias Büro aufstieß. Dort saß einer der geschniegelten Idioten aus dem Stadtrat und glotzte blöde aus der Wäsche.

Sophia sprang erschrocken auf. »Cole.«

»Ich muss mit dir reden. Sofort.«

»Natürlich.« Sie bat den Kerl, sich einen Moment zu gedulden, ehe sie Cole in den benachbarten Konferenzraum führte. Nachdem sie die Tür hinter sich geschlossen hatte, strahlte sie ihn an. »Du hast die guten Neuigkeiten also schon erfahren?«

»Bist du vollkommen übergeschnappt?«, brüllte er und ging sicherheitshalber ein wenig auf Abstand, bevor er ihr noch an die Gurgel sprang. Andererseits hätte sie dann wenigstens einen Grund gehabt zu klagen.

Sophia runzelte die Stirn. »Ich kann dir nicht folgen.«

Cole versuchte wirklich runterzukommen, um ihr keine Angst zu machen. Aber allein die Erinnerung an diesen verletzten Ausdruck in Mays Gesicht reichte aus, um ihn aufs Neue rotsehen zu lassen. »Ich habe dir vor Wochen geschrieben, du sollst die Sache mit May auf sich beruhen lassen. Wie konntest du dich einfach darüber hinwegsetzen?«

Trotzig hob Sophia das Kinn. »Weil ich selbstverständlich davon ausging, das wäre nur eine Phase.«

»Wie kommst du denn auf diesen Schwachsinn? Es war eine klare Entscheidung meinerseits, die du gefälligst zu respektieren hast.«

Sophia schnaubte. »Ich bitte dich! Jeder hat gesehen, wie sie dir beim Gründerfest schöne Augen gemacht hat und wie du dich an Novas Stand für sie ins Zeug gelegt hast. Es war nur eine Frage der Zeit, bis sie dich komplett einwickelt.«

»Was zwischen May und mir vorgefallen ist, geht nur uns beide etwas an. Deswegen musst du meinen Wunsch trotzdem akzeptieren. Ich bin dein Mandant, verdammt noch mal.«

Ein Lächeln erschien auf Sophias Lippen. »Mein Mandant. Ganz genau! Und es ist meine Aufgabe, deine Interessen zu vertreten, selbst dann, wenn du sie selbst aufgrund deiner Hormone aus den Augen verlierst.«

»Ich habe mich entschieden!«, schrie Cole sie an.

»Und was ist in drei Monaten? Oder in einem halben Jahr?«, fragte sie hitzig. »Komm schon, Cole. Miss Cambell ist rastlos und flatterhaft. Leider ist das aber auch ihr einziges Manko. Als ich gestern zufällig von Cathys Unfall erfahren habe, kam das einem Wink des Schicksals gleich. Ich konnte diese Gelegenheit nicht ungenutzt verstreichen lassen.«

Lieber Himmel, gib mir Kraft!

Nur für den Fall, dass er nicht erhört wurde, vergrößerte Cole den Abstand zwischen ihnen noch weiter und atmete mehrmals tief durch, ehe er ruhiger weitersprach. »Du wirst das sofort wieder rückgängig machen.«

Sophias selbstzufriedene Miene verflog. »Was? Auf keinen Fall! Diese Klage ist deine einzige Chance.«

»Sie ist völlig absurd. Das weiß jeder, der May einmal zusammen mit den Mädchen erlebt hat.«

»Ich bin keine Richterin, Cole. Ich lege lediglich die Rechtsprechung zu meinen beziehungsweise zugunsten meiner Mandanten aus. Cathy hat sich schwer verletzt, als sich die Mädchen in Miss Cambells Obhut befanden. Sie hat nicht aufgepasst und sich damit grob fahrlässig verhalten. Das ist Kindesmisshandlung.«

»Das ist Schwachsinn!« Coles Gesichtsausdruck musste mörderisch sein, denn Sophia wich zurück und prallte gegen die Tür in ihrem Rücken. »Ich gebe dir eine halbe Stunde Zeit, deinen Hintern aufs Revier zu schwingen, die Klage zurückzuziehen und diese Angelegenheit richtigzustellen. Sonst sorge ich dafür, dass du deinen Laden hier dichtmachen kannst.«

Sophia wurde blass. »Das kannst du nicht machen.«

»Und ob ich das kann«, erwiderte Cole. »Deine feinen Pinkel aus dem Stadtrat werden nicht reichen, um deine Kanzlei zu finanzieren. Du brauchst die kleinen Leute. Leute, die auf mich hören, wenn ich ihnen sage, dass du nicht vertrauenswürdig bist.«

Sophia lief dunkelrot an. »Das ist nicht fair! Ich habe das alles nur für dich getan.«

Cole stutzte. »Was meinst du mit *alles*?«

Ihre braunen Augen glänzten, als sie unvermittelt ihre stoische Maske fallen ließ. Sehnsucht zeigte sich in ihrem Blick. »Hast du mir nicht zugehört?« Sie hob die Hand, als wollte sie ihn berühren. Ihre Finger zitterten. »Ich wollte dich glücklich machen.«

»Was?« Unter anderen Umständen hätte Cole sich vielleicht geschmeichelt gefühlt, weil Sophia so viel für ihn riskiert hatte. Aber sie war eindeutig zu weit gegangen. Mit eisiger Miene legte er den Kopf schief. »Dachtest du etwa ernsthaft, wenn du einer unschuldigen Frau irgendeinen Mist anhängst und ich die Kinder kriege, würde ich dir aus lauter Dankbarkeit zu Füßen liegen?«

»Nicht aus Dankbarkeit«, widersprach Sophia und lächelte zaghaft. »Sondern weil du dann erkennst, dass wir beide ein gutes Team abgeben. Du und ich, wir passen zueinander, Cole. Wir sind beide ehrgeizig, erfolgreich und willensstark. Ist dir das denn noch nie in den Sinn gekommen?«

»Äh, nein. Definitiv nicht.«

Ein verletzter Ausdruck huschte über ihr Gesicht. »Aber unser Kuss ... Ist er denn völlig spurlos an dir vorbeigegangen?«

»Wovon redest du?«

»Du hast mich geküsst. Auf dem Gründerfest. Vor Hunderten von Zuschauern.«

»Genau wie fünfzig andere Frauen, die dafür bezahlt haben«, schoss er zurück. »Es hat überhaupt nichts bedeutet.«

Das war die reine Wahrheit. Sicher, Sophia war hübsch, klug und in ganz Goodville eine beliebte Bürgerin. Trotzdem übte sie keinen Reiz auf Cole aus. Er hatte sie stets als platonische Freundin betrachtet. Aber Freunde fielen einander nicht derart in den Rücken. »Es gibt nur eine Frau, die ich will, und das ist May.«

»Sie kann dir und den Mädchen niemals die Beständigkeit bieten, die ihr braucht.«

»Dieses Risiko werde ich wohl eingehen müssen.«

Enttäuscht verzog sie das Gesicht. »Du machst einen Fehler, Cole.«

»Ein Fehler war es, dir blind zu vertrauen«, blaffte er und kniff die Lider zu schmalen Schlitzen zusammen. »Hast du sonst noch irgendwelchen Mist ohne mein Wissen verzapft?«

Ihr Blick zuckte unruhig durch den Raum. Nach kurzem Zögern schüttelte sie den Kopf. Für eine Anwältin war sie eine erstaunlich miserable Lügnerin. Das war Cole noch nie aufgefallen.

Entsetzen machte sich in ihm breit. »Welchen Bullshit hast du May noch angehängt?«

»Gar keinen.«

Drohend baute Cole sich vor ihr auf. »Sag mir die Wahrheit.«

Sie presste kurz die Lippen aufeinander. Dann senkte sie den Kopf. »Na ja. Möglicherweise habe ich den Unterhalt für die Mädchen ein wenig zu Miss Cambells Ungunsten angepasst.«

»Du hast *was*?«

»Ich wusste nicht, was ich sonst noch tun sollte«, erwiderte sie frustriert. »Ich habe versucht, sie dazu zu überreden, das Erbe auszuschlagen. Davon wollte sie nichts wissen. Ich dachte, wenn sie pleite ist und keinen Job findet, wirft sie freiwillig das Handtuch. Hat sie aber nicht.«

Weil Nova ihr zum Glück geholfen hatte, ohne dass irgendjemand davon wusste.

»Wie viel?«, fragte Cole gepresst und ärgerte sich maßlos darüber, dass er Sophia die Zügel überlassen hatte. Die Anwältin besaß sämtliche Vollmachten. Sie war es auch gewesen, die ein Zwischenkonto eingerichtet hatte, von dem das Geld abgebucht wurde. Cole hatte nie überprüft, ob die gesamte Summe je bei May angekommen war. Und er hatte sie nie gefragt.

»Ich habe den genauen Betrag nicht im Kopf.«

»Wie viel?«, wiederholte Cole zähneknirschend.

Sophia schluckte. »Ungefähr achthundertdreißig Dollar.«

»Das ist ja noch nicht mal die Hälfte!«, brüllte er und raufte sich die Haare, als ihm klar wurde, dass May ihm von Anfang an die Wahrheit gesagt hatte. »Gott, Sophia! Du bist so was von gefeuert.« Warnend zeigte er auf sie. »Nachdem du diesen Scheiß geregelt hast.«

Bevor er noch etwas sagte oder tat, das er später bitter bereuen würde, schob er sie beiseite, riss die Tür auf und marschierte aus dem Raum.

»Cole!«, rief Sophia ihm nach, doch er blieb nicht stehen. »Es tut mir leid, okay? Ich dachte, es wäre zu deinem Besten.«

Anstelle einer Antwort stürmte er an der schockiert dreinblickenden Anwaltsgehilfin vorbei und knallte die Tür hinter sich zu. Und dann betete er, dass Sophia endlich mal etwas richtig machte in ihrem Job.

Und dass May ihm glaubte.

Kapitel 32

May

In ihrem Leben hatte May schon eine Menge absonderlicher Dinge erlebt. Aber noch nie hatte sie eine Nacht im Knast verbracht.

Insgesamt gab es gerade mal vier Gefängniszellen, die durch kahle Betonwände voneinander getrennt waren. Grelles Neonlicht schien von der Decke. Es gab keine Fenster. Eine Seite war mit Gitterstäben ausgestattet, durch die man jederzeit in jeden Winkel der kleinen Zelle schauen konnte. Die spartanische Einrichtung bestand lediglich aus einem Bett, einem Tisch, einem Stuhl, einem Waschbecken und einer Toilette. Das war's.

May musste der Situation zugutehalten, dass Mortimer sich sichtlich Mühe gab, ihr den Aufenthalt so angenehm wie möglich zu gestalten. Er brachte sie in der Zelle ganz am Ende des Ganges unter, wo es vergleichsweise ruhig war. Zudem war ihr die Demütigung einer Leibesvisitation erspart geblieben, und sie hatte ihre Kleidung anbehalten dürfen. Ihre übrigen Habseligkeiten wie Schlüssel, Handy und Portemonnaie hatte Mortimer einkassieren müssen. Allerdings hatte er May versprochen, persönlich dafür zu sorgen, dass sie alles wieder ordnungsgemäß zurückerhielt.

Nun saß sie mit angezogenen Beinen auf dem schmalen Bett,

hatte die Arme um die Knie geschlungen und starrte Löcher in die Luft, während sie gegen den dumpfen Schmerz in ihrem Herzen ankämpfte.

Für einen freiheitsliebenden Menschen wie May war dieser Ort ein Albtraum. Die Wände schienen mit jeder Minute näher zu rücken, und sie hatte das Gefühl, jeden Moment zu ersticken. Das war allerdings noch ein Zuckerschlecken verglichen mit dem Film, der sich wieder und wieder in ihrem Kopf abspielte. Sie vermisste die Mädchen und ihr Zuhause.

Die Erkenntnis, dass sie das Landhaus nicht länger als Roses und Julians Heim, sondern als ihres betrachtete, hatte ihr kurz einen kleinen Schock versetzt. Schließlich war sie jahrelang durch die Welt gegondelt, ohne diesem Gefühl jemals begegnet zu sein. Doch dann war ihr klar geworden, dass es gar nicht an dem Ort lag, sondern an denjenigen, die dort lebten.

Ihre Nichten und Chester und Hund und auch Cole.

Cole, der sie verraten hatte. Auf so üble und hinterlistige Weise. Als hätte May sich nach Cathys Unfall nicht schon schuldig genug gefühlt, weil sie nicht aufgepasst hatte.

Die Sicherheitstür am Ende des Ganges öffnete sich quietschend, und schwere Schritte erklangen. Mortimer blieb vor ihrer Zelle stehen. Er sah gestresst aus. »Cole ist hier.«

Obwohl May sich selbst dafür hasste, beschleunigte sich ihr Puls. Glücklicherweise gelang es ihr, diese Reaktion vor Coles Vater zu verbergen.

»Er hat gefragt, ob er zu dir darf. Normalerweise geht das nicht so einfach.« Ein schiefes Grinsen erschien auf Mortimers Gesicht, wodurch er Cole wahnsinnig ähnelte. »Aber er ist der Sohn des Sheriffs, und der würde eine Ausnahme machen, wenn du möchtest.«

Allein die Vorstellung, dass Cole sie so sehen könnte, fühlte sich an wie ein Tritt in den Magen.

May wandte den Blick ab. »Ich will ihn nicht sehen.«

»Das dachte ich mir.« Mortimer seufzte betrübt. »Hör mal, May. Ich war genauso bestürzt wie du, als ich die Anklageschrift gelesen habe. Ich wollte meinem Sohn den Kopf abreißen. Aber ich kenne ihn, und er hat auf mich nicht den Eindruck gemacht, als wüsste er, was vor sich geht. Ich glaube ihm, wenn er sagt, dass er nichts mit dieser Sache zu tun hat.«

Schön für ihn. Aber Mortimer hatte sich auch nicht unzählige Male von Cole zurechtweisen lassen müssen.

Ja, sie hatte Cole gesagt, dass sie ihm verziehen hatte. Das Problem war nur: Vergeben hieß nicht vergessen. Und May konnte sich sehr gut erinnern. Deshalb hielt sie es durchaus für möglich, dass Cole zu schmutzigen Mitteln gegriffen hatte, um die Mädchen ihrer Obhut zu entreißen.

»Wie du willst«, sagte Mortimer leise und ging davon.

Tränen brannten in Mays Augen, doch sie verbot es sich, auch nur eine einzige davon an diesem grauenvollen Ort zu vergießen.

Die Zeit floss träge dahin. May konnte nicht genau sagen, wie spät es war, als Mortimer zurückkehrte. Er hielt ein Tablett in die Höhe. »Ich habe Lasagne von Helen für dich aufgewärmt.«

May war ihm aufrichtig dankbar für seine Mühe. Dennoch wusste sie, dass sie keinen Bissen herunterkriegen würde. »Ich habe keinen Hunger.«

»Du solltest trotzdem etwas essen.« Mortimer entriegelte die Zellentür und stellte das Tablett auf den Tisch.

May blieb reglos sitzen.

»Sophia Parker war vor einer halben Stunde da. Sie hat die Klage zurückgezogen und einen neuen Antrag eingereicht, die Ermittlungen unverzüglich einzustellen.«

»Dann darf ich hier raus?«, fragte May hoffnungsvoll.

Bedauernd schüttelte Mortimer den Kopf. »Ich wünschte, ich könnte dich gehen lassen. Aber wir brauchen erst noch die Zustimmung des Gerichts.«

»Aber morgen ist Sonntag. Heißt das, ich muss bis Montag hierbleiben?«

»Cole ist bereits auf dem Weg zu einem befreundeten Richter. Ich denke, in spätestens zwölf Stunden bist du hier raus.«

Zwölf Stunden.

»Es ist nur eine Nacht, May. Das schaffst du.«

Seine Worte waren ein schwacher Trost. Das wussten sie beide. Mortimer bedachte sie trotzdem mit einem ermutigenden Lächeln, bevor er hinter sich abschloss. »Ruf mich, wenn du etwas brauchst. Ich habe meinen Dienst getauscht und werde bis zu deiner Freilassung hier sein.«

Das erstaunte May nun doch. »Ich dachte immer, du kannst mich nicht leiden.«

Verlegen kratzte er sich am Nacken. »Es war nie etwas Persönliches. Du warst einfach eine Fremde, die die Macht hatte, meinen trauernden Sohn noch unglücklicher zu machen. Aber inzwischen kenne ich dich besser. Ich sehe, wie die Mädchen in deiner Gegenwart aufblühen, wie Chester auftaut und wie glücklich Cole in letzter Zeit ist.« Mortimer grinste spitzbübisch. »Davon abgesehen ist meine Frau ganz aus dem Häuschen wegen dieser Clubgeschichte. Du hast hier ziemlich viel erreicht, May, und auch wenn ich bei dieser Sache nicht viel tun kann, sollst du wissen, dass du nicht allein bist.«

Mist! Jetzt weinte May doch. Aber diesmal waren es Tränen der Rührung. »Danke, Mortimer. Das weiß ich zu schätzen.«

Er wurde ein bisschen rot, bevor er sich abwandte und wieder verschwand.

Erneut wurde es still in Goodvilles winzigem Zellenblock. Eine Weile lang musterte May das Essen und überlegte, es hinunterzuwürgen. Aber so flau, wie ihr im Magen war, würde es wahrscheinlich postwendend wieder herauskommen.

Sie ließ den Hinterkopf gegen die kalte Betonwand fallen, schloss die Augen und fragte sich, wie spät es wohl sein mochte. May hatte noch nie ein gutes Zeitgefühl gehabt. Nicht so wie Rose, die immer pünktlich gewesen war, selbst wenn sie keine Uhr getragen hatte.

Im Laufe der letzten Wochen hatte May sich oft gefragt, wann die Erkenntnis über den Tod ihrer Schwester endlich über sie hereinbrechen würde. Aber das war nie geschehen, und inzwischen glaubte May auch nicht mehr daran, dass es noch passieren würde. Denn sie hatte bereits um Rose getrauert.

Jahrelang.

Schuldgefühle hatten sie geplagt, weil sie für diese ganze Misere verantwortlich war. Gleichzeitig war sie unendlich traurig gewesen. Sie hatte Rose vermisst und unzählige Male nach einem Ausweg gesucht. Doch der Preis war schlichtweg zu hoch gewesen, und es kam eine Zeit, in der May allmählich akzeptierte, dass sie ihre Schwester verloren hatte. Sie hatte sich mit dem Gedanken getröstet, dass Rose mit ihrer Familie ein glückliches Leben führte und Julian seine Frau trotz seiner Fehler aufrichtig liebte.

Der Tod der beiden war ein Schock gewesen. Aber sie lebten im Lachen ihrer Töchter weiter und in den Erinnerungen, die man sich an sie bewahren würde. May würde dafür sorgen, dass sie niemals vergessen wurden. Das war sie ihnen schuldig. Allerdings konnte sie nicht so weitermachen wie bisher.

Die Tür quietschte erneut, und Mortimer warf einen Blick durch die Gitterstäbe. »Kommst du zurecht?«

Sie lächelte schwach. »Ja.«

Er bemerkte die kalte Lasagne. »Ich habe gerade mit Helen telefoniert. Den Mädchen geht es gut. Sie schlafen jetzt. Vielleicht solltest du das auch versuchen. Umso schneller bist du hier raus.«

Da hatte er vermutlich recht. Es war tröstlich zu wissen, dass Helen bei den Mädchen war und sie zu Hause in ihren Betten schliefen.

»Ich versuche es«, versprach May, woraufhin Mortimer zufrieden nickte und wieder ging.

Sie rollte sich zusammen und schloss die Augen.

In dieser Nacht schaute Mortimer oft bei May vorbei. Obwohl sie jedes Mal am liebsten aufgesprungen wäre und ihn gefragt hätte, wann sie endlich rauskonnte, blieb sie reglos liegen und gab vor zu schlafen.

Irgendwann ging die Zwischentür wieder auf.

»May!«, rief Mortimer schon von Weitem.

Sofort saß May kerzengerade im Bett und atmete erleichtert auf, als er die Schlüssel hervorzog. »Es ist vorbei. Du kannst endlich hier raus.«

May wollte in die Luft springen, doch sie brachte nur ein müdes Lächeln zustande. Ihr Kopf pochte, ihre Muskeln schmerzten, und sie musste dringend pinkeln. Vorzugsweise ohne Publikum.

Höflich signalisierte Mortimer ihr voranzugehen. »Ich brauche nur noch ein paar Unterschriften, dann kannst du gehen.«

Als der Papierkram erledigt war, erhielt May ihre Sachen zurück. »Danke, dass du für mich da warst, Mortimer.«

Er winkte ab. »Gern geschehen. Nun geh schon. Ich weiß doch, wie sehr du zu deinen Mädchen willst.«

Das wollte May wirklich.

Obwohl sich ihre Füße bleischwer anfühlten, machte sie sich auf den Weg. Als sie hinaustrat, wurde sie von der morgendlichen Hitze eingehüllt. Die Sonne blendete, und sie musste kurz blinzeln.

Als sie wieder klare Sicht hatte, erstarrte sie.

Cole stand auf dem Gehweg und trat nervös von einem Fuß auf den anderen. Sein schwarzer Pick-up parkte direkt hinter ihm am Straßenrand.

Klasse! Genau der Mensch, den May nach einer Nacht im Gefängnis dringend sehen wollte. Da es keinen Sinn hatte, vor ihm wegzulaufen, straffte May die Schultern und ging zu ihm.

Er sah furchtbar aus. Sein Gesicht war bleich. Dunkle Ringe lagen unter seinen Augen, und sein Hemd war völlig zerknittert. »Hey«, krächzte er.

Ausdruckslos sah May ihn an.

Cole ließ den Kopf hängen. »Es tut mir so leid, May. So verdammt leid.«

Ob May wollte oder nicht, sie glaubte ihm. Leider änderte das auch nichts an der Tatsache, dass Coles Anwältin niemals so weit gegangen wäre, hätte er sie nicht dazu ermutigt. »Bring mich einfach nur nach Hause.«

Cole nickte zerknirscht und öffnete die Beifahrertür. Sobald sie eingestiegen war, eilte er um die Motorhaube herum und nahm auf dem Fahrersitz Platz. Dann sah er sie flehend an. »Darf ich es dir wenigstens erklären? Bitte, ich...«

Demonstrativ drehte May sich weg. Sie wollte keine Erklärungen hören. Sie kannte seine Gründe ohnehin schon. »Ich habe jetzt keine Kraft dafür, Cole.«

»Okay.« Ohne weiter zu diskutieren, ließ er den Motor an und fuhr los. Den kurzen Weg bis nach Hause sprachen sie kein Wort miteinander. Stattdessen herrschte eine dermaßen angespannte Stille zwischen ihnen, dass May am liebsten aus dem fahrenden Wagen gesprungen wäre.

Sowie der Pick-up in der Einfahrt hielt, stieß sie die Tür auf.

»May!« Sein Ton war so verzweifelt, dass sie unwillkürlich innehielt. Zittrig holte er Luft. »Was ich gestern gesagt habe, ist mir nicht einfach nur rausgerutscht. Ich liebe dich wirklich. Ich wollte nur, dass du das weißt.«

May antwortete nicht. Sie konnte einfach nicht. Stattdessen stieg sie aus und warf die Tür hinter sich zu.

Sie hatte die Veranda noch nicht betreten, da flog bereits die Haustür auf, und die Mädchen liefen ihr entgegen.

»May!«, rief Cathy und klang dabei auf ihre typische Art genervt. »Na endlich! Wo warst du denn so lange?«

Erleichtert schloss May ihre Nichten in die Arme. »Hey, meine Süßen.«

Sie drückte die Mädchen fest an sich und atmete ihren vertrauten Duft ein.

»May«, wisperte Lilly heiser.

Reine Liebe durchflutete May. Sie wollte gleichzeitig lachen und weinen.

Auch Helen erschien mit einem milden Lächeln und wartete, bis die Mädchen von May abließen. Dann schloss sie May in eine herzliche Umarmung. »Geht's dir gut?«

May nickte. »Jetzt schon. Danke, dass du dich um sie gekümmert hast.«

»Das war doch selbstverständlich.« Sie warf einen Blick in Coles Richtung, behielt aber jede weitere Frage für sich.

»Verflucht noch mal, Violet«, erklang Chesters kratzige Stimme hinter ihnen. Er humpelte auf sie zu. Für einen Moment glaubte May, er wollte sie ebenfalls umarmen, und hielt schockiert inne. Aber dann klopfte Chester ihr ungelenk auf die Schulter. »Hab dein Essen vermisst.«

May lachte. »Ich hab dich auch vermisst, du alter Zausel.«

Chester grinste. »Sollen wir uns hier noch länger die Beine in den Bauch stehen, oder gehen wir rein?«

Definitiv Letzteres.

Helen trat einen Schritt zurück. »Ich werde mit Cole mitfahren.«

»Wieso kommt er denn nicht her?«, fragte Cathy irritiert und winkte ihn zu sich.

May blieb beinahe das Herz stehen, als er Anstalten machte auszusteigen.

Glücklicherweise schaltete Helen sich ein und schüttelte vehement den Kopf. »Ein anderes Mal, Liebes. Genießt erst mal die Zeit für euch.« Sie verabschiedete sich, ehe sie zu Cole in den Wagen stieg.

Da May nicht zusehen wollte, wie sie davonfuhren, ging sie hinein. Im Haus gab es noch jemanden, der sich über Mays Rückkehr freute. Hund sprang laut kläffend um ihre Füße und stolperte dabei über seine eigenen Pfoten.

Schmunzelnd kraulte May ihn hinter den Ohren. »Dich habe ich natürlich auch vermisst, Kumpel.«

»Wir haben Pancakes für dich gemacht«, informierte Cathy sie, schnappte sich Mays Hand und zog sie zum reich gedeckten

Frühstückstisch. Stolz zeigte sie auf einen Teller, der wohl für May gedacht war. Darauf lag ein Pancake, und jemand hatte ihm mit reichlich Marmelade ein grinsendes Gesicht aufgemalt.

May lachte. »Der ist aber hübsch geworden.«

»Ja, oder? Probier mal.«

Obwohl May immer noch keinen Hunger verspürte, setzte sie sich artig hin, während die anderen ebenfalls Platz nahmen. Sie schnitt ein Stück des vor Marmelade nur so triefenden Pancakes ab, kostete und verdrehte verzückt die Augen. »Lecker!«

»Sind aber nicht so fluffig wie deine«, merkte Chester an, schob sich jedoch ebenfalls ein beachtliches Stück in den Mund.

Cathy kicherte. Lilly gluckste heiser.

Es herrschte eine spürbare Leichtigkeit am Tisch. Sie alle schienen einfach froh zu sein, dass May wieder da war.

Am liebsten hätte May dieses Gefühl noch ewig genossen. Aber letzte Nacht hatte sie viel Zeit zum Nachdenken gehabt, und es gab Themen, die keinen Aufschub mehr duldeten.

Als sie aufgegessen hatten, überwand May daher ihre Zweifel und schaute die Mädchen an. »Ich möchte euch einen Vorschlag machen.«

Noch hatte May keine Ahnung, wie sie darauf reagieren würden. Aber es musste sein. Es war Zeit für ein paar grundlegende Veränderungen.

Zeit für einen Neuanfang.

Kapitel 33

Cole

»Gib ihr Zeit, sich zu beruhigen.«

Diesen Ratschlag hatte Cole auf dem Heimweg von seiner Mutter erhalten. Das war jetzt zwei Tage her, und obwohl Cole versuchte, geduldig zu sein, fiel es ihm wahnsinnig schwer, sich von May und den Kindern fernzuhalten.

Lilly hatte gesprochen. Die Angst, May zu verlieren, war so gewaltig gewesen, dass sich sogar die Blockade in Lillys Innerem gelöst hatte. Es war ein Wunder, und nun fragte Cole sich unentwegt, ob sie inzwischen noch mehr Worte gesagt oder vielleicht sogar auf diese niedliche Weise gekichert hatte.

Natürlich sorgte Cole sich auch um Cathy. Er machte sich Gedanken, ob der Heilungsprozess glattlief und wie sie mit der Langeweile zurechtkam. Cathy war ein kleiner Wildfang. Sie brauchte Abwechslung und Bewegung, sonst wurde sie depressiv und unausstehlich.

Und er vermisste May. Einfach alles an ihr. Ihr Lächeln. Ihre verrückten Ideen. Sie zu beobachten, wenn sie mit den Mädchen zusammen war. Ihre süßen Küsse und ihren warmen, anschmiegsamen Körper, in dem so unvorstellbar viel Leidenschaft loderte.

Cole war schon in der vergangenen Woche nicht besonders

glücklich gewesen, nachdem sie miteinander Schluss gemacht hatten. Ständig war er in Versuchung geraten, May zu schnappen und so lange zu küssen, bis sie kapierte, dass er ihr Vertrauen verdiente. Er hatte gehofft, dass May ihre Meinung ändern und seine Nähe wieder zulassen würde. Aber Sophia hatte alles zunichtegemacht.

Cole zog sämtliche Register, um sich irgendwie abzulenken. Gleichzeitig ließ er sein Telefon keine Minute aus den Augen, falls May doch anrief. Er verließ auch nicht das Haus, weil er die irrsinnige Hoffnung hegte, dass sie spontan vorbeikam. Aber nichts dergleichen geschah.

May wollte nicht mit ihm reden, und nach allem, was passiert war, verstand Cole das. Einfacher wurde es dadurch allerdings nicht.

Am Dienstagabend war er kurz davor, all seine guten Vorsätze über den Haufen zu werfen und zu May zu fahren. Glücklicherweise funkte Ryan ihm dazwischen und schleppte ihn stattdessen ins Nowhere. Als Lauren ihn entdeckte, kniff sie die Augen zusammen. »Ich sollte dich hochkant rausschmeißen.«

»Wenn du willst, gehe ich«, erwiderte Cole kleinlaut.

»Blödsinn!« Entschlossen schob Ryan Cole auf einen der Barhocker, bevor er sich neben Cole setzte. »Lauren ist nur ein bisschen angefressen. Das gibt sich wieder.«

»Oh, da wäre ich mir nicht so sicher«, zischte Lauren und bedachte Cole mit einem vorwurfsvollen Blick. »Kindesmisshandlung? Ernsthaft, Cole?«

Cole zuckte zusammen. »Das habe ich nie behauptet. Sophia hat von Cathys Unfall erfahren und etwas in den falschen Hals gekriegt. Sie wollte mir helfen. Dabei ist sie allerdings kilometerweit über das Ziel hinausgeschossen.«

Lauren schnaubte. »Das kann man wohl sagen.«

»Das ist wirklich dumm gelaufen, Mann.« Ryan seufzte und bat Lauren, ihnen zwei Bier zu bringen.

Nur äußerst widerwillig tat sie ihm den Gefallen und stellte kurz darauf zwei gefüllte Gläser vor ihnen ab.

»Hast du etwas von ihr gehört?«, fragte Cole, weil er sich einfach nicht bremsen konnte.

Vielsagend hob Lauren eine Braue. »Du erwartest nicht wirklich eine Antwort auf diese Frage, oder? Sie ist jetzt meine Schwester, und ich werde ihr nicht in den Rücken fallen, indem ich dir erzähle, wie es ihr geht.«

Ryan stöhnte genervt auf. »Lieber Himmel, Lauren! Findest du nicht, dass du ein bisschen übertreibst? Dieser Club ist doch nur eine Ansammlung einsamer Frauen, die einen Vorwand suchen, über die wehrlose Männerwelt herzuziehen.« Mit selbstgefälliger Miene prostete er ihr zu und nippte an seinem Bier.

»Eure Mutter ist übrigens auch dabei.«

Prompt verschluckte Ryan sich an seinem Bier. Er hustete so sehr, dass Cole ihm auf den Rücken klopfen musste. Als er sich etwas beruhigt hatte, sah er Lauren voller Entsetzen an. »Du verarschst mich.«

»Sie ist unser erstes offizielles Mitglied«, flötete sie.

Zum ersten Mal seit Tagen konnte Cole sich ein Schmunzeln nicht verkneifen. »Warum überrascht dich das, Brüderchen? Mom ist doch für jeden Spaß zu haben.«

»Aber eine *Soul Sister*?«, stieß Ryan entgeistert hervor. »Dad wird ausflippen.«

»Dein Vater ist begeistert.« Lauren grinste teuflisch. »Er ist einer starken, unabhängigen Frau nämlich gewachsen.«

Stöhnend ließ Ryan den Kopf auf die Tischplatte fallen. »Ich habe ein ganz mieses Gefühl bei der Sache.«

»Dürfen Männer euch eigentlich auch fördern?«, fragte Cole nachdenklich.

Ryans Kopf fuhr herum. »Ist das dein Ernst?«

Offen gestanden wusste Cole das selbst nicht so genau. Aber dieser Ladies Club hatte May von Anfang an viel bedeutet, und sie war eine der Gründerinnen. Vielleicht würde es sie glücklich machen.

»Wir könnten schon ein wenig Unterstützung gebrauchen«, erwiderte Lauren und schürzte die Lippen. »Der Boden unseres neuen Clubraumes muss abgeschliffen werden, und die alte Wandfarbe muss auch runter, bevor wir neu tapezieren können. Natürlich kriegen wir das genauso gut hin wie ein Mann, aber ich habe Angst um meine Fingernägel.«

»Sag wann, und ich bin da«, erwiderte Cole ungerührt.

Lässig zeigte Lauren auf die Tür zum Nebenraum. »Du kannst gleich anfangen.«

Den fassungslosen Blick seines Bruders ignorierend, rutschte Cole vom Hocker, schnappte sich das Bier und marschierte in den Clubraum. An der Decke hing eine hässliche Industrielampe, die nicht gerade für ideale Lichtverhältnisse sorgte. In der Mitte des Raumes standen zwei weiß lackierte Bücherregale und ein Tisch mit einem lustigen Sparschwein. Das musste Molly sein.

Scham kroch in Cole empor, als er daran dachte, wie er May wegen des Geldes angeschnauzt hatte. Er stellte die Flasche ab und zog seine Geldbörse hervor, ehe er ein paar Scheine in das Porzellanschwein stopfte.

Materialien, um die Tapete mithilfe von Lösungsmitteln von der Wand zu kriegen, fand Cole nicht. Dafür lagen in einer kleinen Schüssel neben Pinseln verschiedener Größe auch ein paar Spachtel.

Cole nahm den breitesten, den er finden konnte, und kratzte probehalber über die hintere Wand. Die alte Tapete war so porös, dass sie sofort abblätterte. Es sollte also auch ohne Hightech-Equipment gehen.

»Diese Frau hat es dir echt angetan, oder?«, erklang Ryans Stimme hinter ihm.

Cole drehte sich nicht um. »Ich liebe sie.«

Ryan stieß ein Seufzen aus. Und dann tat er etwas, wofür Cole seinen Bruder mehr als alles andere liebte: Er hielt ihn nicht von seinem Tun ab oder redete ihm ins Gewissen. Stattdessen fischte er ebenfalls einen Spachtel aus der Schüssel und kümmerte sich um die andere Wand.

Zusammen kamen sie gut voran. Die stupide Arbeit half Cole zwar nicht, seine Gedanken von May fernzuhalten. Trotzdem gefiel ihm die Vorstellung, dass er einen Beitrag zu ihrem Ladies Club leisten konnte.

Sie hörten erst auf, als auch der letzte Schnipsel Tapete von der Wand gekratzt war. Anschließend kehrten sie den Müll zusammen und stopften ihn in Plastiksäcke, die Lauren ihnen zwischenzeitlich mit weiteren Gläsern Bier gebracht hatte.

Als Cole um vier Uhr morgens ins Bett fiel, hatte er das Gefühl, endlich mal etwas richtig gemacht zu haben. Gleich morgen würde er zu Edisons Laden fahren und ein Schleifgerät besorgen, um den Holzboden aufzubereiten. Ihm war natürlich bewusst, dass May ihre Meinung dadurch nicht ändern würde. Aber zumindest konnte er ihr damit eine Freude machen und einen Beitrag zu ihrem Ladies Club leisten.

Da an Schlaf ohnehin nicht zu denken war, überlegte Cole,

was er noch tun könnte. Irgendwann musste er doch eingenickt sein, denn als sein Handy klingelte, war es fast Mittag. Hoffnungsvoll schaute er aufs Display. Leider stand dort nicht Mays Name, sondern eine unbekannte Rufnummer. Wahrscheinlich einer seiner Geschäftskontakte. Da Cole nun ohnehin wach war, nahm er das Gespräch an.

»Cole Baxter«, meldete er sich knapp und strampelte sich die zerwühlten Laken von den Beinen.

»Du verfluchter Idiot«, knurrte eine vertraute Männerstimme. Erschrocken setzte Cole sich auf. »Chester?«

»Wer denn sonst?«

»Ist alles in Ordnung bei euch? Geht es May und den Mädchen gut?«

»Natürlich nicht, du Schwachkopf. Du hast alles versaut.«

Frustriert raufte Cole sich die Haare. »Glaub mir, das weiß ich.«

Chester zischte. »Nein, du hast keine verdammte Ahnung. Deinetwegen packen sie zusammen.«

Cole blieb das Herz stehen. »Wie meinst du das?«

»So, wie ich es sage. Hier ist alles voller Umzugskartons.«

»Nein!«, stieß Cole hervor und sprang aus dem Bett. »Das kann nicht sein. May würde den Mädchen niemals ihr Zuhause wegnehmen, und dich würde sie genauso wenig allein lassen.«

»Wenn ich es doch sage«, blaffte Chester. »Lass dir endlich ein paar Eier wachsen, oder sie sind weg.«

Die Leitung war tot, ehe Cole noch etwas sagen konnte. Schockiert ließ er das Handy sinken, während sein Puls in den Ohren rauschte.

May hatte immer abgestritten, diesen Ort verlassen zu wollen. Allerdings war das, *bevor* sie verhaftet worden war. Vielleicht hatte sie ihre Meinung inzwischen geändert?

Ein Ruck ging durch Coles Körper. Er riss den Kleiderschrank auf, zog sich in Windeseile an und machte sich auf den Weg.

Wenn May und die Mädchen diese Stadt wirklich verließen, würde er sich das nie verzeihen. Er liebte sie. Er brauchte sie. Er wollte sie nicht verlieren.

Die Reifen quietschten, als er scharf in die Einfahrt der Avens einbog und bremste. Er sprang aus dem Wagen, rannte die Stufen zur Veranda hoch und stürmte ins Haus.

May saß auf dem Wohnzimmerboden inmitten von Papieren und schaute ihn erschrocken an. Neben ihr stapelten sich drei Umzugskartons. Ein paar lehnten zusammengefaltet an der Wand.

Coles Magen rutschte ihm bis in die Kniekehlen, während May sich hastig erhob.

»Was machst du hier?«, fragte sie und verschränkte beklommen ihre Arme.

Suchend sah Cole sich um. »Wo sind die Mädchen?«

»Oben. Cathy hat Besuch von einer Schulkameradin. Sie spielen in ihrem Zimmer.«

Unzählige Fragen brannten Cole auf der Seele. Fragen, die er sich in den letzten Tagen andauernd gestellt hatte. Aber heraus kam nur eine einzige: »Ist es wahr, dass ihr wegzieht?«

May runzelte die Stirn. Sogar dabei sah sie so hübsch aus, dass Cole sie einfach nur in die Arme schließen und nie wieder loslassen wollte.

»Cole ...«, setzte sie zögernd an und suchte nach den richtigen Worten. Wenn sie ihm jetzt sagte, dass er nicht nur sie, sondern auch die Mädchen endgültig verloren hatte, würde er zusammenklappen.

»Warte kurz«, unterbrach er sie mit heiserer Stimme und streckte die Hand nach ihr aus. Nur knapp widerstand er der Versuchung, sie zu berühren. »Ich weiß, ich habe Scheiße gebaut. Große Scheiße. Sophia hat diese Klage eingereicht, weil ich sie vor Wochen darum gebeten habe. Sie sollte sich etwas einfallen lassen, um dein Sorgerecht anzufechten.«

Empörung flackerte in Mays Augen auf. Deshalb sprach er eilig weiter: »Als ich anfing, dich besser zu verstehen, habe ich ihr eine Nachricht geschickt, dass sie es lassen soll. Das war nach dem Gründerfest. Aber sie hat sich über meinen Willen hinweggesetzt. Ich wusste nichts von ihren Plänen, und ich hätte einer solchen Sache – unabhängig von meinen Gefühlen für dich – niemals zugestimmt.« Cole sah May fest in die Augen, damit sie merkte, wie ernst es ihm war. »Die Mädchen gehören zu dir. Rose und Julian haben das gewusst, und ich hätte ihren Willen respektieren müssen, anstatt dir das Leben schwer zu machen.« Cole lächelte schwach. »Ich hatte nicht geplant, mich in dich zu verlieben. Aber es ist passiert, und inzwischen wünsche ich mir nichts mehr, als dass du meine Gefühle erwiderst. Mir ist klar, dass das viel verlangt ist, nachdem ich mich auch bloß als traurige Enttäuschung erwiesen habe. Aber ich werde dich nicht noch einmal verletzen. Du und die Mädchen, ihr seid alles für mich, und ich will euch um jeden Preis glücklich machen. Wenn du Zeit brauchst, dann nimm sie dir. Ich werde warten. Egal, wie lange es dauert. Nur bitte, bleib hier.«

In Mays Augen trat ein verräterischer Glanz, während sie langsam den Kopf schüttelte.

»Bitte, May«, flehte Cole noch einmal.

Plötzlich stieß sie ein tränenersticktes Lachen aus. »Also weißt du ... Du hättest diesen Vortrag ruhig ein bisschen eher halten können.«

Eine leise Hoffnung regte sich in Cole. »Ich wusste nicht, ob du mich sehen wolltest.«

»Natürlich wollte ich dich sehen, du Trottel. Ich war sauer, aber dummerweise liebe ich dich auch.«

Coles Augen weiteten sich. »Wirklich?«

»Was dachtest du denn?« May lächelte, ehe sie die Hand hob und auf seine Wange legte.

Mehr Aufforderung brauchte Cole nicht. Mit einem erleichterten Stöhnen zog er sie an sich und küsste sie. Wie jedes Mal, wenn sich ihre Lippen berührten, trat die Welt in den Hintergrund.

Cole spürte, schmeckte, atmete nur noch May.

Sie schlang die Arme um seinen Nacken und stellte sich auf die Zehenspitzen, um ihm noch näher zu sein.

»Ich habe dich so vermisst«, murmelte er an ihren Lippen und spürte, wie sie zustimmend nickte. Er konnte es kaum erwarten, mit ihr allein zu sein, um sie nach Strich und Faden zu …

»Seid ihr bald fertig?«, motzte Chester plötzlich hinter ihnen. »Da wird einem ja schlecht.«

Überrascht drehte Cole sich um. Chester hatte seinen Wagen mit Sicherheit gesehen. Warum platzte er also einfach so herein?

»Dir ist doch immer schlecht«, schoss May zurück.

In Chesters Augen blitzte Erleichterung auf. »Da ist sie ja wieder, meine Violet.«

Verwirrt schaute Cole zu May, die verlegen mit den Schultern zuckte. »Ich war nicht besonders gut drauf in letzter Zeit.«

Chester schnaubte. »Das ist eine lächerliche Untertreibung. Du warst völlig neben der Spur, Mädchen. Dieses Elend konnte ja niemand mit ansehen.«

Kichernd schmiegte May sich in Coles Arme. »Ich wusste, dass du ein Herz hast, Chester Avens.«

Und plötzlich verstand Cole. »Ihr zieht hier gar nicht weg.«

»Natürlich nicht«, antwortete Chester anstelle von May. »Als könnte sie mich einfach verlassen.«

Schmunzelnd hob May den Kopf und sah Cole an. »Das habe ich dir doch gesagt.«

Stimmt, das hatte sie. Deshalb hätte Cole nicht auf Chesters Trick hereinfallen dürfen. Andererseits war er dem alten Zausel vermutlich zu Dank verpflichtet. Sonst würde er jetzt die Frau, die er liebte, nicht in den Armen halten.

»Und warum die Umzugskartons?«, fragte Cole.

»Ich habe mit den Mädchen besprochen, dass wir ein paar alte Sachen von Rose und Julian einlagern. Heute waren alte Unterlagen dran, weil ich einen Schrank brauche. Das fanden sie langweilig.«

»Du gibst also dein Leben aus dem Koffer auf?«, fragte Cole.

»Ja, es ist Zeit.« Lächelnd schmiegte May sich wieder an ihn. »Schließlich bin ich jetzt zu Hause.«

Ein Gefühl von Zufriedenheit erfüllte Cole.

Zu Hause. Das war sie.

Das waren sie beide.

Epilog

May

»Ladies, ich erkläre die erste Sitzung der *Soul Sisters* hiermit offiziell für beendet.«

Vier Frauen spendeten Lauren begeistert Applaus, während diese ebenfalls in die Hände klatschte.

May grinste. »Du brauchst noch einen Hammer.«

Sofort leuchteten Laurens Augen auf. »Deine Einstellung gefällt mir.«

Die Frauen erhoben sich vergnügt. Josephine verabschiedete sich als Erste, weil ihre Tochter bald von der Schule nach Hause kam. Kurz darauf gab Helen den Frauen einen Kuss auf die Wange und ging.

Lauren, Nova und May blieben noch einen Moment im Clubraum zurück und räumten das Kaffeegeschirr zusammen.

»Das war sehr schön«, sagte Nova und lächelte sanft.

Lauren wackelte mit den Augenbrauen. »Warte ab, wie cool es wird, wenn wir endlich diese affenstarke Tapete an den Wänden und unsere neuen Möbel haben.«

Ja, es gab noch einiges zu tun, und obwohl Cole und Ryan den Frauen mit ihrem nächtlichen Arbeitseinsatz schon ein ganzes Stück Arbeit abgenommen hatten, standen sie mit der Einrichtung ihres neuen Clubraums noch immer ganz am Anfang.

Trotzdem hatten sie es nicht mehr abwarten können und ihr erstes offizielles Treffen abgehalten.

Gelohnt hatte es sich allemal. Josephine machte gerade eine schwere Ehekrise durch, nachdem ihr Mann sie mit einer anderen Frau betrogen hatte. Sie war verletzt, wütend und brauchte unbedingt seelischen Beistand. Zum Dank fütterte sie Molly mit dem Schweigegeld, das ihr Mann ihr zugesteckt hatte, damit niemand von seiner Affäre erfuhr.

Zusammen mit dem finanziellen Zuschuss von Helen und den bisherigen Ersparnissen hatten sie nun genug Geld zusammen bekommen und sich im Internet ein paar hübsche Möbel bestellt. Außerdem würde Helen Gardinen und passende Sofakissen nähen. Die Wochen bis zur Lieferung wollten die Frauen nutzen, um die Tapeten und Farbe an die Wände zu bringen.

May konnte alles schon genau vor sich sehen und kam aus dem Lächeln gar nicht mehr raus. »Das wird umwerfend.«

Lauren seufzte. »Ich würde am liebsten sofort loslegen.«

»O nein! Du wartest, bis wir aus Denver zurück sind«, insistierte May und nahm einige Tassen.

Wie erwartet zog Lauren eine Schnute. »Na gut.«

Mit dem schmutzigen Geschirr in der Hand folgten May und Nova ihrer Freundin in die kleine Küche.

»Ich muss auch los«, sagte May, nachdem sie die Spülmaschine gefüllt hatten. »Cole will uns in einer Stunde abholen.«

Lauren grinste. »Grüßt die Rockies von mir und denk dran: Hotelzimmerwände sind *sehr* dünn. Verpasst den Mädels ja kein Sextrauma.«

Mays Wangen wurden heiß, woraufhin Lauren prompt losjohlte. »Meine Warnung kommt zu spät, oder?«

»Es war nur ein Kuss«, stellte May klar, aber die Hitze in ihren

Wangen steigerte sich, als sie an den Moment zurückdachte. Sie waren in der Küche gewesen, und Cole hatte May mit seinem leidenschaftlichen Überfall völlig aus der Fassung gebracht. Ihre Gegenwehr war allerdings auch ziemlich lahm ausgefallen, weil sie sich seit ihrer Versöhnung noch stärker zueinander hingezogen fühlten.

»Wie haben die Mädchen reagiert?«, fragte Nova.

May lächelte. »Cathy hat so was gesagt wie ›Wäh!‹. Und Lilly hat gekichert.«

»Jungs zu küssen, ist ja auch widerlich«, merkte Lauren belustigt an. »Also kommen die beiden damit klar?«

»Ja, erstaunlich gut. Ich würde sogar so weit gehen zu behaupten, dass sie nicht besonders überrascht waren.«

Lauren verdrehte die Augen. »Es war ja auch offensichtlich.«

»Manchmal sieht man den Wald eben vor lauter Bäumen nicht.« May drückte Lauren einen Kuss auf die Wange, während pure Vorfreude durch ihren Körper rieselte. »Bis nächste Woche.«

Auch Nova verabschiedete sich und verließ mit May das Nowhere. Der Chief parkte am Straßenrand. Die Freundinnen umarmten sich.

»Ich freue mich so sehr für euch«, flüsterte Nova.

May lächelte. »Danke.«

Neben ihnen erklang ein Hupen, und die beiden fuhren erschrocken auseinander. Neben dem Chief hatte Jax seinen Wagen angehalten und winkte ihnen zu. »Hallo, meine Damen.«

Erfreut winkte May zurück. »Hey, Jax. Wie geht's?«

»Alles bestens. Ich wollte euch nur einen schönen Trip wünschen. Cole spricht schon seit Tagen von nichts anderem.«

Sofort wurde May warm ums Herz. Am liebsten wäre sie sofort in den Chief gehüpft und hätte Gas gegeben. Aber sie wollte Nova nicht allein hier stehen lassen.

Sie schien auch so schon nervös genug zu sein. Ihre Wangen waren gerötet, während ihr Blick immer wieder zu Coles gut aussehendem Mitarbeiter huschte.

Dieser lächelte sanft. »Bei dir auch alles klar, Nova?«

Sie nickte schüchtern.

Du lieber Himmel!

May hatte absolut keinen Schimmer, warum sich ihre hübsche, kluge Freundin dermaßen scheu gegenüber Jax verhielt – bis ihr plötzlich ein Licht aufging.

Erstaunt musterte sie Nova, die verlegen den Blick senkte und unsicher von einem Fuß auf den anderen trat. Sie öffnete den Mund, als wollte sie etwas sagen. Aber sie bekam keinen Ton heraus.

Hinter Jax hupte ein Wagen, und er verzog enttäuscht das Gesicht. »Wir sehen uns, Ladies.«

Als er davonfuhr, sackten Novas Schultern herab. »Ich sollte jetzt auch los. Granny wartet sicher schon.«

»Warte mal.« Mays Hand schoss vor und umklammerte Novas Ellenbogen. Aufgeregt deutete sie in die Richtung, in die Jax verschwunden war. »Du magst ihn, oder?«

Verlegen zuckte Nova mit den Schultern. »Jeder mag ihn.« Sie lachte und verzog gleichzeitig das Gesicht. »Er ist Jackson Troy.«

May runzelte die Stirn. »Keine Ahnung, was du mir damit sagen willst, aber ich bin mir ziemlich sicher, dass er dich auch mag.«

Kurz blitzte Hoffnung in Novas Augen auf. Doch dann schüttelte sie den Kopf. »Das spielt keine Rolle. Ich bin einfach nicht für so was gemacht.«

May lachte ungläubig auf. »Für was? Für die Liebe?«

»Genau.«

»Ich fürchte, die Liebe fragt nicht, Nova«, erwiderte May sanft. »Glaub mir. Niemand weiß das so gut wie ich. Ich habe mich lange gegen meine Gefühle für Cole gewehrt. Aber letztlich konnte ich die Stimme meines Herzens nicht ignorieren.«

»Und ich freue mich, dass ihr einander gefunden habt. Aber Happy Ends gibt es eben nicht für jeden. Schon gar nicht in Goodville.« Behutsam löste Nova sich aus Mays Griff und lächelte tapfer. »Das ist in Ordnung. Ich habe mich damit abgefunden.« Sie winkte knapp, ehe sie sich umdrehte und davoneilte.

Verdutzt sah May ihr nach, bis sie am Ende der Straße um die Ecke gebogen war. Es mochte ja sein, dass Nova kein glückliches Ende für sich sah. Aber May weigerte sich, das zu glauben.

Sie hatte so viel mit Cole durchgemacht, und es hatte gedauert, bis sie sich endlich in all dem Chaos gefunden hatten. Aber trotzdem war es das wert gewesen.

Klar, auf die Nacht im Knast hätte May gut verzichten können. Allerdings hatten ihr die ganzen Hochs und Tiefs gezeigt, welche Hindernisse die Liebe überwinden konnte. Inzwischen glaubte sie daran, dass Cole und sie jede Herausforderung gemeinsam meistern würden.

Sie war nicht so naiv zu denken, dass sich plötzlich alle Probleme in rosarote Wattewölkchen auflösen würden. Vor ihnen lag noch ein langer Weg. Bis die Mädchen ihre Trauer vollständig überwunden hatten. Bis Lilly wieder richtig sprechen konnte. Und auch wenn Cole es nicht mehr erwähnt hatte, wusste May, dass es ihn nach wie vor beschäftigte, dass er niemals eigene Kinder haben würde. Andererseits hatten sie bereits zwei tolle Mädchen, einen süßen Hund, der immer noch Hund hieß, und ... na ja ... sie hatten Chester.

Deshalb war May erfüllt von Zuversicht.

Cole liebte sie. Das spürte sie mit jeder Faser ihres Herzens.

Ein Lächeln hob ihre Mundwinkel. Vielleicht war es Zeit, etwas von ihrem neu gewonnenen Vertrauen in die Liebe an eine gute Freundin weiterzugeben. Denn niemand hatte mehr Glück verdient als die wunderbare Nova Sims. Und wenn es nach May ging, würde sie es schon bald bekommen.

Danksagung

Ich danke von Herzen den drei Glühwürmchen, die jeden Tag fröhlich um mich herumschwirren. Mika, Ben und Bel – ihr seid meine Lichter, meine Inspiration, mein ganzes Glück.

Auch den wunderbaren Frauen an meiner Seite möchte ich von Herzen für ihre Geduld und ihren Zuspruch danken. Mama, Sanni und Nana – ich weiß, ihr wärt die ersten in diesem Club, wenn es ihn wirklich gäbe. Und die ersten, die den Hammer schwingen und uns einen gemütlichen Clubraum einrichten würden, wären zweifellos Mopi und Rähne. Ich bin so dankbar, euch alle an meiner Seite zu wissen.

Ganz besonders möchte ich mich auch bei meiner Lektorin Laura Lichtenwalter und dem tollen Team des Penguin Verlags bedanken, die von Anfang an voller Begeisterung für dieses Projekt waren. Ich danke außerdem meiner Agentin Leonie Schöbel **für ihr** wunderbares Feedback und ihr Engagement, um ein schönes Verlagszuhause für May zu finden.

Und natürlich sende ich allen Leserinnen und Lesern ein riesiges Dankeschön, dass ihr Zeit mit May und ihren Ladies verbracht habt. Ich hoffe, ihr hattet eine tolle Zeit in Goodville.

– *Eure Polly* –